静山社ペガサス文庫

ハリー・ポッターと
死《し》の秘《ひ》宝《ほう》〈7-2〉

J.K.ローリング 作　松岡佑子 訳

ハリー・ポッターと死《し》の秘宝《ひほう》7－2　もくじ

ハリー・ポッターと死《し》の秘宝《ひほう》7-2 人物紹介《じんぶつしょうかい》

ハリー・ポッター
十七歳《さい》。緑《みどり》の目《め》に黒《くろ》い髪《かみ》、額《ひたい》には稲妻形《いなずまがた》の傷《きず》。幼《おさな》くして両親《りょうしん》を亡《な》くし、マグル(人間《にんげん》)界《かい》で育《そだ》った魔法使《まほうつか》い。闇《やみ》の帝王《ていおう》とは「一方《いっぽう》が生《い》きるかぎり、他方《たほう》は生《い》きられない」宿命《しゅくめい》にある

マンダンガス・フレッチャー(ダング)
不死鳥《ふしちょう》の騎士団《きしだん》のメンバーながら、飲《の》んだくれの小悪党《こあくとう》。いつもあやしげな商売《しょうばい》をしている

クリーチャー
ハリーがシリウスから引《ひ》き継《つ》いだ屋敷《やしき》しもべ妖精《ようせい》。闇《やみ》の魔術《まじゅつ》に染《そ》まるブラック家《け》を愛《あい》す

ドローレス・アンブリッジ
魔法省《まほうしょう》の職員《しょくいん》。魔法大臣付上級次官《まほうだいじんつきじょうきゅうじかん》。かつてホグワーツで教師《きょうし》を務《つと》め、ハリーたちをあくどい罰《ばっ》則《そく》で苦《くる》しめた。ガマガエルのような大《おお》きな顔《かお》をし、頭《あたま》のてっぺんにリボンをつけている

ビクトール・クラム
クィディッチ・ブルガリア代表《だいひょう》チームのシーカーで、ハリーが四年生《ねんせい》のときに開催《かいさい》された三校対《さんこうたい》

抗試合《こうじあい》では、ダームストラング校《こう》の代表《だいひょう》として出場《しゅつじょう》した。ハーマイオニーに恋心《こいごころ》を抱《いだ》いている

グリップフック

魔法界《まほうかい》の銀行《ぎんこう》グリンゴッツに勤《つと》める小鬼《ゴブリン》

フィニアス・ナイジェラス・ブラック

シリウスのおじいさんのおじいさん。故人《こじん》だが、ホグワーツの校長室《こうちょうしつ》と、かつてはブラックの館《やかた》に飾《かざ》られていた（現在《げんざい》はハーマイオニーが持《も》ち運《はこ》んでいる）自身《じしん》の肖像画《しょうぞうが》の額《がく》の間《あいだ》を移動《いどう》できる

ゲラート・グリンデルバルド

ヴォルデモートが世《よ》に出《で》る前《まえ》、多《おお》くの殺人《さつじん》を行《おこな》った闇《やみ》の魔法使《まほうつか》い。一九四五年《ねん》のダンブルドアとの決闘《けっとう》に敗《やぶ》れ、囚《とら》われの身《み》となった

ヴォルデモート（例《れい》のあの人《ひと》、トム・マールヴォロ・リドル）

闇《やみ》の帝王《ていおう》。ハリーにかけた呪《のろ》いがはね返《かえ》り、死《し》のふちをさまよっていたが、ついに復活《ふっかつ》をとげた

The
dedication
of this book
is split
seven ways:
to Neil,
to Jessica,
to David,
to Kenzie,
to Di,
to Anne,
and to you,
if you have
stuck
with Harry
until the
very
end.

この
物語を
七つに
分けて
捧《ささ》げます。
ニールに
ジェシカに
デイビッドに
ケンジーに
ダイに
アンに
そしてあなたに。
もしあなたが
最後まで
ハリーに
ついてきて
くださったの
ならば。

おお、この家を苦しめる業《ごう》の深さ、
　　そして、調子はずれに、破滅がふりおろす
　　　血ぬれた刃、
　おお、呻きをあげても、堪えきれない心の煩《わずら》い、
おお、とどめようもなく続く責苦《せめく》。

この家の、この傷を切り開き、膿《うみ》をだす
　　　治療の手だては、家のそとにはみつからず、
　　　　ただ、一族のものたち自身が、血を血で洗う
　　狂乱の争いの果てに見出すよりほかはない。
この歌は、地の底の神々のみが、嘉《よみ》したまう。

いざ、地下にましまず祝福された霊たちよ、
　　ただいまの祈願を聞こし召されて、助けの力を遣わしたまえ、
お子たちの勝利のために。お志を嘉したまいて。

アイスキュロス「供養するものたち」より
（久保正彰訳『ギリシア悲劇全集I』岩波書店）

死とはこの世を渡り逝くことに過ぎない。友が海を渡り行くように。
友はなお、お互いの中に生きている。
なぜなら友は常に、偏在する者の中に生き、愛しているからだ。
この聖なる鏡の中に、友はお互いの顔を見る。
そして、自由かつ純粋に言葉を交わす。
これこそが友であることの安らぎだ。たとえ友は死んだと言われようとも、
友情と交わりは不滅であるがゆえに、最高の意味で常に存在している。

ウィリアム・ペン「孤独の果実」より
（松岡佑子訳）

Original Title: HARRY POTTER AND THE DEATHLY HALLOWS

First published in Great Britain in 2007
by Bloomsbury Publishing Plc, 50 Bedford Square, London WC1B 3DP

Japanese edition first published in 2008

This book is published in Japan by arrangement with
the author through The Blair Partnership

第《だい》11章《しょう》　賄賂《わいろ》

亡者《もうじゃ》がうようよしている湖《みずうみ》から逃《に》げられたくらいだから、マンダンガスを捕《つか》まえることなど、クリーチャーには数時間《すうじかん》もあれば充分《じゅうぶん》だろうと確信《かくしん》していたハリーは、期待感《きたいかん》をつのらせて、午前中《ぜんちゅう》いっぱい、家《いえ》の中《なか》をうろうろしていた。しかしクリーチャーは、その日《ひ》の午前中《ごぜんちゅう》にも、午後《ごご》になってからも戻《もど》らなかった。日《ひ》も暮《く》れるころになると、ハリーはがっかりするとともに、心配《しんぱい》になってきた。夕食《ゆうしょく》も、ほとんどかび臭《くさ》いパンばかりで、ハーマイオニーがさまざまな変身術《へんしんじゅつ》をかけてはみたものの、どれもうまくいかず、ハリーは落《お》ち込《こ》むばかりだった。

クリーチャーは次《つぎ》の日《ひ》も、その次《つぎ》の日《ひ》も帰《かえ》らなかった。その一方《いっぽう》、マント姿《すがた》の二人《ふたり》の男《おとこ》が十二番地《ばんち》の外《そと》の広場《ひろば》に現《あらわ》れ、見《み》えないはずの屋敷《やしき》の方向《ほうこう》をじっと見《み》たまま、夜《よる》になっても動《うご》かなかった。

「死喰《しく》い人《びと》だな、まちがいない」

ハリーやハーマイオニーと一緒《いっしょ》に、客間《きゃくま》の窓《まど》からのぞいていたロンが言《い》った。

「僕《ぼく》たちがここにいるって、知《し》ってるんじゃないか？」

「そうじゃないと思《おも》うわ」

ハーマイオニーは、そう言《い》いながらもおびえた顔《かお》だった。

「もしそうなら、スネイプを差《さ》し向《む》けて私《わたし》たちを追《お》わせたはずよ。そうでしょう？」

「あのさ、スネイプはここに来《き》て、マッド－アイの呪《のろ》いで舌縛《したしば》りになったと思《おも》うか？」

ロンが聞《き》いた。

「ええ」

ハーマイオニーが言《い》った。

「そうじゃなかったら、スネイプはここへの入《はい》り方《かた》を、連中《れんちゅう》に教《おし》えることができたはずでしょう？　でもたぶん、あの人《ひと》たちは、私《わたし》たちが現《あらわ》れやしないかと見張《みは》っているんだわ。だって、ハリーがこの屋敷《やしき》の所有者《しょゆうしゃ》だと知《し》っているんですもの」

「どうしてそんなことを――？」ハリーが聞《き》きかけた。

「魔法使《まほうつか》いの遺言書《ゆいごんしょ》は、魔法省《まほうしょう》が調《しら》べるということ。覚《おぼ》えてるでしょう？　シリウスがあなたにこの場所《ばしょ》を遺《のこ》したことは、わかるはずよ」

死喰《しく》い人《びと》が外《そと》にいるという事実《じじつ》が、十二番地《ばんち》の中《なか》の雰囲気《ふんいき》をますます陰気《いんき》にしていた。ウィーズリーおじさんの守護霊《しゅごれい》のほかは、グリモールド・プレイスの外《そと》から何《なん》の連絡《れんらく》も入《はい》ってきていないことも加《くわ》わって、ストレスがだんだん表《おもて》に顔《かお》を出《だ》してきた。落《お》ち着《つ》かないいらいら感《かん》から、ロンはポケットの中《なか》で「灯消《ひけ》しライター」をもてあそぶという、困《こま》ったくせがついてしまった。これには、特《とく》にハーマイオニーが腹《はら》を立《た》てた。クリーチャーを待《ま》つ間《あいだ》、ハーマイオニーは『吟遊詩人《ぎんゆうしじん》ビードルの物語《ものがたり》』を調《しら》べていたので、明《あ》かりがついたり消《き》えたりするのが気《き》に入《い》らなかったのだ。

「やめてちょうだい！」

クリーチャーがいなくなって三日目《みっかめ》の夜《よる》、またしても客間《きゃくま》の灯《あか》りが吸《す》い取《と》られてしまったときに、ハーマイオニーが叫《さけ》んだ。

「ごめん、ごめん！」

ロンは「灯消《ひけ》しライター」をカチッといわせて灯《あか》りを戻《もど》した。

「自分《じぶん》でも知《し》らないうちにやっちゃうんだ！」

「ねえ、何《なに》か役《やく》に立《た》つことをして過《す》ごせないの？」

「どんなことさ。おとぎ話《ばなし》を読《よ》んだりすることか？」

「ダンブルドアが私《わたし》にこの本《ほん》を遺《のこ》したのよ、ロン――」

「――そして僕《ぼく》には『灯消《ひけ》しライター』を遺《のこ》した。たぶん、僕《ぼく》は使《つか》うべきなんだ！」

口《くち》げんかにたえられず、ハリーは二人《ふたり》に気《き》づかれないようにそっと部屋《へや》を出《で》て、厨房《ちゅうぼう》に向《む》かった。クリーチャーが現《あらわ》れる可能性《かのうせい》が一番高《いちばんたか》いと思《おも》われる厨房《ちゅうぼう》に、ハリーは何度《なんど》も足《あし》を運《はこ》んでいた。

しかし、玄関《げんかん》ホールに続《つづ》く階段《かいだん》を中《なか》ほどまで下《お》りたところで、玄関《げんかん》のドアをそっとたたく音《おと》が聞《き》こえ、カチカチという金属音《きんぞくおん》やガラガラという鎖《くさり》の音《おと》がした。

神経《しんけい》の一本一本《いっぽんいっぽん》がぴんと張《は》りつめた。ハリーは杖《つえ》を取《と》り出《だ》し、しもべ妖精《ようせい》の首《くび》が並《なら》んでいる階《かい》段脇《だんわき》の暗《くら》がりに移動《いどう》して、じっと待《ま》った。ドアが開《ひら》き、すきまから、街灯《がいとう》に照《て》らされた小《ちい》さな広《ひろ》場《ば》がちらりと見《み》えた。マントを着《き》た人影《ひとかげ》が、わずかに開《ひら》いたドアから半身《はんみ》になって玄関《げんかん》ホールに入《はい》り、ドアを閉《し》めた。侵入者《しんにゅうしゃ》が一歩進《ぽすす》むと、マッド-アイの声《こえ》がした。

「セブルス・スネイプか？」

やがてホールの奥《おく》でほこりの姿《すがた》が立《た》ち上《あ》がり、だらりとした死人《しにん》の手《て》を上《あ》げて、するすると向《む》かっていった。

「アルバス、あなたを殺《ころ》したのは私《わたし》ではない」静《しず》かな声《こえ》が言《い》った。

呪《のろ》いは破《やぶ》れ、ほこりの姿《すがた》はまたしても爆発《ばくはつ》した。そのあとに残《のこ》った、もうもうたる灰色《はいいろ》のほこりを通《とお》して、侵入者《しんにゅうしゃ》を見分《みわ》けるのは不可能《ふかのう》だった。

ハリーは、そのほこりの真《ま》ん中《なか》に杖《つえ》を向《む》けて叫《さけ》んだ。

「動《うご》くな！」

ハリーは、ブラック夫人《ふじん》の肖像画《しょうぞうが》のことを忘《わす》れていた。ハリーの大声《おおごえ》で、肖像画《しょうぞうが》を隠《かく》していたカーテンがパッと開《ひら》き、叫《さけ》び声《ごえ》が始《はじ》まった。

「穢《けが》れた血《ち》、わが屋敷《やしき》の名誉《めいよ》を汚《けが》すクズども――」

ロンとハーマイオニーが、ハリーと同《おな》じように正体不明《しょうたいふめい》の男《おとこ》に杖《つえ》を向《む》けて、背後《はいご》の階段《かいだん》をバタバタとかけ下《お》りてきた。男《おとこ》は今《いま》や両手《りょうて》を上《あ》げて、下《した》の玄関《げんかん》ホールに立《た》っていた。

「撃《う》つな、私《わたし》だ。リーマスだ！」

「ああ、よかった」

ハーマイオニーは弱々《よわよわ》しくそう言《い》うなり、杖《つえ》のねらいをブラック夫人《ふじん》の肖像画《しょうぞうが》に変《か》えた。バーンという音《おと》とともに、カーテンがまたシュッと閉《し》まって静《しず》けさが戻《もど》った。ロンも杖《つえ》を下《お》ろしたが、ハリーは下《お》ろさなかった。

「姿《すがた》を見《み》せろ！」ハリーは大声《おおごえ》で言《い》い返《かえ》した。

ルーピンが降伏《こうふく》の証《あか》しに両手《りょうて》を高《たか》く上《あ》げたまま、明《あか》るみに進《すす》み出《で》た。

「私《わたし》はリーマス・ジョン・ルーピン、狼人間《おおかみにんげん》で、時《とき》にはムーニーと呼《よ》ばれる。『忍《しの》びの地図《ちず》』を製作《せいさく》した四人《にん》の一人《ひとり》だ。通常《つうじょう》トンクスと呼《よ》ばれる、ニンファドーラと結婚《けっこん》した。君《きみ》に『守護霊《しゅごれい》』の術《じゅつ》を教《おし》えたが、ハリー、それは牡鹿《おじか》の形《かたち》を取《と》る」

「ああ、それでいいです」

ハリーが杖《つえ》を下《お》ろしながら言《い》った。

「でも、たしかめるべきだったでしょう?」

「『闇《やみ》の魔術《まじゅつ》に対《たい》する防衛術《ぼうえいじゅつ》』の元《もと》教師《きょうし》としては、たしかめるべきだという君《きみ》の意見《いけん》に賛成《さんせい》だ。ロン、ハーマイオニー、君《きみ》たちは、あんなに早《はや》く警戒《けいかい》を解《と》いてはいけないよ」

三人《にん》は階段《かいだん》をかけ下《お》りた。厚《あつ》い黒《くろ》の旅行用《りょこうよう》マントを着《き》たルーピンは、つかれた様子《ようす》だったが、三人《にん》を見《み》てうれしそうな顔《かお》をした。

「それじゃ、セブルスの来《く》る気配《けはい》はないのかい?」ルーピンが聞《き》いた。

「ないです」ハリーが答《こた》えた。「どうなっているの? みんな大丈夫《だいじょうぶ》なの?」

「ああ」ルーピンが言《い》った。「しかし、我々《われわれ》は全員《ぜんいん》見張《みは》られている。外《そと》の広場《ひろば》に、死喰《しく》い人《びと》が二人《ふたり》いるし——」

「——知《し》ってます——」

「——私《わたし》は連中《れんちゅう》に見《み》られないように、玄関《げんかん》の外階段《そとかいだん》の一番上《いちばんうえ》に正確《せいかく》に『姿《すがた》あらわし』しなければならなかった。連中《れんちゅう》は、君《きみ》たちがここにいるとは気《き》づいていない。知《し》っていたら、外《そと》にもっと人《ひと》を置《お》くはずだ。ハリー、やつらは、君《きみ》と関係《かんけい》のあった所《ところ》はすべて見張《みは》っている。さあ、下《した》に行《い》こう。君《きみ》たちに話《はな》したいことがたくさんあるし、それに君《きみ》たちが『隠《かく》れ穴《あな》』からいなくなったあとで何《なに》があったのかを知《し》りたい」

四人《にん》は厨房《ちゅうぼう》に下《お》り、ハーマイオニーが杖《つえ》を火格子《ひごうし》に向《む》けた。たちまち燃《も》え上《あ》がった火《ひ》が、そっけない石《いし》の壁《かべ》をいかにも心地《ここち》よさそうに見《み》せ、木製《もくせい》の長《なが》いテーブルを輝《かがや》かせた。ルーピンが旅行《りょこう》用《よう》マントからバタービールを取《と》り出《だ》し、みんなでテーブルを囲《かこ》んだ。

「ここには三日前《みっかまえ》に来《こ》られるはずだったのだが、死喰《しく》い人《びと》の追跡《ついせき》を振《ふ》り切《き》らなければならなくてね」

ルーピンが言《い》った。

「それで、君《きみ》たちは結婚式《けっこんしき》のあと、まっすぐにここに来《き》たのかね？」

「いいえ」ハリーが言《い》った。「トテナム・コート通《どお》りのカフェで、二人《ふたり》の死喰《しく》い人《びと》と出《で》くわして、そのあとです」

「**何《なん》だって？**」

ルーピンは、バタービールをほとんどこぼしてしまった。

三人《にん》から事《こと》のしだいを聞《き》き終《お》えたルーピンは、一大事《いちだいじ》だという顔《かお》をした。

「しかし、どうやってそんなに早《はや》く見《み》つけたのだろう？　姿《すがた》を消《け》す瞬間《しゅんかん》に捕《つか》まえていなければ、『姿《すがた》くらまし』した者《もの》を追跡《ついせき》するのは不可能《ふかのう》だ！」

「それに、その時二人《ときふたり》が偶然《ぐうぜん》トテナム・コート通《どお》りを散歩《さんぽ》していたなんて、ありえないでしょう？」

ハリーが言《い》った。

「私《わたし》たち、疑《うたが》ったの」

ハーマイオニーが遠慮《えんりょ》がちに言《い》った。

「ハリーがまだ『におい』をつけているんじゃないかって」

「それはないな」ルーピンが言《い》った。

ロンはそれ見《み》ろという顔《かお》をし、ハリーは大《おお》いに安心《あんしん》した。

「ほかのことはさておき、もしハリーにまだ『におい』がついているなら、あいつらはここにハリーがいることを必《かなら》ずかぎつけるはずだろう？　しかし、どうやってトテナム・コート通《どお》りまで追《お》ってこられたのかが、私《わたし》にはわからない。気《き》がかりだ。実《じつ》に気《き》になる」

ルーピンは動揺《どうよう》していた。しかし、ハリーにとってはその問題《もんだい》はあと回《まわ》しでよかった。

「僕《ぼく》たちがいなくなったあと、どうなったか話《はな》して。ロンのパパが、みんな無事《ぶじ》だって教《おし》えてくれたけど、そのあと何《なん》にも聞《き》いていないんだ」

「そう、キングズリーのおかげで助《たす》かった」ルーピンが言《い》った。「あの警告《けいこく》のおかげで、ほとんどの客《きゃく》は、あいつらが来《く》る前《まえ》に『姿《すがた》くらまし』できた」

「死喰《しく》い人《びと》だったの？　それとも魔法省《まほうしょう》の人《ひと》たち？」ハーマイオニーが口《くち》を挟《はさ》んだ。

「両方《りょうほう》だ。というより、今《いま》や実質的《じっしつてき》に両者《りょうしゃ》にはほとんどちがいがないと言《い》える」

ルーピンが言《い》った。

「十二人《にん》ほどいたが、ハリー、連中《れんちゅう》は君《きみ》があそこにいたことを知《し》らなかった。アーサーが聞《き》いたうわさでは、あいつらは君《きみ》の居場所《いばしょ》を聞《き》き出《だ》そうとして、スクリムジョールを拷問《ごうもん》した上《うえ》、殺《ころ》したらしい。もしそれがほんとうなら、あの男《おとこ》は君《きみ》を売《う》らなかったわけだ」

ハリーはロンとハーマイオニーを見《み》た。二人《ふたり》ともハリーと同《おな》じく、驚《おどろ》きと感謝《かんしゃ》が入《い》りまじった顔《かお》をしていた。ハリーはスクリムジョールがあまり好《す》きではなかったが、ルーピンの言《い》うことが事実《じじつ》なら、スクリムジョールは最後《さいご》にハリーを護《まも》ろうとしたのだ。

「死喰《しく》い人《びと》たちは、『隠《かく》れ穴《あな》』を上《うえ》から下《した》まで探《さが》した」

ルーピンが話《はなし》を続《つづ》けた。

「屋根裏《やねうら》お化《ば》けを発見《はっけん》したが、あまりそばまでは近《ちか》づきたがらなかった——そして、残《のこ》っていた者《もの》たちを、何時間《なんじかん》もかけて尋問《じんもん》した。君《きみ》に関《かん》する情報《じょうほう》を得《え》ようとしたんだよ、ハリー。しかし、もちろん、騎士団《きしだん》の者以外《ものいがい》は、君《きみ》が『隠《かく》れ穴《あな》』にいたことを知《し》らなかったんだ」

「結婚式《けっこんしき》をめちゃめちゃにすると同時《どうじ》に、ほかの死喰《しく》い人《びと》たちは、国中《くにじゅう》の騎士団《きしだん》に関係《かんけい》する家《いえ》すべてに侵入《しんにゅう》した。いや、誰《だれ》も死《し》んではいないよ」

質問《しつもん》される前《まえ》にルーピンが急《いそ》いで最後《さいご》の言葉《ことば》をつけ加《くわ》えた。

「ただし連中《れんちゅう》は、手荒《てあら》なまねをした。ディーダラス・ディグルの家《いえ》を焼《や》き払《はら》った。だが知《し》ってのとおり、本人《ほんにん》は家《いえ》にいなかったがね。トンクスの家族《かぞく》は『磔《はりつけ》の呪文《じゅもん》』をかけられた。そこでもまた、君《きみ》があそこに着《つ》いたあと、どこに行《い》ったかを聞《き》き出《だ》そうとしたわけだ。二人《ふたり》とも無事《ぶじ》だ——もちろんショックを受《う》けてはいるが、それ以外《いがい》は大丈夫《だいじょうぶ》だ」

「死喰《しく》い人《びと》は、保護呪文《ほごじゅもん》を全部突破《ぜんぶとっぱ》したの？」

トンクスの両親《りょうしん》の家《いえ》の庭《にわ》に墜落《ついらく》した夜《よる》、呪文《じゅもん》がどんなに効果的《こうかてき》だったかを思《おも》い出《だ》して、ハリーが聞《き》いた。

「ハリー、今《いま》では魔法省《まほうしょう》のすべての権力《けんりょく》が、死喰《しく》い人《びと》の側《がわ》にあることを認識《にんしき》すべきだね」

ルーピンが言《い》った。

「あの連中《れんちゅう》は、どんな残酷《ざんこく》な呪文《じゅもん》を行使《こうし》しても、身元《みもと》を問《と》われたり逮捕《たいほ》されたりする恐《おそ》れがない。そういう力《ちから》を持《も》ったのだ。我々《われわれ》がかけたあらゆる死喰《しく》い人《びと》よけの呪文《じゅもん》を、連中《れんちゅう》は破《やぶ》り去《さ》った。そして、いったんその内側《うちがわ》に入《はい》ると、連中《れんちゅう》は侵入《しんにゅう》の目的《もくてき》をむき出《だ》しにしたんだ」

「拷問《ごうもん》してまでハリーの居場所《いばしょ》を聞《き》き出《だ》そうとするのに、理由《りゆう》をこじつけようともしなかったわけ？」ハーマイオニーは痛烈《つうれつ》な言《い》い方《かた》をした。

「それが」

ルーピンは、ちょっと躊躇《ちゅうちょ》してから、折《お》りたたんだ「日刊予言者新聞《にっかんよげんしゃしんぶん》」を取《と》り出《だ》した。

「ほら」

ルーピンは、テーブルのむかい側《がわ》から、ハリーにそれを押《お》しやった。

「いずれ君《きみ》にもわかることだ。君《きみ》を追《お》う口実《こうじつ》は、それだよ」

ハリーは新聞《しんぶん》を広《ひろ》げた。自分《じぶん》の顔《かお》の写真《しゃしん》が、大《おお》きく一面《めん》を占《し》めている。ハリーは大見出《おおみだ》しを読《よ》んだ。

アルバス・ダンブルドアの死《し》にまつわる疑惑《ぎわく》
尋問《じんもん》のため指名手配中《しめいてはいちゅう》

ロンとハーマイオニーがうなり声《ごえ》を上《あ》げて怒《おこ》ったが、ハリーは何《なに》も言《い》わずに新聞《しんぶん》を押《お》しやった。それ以上《いじょう》読《よ》みたくもなかった。読《よ》まなくともわかる。ダンブルドアが死《し》んだときに塔《とう》の屋上《おくじょう》にいた者《もの》以外《いがい》は、誰《だれ》がほんとうにダンブルドアを殺《ころ》したかを知《し》らない。そして、リータ・スキーターがすでに魔法界《まほうかい》に語《かた》ったように、ダンブルドアが墜落《ついらく》した直後《ちょくご》に、ハリーはそこから走《はし》り去《さ》るのを目撃《もくげき》されている。

「ハリー、同情《どうじょう》する」ルーピンが言《い》った。

「それじゃ、死喰《しく》い人《びと》は『日刊予言者《にっかんよげんしゃ》』も乗《の》っ取《と》ったの？」

ハーマイオニーはかんかんになった。

ルーピンがうなずいた。

「だけど、何事《なにごと》が起《お》こっているか、みんなにわからないはずはないわよね？」

「クーデターは円滑《えんかつ》に、事実上《じじつじょう》沈黙《ちんもく》のうちに行《おこな》われた」

ルーピンが言《い》った。

「スクリムジョールの殺害《さつがい》は、公式《こうしき》には辞任《じにん》とされている。後任《こうにん》はパイアス・シックネスで、『服従《ふくじゅう》の呪文《じゅもん》』にかけられている」

「ヴォルデモートはどうして、自分《じぶん》が魔法大臣《まほうだいじん》だと宣言《せんげん》しなかったの？」ロンが聞《き》いた。

ルーピンが笑《わら》った。

「ロン、宣言《せんげん》する必要《ひつよう》はない。事実上《じじつじょう》やつが大臣《だいじん》なんだ。しかし、何《なに》も魔法省《まほうしょう》で執務《しつむ》する必要《ひつよう》はないだろう？　傀儡《かいらい》のシックネスが日常《にちじょう》の仕事《しごと》をこなしていれば、ヴォルデモートは身軽《みがる》に、魔《ま》法省《ほうしょう》を超《こ》えたところで勢力《せいりょく》を拡大《かくだい》できる」

「もちろん、多《おお》くの者《もの》が、何《なに》が起《お》きたのかを推測《すいそく》した。この数日《すうじつ》の間《あいだ》に、魔法省《まほうしょう》の政策《せいさく》が百八十度転換《どてんかん》したのだから、ヴォルデモートが糸《いと》を引《ひ》いているにちがいないとささやく者《もの》は多《おお》い。しかし、ささやいている、という所《ところ》が肝心《かんじん》なのだ。誰《だれ》を信《しん》じてよいかわからないのに、互《たが》いに本心《ほんしん》を語《かた》り合《あ》う勇気《ゆうき》はない。もし自分《じぶん》の疑念《ぎねん》が当《あ》たっていたら、自分《じぶん》の家族《かぞく》がねらわれるかもしれないと恐《おそ》れて、おおっぴらには発言《はつげん》しない。そうなんだ。ヴォルデモートは非常《ひじょう》にうまい手《て》を使《つか》っている。大臣宣言《だいじんせんげん》をすれば、あからさまな反乱《はんらん》を誘発《ゆうはつ》していたかもしれない。黒幕《くろまく》にとどまることで、混乱《こんらん》や不安《ふあん》や恐怖《きょうふ》を引《ひ》き起《お》こしたのだ」

「それで、魔法省《まほうしょう》の政策《せいさく》の大転換《だいてんかん》というのは」ハリーが口《くち》を挟《はさ》んだ。「魔法界《まほうかい》に対《たい》して、ヴォルデモートではなく、僕《ぼく》を警戒《けいかい》するようにということなんですか？」

「もちろんそれもある」

ルーピンが言《い》った。

「それに、それが政策《せいさく》の見事《みごと》なところだ。ダンブルドアが死《し》んだ今《いま》、君《きみ》が――生《い》き残《のこ》った男《おとこ》の子《こ》が――ヴォルデモートへの抵抗勢力《ていこうせいりょく》の象徴的存在《しょうちょうてきそんざい》となり、扇動《せんどう》の中心《ちゅうしん》になることはまちがいない。しかし、君《きみ》が昔《むかし》の英雄《えいゆう》の死《し》に関《かか》わったと示唆《しさ》することで、君《きみ》の首《くび》に懸賞金《けんしょうきん》をかけたばかりでなく、君《きみ》を擁護《ようご》する可能性《かのうせい》のあったたくさんの魔法使《まほうつか》いの間《あいだ》に、疑《うたが》いと恐《おそ》れの種《たね》をまいたことになる」

「一方《いっぽう》、魔法省《まほうしょう》は、反《はん》『マグル生《う》まれ』の動《うご》きを始《はじ》めた」

ルーピンは「日刊予言者《にっかんよげんしゃ》」を指差《ゆびさ》した。

「二面《めん》を見《み》てごらん」

ハーマイオニーは『深《ふか》い闇《やみ》の秘術《ひじゅつ》』に触《ふ》れたときと同《おな》じ表情《ひょうじょう》で、おぞましそうに新聞《しんぶん》をめくった。

「マグル生《う》まれ登録《とうろく》」

ハーマイオニーは、声《こえ》を出《だ》して読《よ》んだ。

「魔法省《まほうしょう》は、いわゆる『マグル生《う》まれ』の調査《ちょうさ》を始《はじ》めた。彼《かれ》らがなぜ魔法《まほう》の秘術《ひじゅつ》を所有《しょゆう》するようになったかの理解《りかい》を深《ふか》めるためだ。

神秘部《しんぴぶ》による最近《さいきん》の調査《ちょうさ》によれば、魔法《まほう》は、魔法使《まほうつか》いの子孫《しそん》が生《う》まれることによってのみ、人《ひと》から人《ひと》へと受《う》け継《つ》がれる。それ故《ゆえ》、いわゆるマグル生《う》まれの者《もの》が魔法力《まほうりょく》を持《も》つ場合《ばあい》、魔法使《まほうつか》いの祖先《そせん》を持《も》つことが証明《しょうめい》されないならば、窃盗《せっとう》または暴力《ぼうりょく》によって得《え》た可能性《かのうせい》がある。

魔法省《まほうしょう》は、かかる魔法力《まほうりょく》の不当《ふとう》な強奪者《ごうだつしゃ》を根絶《ねだ》やしにすることを決意《けつい》し、その目的《もくてき》のために、すべてのいわゆるマグル生《う》まれの者《もの》に対《たい》して、新設《しんせつ》の『マグル生《う》まれ登録委員会《とうろくいいんかい》』による面接《めんせつ》に出頭《しゅっとう》するよう招請《しょうせい》した」

「そんなこと、みんなが許《ゆる》すもんか」ロンが言《い》った。

「ロン、もう始《はじ》まっているんだ」

ルーピンが言《い》った。

「こうしている間《あいだ》にも、マグル生《う》まれ狩《がり》が進《すす》んでいる」

「だけど、どうやって魔法《まほう》を『盗《ぬす》んだ』って言《い》うんだ？」

ロンが言《い》った。

「まともじゃないよ。魔法《まほう》が盗《ぬす》めるなら、スクイブはいなくなるはずだろ？」

「そのとおりだ」

ルーピンが言《い》った。

「にもかかわらず、近親者《きんしんしゃ》に少《すく》なくとも一人《ひとり》魔法使《まほうつか》いがいることを証明《しょうめい》できなければ、不法《ふほう》に魔《ま》法力《ほうりょく》を取得《しゅとく》したとみなされ、罰《ばつ》を受《う》けなければならない」

ロンは、ハーマイオニーをちらりと見《み》て言《い》った。

「純血《じゅんけつ》や半純血《はんじゅんけつ》の誰《だれ》かがマグル生《う》まれの者《もの》を、家族《かぞく》の一員《いちいん》だと宣言《せんげん》したらどうかな？　僕《ぼく》、ハーマイオニーがいとこだって、みんなに言《い》うよ――」

ハーマイオニーは、ロンの手《て》に自分《じぶん》の手《て》を重《かさ》ねて、ギュッと握《にぎ》った。

「ロン、ありがとう。でも、あなたにそんなことさせられないわ――」

「君《きみ》には選択《せんたく》の余地《よち》がないんだ」

ロンがハーマイオニーの手《て》を握《にぎ》り返《かえ》して、強《つよ》い口調《くちょう》で言《い》った。

「僕《ぼく》の家系図《かけいず》を教《おし》えるよ。君《きみ》が質問《しつもん》に答《こた》えられるように」

ハーマイオニーは弱々《よわよわ》しく笑《わら》った。

「ロン、私《わたし》たちは、最重要指名手配中《さいじゅうようしめいてはいちゅう》のハリー・ポッターと一緒《いっしょ》に逃亡《とうぼう》しているのよ。だから、そんなことは問題《もんだい》にならないわ。私《わたし》が学校《がっこう》に戻《もど》るなら、事情《じじょう》はちがうでしょうけれど。ヴォルデモートは、ホグワーツにどんな計画《けいかく》を持《も》っているの？」

ハーマイオニーがルーピンに聞《き》いた。

「学齢児童《がくれいじどう》は、魔女《まじょ》も魔法使《まほうつか》いも学校《がっこう》に行《い》かなければならなくなった」

ルーピンが答《こた》えた。

「告知《こくち》されたのはきのうだ。これまでは義務《ぎむ》ではなかったから、これは一つの変化《へんか》だ。もちろん、イギリスの魔女《まじょ》、魔法使《まほうつか》いはほとんどホグワーツで教育《きょういく》を受《う》けているが、両親《りょうしん》が望《のぞ》めば、家庭《かてい》で教育《きょういく》することも、外国《がいこく》に留学《りゅうがく》させることもできる権利《けんり》があった。入学《にゅうがく》の義務化《ぎむか》で、ヴォルデモートは、この国《くに》の魔法界《まほうかい》の全人口《ぜんじんこう》を学齢時《がくれいじ》から監視下《かんしか》に置《お》くことになる。またそれが、マグル生《う》まれを取《と》りのぞく一つの方法《ほうほう》にもなる。なぜなら、入学《にゅうがく》を許可《きょか》されるには『血統書《けっとうしょ》』――つまり、魔法省《まほうしょう》から、自分《じぶん》が魔法使《まほうつか》いの子孫《しそん》であることを証明《しょうめい》するという証《あか》しをもらわなければならないからだ」

ハリーは、怒《いか》りで吐《は》き気《け》をもよおした。今《いま》この時《とき》にも、十一歳《さい》の子供《こども》たちが胸《むね》を躍《おど》らせて、新《あたら》しく買《か》った何冊《なんさつ》もの呪文集《じゅもんしゅう》に見入《みい》っていることだろう。ホグワーツを見《み》ずじまいになることも、おそらく家族《かぞく》にも二度《にど》と会《あ》えなくなるだろうことも知《し》らずに。

「それは……それって……」

ハリーは言葉《ことば》に詰《つ》まった。頭《あたま》に浮《う》かんだ恐《おそ》ろしい考《かんが》えを、充分《じゅうぶん》に言《い》い表《あらわ》す言葉《ことば》を探《さが》してもがいた。しかし、ルーピンが静《しず》かに言《い》った。

「わかっているよ」

それからルーピンは躊躇《ちゅうちょ》しながら言《い》った。

「ハリー、これから言《い》うことを、君《きみ》にそうだと認《みと》められなくともかまわないが、騎士団《きしだん》は、ダンブルドアが君《きみ》に、ある使命《しめい》を遺《のこ》したのではないかと考《かんが》えている」

「そうです」ハリーが答《こた》えた。「それに、ロンとハーマイオニーも同《おな》じ使命《しめい》を帯《お》びて、僕《ぼく》と一緒《いっしょ》に行《い》きます」

「それがどういう使命《しめい》か、私《わたし》に打《う》ち明《あ》けてはくれないか？」

ハリーは、ルーピンの顔《かお》をじっと見《み》た。豊《ゆた》かな髪《かみ》は白髪《しらが》が増《ふ》え、年《とし》より老《ふ》けてしわの多《おお》い顔《かお》を縁取《ふちど》っている。ハリーは、別《べつ》な答《こた》えができたらよいのにと思《おも》った。

「リーマス、ごめんなさい。僕《ぼく》にはできない。ダンブルドアがあなたに話《はな》していないのなら、僕《ぼく》からは話《はな》せないと思《おも》う」

「そう言《い》うと思《おも》った」

ルーピンは失望《しつぼう》したようだった。

「しかし、それでも私《わたし》は君《きみ》の役《やく》に立《た》つかもしれない。私《わたし》が何者《なにもの》で、何《なに》ができるか、知《し》っているね。君《きみ》に同行《どうこう》して、護《まも》ってあげられるかもしれない。君《きみ》が何《なに》をしようとしているかを、はっきり話《はな》してくれる必要《ひつよう》はない」

ハリーは迷《まよ》った。受《う》け入《い》れたくなる申《もう》し出《で》だった。しかし、ルーピンがいつも一緒《いっしょ》にいるとなると、どうやったら三人《にん》の任務《にんむ》を秘密《ひみつ》にしておけるのか、考《かんが》えが浮《う》かばなかった。

ところが、ハーマイオニーはけげんそうな顔《かお》をした。

「でも、トンクスはどうなるの？」

「トンクスがどうなるって？」

ルーピンが聞《き》き返《かえ》した。

「だって」ハーマイオニーが顔《かお》をしかめた。「あなたたちは結婚《けっこん》しているわ！　あなたが私《わたし》たちと一緒《いっしょ》に行《い》ってしまうことを、トンクスはどう思《おも》うかしら？」

「トンクスは、完全《かんぜん》に安全《あんぜん》だ」

ルーピンが言《い》った。

「実家《じっか》に帰《かえ》ることになるだろう」

ルーピンの言《い》い方《かた》に、何《なに》か引《ひ》っかかるものがあった。ほとんど冷《つめ》たい言《い》い方《かた》と言《い》ってもよかった。トンクスが両親《りょうしん》の家《いえ》に隠《かく》れて過《す》ごすという考《かんが》えも、何《なに》か変《へん》だった。トンクスは、何《なん》と言《い》っても騎士団《きしだん》のメンバーだし、ハリーが知《し》るかぎり、戦《たたか》いの最中《さなか》にいたがる性分《しょうぶん》だ。

「リーマス」

ハーマイオニーが遠慮《えんりょ》がちに聞《き》いた。

「うまくいっているのかしら……あの……あなたと――」

「すべてうまくいっている。どうも」

ルーピンは、余計《よけい》な心配《しんぱい》だと言《い》わんばかりだった。

ハーマイオニーは赤《あか》くなった。しばらく間《ま》があいた。気詰《きづ》まりでばつの悪《わる》い沈黙《ちんもく》だったが、やがてルーピンが、意《い》を決《けっ》して不快《ふかい》なことを認《みと》めるという雰囲気《ふんいき》で口《くち》を開《ひら》いた。

「トンクスは妊娠《にんしん》している」

「まあ、すてき！」ハーマイオニーが歓声《かんせい》を上《あ》げた。

「いいぞ！」ロンが心《こころ》から言《い》った。

「おめでとう」ハリーが言《い》った。

ルーピンは作《つく》り笑《わら》いをしたが、むしろしかめっ面《つら》に見《み》えた。

「それで……私《わたし》の申《もう》し出《で》を受《う》けてくれるのか？　三人《にん》が四人《にん》になるか？　ダンブルドアが承知《しょうち》しないとは考《かんが》えられない。何《なん》と言《い》っても、あの人《ひと》が私《わたし》を『闇《やみ》の魔術《まじゅつ》に対《たい》する防衛術《ぼうえいじゅつ》』の教師《きょうし》に任命《にんめい》したんだからね。それに、言《い》っておくが、我々《われわれ》は、ほとんど誰《だれ》も出会《であ》ったことがなく、想像《そうぞう》したこともないような魔法《まほう》と対決《たいけつ》することになるにちがいない」

ロンとハーマイオニーが、同時《どうじ》にハリーを見《み》た。

「ちょっと——ちょっとたしかめたいんだけど」ハリーが言《い》った。「トンクスを実家《じっか》に置《お》いて、僕《ぼく》たちと一緒《いっしょ》に来《き》たいんですか？」

「あそこにいれば、トンクスは完璧《かんぺき》に安全《あんぜん》だ。両親《りょうしん》が面倒《めんどう》を見《み》てくれるだろう」

ルーピンが言《い》った。ルーピンの言《い》い方《かた》は、ほとんど冷淡《れいたん》と言《い》ってよいほどきっぱりしていた。

「ハリー、ジェームズならまちがいなく、私《わたし》に君《きみ》と一緒《いっしょ》にいてほしいと思《おも》ったにちがいない」

「さあ」

ハリーは、考《かんが》えながらゆっくりと言《い》った。

「僕《ぼく》はそうは思《おも》わない。はっきり言《い》って、僕《ぼく》の父《ちち》はきっと、あなたがなぜ自分自身《じぶんじしん》の子供《こども》と一緒《いっしょ》にいないのかと、わけを知《し》りたがっただろうと思《おも》う」

ルーピンの顔《かお》から血《ち》の気《け》が失《う》せた。厨房《ちゅうぼう》の温度《おんど》が十度《ど》も下《さ》がってしまったかのようだった。ロンは、まるで厨房《ちゅうぼう》を記憶《きおく》せよと命令《めいれい》されたかのようにじっと見回《みまわ》したし、ハーマイオニーの目《め》は、ハリーとルーピンの間《あいだ》を目《め》まぐるしく往《い》ったり来《き》たりした。

「君《きみ》にはわかっていない」しばらくして、やっとルーピンが口《くち》を開《ひら》いた。

「それじゃ、わからせてください」ハリーが言《い》った。

ルーピンは、ゴクリと生《なま》つばを飲《の》んだ。

「私《わたし》は――私《わたし》はトンクスと結婚《けっこん》するという、重大《じゅうだい》な過《あやま》ちを犯《おか》した。自分《じぶん》の良識《りょうしき》に逆《さか》らう結婚《けっこん》だった。それ以来《いらい》、ずっと後悔《こうかい》してきた」

「そうですか」ハリーが言《い》った。「それじゃ、トンクスも子供《こども》も捨《す》てて、僕《ぼく》たちと一緒《いっしょ》に逃亡《とうぼう》するというわけですね？」

ルーピンはパッと立《た》ち上《あ》がり、椅子《いす》が後《うし》ろにひっくり返《かえ》った。ハリーをにらみつける目《め》のあまりの激《はげ》しさに、ハリーはルーピンの顔《かお》に初《はじ》めて狼《おおかみ》の影《かげ》を見《み》た。

「わからないのか！　妻《つま》にも、まだ生《う》まれていない子供《こども》にも、私《わたし》が何《なに》をしてしまったか！　トンクスと結婚《けっこん》すべきではなかった。私《わたし》はあれを、世間《せけん》ののけ者《もの》にしてしまった！」

ルーピンは、倒《たお》した椅子《いす》をけりつけた。

「君《きみ》は、私《わたし》が騎士団《きしだん》の中《なか》にいるか、ホグワーツでダンブルドアの庇護《ひご》の下《もと》にあった姿《すがた》しか見《み》てはいない！　魔法界《まほうかい》の大多数《だいたすう》の者《もの》が、私《わたし》のような生《い》き物《もの》をどんな目《め》で見《み》るか、君《きみ》は知《し》らないんだ！　私《わたし》が背負《せお》っている病《やまい》がわかると、連中《れんちゅう》はほとんど口《くち》もきいてくれない！　私《わたし》が何《なに》をしてしまったのか、わからないのか？　トンクスの家族《かぞく》でさえ、私《わたし》たちの結婚《けっこん》には嫌悪感《けんおかん》を持《も》ったんだ。一人《ひとり》娘《むすめ》を狼人間《おおかみにんげん》に嫁《とつ》がせたい親《おや》がどこにいる？　それに子供《こども》は――子供《こども》は――」

ルーピンは自分《じぶん》の髪《かみ》を両手《りょうて》でわしづかみにし、発狂《はっきょう》せんばかりだった。

「私《わたし》の仲間《なかま》は、普通《ふつう》は子供《こども》を作《つく》らない！　私《わたし》と同《おな》じになる。そうにちがいない――それを知《し》りながら、罪《つみ》もない子供《こども》にこんな私《わたし》の状態《じょうたい》を受《う》け継《つ》がせる危険《きけん》をおかした自分《じぶん》が許《ゆる》せない！　もしも奇跡《きせき》が起《お》こって、子供《こども》が私《わたし》のようにならないとしたら、その子《こ》には父親《ちちおや》がいないほうがいい。自《じ》分《ぶん》が恥《はじ》に思《おも》うような父親《ちちおや》は、いないほうが百倍《ばい》もいい！」

「リーマス！」

ハーマイオニーが目《め》に涙《なみだ》を浮《う》かべて、小声《こごえ》で言《い》った。

「そんなことを言《い》わないで――あなたのことを恥《はじ》に思《おも》う子供《こども》なんて、いるはずがないでしょう？」

「へえ、ハーマイオニー、そうかな」ハリーが言《い》った。

「僕《ぼく》なら、とても恥《は》ずかしいと思《おも》うだろうな」

ハリーは、自分《じぶん》の怒《いか》りがどこから来《き》ているかわからなかったが、その怒《いか》りがハリーを立《た》ち上《あ》がらせた。ルーピンは、ハリーになぐられたような顔《かお》をしていた。

「新《あたら》しい体制《たいせい》が、マグル生《う》まれを悪《あく》だと考《かんが》えるなら」ハリーは話《はな》し続《つづ》けた。「あの連中《れんちゅう》は、騎士《きし》団員《だんいん》の父親《ちちおや》を持《も》つ半狼人間《はんおおかみにんげん》をどうするでしょう？　僕《ぼく》の父《ちち》は母《はは》と僕《ぼく》を護《まも》ろうとして死《し》んだ。それなのに、その父《ちち》があなたに、子供《こども》を捨《す》てて僕《ぼく》たちと一緒《いっしょ》に冒険《ぼうけん》に出《で》かけろと、そう言《い》うとでも思《おも》うんですか？」

「よくもそんなことが――そんなことが言《い》えるな」

ルーピンが言《い》い返《かえ》した。

「何《なに》かを望《のぞ》んでのことじゃない――冒険《ぼうけん》とか個人的《こじんてき》な栄光《えいこう》とか――どこをつついたらそんなものが出《で》て――」

「あなたは、少《すこ》し向《む》こう見《み》ずな気持《きも》ちになっている」ハリーが言《い》った。「シリウスと同《おな》じことをしたいと思《おも》っている――」

「ハリー、やめて！」

ハーマイオニーがすがるように言《い》ったが、ハリーは、青筋《あおすじ》を立《た》てたルーピンの顔《かお》をにらみつけたままだった。

「僕《ぼく》には信《しん》じられない」ハリーが言葉《ことば》を続《つづ》けた。「僕《ぼく》に吸魂鬼《きゅうこんき》との戦《たたか》い方《かた》を教《おし》えた人《ひと》が――腰抜《こしぬ》けだったなんて」

ルーピンは杖《つえ》を抜《ぬ》いた。あまりの速《はや》さに、ハリーは自分《じぶん》の杖《つえ》に触《ふ》れる間《ま》もなかった。バーンと大《おお》きな音《おと》とともに、ハリーは、なぐり倒《たお》されたように仰向《あおむ》けに吹《ふ》っ飛《と》ぶのを感《かん》じた。厨房《ちゅうぼう》の壁《かべ》にぶつかり、ずるずると床《ゆか》にすべり落《お》ちたとき、ハリーは、ルーピンのマントの端《はし》がドアの向《む》こうに消《き》えるのをちらりと目《め》にした。

「リーマス、リーマス、戻《もど》ってきて！」

ハーマイオニーが叫《さけ》んだが、ルーピンは応《こた》えなかった。まもなく玄関《げんかん》の扉《とびら》がバタンと閉《し》まる音《おと》が聞《き》こえた。

「ハリー！」ハーマイオニーは泣《な》き声《ごえ》だった。

「あんまりだわ！」

「いくらでも言《い》ってやる」

そう言《い》うと、ハリーは立《た》ち上《あ》がった。壁《かべ》にぶつかった後頭部《こうとうぶ》にこぶがふくれ上《あ》がるのを感《かん》じた。怒《いか》りが収《おさ》まらず、ハリーはまだ体《からだ》を震《ふる》わせていた。

「そんな目《め》で僕《ぼく》を見《み》るな！」

ハリーはハーマイオニーにかみついた。

「ハーマイオニーに八《や》つ当《あ》たりするな！」

ロンがうなるように言《い》った。

「だめ――だめよ――けんかしちゃだめ！」

ハーマイオニーが二人《ふたり》の間《あいだ》に割《わ》って入《はい》った。

「あんなこと、ルーピンに言《い》うべきじゃなかったぜ」ロンがハリーに言《い》った。

「身《み》から出《で》たさびだ」

ハリーの心《こころ》には、バラバラなイメージが目《め》まぐるしく出入《ではい》りしていた。ベールの向《む》こうに倒《たお》れるシリウス、宙《ちゅう》に浮《う》くダンブルドアの折《お》れ曲《ま》がった体《からだ》、緑《みどり》の閃光《せんこう》と母親《ははおや》の叫《さけ》び声《ごえ》、哀《あわ》れみを請《こ》う声《こえ》……。

「親《おや》は」ハリーが言《い》った。「子供《こども》から離《はな》れるべきじゃない。でも——でも、どうしてもというときだけは」

「ハリー——」

ハーマイオニーが、なぐさめるように手《て》を伸《の》ばした。しかしハリーはその手《て》を振《ふ》り払《はら》って、ハーマイオニーの作《つく》り出《だ》した火《ひ》を見《み》つめながら、暖炉《だんろ》のほうに歩《ある》いた。一度《いちど》この暖炉《だんろ》の中《なか》からルーピンと話《はなし》をしたことがある。父親《ちちおや》のことで確信《かくしん》が持《も》てなくなったときだ。ルーピンは、ハリーをなぐさめてくれた。今《いま》は、ルーピンが苦《くる》しんでいる。蒼白《そうはく》な顔《かお》が、ハリーの目《め》の前《まえ》をぐるぐると回《まわ》っているような気《き》がした。後悔《こうかい》がどっと押《お》し寄《よ》せてきて、ハリーは気分《きぶん》が悪《わる》くなった。

ロンもハーマイオニーもだまっている。しかし、二人《ふたり》が背後《はいご》で見《み》つめ合《あ》い、無言《むごん》の話《はな》し合《あ》いをしているにちがいないと感《かん》じた。

振《ふ》り向《む》くと、二人《ふたり》はあわてて顔《かお》を背《そむ》け合《あ》った。

「わかってるよ。ルーピンを腰抜《こしぬ》け呼《よ》ばわりすべきじゃなかった」

「ああ、そうだとも」ロンが即座《そくざ》に言《い》った。

「だけどルーピンは、そういう行動《こうどう》を取《と》った」

「それでもよ……」ハーマイオニーが言《い》った。

「わかってる」ハリーが言《い》った。「でも、それでルーピンがトンクスの所《ところ》に戻《もど》るなら、言《い》ったかいがあった。そうだろう？」

ハリーの声《こえ》には、そうであってほしいという切実《せつじつ》さがにじんでいた。ハーマイオニーはわかってくれたようだったが、ロンはあいまいな表情《ひょうじょう》だ。ハリーは足元《あしもと》を見《み》つめて父親《ちちおや》のことを考《かんが》えた。ジェームズは、ハリーがルーピンに言《い》ったことを肯定《こうてい》してくれるだろうか、それとも息子《むすこ》が旧友《きゅうゆう》にあのような仕打《しう》ちをしたことを怒《おこ》るだろうか？

静《しず》かな厨房《ちゅうぼう》が、ついさっきの場面《ばめん》の衝撃《しょうげき》と、ロンとハーマイオニーの無言《むごん》の非難《ひなん》でジンジン鳴《な》っているような気《き》がした。ルーピンが持《も》ってきた「日刊予言者新聞《にっかんよげんしゃしんぶん》」がテーブルに広《ひろ》げられたままで、一面《めん》のハリーの写真《しゃしん》が天井《てんじょう》をにらんでいた。ハリーは新聞《しんぶん》に近《ちか》づいて腰《こし》をかけ、脈絡《みゃくらく》もなく紙面《しめん》をめくって読《よ》んでいるふりをした。まだルーピンとのやり取《と》りのことで頭《あたま》がいっぱいで、文字《もじ》は頭《あたま》に入《はい》らなかった。「予言者新聞《よげんしゃしんぶん》」のむこう側《がわ》では、ロンとハーマイオニーが、また無言《むごん》の話《はな》し合《あ》いを始《はじ》めたにちがいない。ハリーは大《おお》きな音《おと》を立《た》ててページをめくった。すると、ダンブルドアの名前《なまえ》が目《め》に飛《と》び込《こ》んできた。家族《かぞく》の写真《しゃしん》がある。その意味《いみ》が飲《の》み込《こ》めるまで、一呼《ひとこ》吸《きゅう》か二呼吸《ふたこきゅう》かかった。写真《しゃしん》の下《した》に説明《せつめい》がある。

ダンブルドア一家《いっか》。左《ひだり》からアルバス、生《う》まれたばかりのアリアナを抱《だ》くパーシバル、ケンドラ、アバーフォース

目《め》が吸《す》い寄《よ》せられ、ハリーは写真《しゃしん》をじっくり見《み》た。ダンブルドアの父親《ちちおや》のパーシバルは美男子《びなんし》で、セピア色《いろ》の古《ふる》い写真《しゃしん》にもかかわらず、目《め》がいたずらっぽく輝《かがや》いている。赤《あか》ん坊《ぼう》のアリアナは、パン一本《ぽん》より少《すこ》し長《なが》いくらいで、顔形《かおかたち》もパンと同《おな》じようによくわからない。母親《ははおや》のケンドラは、漆黒《しっこく》の髪《かみ》を髷《まげ》にして頭《あたま》の高《たか》い所《ところ》でとめている。彫刻《ちょうこく》のような雰囲気《ふんいき》の顔《かお》だ。ハイネックの絹《きぬ》のガウンを着《き》ていたが、その黒《くろ》い瞳《ひとみ》、ほお骨《ぼね》の張《は》った顔《かお》、まっすぐな鼻《はな》を見《み》ていると、ハリーはアメリカ先住民《せんじゅうみん》の顔《かお》を思《おも》い起《お》こした。アルバスとアバーフォースは、おそろいのレースのえりのつ

いた上着《うわぎ》を着《き》て、肩《かた》で切《き》りそろえたまったく同《おな》じ髪型《かみがた》をしていた。アルバスがいくつか年上《としうえ》には見《み》えたが、それ以外《いがい》は二人《ふたり》はとてもよく似《に》ていた。これは、アルバスの鼻《はな》が折《お》れる前《まえ》で、めがねをかける前《まえ》のことだからだ。

ごく普通《ふつう》の幸《しあわ》せな家族《かぞく》に見《み》えた。写真《しゃしん》は新聞《しんぶん》から平和《へいわ》に笑《わら》いかけている。赤《あか》ん坊《ぼう》のアリアナが、おくるみから出《だ》した腕《うで》をかすかに振《ふ》っている。ハリーは写真《しゃしん》の上《うえ》の見出《みだ》しを読《よ》んだ。

リータ・スキーター著《ちょ》
アルバス・ダンブルドアの伝記《でんき》〈近日発売《きんじつはつばい》〉より抜粋《ばっすい》《独占掲載《どくせんけいさい》》

落《お》ち込《こ》んだ気持《きも》ちがこれ以上《いじょう》悪《わる》くなることはないだろうと、ハリーは読《よ》みはじめた。

夫《おっと》のパーシバルが逮捕《たいほ》され、アズカバンに収監《しゅうかん》されたことが広《ひろ》く報《ほう》じられたあと、誇《ほこ》り高《たか》く気位《きぐらい》の高《たか》いケンドラ・ダンブルドアは、モールド－オン－ザ－ウォルドに住《す》むことがたえられなくなった。そこで、そこを引《ひ》き払《はら》い、家族全員《かぞくぜんいん》でゴドリックの谷《たに》に移《うつ》ることを決《き》めた。この村《むら》は、後日《ごじつ》、ハリー・ポッターが「例《れい》のあの人《ひと》」から不思議《ふしぎ》にも逃《のが》れた事件《じけん》で有名《ゆうめい》になった。

モールド－オン－ザ－ウォルド同様《どうよう》、ゴドリックの谷《たに》にも多《おお》くの魔法使《まほうつか》いが住《す》んでいたが、ケンドラの顔見知《かおみし》りは一人《ひとり》もおらず、それまで住《す》んでいた村《むら》のように、夫《おっと》の犯罪《はんざい》のことで好奇《こうき》の目《め》を向《む》けられることはないだろうと、ケンドラは考《かんが》えた。新《あたら》しい村《むら》では、近所《きんじょ》の魔法使《まほうつか》いたちの親切《しんせつ》な申《もう》し出《で》をくり返《かえ》し断《ことわ》ることで、ケンドラはまもなく、ひっそりとした家族《かぞく》だけの暮《く》らしを確保《かくほ》した。

「私《わたし》が手作《てづく》りの大鍋《おおなべ》ケーキを持《も》って、引《ひ》っ越《こ》し祝《いわ》いにいったときなんぞ、鼻先《はなさき》でドアを閉《し》められたよ」バチルダ・バグショットはそう語《かた》った。「ここに越《こ》してきた最初《さいしょ》の年《とし》は、二人《ふたり》の息子《むすこ》をときどき見《み》かけるだけだった。その年《とし》の冬《ふゆ》に、私《わたし》が月明《つきあ》かりで鐘鳴《かねな》り草《そう》をつんでいなかったら、娘《むすめ》がいることは知《し》らずじまいだったろうね。その時《とき》に、ケンドラがアリアナを裏庭《うらにわ》に連《つ》れ出《だ》しているのを見《み》たんだよ。娘《むすめ》の手《て》をしっかり握《にぎ》って芝生《しばふ》を一《いっ》周《しゅう》させ、また家《いえ》の中《なか》に連《つ》れ戻《もど》した。いったいどう考《かんが》えていいやら、わからなかったよ」

ケンドラはゴドリックの谷《たに》への引《ひ》っ越《こ》しが、アリアナを永久《えいきゅう》に隠《かく》してしまうには持《も》ってこいの機会《きかい》だと考《かんが》えたようだ。彼女《かのじょ》はたぶん何年《なんねん》も前《まえ》から、そのことを計画《けいかく》していたのだろう。タイミングに重要《じゅうよう》な意味《いみ》がある。アリアナが人前《ひとまえ》から消《き》えたときは、やっと七つになるかならないかの年《とし》だった。七歳《さい》というのは、魔法力《まほうりょく》がある場合《ばあい》には、それがあらわれる年《とし》だということで多《おお》くの専門家《せんもんか》の意見《いけん》が一致《いっち》する。現在《げんざい》生《い》きている魔法使《まほうつか》いの中《なか》で、ほんのわずかにでも魔法力《まほうりょく》を示《しめ》したアリアナを記憶《きおく》している者《もの》はいない。つまり、ケンドラが、スクイブを生《う》んだ恥《はじ》にたえるより、娘《むすめ》の存在《そんざい》を隠《かく》してしまおうと決《き》めたのは明《あき》らかだ。アリアナを知《し》る友人《ゆうじん》や近所《きんじょ》の人《ひと》たちから遠《とお》ざかることで、アリアナを閉《と》じ込《こ》めやすくなったのはもちろんのことだ。それまでアリアナの存在《そんざい》を知《し》っていたごくわずかの者《もの》は、秘密《ひみつ》を守《まも》ると信用《しんよう》できる人《ひと》たちばかりで、たとえば二人《ふたり》の兄《あに》は、母親《ははおや》に教《おし》え込《こ》まれた答《こた》えで都合《つごう》の悪《わる》い質問《しつもん》をかわした。「妹《いもうと》は体《からだ》が弱《よわ》くて学校《がっこう》には行《い》けない」

次回掲載《じかいけいさい》は来週《らいしゅう》「ホグワーツでのアルバス・ダンブルドア——語《かた》り草《ぐさ》か騙《かた》り者《もの》か」

ハリーの考《かんが》えは甘《あま》かった。読《よ》んだあと、ますます気持《きも》ちが落《お》ち込《こ》んだ。ハリーは、一見幸《いっけんしあわ》せそうな家族《かぞく》の写真《しゃしん》をもう一度《いちど》見《み》た。ほんとうだろうか？　どうやったら確認《かくにん》できるのだろう？　ハリーはゴドリックの谷《たに》に行《い》きたかった。たとえバチルダがハリーに話《はな》せるような状態《じょうたい》ではなくとも、行《い》きたかった。ダンブルドアも自分《じぶん》も、ともに愛《あい》する人《ひと》たちを失《うしな》った場所《ばしょ》に行《い》ってみたい。

ロンとハーマイオニーの意見《いけん》を聞《き》こうと、ハリーが新聞《しんぶん》を下《お》ろしかけたその時《とき》、バチンと厨房《ちゅうぼう》中《じゅう》に響《ひび》く大《おお》きな音《おと》がした。

この三日間《みっかかん》で初《はじ》めて、ハリーはクリーチャーのことをすっかり忘《わす》れていた。とっさにハリーは、ルーピンがすさまじい勢《いきお》いで厨房《ちゅうぼう》に戻《もど》ってきたのではないかと思《おも》ったので、自分《じぶん》の座《すわ》っている椅《い》子《す》のすぐ脇《わき》に突如《とつじょ》現《あらわ》れて手足《てあし》をばたつかせている塊《かたまり》が何《なん》なのか、一瞬《いっしゅん》わけがわからなかった。ハリーが急《いそ》いで立《た》ち上《あ》がると、塊《かたまり》から身《み》をほどいたクリーチャーが深々《ふかぶか》とおじぎし、しわがれ声《ごえ》で言《い》った。

「ご主人様《しゅじんさま》、クリーチャーは盗《ぬす》っ人《と》のマンダンガス・フレッチャーを連《つ》れて戻《もど》りました」

あたふたと立《た》ち上《あ》がったマンダンガスが杖《つえ》を抜《ぬ》いたが、ハーマイオニーの速《はや》さにはかなわなかった。

「エクスペリアームス！　武器《ぶき》よ去《さ》れ！」

マンダンガスの杖《つえ》が宙《ちゅう》に飛《と》び、ハーマイオニーがそれをとらえた。マンダンガスは、狂《くる》ったように目《め》をぎょろつかせて階段《かいだん》へとダッシュしていったが、ロンにタックルをかけられ、グシャッと鈍《にぶ》い音《おと》を立《た》てて石《いし》の床《ゆか》に倒《たお》れた。

「何《なん》だよぅ？」

がっちりつかんでいるロンの手《て》から逃《のが》れようと、身《み》をよじりながらマンダンガスが叫《さけ》んだ。

「俺《おれ》が何《なに》したって言《い》うんだ？　屋敷《やしき》しもべ野郎《やろう》をけしかけやがってよぅ。いったい何《なに》ふざけてやがんだ。俺《おれ》が何《なに》したって言《い》うんだ。放《はな》せ、放《はな》しやがれ、さもねえと——」

「脅《おど》しをかけられるような立場《たちば》じゃないだろう」

ハリーは新聞《しんぶん》を投《な》げ捨《す》て、ほんの数歩《すうほ》で厨房《ちゅうぼう》を横切《よこぎ》りマンダンガスのかたわらにひざをついた。

マンダンガスはじたばたするのをやめ、おびえた顔《かお》になっていた。ロンは息《いき》をはずませながら立《た》ち上《あ》がり、ハリーが慎重《しんちょう》にマンダンガスの鼻《はな》に杖《つえ》を突《つ》きつけるのを見《み》ていた。マンダンガスは、すえた汗《あせ》とたばこの臭《にお》いをプンプンさせて、髪《かみ》はもつれ、ローブは薄汚《うすよご》れていた。

「ご主人様《しゅじんさま》、クリーチャーは盗《ぬす》っ人《と》を連《つ》れてくるのが遅《おく》れたことをおわびいたします」

しもべ妖精《ようせい》がしわがれ声《ごえ》で言《い》った。

「フレッチャーは捕《つか》まらないようにする方法《ほうほう》を知《し》っていて、隠《かく》れ家《が》や仲間《なかま》をたくさん持《も》っています。それでもクリーチャーは、とうとう盗《ぬす》っ人《と》を追《お》いつめました」

「クリーチャー、君《きみ》はほんとによくやってくれたよ」

ハリーがそう言《い》うと、しもべ妖精《ようせい》は深々《ふかぶか》と頭《あたま》を下《さ》げた。

「さあ、おまえに少《すこ》し聞《き》きたいことがあるんだ」

ハリーが言《い》うと、マンダンガスはすぐさまわめきだした。

「うろたえっちまったのよぅ、いいか？　俺《おれ》はよぅ、一緒《いっしょ》に行《い》きてぇなんて、いっぺんも言《い》ってねえ。へん、悪《わる》く思《おも》うなよ。けどなぁ、おめえさんのためにすすんで死《し》ぬなんて、一度《いちど》も言《い》ってねぇ。そんで、あの『例《れい》のあの人《ひと》』野郎《やろう》が、俺《おれ》めがけて飛《と》んできやがってよぅ。誰《だれ》だって逃《に》げらぁね。俺《おれ》はよぅ、はじめっからやりたくねぇって――」

「言《い》っておきますけど、ほかには誰《だれ》も『姿《すがた》くらまし』した人《ひと》はいないわ」

ハーマイオニーが言《い》った。

「へん、おめえさんたちは、そりゃご立派《りっぱ》な英雄《えいゆう》さんたちでござんしょうよ。だけどよぅ、俺《おれ》はいっぺんだって、てめえが死《し》んでもいいなんて、かっこつけたこたぁねえぜ」

「おまえがなぜマッド‐アイを見捨《みす》てて逃《に》げたかなんて、僕《ぼく》たちには興味《きょうみ》はない」

ハリーはマンダンガスの血走《ちばし》って垂《た》れ下《さ》がった目《め》に、さらに杖《つえ》を近《ちか》づけた。

「おまえが信頼《しんらい》できないクズだってことは、僕《ぼく》たちにはとっくにわかっていた」

「ふん、そんなら、なんで俺《おれ》はしもべ妖精《ようせい》に狩《か》り出《だ》されなきゃなんねぇ？　それとも、また例《れい》のゴブレットのことか？　もう一つっつも残《のこ》ってねえよ。そんでなきゃ、おまえさんにやるけどよぅ――」

「ゴブレットのことでもない。もっとも、なかなかいい線《せん》いってるけどね」ハリーが言《い》った。

「だまって聞《き》け」

何《なに》かすることがあるのはいい気分《きぶん》だった。ほんの少《すこ》しでも、誰《だれ》かに真実《しんじつ》を話《はな》せと言《い》えるのはいい気分《きぶん》だった。鼻柱《はなばしら》にくっつくほど近《ちか》くに突《つ》きつけられたハリーの杖《つえ》から、目《め》を離《はな》すまいとしてマンダンガスは寄《よ》り目《め》になっていた。

「おまえがこの屋敷《やしき》から貴重品《きちょうひん》をさらっていったとき――」

ハリーは話《はな》しはじめたが、またしてもマンダンガスにさえぎられた。

「シリウスはよぅ、気《き》にしてなかったぜ、がらくたのことなんぞ――」

パタパタという足音《あしおと》がして、銅製《どうせい》の何《なに》かがピカリと光《ひか》ったかと思《おも》うと、グワーンと響《ひび》く音《おと》と痛《いた》そうな悲鳴《ひめい》が聞《き》こえた。クリーチャーがマンダンガスにかけ寄《よ》って、ソース鍋《なべ》で頭《あたま》をなぐったのだ。

「こいつを何《なん》とかしろ、やめさせろ。おりに入《い》れとけ！」

クリーチャーがもう一度《いちど》分厚《ぶあつ》い鍋《なべ》を振《ふ》り上《あ》げたので、マンダンガスは頭《あたま》を抱《かか》えて悲鳴《ひめい》を上《あ》げた。

「クリーチャー、よせ！」ハリーが叫《さけ》んだ。

クリーチャーの細腕《ほそうで》が、高々《たかだか》と持《も》ち上《あ》げた鍋《なべ》の重《おも》さでわなわな震《ふる》えていた。

「ご主人様《しゅじんさま》、もう一度《いちど》だけよろしいでしょうか？　ついでですから」

ロンが声《こえ》を上《あ》げて笑《わら》った。

「クリーチャー、気《き》を失《うしな》うとまずいんだよ。だけど、こいつを説得《せっとく》する必要《ひつよう》が出《で》てきたら、君《きみ》にその仕切《しき》り役《やく》をはたしてもらうよ」

「ありがとうございます、ご主人様《しゅじんさま》」

クリーチャーはおじぎをして、少《すこ》し後《うし》ろに下《さ》がったが、大《おお》きな薄《うす》い色《いろ》の目《め》で、憎々《にくにく》しげにマンダンガスをにらみつけたままだった。

「おまえがこの屋敷《やしき》から、手当《てあ》たりしだいに貴重品《きちょうひん》を持《も》ち出《だ》したとき」ハリーはもう一度《いちど》話《はな》しはじめた。「厨房《ちゅうぼう》の納戸《なんど》からも一抱《ひとかか》え持《も》ち去《さ》った。その中《なか》にロケットがあった」

ハリーは、突然口《とつぜんくち》の中《なか》がからからになった。ロンとハーマイオニーも緊張《きんちょう》し、興奮《こうふん》しているのがわかった。

「それをどうした？」

「なんでだ？」

マンダンガスが聞《き》いた。

「値打《ねう》ちもんか？」

「まだ持《も》っているんだわ！」ハーマイオニーが叫《さけ》んだ。

「いや、持《も》ってないね」ロンが鋭《するど》く見抜《みぬ》いた。「もっと高《たか》く要求《ようきゅう》したほうがよかったんじゃないかって、そう思《おも》ってるんだ」

「もっと高《たか》く？」

マンダンガスが言《い》った。

「そいつぁどえらく簡単《かんたん》にできただろうぜ……いまいましいが、ただでくれてやったんでよぅ。どうしようもねぇ」

「どういうことだ？」

「俺《おれ》はダイアゴン横丁《よこちょう》で売《う》ってたのよ。そしたらあの女《おんな》が来《き》てよぅ、魔法製品《まほうせいひん》を売買《ばいばい》する許可《きょか》を持《も》ってるか、と来《き》やがった。まったくよけいなお世話《せわ》だぜ。罰金《ばっきん》を取《と》るとぬかしやがった。けどロケットに目《め》をとめてよぅ、それをよこせば、今度《こんど》だけは見逃《みのが》してやるから幸運《こううん》と思《おも》え、とおでなすった」

「その魔女《まじょ》、誰《だれ》だい？」ハリーが聞《き》いた。

「知《し》らねえよ。魔法省《まほうしょう》のばばぁだ」

マンダンガスは、眉間《みけん》にしわを寄《よ》せて一瞬《いっしゅんかん》考《が》えた。

「小《ちい》せえ女《おんな》だ。頭《あたま》のてっぺんにリボンだ」

マンダンガスは、顔《かお》をしかめてもう一言《ひとこと》言《い》った。

「ガマガエルみてえな顔《かお》だったな」

ハリーは杖《つえ》を取《と》り落《お》とした。それがマンダンガスの鼻《はな》に当《あ》たって赤《あか》い火花《ひばな》が眉《まゆ》に飛《と》び、眉毛《まゆげ》に火《ひ》がついた。

「アグアメンティ！　水《みず》よ！」

ハーマイオニーの叫《さけ》びとともに杖《つえ》から水《みず》が噴《ふ》き出《だ》し、アワアワ言《い》いながらむせ込《こ》んでいるマンダンガスを包《つつ》み込《こ》んだ。

顔《かお》を上《あ》げたハリーは、自分《じぶん》が受《う》けたと同《おな》じ衝撃《しょうげき》が、ロンとハーマイオニーの顔《かお》にも表《あらわ》れているのを見《み》た。右手《みぎて》の甲《こう》の傷痕《きずあと》が、再《ふたた》びうずくような気《き》がした。

第《だい》12章《しょう》　魔法《まほう》は力《ちから》なり

八月《がつ》も残《のこ》り少《すく》なくなり、伸《の》び放題《ほうだい》だったグリモールド・プレイス広場《ひろば》の中央《ちゅうおう》にある草《くさ》は、暑《あつ》さでしなび、こげ茶色《ちゃいろ》に干《ひ》からびていた。十二番地《ばんち》の住人《じゅうにん》は、周囲《しゅうい》の家《いえ》の誰《だれ》とも顔《かお》を合《あ》わせず、十二番地《ばんち》そのものも誰《だれ》にも見《み》られていなかった。グリモールド・プレイスのマグルの住人《じゅうにん》は、十一番地《ばんち》と十三番地《ばんち》が隣《とな》り合《あ》わせになっているというまぬけなまちがいに、ずいぶん前《まえ》から慣《な》れっこになっていた。

にもかかわらず、ふぞろいの番地《ばんち》に興味《きょうみ》を持《も》ったらしい訪問者《ほうもんしゃ》が、ぽつりぽつりとこの広場《ひろば》を訪《おとず》れていた。ほとんど毎日《まいにち》のように、一人二人《ひとりふたり》とグリモールド・プレイスにやってきては、それ以外《いがい》には何《なん》の目的《もくてき》もないのに――少《すく》なくともはた目《め》にはそう見《み》えたが――十一番地《ばんち》と十三番地《ばんち》に面《めん》した柵《さく》に寄《よ》りかかり、二軒《けん》の家《いえ》の境目《さかいめ》を眺《なが》めていた。同《おな》じ人間《にんげん》が二日続《ふつかつづ》けて来《く》ることはなかった。ただし、あたりまえの服装《ふくそう》を嫌《きら》うという点《てん》では、全員《ぜんいん》が共通《きょうつう》しているように見《み》えた。突拍《とっぴょう》子《し》もない服装《ふくそう》を見慣《みな》れている通《とお》りすがりのロンドンっ子《こ》たちは、たいがい、ほとんど気《き》にもとめない様子《ようす》だったが、たまに振《ふ》り返《かえ》る人《ひと》は、この暑《あつ》いのにどうして長《なが》いマントを着《き》ているのだろうと、いぶかるような目《め》で見《み》ていた。

見張《みは》っている訪問者《ほうもんしゃ》たちは、ほとんど満足《まんぞく》な成果《せいか》が得《え》られない様子《ようす》だった。ときどき、とうとう何《なに》かおもしろいものが見《み》えたとでもいうように、興奮《こうふん》した様子《ようす》で前《まえ》に進《すす》み出《で》ることがあったが、結局失望《けっきょくしつぼう》してまた元《もと》の位置《いち》に戻《もど》るのだった。

九月《がつ》の最初《さいしょ》の日《ひ》には、これまでより多《おお》くの人数《にんずう》が広場《ひろば》を徘徊《はいかい》していた。長《なが》いマントを着《き》た男《おとこ》が六人《にん》、押《お》しだまって目《め》を光《ひか》らせ、いつものように十一番地《ばんち》と十三番地《ばんち》の家《いえ》を見《み》つめていた。しかし、待《ま》っているものが何《なん》であれ、それをまだつかみきれてはいないようだった。夕方近《ゆうがたちか》くになって、にわかにここ何週間《なんしゅうかん》かなかったような冷《つめ》たい雨《あめ》が降《ふ》りだした。その時《とき》、見張《みは》りたちは、何《なに》がそうさせるのかは不明《ふめい》だったが、またしても何《なに》かおもしろいものを見《み》たようなそぶりを見《み》せた。ひん曲《ま》がった顔《かお》の男《おとこ》が指差《ゆびさ》し、その一番近《いちばんちか》くにいた青白《あおじろ》いずんぐりした男《おとこ》が前《まえ》に進《すす》んだ。しかし次《つぎ》の瞬間《しゅんかん》、男《おとこ》たちはまた元《もと》のように動《うご》かない状態《じょうたい》に戻《もど》り、いらいらしたり落胆《らくたん》したりしているようだった。

その時《とき》、十二番地《ばんち》では、ハリーがちょうど玄関《げんかん》ホールに入《はい》ってきたばかりだった。扉《とびら》の外《そと》の石《いし》段《だん》の一番上《いちばんうえ》に「姿《すがた》あらわし」したときにバランスを崩《くず》しかけ、一瞬《いっしゅん》「マント」から突《つ》き出《で》たひじを死喰《しく》い人《びと》に見《み》られたかもしれないと思《おも》った。玄関《げんかん》の扉《とびら》をしっかり閉《し》め、ハリーは透明《とうめい》マントを脱《ぬ》いで腕《うで》にかけ、薄暗《うすぐら》いホールを地下《ちか》への入口《いりぐち》へと急《いそ》いだ。その手《て》には、失敬《しっけい》してきた「日刊予《にっかんよ》言者新聞《げんしゃしんぶん》」がしっかり握《にぎ》られていた。

いつものように「**セブルス・スネイプか？**」と問《と》う低《ひく》いささやきがハリーを迎《むか》え、冷《つめ》たい風《かぜ》がサッと吹《ふ》き抜《ぬ》けたかと思《おも》うと、ハリーの舌《した》が一瞬《いっしゅん》丸《まる》まった。

「あなたを殺《ころ》したのは僕《ぼく》じゃない」

舌縛《したしば》りが解《と》けると同時《どうじ》にハリーはそう言《い》い、人《ひと》の姿《すがた》をとる呪《のろ》いのかかったほこりが爆発《ばくはつ》するのに備《そな》えて息《いき》を止《と》めた。厨房《ちゅうぼう》への階段《かいだん》の途中《とちゅう》まで下《お》り、ブラック夫人《ふじん》には聞《き》こえない、しかも舞《ま》い上《あ》がるほこりがもう届《とど》かない所《ところ》まで来《き》て初《はじ》めて、ハリーは声《こえ》を張《は》り上《あ》げた。

「ニュースがあるよ。気《き》に入《い》らないやつだろうけど」

厨房《ちゅうぼう》は見《み》ちがえるようになっていた。何《なに》もかもが磨《みが》き上《あ》げられ、鍋《なべ》やフライパンは赤銅色《しゃくどういろ》に輝《かがや》き、木《き》のテーブルはピカピカだ。ゴブレットや皿《さら》はもう夕食用《ゆうしょくよう》に並《なら》べられて、楽《たの》しげな暖炉《だんろ》の炎《ほのお》をチラチラと映《うつ》していたし、暖炉《だんろ》にかけられた鍋《なべ》はぐつぐつ煮《に》えていた。しかし厨房《ちゅうぼう》のそんな変化《へんか》も、しもべ妖精《ようせい》の変《か》わりように比《くら》べれば何《なん》でもない。ハリーのほうにいそいそとかけ寄《よ》ったしもべ妖精《ようせい》は、真《ま》っ白《しろ》なタオルを着《き》て、耳《みみ》の毛《け》は清潔《せいけつ》で綿《わた》のようにふわふわしている。レギュラスのロケットが、そのやせた胸《むね》でポンポン跳《と》びはねていた。

「ハリー様《さま》、お靴《くつ》をお脱《ぬ》ぎください。それから夕食《ゆうしょく》の前《まえ》に手《て》を洗《あら》ってください」

クリーチャーはしわがれ声《ごえ》でそう言《い》うと、透明《とうめい》マントを預《あず》かって前《まえ》かがみに壁《かべ》の洋服《ようふく》かけまで歩《ある》き、そこにかけた。壁《かべ》には流行遅《りゅうこうおく》れのローブが何着《なんちゃく》か、きれいに洗《あら》ってかけてある。

「何《なに》が起《お》こったんだ？」

ロンが心配《しんぱい》そうに聞《き》いた。ロンはハーマイオニーと二人《ふたり》で、走《はし》り書《が》きのメモや手書《てが》きの地図《ちず》の束《たば》を長《なが》テーブルの一角《いっかく》に散《ち》らかして、調《しら》べ物《もの》の最中《さいちゅう》だったが、二人《ふたり》とも、気《き》をたかぶらせて近《ちか》づいてくるハリーに目《め》を向《む》けた。ハリーは散《ち》らばった羊皮紙《ようひし》の上《うえ》に、新聞《しんぶん》をパッと広《ひろ》げた。見知《みし》った鉤鼻《かぎばな》と黒《くろ》い髪《かみ》の男《おとこ》が大写《おおうつ》しになって三人《にん》を見上《みあ》げ、にらんでいる。その上《うえ》に大見出《おおみだ》しがあった。


セブルス・スネイプ、ホグワーツ校長《こうちょう》に確定《かくてい》

「まさか！」ロンもハーマイオニーも大声《おおごえ》を出《だ》した。

ハーマイオニーの手《て》が一番早《いちばんはや》かった。新聞《しんぶん》をサッと取《と》り上《あ》げ、その記事《きじ》を読《よ》み上《あ》げはじめた。

「歴史《れきし》あるホグワーツ魔法《まほう》魔術《まじゅつ》学校《がっこう》における一連《いちれん》の人事異動《じんじいどう》で、最重要職《さいじゅうようしょく》の一つである校長《こうちょう》が本日任命《ほんじつにんめい》された。新校長《しんこうちょう》、セブルス・スネイプ氏《し》は、長年《ながねん》『魔法薬学《まほうやくがく》』の教師《きょうし》として勤《つと》めた人物《じんぶつ》である。前任者《ぜんにんしゃ》の辞任《じにん》に伴《ともな》い『マグル学《がく》』は、アレクト・カロー女史《じょし》がその後任《こうにん》となり、空席《くうせき》となっていた『闇《やみ》の魔術《まじゅつ》に対《たい》する防衛術《ぼうえいじゅつ》』には、カロー女史《じょし》の兄《あに》であるアミカス・カロー氏《し》が就任《しゅうにん》する」

「『わが校《こう》における最善《さいぜん》の魔法《まほう》の伝統《でんとう》と価値《かち》を維持《いじ》していく機会《きかい》を、我輩《わがはい》は歓迎《かんげい》する――』ええ、そうでしょうよ。殺人《さつじん》とか人《ひと》の耳《みみ》を切《き》り落《お》とすとかね！　スネイプが、校長《こうちょう》！　スネイプがダンブルドアの書斎《しょさい》に入《はい》るなんて――マーリンの猿股《さるまた》！」

ハーマイオニーのかん高《だか》い声《こえ》に、ハリーもロンも飛《と》び上《あ》がった。ハーマイオニーはパッと立《た》ち上《あ》がり、「すぐ戻《もど》るわ！」と叫《さけ》びながら矢《や》のように部屋《へや》から飛《と》び出《だ》した。

「マーリンの猿股《さるまた》？」

ロンは、さもおもしろそうにニヤッとした。

「きっと頭《あたま》にきたんだな」

ロンは新聞《しんぶん》を引《ひ》き寄《よ》せて、スネイプの記事《きじ》を流《なが》し読《よ》みした。

「ほかの先生《せんせい》たちはこんなの、がまんできないぜ。マクゴナガル、フリットウィック、スプラウトなんか、ほんとのことを知《し》ってるしな。ダンブルドアがどんなふうに死《し》んだかって。スネイプ校長《こうちょう》なんて、受《う》け入《い》れないぜ。それに、カロー兄妹《きょうだい》って、誰《だれ》だ？」

「死喰《しく》い人《びと》だよ」ハリーが言《い》った。「中《なか》のほうに写真《しゃしん》が出《で》てる。スネイプがダンブルドアを殺《ころ》したとき、塔《とう》の上《うえ》にいた連中《れんちゅう》だ。つまり、全部《ぜんぶ》お友達《ともだち》さ。それに——」

ハリーは椅子《いす》を引《ひ》き寄《よ》せながら苦々《にがにが》しく言《い》った。

「ほかの先生《せんせい》は学校《がっこう》に残《のこ》るしかないと思《おも》う。スネイプの後《うし》ろに魔法省《まほうしょう》とヴォルデモートがいるとなれば、とどまって教《おし》えるか、アズカバンで数年《すうねん》ゆっくり過《す》ごすかの選択《せんたく》だろうし——それさえも、運《うん》がよけりゃの話《はなし》だ。きっととどまって生徒《せいと》たちを護《まも》ろうとすると思《おも》うよ」

大《おお》きなスープ鍋《なべ》を持《も》ったクリーチャーが、まめまめしくテーブルにやってきて、口笛《くちぶえ》を吹《ふ》きながら、清潔《せいけつ》なスープ皿《ざら》にお玉《たま》でスープを分《わ》け入《い》れた。

「ありがとう、クリーチャー」

ハリーは礼《れい》を言《い》いながら、スネイプの顔《かお》を見《み》なくてすむように「予言者新聞《よげんしゃしんぶん》」をひっくり返《かえ》した。

「まあ、少《すく》なくとも、これでスネイプの正確《せいかく》な居場所《いばしょ》がわかったわけだ」

ハリーはスープをすくって飲《の》みはじめた。クリーチャーは、レギュラスのロケットを授与《じゅよ》されて以来《いらい》、驚異的《きょういてき》に料理《りょうり》の腕《うで》が上《あ》がった。今日《きょう》のフレンチオニオンスープなど、ハリーが今《いま》までに味《あじ》わった中《なか》でも最高《さいこう》だった。

「死喰《しく》い人《びと》がまだたくさん、ここを見張《みは》っている」食事《しょくじ》をしながらハリーがロンに言《い》った。「いつもより多《おお》いんだ。まるで、僕《ぼく》たちが学校《がっこう》のトランクを引《ひ》っ張《ぱ》ってここから堂々《どうどう》と出《で》かけ、ホグワーツ特急《とっきゅう》に向《む》かうと思《おも》ってるみたいだ」

ロンは、ちらりと腕時計《うでどけい》を見《み》た。

「僕《ぼく》もそのことを一日中考《いちにちじゅうかんが》えていたんだ。列車《れっしゃ》はもう六時間《じかん》も前《まえ》に出発《しゅっぱつ》した。乗《の》ってないなんて、何《なん》だか妙《みょう》ちくりんな気持《きも》ちがしないか？」

かつてロンと一緒《いっしょ》に空《そら》から追《お》いかけた紅《くれない》の蒸気機関車《じょうききかんしゃ》が、ハリーの目《め》に浮《う》かんだ。野原《のはら》や丘陵《きゅうりょう》地《ち》の間《あいだ》をかすかに光《ひか》りながら、紅《くれない》の蛇《へび》のようにくねくねと走《はし》っていた。今《いま》ごろきっとジニーやネビル、ルーナが一緒《いっしょ》に座《すわ》って、たぶんハリーやロン、ハーマイオニーはどこにいるのだろうと心配《しんぱい》したり、そうでなければ、どうやったらスネイプ新体制《しんたいせい》を弱体化《じゃくたいか》できるかを議論《ぎろん》していることだろう。

「たった今《いま》、ここに戻《もど》ってきたのを、連中《れんちゅう》に見《み》られるところだった」ハリーが言《い》った。「階段《かいだん》の一番上《いちばんうえ》にうまく着地《ちゃくち》できなくて、それに透明《とうめい》マントがすべり落《お》ちたんだ」

「僕《ぼく》なんかしょっちゅうさ。あ、戻《もど》ってきた」

ロンは椅子《いす》にかけたまま首《くび》を伸《の》ばして、ハーマイオニーが厨房《ちゅうぼう》に戻《もど》ってくるのを見《み》た。

「それにしても、マーリンの特大猿股《とくだいさるまた》！　そりゃ何《なん》だい？」

「これを思《おも》い出《だ》したの」ハーマイオニーは息《いき》を切《き》らしながら言《い》った。

ハーマイオニーは持《も》ってきた大《おお》きな額入《がくい》りの絵《え》を床《ゆか》に下《お》ろして、厨房《ちゅうぼう》の食器棚《しょっきだな》から小《ちい》さなビーズのバッグを取《と》り、バッグの口《くち》から額《がく》を中《なか》に押《お》し込《こ》みはじめた。どう見《み》てもそんな小《ちい》さなバッグに納《おさ》まるはずがないのに、ほかのいろいろなものと同様《どうよう》、額《がく》はあっという間《ま》にバッグの広大《こうだい》な懐《ふところ》へと消《き》えていった。

「フィニアス・ナイジェラスよ」

ハーマイオニーは、いつものようにガランゴロンという音《おと》を響《ひび》かせながらバッグをテーブルに投《な》げ出《だ》して、説明《せつめい》した。

「えっ？」

ロンは聞《き》き返《かえ》したが、ハリーにはわかった。フィニアス・ナイジェラス・ブラックは、グリモールド・プレイスと校長室《こうちょうしつ》とにかかっている二つの肖像画《しょうぞうが》の間《あいだ》を往《い》き来《き》できる。今《いま》ごろスネイプは、あの塔《とう》の上階《じょうかい》の円形《えんけい》の部屋《へや》に勝《か》ち誇《ほこ》って座《すわ》っているにちがいない。ダンブルドアの集《あつ》めた繊細《せんさい》な銀《ぎん》の計器類《けいきるい》や石《いし》の「憂《うれ》いの篩《ふるい》」、「組分《くみわ》け帽子《ぼうし》」、それに、どこかに移《うつ》されていなければ「グリフィンドールの剣《つるぎ》」などをわが物顔《ものがお》に所有《しょゆう》して。

「スネイプは、フィニアス・ナイジェラスをこの屋敷《やしき》に送《おく》り込《こ》んで、偵察《ていさつ》させることができるわ」

ハーマイオニーは自分《じぶん》の椅子《いす》に戻《もど》りながらロンに解説《かいせつ》した。

「でも、今《いま》そんなことさせてごらんなさい。フィニアス・ナイジェラスには私《わたし》のハンドバッグの中《なか》しか見《み》えないわ」

「あったまいい！」ロンは感心《かんしん》した顔《かお》をした。

「ありがとう」

ハーマイオニーはスープ皿《ざら》を引《ひ》き寄《よ》せながらニッコリした。

「それで、ハリー、今日《きょう》はほかにどんなことがあったの？」

「何《なん》にも」ハリーが言《い》った。「七時間《じかん》も魔法省《まほうしょう》の入口《いりぐち》を見張《みは》った。あの女《おんな》は現《あらわ》れない。でも、ロン、君《きみ》のパパを見《み》たよ。元気《げんき》そうだった」

ロンは、この報《しら》せがうれしいというようにうなずいた。三人《にん》とも、魔法省《まほうしょう》に出入《でい》りするウィーズリー氏《し》に話《はな》しかけるのは危険過《きけんす》ぎる、という意見《いけん》で一致《いっち》していた。必《かなら》ず、魔法省《まほうしょう》のほかの職員《しょくいん》に囲《かこ》まれているからだ。しかし、ときどきこうして姿《すがた》を見《み》かけると、たとえウィーズリー氏《し》が心《しん》配《ぱい》そうな、緊張《きんちょう》した顔《かお》をしていても、やはりホッとさせられた。

「パパがいつも言《い》ってたけど、魔法省《まほうしょう》の役人《やくにん》は、たいてい『煙突飛行《えんとつひこう》ネットワーク』で出勤《しゅっきん》するらしい」

ロンが言《い》った。

「だからきっと、アンブリッジを見《み》かけないんだ。絶対歩《ぜったいある》いたりしないさ。自分《じぶん》が重要人物《じゅうようじんぶつ》だと思《おも》ってるもんな」

「それじゃ、あのおかしな年寄《としよ》りの魔女《まじょ》と、濃紺《のうこん》のローブを着《き》た小《ち》さい魔法使《まほうつか》いはどうだったの？」ハーマイオニーが聞《き》いた。

「ああ、うん、あの魔法《まほう》ビル管理部《かんりぶ》のやつか」ロンが言《い》った。

「魔法《まほう》ビル管理部《かんりぶ》で働《はたら》いているってことが、どうしてわかるの？」ハーマイオニーのスープスプーンが空中《くうちゅう》で停止《ていし》した。

「パパが言《い》ってた。魔法《まほう》ビル管理部《かんりぶ》では、みんな濃紺《のうこん》のローブを着《き》てるって」

「そんなこと、一度《いちど》も教《おし》えてくれなかったじゃない！」

ハーマイオニーはスプーンを取《と》り落《お》とし、ハリーが帰《かえ》ってきたときにロンと二人《ふたり》で調《しら》べていたメモや地図《ちず》の束《たば》を引《ひ》き寄《よ》せた。

「この中《なか》には濃紺《のうこん》のローブのことなんか、何《なん》にもないわ。何一《なにひと》つも！」

ハーマイオニーは、大《おお》あわてであちこちのページをめくりながら言《い》った。

「うーん、そんなこと重要《じゅうよう》か？」

「ロン、どんなことだって重要《じゅうよう》よ！　魔法省《まほうしょう》がまちがいなく目《め》を光《ひか》らせているっていうときに潜入《せんにゅう》して、しかもバレないようにするには、どんな細《こま》かいことでも重要《じゅうよう》なの！　もう何遍《なんべん》もくり返《かえ》して確認《かくにん》し合《あ》ったはずよ。あなたが面倒《めんどう》くさがって話《はな》さないんだったら、何度《なんど》も偵察《ていさつ》に出《で》かける意味《いみ》がないいじゃない――」

「あのさあ、ハーマイオニー、僕《ぼく》、小《ちい》さなことを一つ忘《わす》れただけで――」

「でも、ロン、わかっているんでしょうね。現在私《げんざいわたし》たちにとって、世界中《せかいじゅう》で一番危険《いちばんきけん》な場所《ばしょ》はどこかといえば、それは魔法《まほう》――」

「あした、決行《けっこう》すべきだと思《おも》うな」ハリーが言《い》った。

ハーマイオニーは口《くち》をあんぐり開《あ》けたまま突然動《とつぜんうご》かなくなり、ロンはスープでむせた。

「あした？」

ハーマイオニーがくり返《かえ》した。

「本気《ほんき》じゃないでしょうね、ハリー？」

「本気《ほんき》だ」

ハリーが言《い》った。

「あと一か月《げつ》、魔法省《まほうしょう》の入口《いりぐち》あたりをうろうろしたところで、今以上《いまいじょう》に準備《じゅんび》が整《ととの》うとは思《おも》えない。先延《さきの》ばしにすればするだけ、ロケットは遠《とお》ざかるかもしれない。アンブリッジがもう捨《す》ててしまった可能性《かのうせい》だってある。何《なに》しろ開《あ》かないからね」

「ただし」ロンが言《い》った。「開《あ》け方《かた》を見《み》つけていたら別《べつ》だ。それならあいつは今《いま》、取《と》っ憑《つ》かれている」

「あの女《おんな》にとっては大《たい》した変化《へんか》じゃないさ。はじめっから邪悪《じゃあく》なんだから」

ハリーは肩《かた》をすくめた。

ハーマイオニーは、唇《くちびる》をかんでじっと考《かんが》え込《こ》んでいた。

「大事《だいじ》なことはもう全部《ぜんぶ》わかった」

ハリーはハーマイオニーに向《む》かって話《はな》し続《つづ》けた。

「魔法省《まほうしょう》への出入《でい》りに、『姿《すがた》あらわし』が使《つか》われていないことはわかっている。今《いま》ではトップの高官《こうかん》だけが自宅《じたく》と『煙突飛行《えんとつひこう》ネットワーク』を結《むす》ぶのを許《ゆる》されていることもわかっている。『無《む》言者《ごんしゃ》』の二人《ふたり》がそのことで不平《ふへい》を言《い》い合《あ》っているのを、ロンが聞《き》いてるから。それに、アンブリッジの執務室《しつむしつ》が、だいたいどのへんにあるかもわかっている。ひげの魔法使《まほうつか》いが仲間《なかま》に話《はな》しているのを君《きみ》が聞《き》いているからね――」

「『ドローレスに呼《よ》ばれているから、私《わたし》は一階《かい》に行《い》くよ』」ハーマイオニーは即座《そくざ》に引用《いんよう》した。

「そのとおりだ」ハリーが言《い》った。「それに、中《なか》に入《はい》るには変《へん》なコインだかチップだかを使《つか》うということもわかっている。あの魔女《まじょ》が友達《ともだち》から一つ借《か》りるのを、僕《ぼく》が見《み》てるからだ」

「だけど、私《わたし》たちは一つも持《も》ってないわ！」

「計画《けいかく》どおりに行《い》けば、手《て》に入《はい》るよ」ハリーは落《お》ち着《つ》いて話《はなし》を続《つづ》けた。

「わからないわ、ハリー、私《わたし》にはわからない……一つまちがえば失敗《しっぱい》しそうなことがあり過《す》ぎるし、あんまりにも運《うん》に頼《たよ》っているし……」

「あと三か月準備《げつじゅんび》したって、それは変《か》わらないよ」

ハリーが言《い》った。

「行動《こうどう》を起《お》こす時《とき》が来《き》た」

ロンとハーマイオニーの表情《ひょうじょう》から、ハリーは二人《ふたり》の恐《おそ》れる気持《きも》ちを読《よ》み取《と》った。ハリーにしても自信《じしん》があるわけではない。しかし、計画《けいかく》を実行《じっこう》に移《うつ》す時《とき》が来《き》たという確信《かくしん》があった。

三人《にん》はこの四週間《しゅうかん》、かわるがわる「透明《とうめい》マント」を着《き》て、魔法省《まほうしょう》の公式《こうしき》な入口《いりぐち》を偵察《ていさつ》してきた。ウィーズリー氏《し》のおかげで、ロンはその入口《いりぐち》のことを子供《こども》のころから知《し》っていた。三人《にん》は、魔法省《まほうしょう》に向《む》かう職員《しょくいん》をつけたり、会話《かいわ》を盗《ぬす》み聞《ぎ》きしたり、またはじっくり観察《かんさつ》したりして、まちがいなく毎日同《まいにちおな》じ時間《じかん》に一人《ひとり》で現《あらわ》れるのは誰《だれ》かを突《つ》き止《と》めた。時《とき》には誰《だれ》かのブリーフケースから「日刊予言者新聞《にっかんよげんしゃしんぶん》」を失敬《しっけい》する機会《きかい》もあった。徐々《じょじょ》にざっとした地図《ちず》やメモがたまり、今《いま》それが、ハーマイオニーの前《まえ》に積《つ》み上《あ》げられていた。

「よーし」ロンがゆっくりと言《い》った。「たとえばあした決行《けっこう》するとして……僕《ぼく》とハリーだけが行《い》くべきだと思《おも》う」

「まあ、またそんなことを！」ハーマイオニーが、ため息《いき》をついた。「そのことは、もう話《はなし》がついていると思《おも》ったのに」

「ハーマイオニー、透明《とうめい》マントに隠《かく》れて入口《いりぐち》の周《まわ》りをうろうろすることと、今回《こんかい》のこれとはちがうんだ」

ロンは十日前《とおかまえ》の古新聞《ふるしんぶん》に指《ゆび》を突《つ》きつけた。

「君《きみ》は、尋問《じんもん》に出頭《しゅっとう》しなかったマグル生《う》まれのリストに入《はい》っている！」

「だけどあなたは、黒斑病《こくはんびょう》のせいで『隠《かく》れ穴《あな》』で死《し》にかけているはずよ！　誰《だれ》か行《い》かないほうがいい人《ひと》がいるとすれば、それはハリーだわ。一万《まん》ガリオンの懸賞金《けんしょうきん》がハリーの首《くび》にかかっているのよ――」

「いいよ。僕《ぼく》はここに残《のこ》る」ハリーが言《い》った。「万《まん》が一《いち》、君《きみ》たちがヴォルデモートをやっつけたら、知《し》らせてくれる？」

ロンとハーマイオニーが笑《わら》いだしたとき、ハリーの額《ひたい》の傷痕《きずあと》に痛《いた》みが走《はし》った。ハリーの手《て》がパッとそこに飛《と》んだが、ハーマイオニーの目《め》が疑《うたが》わしげに細《ほそ》められるのに気《き》づき、目《め》にかかる髪《かみ》の毛《け》を払《はら》うしぐさをしてごまかそうとした。

「さてと、三人《にん》とも行《い》くんだったら、別々《べつべつ》に『姿《すがた》くらまし』しないといけないだろうな」ロンが話《はな》していた。「もう三人一緒《にんいっしょ》に透明《とうめい》マントに入《はい》るのは無理《むり》だ」

傷痕《きずあと》はますます痛《いた》くなってきた。ハリーは立《た》ち上《あ》がった。クリーチャーがすぐさま走《はし》ってきた。

「ご主人様《しゅじんさま》はスープを残《のこ》されましたね。お食事《しょくじ》においしいシチューなどはいかがでしょうか。それともデザートに、ご主人様《しゅじんさま》の大好物《だいこうぶつ》の糖蜜《とうみつ》タルトをお出《だ》しいたしましょうか？」

「ありがとう、クリーチャー、でも、すぐ戻《もど》るから――あの――トイレに」

ハーマイオニーが疑《うたが》わしげに見《み》ているのを感《かん》じながら、ハリーは急《いそ》いで階段《かいだん》を上《あ》がり、玄関《げんかん》ホールから二階《かい》の踊《おど》り場《ば》を通《とお》って、前回《ぜんかい》と同《おな》じバスルームにかけ込《こ》んで中《なか》からかんぬきをかけた。

痛《いた》みにうめきながら、ハリーは、洗面台《せんめんだい》をのぞき込《こ》むようにもたれかかった。黒《くろ》い洗面台《せんめんだい》には、口《くち》を開《あ》けた蛇《へび》の形《かたち》をした蛇口《じゃぐち》が二つついている。ハリーは目《め》を閉《と》じた。

夕暮《ゆうぐ》れの街《まち》を、彼《かれ》はするすると進《すす》んでいた。両側《りょうがわ》の建物《たてもの》は、壁《かべ》に木組《きぐ》みが入《はい》った高《たか》い切妻屋根《きりづまやね》で、しょうがクッキーで作《つく》った家《いえ》のようだ。

その中《なか》の一軒《けん》に近《ちか》づくと、青白《あおじろ》く長《なが》い自分《じぶん》の指《ゆび》がドアに触《ふ》れるのが見《み》えた。彼《かれ》はノックした。興奮《こうふん》が高《たか》まるのを感《かん》じる……。

ドアが開《ひら》き、女性《じょせい》が声《こえ》を上《あ》げて笑《わら》いながらそこに立《た》っていた。ハリーを見《み》て、女性《じょせい》の表情《ひょうじょう》がサッと変《か》わった。楽《たの》しげな顔《かお》が恐怖《きょうふ》にこわばった……。

「グレゴロビッチは？」かん高《だか》い冷《つめ》たい声《こえ》が言《い》った。

女性《じょせい》は首《くび》を振《ふ》ってドアを閉《し》めようとした。それを青白《あおじろ》い手《て》が押《お》さえ、しめ出《だ》されるのを防《ふせ》いだ……。

「グレゴロビッチに会《あ》いたい」

「エア　ヴォーント　ヒア　ニヒト　メアア！」女性《じょせい》は首《くび》を振《ふ》って叫《さけ》んだ。「その人《ひと》、住《す》まない、ここに！　その人《ひと》、住《す》まない、ここに！　わたし、知《し》らない、その人《ひと》！」

ドアを閉《し》めるのをあきらめ、女性《じょせい》は暗《くら》い玄関《げんかん》ホールをあとずさりしはじめた。ハリーはそれを追《お》って、するすると女性《じょせい》に近《ちか》づいた。長《なが》い指《ゆび》が杖《つえ》を引《ひ》き抜《ぬ》いた。

「どこにいる?」

「ダス　ヴァイス　イッヒ　ニヒト!　その人《ひと》、引《ひ》っ越《こ》し!　わたし、知《し》らない、わたし、知《し》らない!」

彼《かれ》は杖《つえ》を上《あ》げた。女性《じょせい》が悲鳴《ひめい》を上《あ》げた。小《ちい》さな子供《こども》が二人《ふたり》、玄関《げんかん》ホールに走《はし》ってきた。女性《じょせい》は両手《りょうて》を広《ひろ》げて二人《ふたり》をかばおうとする。緑《みどり》の閃光《せんこう》が走《はし》った——。

「ハリー!　ハリー!」

ハリーは目《め》を開《あ》けた。床《ゆか》に座《すわ》り込《こ》んでいた。ハーマイオニーが、またドアを激《はげ》しくたたいている。

「ハリー、開《あ》けて!」

ハリーにはわかっていた。叫《さけ》んだにちがいない。立《た》ち上《あ》がってかんぬきをはずしたとたん、ハーマイオニーがつんのめるように入《はい》ってきた。危《あや》うく踏《ふ》みとどまったハーマイオニーは、探《さぐ》るように周《まわ》りを見回《みまわ》した。ロンはそのすぐ後《うし》ろで、ピリピリしながら冷《つめ》たいバスルームのあちこちに杖《つえ》を向《む》けていた。

「何《なに》をしていたの？」ハーマイオニーが厳《きび》しい声《こえ》で聞《き》いた。

「何《なに》をしていたと思《おも》う？」ハリーは虚勢《きょせい》を張《は》ったが、見《み》え透《す》いていた。

「すっさまじい声《こえ》でわめいてたんだぜ！」ロンが言《い》った。

「ああ、そう……きっとうたた寝《ね》したかなんか——」

「ハリー、私《わたし》たちはばかじゃないわ。ごまかさないで」

ハーマイオニーが深《ふか》く息《いき》を吸《す》い込《こ》んでから言《い》った。

「厨房《ちゅうぼう》であなたの傷痕《きずあと》が痛《いた》んだことぐらい、わかってるわよ。それにあなた、真《ま》っ青《さお》よ」

ハリーは、バスタブの端《はし》に腰《こし》かけた。

「わかったよ。たった今《いま》、ヴォルデモートが女性《じょせい》を殺《ころ》した。今《いま》ごろはもう、家族全員《かぞくぜんいん》を殺《ころ》してしまっただろう。そんな必要《ひつよう》はなかったのに。またしてもセドリックのくり返《かえ》しだ。あの人《ひと》たちはただその場《ば》にいただけなのに……」

「ハリー、もうこんなことが起《お》こってはならないはずよ！」

ハーマイオニーの叫《さけ》ぶ声《こえ》がバスルームに響《ひび》き渡《わた》った。

「ダンブルドアは、あなたに『閉心術《へいしんじゅつ》』を使《つか》わせたかったのよ！　こういう絆《きずな》は危険《きけん》だって考《かんが》えたから――ハリー、ヴォルデモートはそのつながりを利用《りよう》することができるわ！　あの人《ひと》が殺《ころ》したり苦《くる》しめたりするのを見《み》て、何《なに》かいいことでもあるの？　いったい何《なん》の役《やく》に立《た》つと言《い》うの？」

「それは、やつが何《なに》をしているかが、僕《ぼく》にはわかるということだ」ハリーが言《い》った。

「それじゃ、あの人《ひと》をしめ出《だ》す努力《どりょく》をするつもりはないのね？」

「ハーマイオニー、できないんだ。僕《ぼく》は『閉心術《へいしんじゅつ》』が下手《へた》なんだよ。どうしてもコツがつかめないんだ」

「真剣《しんけん》にやったことがないのよ！」ハーマイオニーが熱《あつ》くなった。「ハリー、私《わたし》には理解《りかい》できない――あなたは何《なに》を好《す》きこのんで、こんな特殊《とくしゅ》なつながりと言《い》うか関係《かんけい》と言《い》うか、何《なん》と言《い》うか――何《なん》でもいいけど――」

「好《す》きこのんでだって？」ハリーは静《しず》かに言《い》った。「君《きみ》なら、こんなことが好《す》きだって言《い》うのか？」

「私《わたし》――いいえ――ハリー、ごめんなさい。そんなつもりじゃ――」

「僕《ぼく》はいやだよ。あいつが僕《ぼく》の中《なか》に入《はい》り込《こ》めるなんて、あいつが一番恐《いちばんおそ》ろしい状態《じょうたい》のときに、その姿《すがた》を見《み》なきゃならないなんて、まっぴらだ。だけど僕《ぼく》は、それを利用《りよう》してやる」

「ダンブルドアは――」

「ダンブルドアのことは言《い》うな。これは僕《ぼく》の選《えら》んだことだ。ほかの誰《だれ》でもない。僕《ぼく》は、あいつがどうしてグレゴロビッチを追《お》っているのか、知《し》りたいんだ」

「その人《ひと》、誰《だれ》？」

「外国《がいこく》の杖作《つえつく》りだ」ハリーが言《い》った。「クラムの杖《つえ》を作《つく》ったし、クラムが最高《さいこう》だと認《みと》めている」

「でもさ、君《きみ》が言《い》ってたけど」ロンが言《い》った。「ヴォルデモートは、オリバンダーをどこかに閉《と》じ込《こ》めている。杖作《つえつく》りを一人捕《ひとりつか》まえているのに、何《なん》のためにもう一人《ひとり》いるんだ？」

「クラムと同《おな》じ意見《いけん》なのかもしれないな。グレゴロビッチのほうが、優秀《ゆうしゅう》だと思《おも》っているのかもしれない……それとも、あいつが僕《ぼく》を追跡《ついせき》したときに僕《ぼく》の杖《つえ》がしたことを、グレゴロビッチなら説明《せつめい》できると思《おも》っているのかもしれない。オリバンダーにはわからなかったから」

ほこりっぽいひびの入《はい》った鏡《かがみ》をちらりと見《み》たハリーは、ロンとハーマイオニーが、背後《はいご》で意味《いみ》ありげな目《め》つきで顔《かお》を見合《みあ》わせる姿《すがた》を見《み》た。

「ハリー、杖《つえ》が何《なに》かしたって、あなたは何度《なんど》もそう言《い》うけど」ハーマイオニーが言《い》った。「でもそうさせたのはあなたよ！　自分《じぶん》の力《ちから》に責任《せきにん》を持《も》つことを、なぜそう頑固《がんこ》に拒《こば》むの？」

「なぜかって言《い》うなら、僕《ぼく》がやったんじゃないことが、わかっているからだ！　ヴォルデモートにもそれがわかっているんだよ、ハーマイオニー！　やつも僕《ぼく》も、ほんとうは何《なに》が起《お》こったのかを知《し》っているんだ！」

二人《ふたり》はにらみ合《あ》った。ハーマイオニーを説得《せっとく》しきれなかったことも、ハーマイオニーが今《いま》、反論《はんろん》をまとめている最中《さいちゅう》だということも、ハリーにはわかっていた。自分《じぶん》の杖《つえ》に関《かん》するハリーの考《かんが》え方《かた》と、ヴォルデモートの心《こころ》をのぞくことをハリーが容認《ようにん》しているという事実《じじつ》、この二つに対《たい》する反論《はんろん》だ。しかし、ロンが口《くち》を挟《はさ》んでくれて、ハリーはホッとした。

「やめろよ」ロンがハーマイオニーに言《い》った。「ハリーが決《き》めることだ。それに、あした魔法《まほう》省《しょう》に乗《の》り込《こ》むなら、計画《けいかく》を検討《けんとう》するべきだと思《おも》わないか？」

ハーマイオニーはしぶしぶ――と、あとの二人《ふたり》にはそれが読《よ》み取《と》れた――議論《ぎろん》するのをやめたが、折《おり》あらばすぐにまた攻撃《こうげき》を仕掛《しか》けてくるにちがいないと、ハリーは思《おも》った。地下《ちか》の厨房《ちゅうぼう》に戻《もど》ると、クリーチャーは三人《にん》にシチューと糖蜜《とうみつ》タルトを給仕《きゅうじ》してくれた。

その晩《ばん》は、三人《にん》とも遅《おそ》くまで起《お》きていた。何時間《なんじかん》もかけて計画《けいかく》を何度《なんど》も復習《ふくしゅう》し、互《たが》いに一言一句《いちごんいっく》たがえずに空《そら》で言《い》えるまでになった。シリウスの部屋《へや》で寝起《ねお》きするようになっていたハリーは、ベッドに横《よこ》になり、父親《ちちおや》、シリウス、ルーピン、ペティグリューの写《うつ》っている古《ふる》い写真《しゃしん》に杖灯《つえあか》りを向《む》けながら、さらに十分間《ぷんかん》、一人《ひとり》で計画《けいかく》をブツブツくり返《かえ》した。しかし、杖灯《つえあか》りを消《け》したあとに頭《あたま》に浮《う》かんだのは、ポリジュース薬《やく》でも、ゲーゲー・トローチでも魔法《まほう》ビル管理部《かんりぶ》の濃紺《のうこん》のローブでもなく、グレゴロビッチのことだった。ヴォルデモートのこれほど執念深《しゅうねんぶか》い追跡《ついせき》を受《う》けて、この杖作《つえつく》りはあとどのくらい隠《かく》れおおせるのだろうか。

夜明《よあ》けが、理不尽《りふじん》な速《はや》さで真夜中《まよなか》に追《お》いついた。

「なんてひどい顔《かお》してるんだ」

ハリーを起《お》こしに部屋《へや》に入《はい》ってきたロンの、朝《あさ》の挨拶《あいさつ》だった。

「もうすぐ変《か》わるさ」ハリーは、あくびまじりに言《い》った。

ハーマイオニーはもう地下《ちか》の厨房《ちゅうぼう》に来《き》ていて、クリーチャーが給仕《きゅうじ》したコーヒーとほやほやのロールパンを前《まえ》に、憑《つ》かれたような顔《かお》つきをしていた。ハリーは、試験勉強《しけんべんきょう》のときのハーマイオニーの顔《かお》を連想《れんそう》した。

「ローブ」

ハーマイオニーは声《こえ》をひそめてそう言《い》いながら、ビーズバッグの中《なか》をつつき回《まわ》す手《て》を止《と》めず神経質《しんけいしつ》にうなずいて、二人《ふたり》に気《き》づいていることを示《しめ》した。

「ポリジュース薬《やく》……透明《とうめい》マント……おとり爆弾《ばくだん》……万一《まんいち》のために一人《ひとり》が二個《こ》ずつ持《も》つこと……ゲーゲー・トローチ、鼻血《はなぢ》ヌルヌル・ヌガー、伸《の》び耳《みみ》……」

朝食《ちょうしょく》を一気《いっき》に飲《の》み込《こ》んだ三人《にん》は、一階《かい》への階段《かいだん》を上《のぼ》りはじめた。クリーチャーはおじぎをして三人《にん》を厨房《ちゅうぼう》から送《おく》り出《だ》し、お帰《かえ》りまでにはステーキ・キドニー・パイを用意《ようい》しておきますと約束《やくそく》した。

「いいやつだな」ロンが愛情《あいじょう》を込《こ》めて言《い》った。「それなのに僕《ぼく》は、あいつの首《くび》をちょん切《ぎ》って、壁《かべ》の飾《かざ》りにしてやりたいなんて思《おも》ったことがあるんだからなぁ」

三人《にん》は慎重《しんちょう》が上《うえ》にも慎重《しんちょう》に、玄関前《げんかんまえ》の階段《かいだん》に出《で》た。腫《は》れぼったい目《め》の死喰《しく》い人《びと》が二人《ふたり》、朝靄《あさもや》のかかった広場《ひろば》の向《む》こうから、屋敷《やしき》を見張《みは》っていた。はじめにハーマイオニーがロンと一緒《いっしょ》に「姿《すがた》くらまし」して、それからハリーを迎《むか》えに戻《もど》ってきた。

いつものようにほんの一瞬《いっしゅん》、息《いき》が詰《つ》まりそうになりながら真《ま》っ暗闇《くらやみ》を通《とお》り抜《ぬ》け、ハリーは小《ちい》さな路地《ろじ》に現《あらわ》れた。計画《けいかく》の第《だい》一段階《だんかい》は、その場所《ばしょ》で起《お》こる予定《よてい》だった。路地《ろじ》にはまだ人影《ひとかげ》はなく、大《おお》きなごみ容器《ようき》が二つあるだけだ。魔法省《まほうしょう》に一番《いちばん》乗《の》りで出勤《しゅっきん》する職員《しょくいん》たちも、通常《つうじょう》八時前《じまえ》にそこに現《あらわ》れることはない。

「さあ、それでは」ハーマイオニーが時計《とけい》を見《み》ながら言《い》った。「予定《よてい》の魔女《まじょ》は、あと五分《ふん》ほどでここに来《く》るはずだわ。私《わたし》が『失神呪文《しっしんじゅもん》』をかけたら──」

「ハーマイオニー、わかってるったら」ロンが厳《きび》しい声《こえ》で言《い》った。「それに、その魔女《まじょ》がここに来《く》る前《まえ》に、扉《とびら》を開《あ》けておく手《て》はずじゃなかったか？」

ハーマイオニーが金切《かなき》り声《ごえ》を上《あ》げた。

「忘《わす》れるところだった！　下《さ》がって――」

ハーマイオニーは、すぐ脇《わき》にある、南京錠《なんきんじょう》のかかった落書《らくが》きだらけの防火扉《ぼうかとびら》に杖《つえ》を向《む》けた。扉《とびら》は大《おお》きな音《おと》を立《た》ててパッと開《ひら》いた。その裏《うら》に現《あらわ》れた暗《くら》い廊下《ろうか》は、これまでの慎重《しんちょう》な偵察《ていさつ》から、空《あ》き家《や》になった劇場《げきじょう》に続《つづ》いていることがわかっていた。ハーマイオニーは扉《とびら》を手前《てまえ》に引《ひ》き、元《もと》どおり閉《し》まっているように見《み》せかけた。

「さて、今度《こんど》は」ハーマイオニーは、路地《ろじ》にいる二人《ふたり》に向《む》きなおった。「再《ふたた》び『透明《とうめい》マント』をかぶって――」

「――そして待《ま》つ」

ロンは言葉《ことば》を引《ひ》き取《と》り、セキセイインコに目隠《めかく》し覆《おお》いをかけるように、ハーマイオニーの頭《あたま》からマントをかぶせながら、あきれたように目《め》をぐるぐるさせてハリーを見《み》た。

それから一分《ぷん》ほどして、ポンという小《ちい》さな音《おと》とともに、小柄《こがら》な魔女職員《まじょしょくいん》がすぐ近《ちか》くに「姿《すがた》あらわし」した。太陽《たいよう》が雲間《くもま》から顔《かお》を出《だ》したばかりで、ふわふわした白髪《はくはつ》の魔女《まじょ》は突然《とつぜん》の明《あか》るさに目《め》を瞬《しばたた》いたが、予期《よき》せぬ暖《あたた》かさを満喫《まんきつ》する間《ま》もなく、ハーマイオニーの無言《むごん》「失神呪文《しっしんじゅもん》」が胸《むね》に当《あ》たってひっくり返《かえ》った。

「うまいぞ、ハーマイオニー」

ロンが、劇場《げきじょう》の扉《とびら》の横《よこ》にあるごみ容器《ようき》の陰《かげ》から現《あらわ》れて言《い》った。ハリーは透明《とうめい》マントを脱《ぬ》いだ。三人《にん》は小柄《こがら》な魔女《まじょ》を、舞台裏《ぶたいうら》に続《つづ》く暗《くら》い廊下《ろうか》に運《はこ》び込《こ》んだ。ハーマイオニーが魔女《まじょ》の髪《かみ》の毛《け》を数《すう》本《ほん》引《ひ》き抜《ぬ》き、ビーズバッグから取《と》り出《だ》した泥状《どろじょう》のポリジュース薬《やく》のフラスコに加《くわ》えた。ロンは小《こ》柄《がら》な魔女《まじょ》のハンドバッグを引《ひ》っかき回《まわ》していた。

「マファルダ・ホップカークだよ」ロンが小《ちい》さな身分証明書《みぶんしょうめいしょ》を読《よ》み上《あ》げた。

犠牲者《ぎせいしゃ》は、魔法不適正使用取締局《まほうふてきせいしようとりしまりきょく》の局次長《きょくじちょう》と判明《はんめい》した。

「ハーマイオニー、この証明書《しょうめいしょ》を持《も》っていたほうがいい。それと、これが例《れい》のコインだ」

ロンは、魔女《まじょ》のバッグから取《と》り出《だ》した小《ちい》さな金色《きんいろ》のコインを数枚《すうまい》、ハーマイオニーに渡《わた》した。

全部《ぜんぶ》にM《エム》・O《オー》・M《エム》と魔法省《まほうしょう》の刻印《こくいん》が打《う》ってある。

ハーマイオニーが薄紫《うすむらさき》のきれいな色《いろ》になったポリジュース薬《やく》を飲《の》むと、数秒後《すうびょうご》にはマファルダ・ホップカークと瓜《うり》二《ふた》つの姿《すがた》が、二人《ふたり》の前《まえ》に現《あらわ》れた。ハーマイオニーがマファルダからはずしためがねをかけているときに、ハリーが時計《とけい》を見《み》ながら言《い》った。

「僕《ぼく》たち、予定《よてい》より遅《おく》れているよ。魔法《まほう》ビル管理部《かんりぶ》さんがもう到着《とうちゃく》する」

三人《にん》は本物《ほんもの》のマファルダを閉《と》じ込《こ》めて、急《いそ》いで扉《とびら》を閉《し》めた。ハリーとロンは透明《とうめい》マントをかぶったが、ハーマイオニーはそのままの姿《すがた》で待《ま》った。まもなく、またポンと音《おと》がして、ケナガイタチのような顔《かお》の、背《せ》の低《ひく》い魔法使《まほうつか》いが現《あらわ》れた。

「おや、おはよう、マファルダ」

「おはよう！」ハーマイオニーは年寄《としよ》りの震《ふる》え声《ごえ》で挨拶《あいさつ》した。「お元気《げんき》？」

「いや、実《じつ》はあんまり」小《ちい》さい魔法使《まほうつか》いがしょげきって答《こた》えた。

ハーマイオニーとその魔法使《まほうつか》いとが表通《おもてどお》りに向《む》かって歩《ある》きだし、ハリーとロンはその後《うし》ろをこっそりついていった。

「気分《きぶん》がすぐれないのは、よくないわ」

ハーマイオニーは、その魔法使《まほうつか》いが問題《もんだい》を説明《せつめい》しようとするのをさえぎって、きっぱりと言《い》った。表通《おもてどお》りに出《で》るのを阻止《そし》することが大事《だいじ》なのだ。

「さあ、甘《あま》い物《もの》でもなめて」

「え？　ああ、遠慮《えんりょ》するよ――」

「いいからなめなさい！」

ハーマイオニーは、その魔法使《まほうつか》いの目《め》の前《まえ》でトローチの袋《ふくろ》を振《ふ》りながら、有無《うむ》を言《い》わさぬ口《く》調《ちょう》で言《い》った。小《ちい》さい魔法使《まほうつか》いは度肝《どぎも》を抜《ぬ》かれたような顔《かお》で、一つ口《くち》に入《い》れた。

効果《こうか》てきめん。トローチが舌《した》に触《ふ》れた瞬間《しゅんかん》、小《ちい》さい魔法使《まほうつか》いは激《はげ》しくゲーゲーやりだし、ハーマイオニーが頭《あたま》のてっぺんから髪《かみ》の毛《け》をひとつかみ引《ひ》き抜《ぬ》いたのにも、気《き》がつかないほどだった。

「あらまぁ！」

魔法使《まほうつか》いが路地《ろじ》に吐《は》くのを見《み》ながら、ハーマイオニーが言《い》った。

「今日《きょう》はお休《やす》みしたほうがいいわ！」

「いや——いや！」

息《いき》も絶《た》え絶《だ》えに吐《は》きながら、まっすぐ歩《ある》くこともできないのに、その魔法使《まほうつか》いはなおも先《さき》に進《すす》もうとした。

「どうしても——今日《きょう》は——行《い》かなくては——」

「バカなことを！」ハーマイオニーは驚《おどろ》いて言《い》った。「そんな状態《じょうたい》では仕事《しごと》にならないでしょう——聖《せい》マンゴに行《い》って、治《なお》してもらうべきよ！」

その魔法使《まほうつか》いは、ひざを折《お》り両手《りょうて》を地面《じめん》について吐《は》きながらも、なお表通《おもてどお》りに行《い》こうとした。

「そんな様子《ようす》では、とても仕事《しごと》にはいけないわ！」ハーマイオニーが叫《さけ》んだ。

管理部《かんりぶ》の魔法使《まほうつか》いも、とうとうハーマイオニーの言《い》うことが正《ただ》しいと受《う》け止《と》めたようだった。

さわりたくないという感《かん》じのハーマイオニーにすがりついて、ようやく立《た》ち上《あ》がった魔《ま》法《ほう》使《つか》いは、その場《ば》で回転《かいてん》して姿《すがた》を消《け》した。あとに残《のこ》ったのは、姿《すがた》を消《け》すときにその手《て》からロンがすばやく奪《うば》ったかばんと、宙《ちゅう》を飛《と》ぶ反吐《へど》だけだった。

「ウェー」

ハーマイオニーは道《みち》にたまった反吐《へど》をよけて、ローブのすそを持《も》ち上《あ》げた。

「この人《ひと》にも『失神呪文《しっしんじゅもん》』をかけたほうが、汚《きたな》くなかったでしょうに」

「そうだな」

ロンは、管理部《かんりぶ》の魔《ま》法《ほう》使《つか》いのかばんを持《も》って、透明《とうめい》マントから姿《すがた》を現《あらわ》した。

「だけどさ、気絶《きぜつ》したやつらが山積《やまづ》みになってたりしたら、もっと人目《ひとめ》を引《ひ》いたと思《おも》うぜ。それにしても、あいつ、仕事熱心《しごとねっしん》なやつだったな。それじゃ、やつの髪《かみ》の毛《け》とポリ薬《やく》をくれよ」

二分《ふん》もすると、ロンはあの反吐《へど》魔《ま》法《ほう》使《つか》いと同《おな》じ背《せ》の低《ひく》いイタチ顔《がお》になって、二人《ふたり》の前《まえ》に現《あらわ》れた。かばんに折《お》りたたまれて入《はい》っていた、濃紺《のうこん》のローブを着《き》ている。

「あんなに仕事《しごと》に行《い》きたかったやつが、このローブを着《き》てなかったのは変《へん》じゃないか？　まあいいか。裏《うら》のラベルを見《み》ると、僕《ぼく》はレッジ・カターモールだ」

「じゃ、ここで待《ま》ってて」

ハーマイオニーが、透明《とうめい》マントに隠《かく》れたままのハリーに言《い》った。

「あなた用《よう》の髪《かみ》の毛《け》を持《も》って戻《もど》るから」

待《ま》たされたのは十分《ぷん》だったが、「失神《しっしん》」したマファルダを隠《かく》してある扉《とびら》の脇《わき》で、反吐《へど》の飛《と》び散《ち》った路地《ろじ》に一人《ひとり》でコソコソ隠《かく》れているハリーには、もっと長《なが》く感《かん》じられた。ロンとハーマイオニーが、やっと戻《もど》ってきた。

「誰《だれ》だかわからないの」

黒《くろ》いカールした髪《かみ》を数本《すうほん》ハリーに渡《わた》しながら、ハーマイオニーが言《い》った。

「とにかくこの人《ひと》は、ひどい鼻血《はなぢ》で家《いえ》に帰《かえ》ったわ！　かなり背《せ》が高《たか》かったから、もっと大《おお》きなローブがいるわね……」

ハーマイオニーは、クリーチャーが洗《あら》ってくれた古《ふる》いローブを一式《いっしき》取《と》り出《だ》した。ハリーは薬《くすり》を持《も》って、着替《きが》えるために物陰《ものかげ》に隠《かく》れた。

痛《いた》い変身《へんしん》が終《お》わると、ハリーは一メートル八十センチ以上《いじょう》の背丈《せたけ》になっていた。筋骨隆々《きんこつりゅうりゅう》の両腕《りょううで》から判断《はんだん》すると、相当強《そうとうつよ》そうな体《からだ》つきだ。さらにひげ面《づら》だった。着替《きが》えたローブに透明《とうめい》マントとめがねを入《い》れて、ハリーは二人《ふたり》の所《ところ》に戻《もど》った。

「おったまげー、怖《こわ》いぜ」ロンが言《い》った。

ハリーは今《いま》や、ずっと上《うえ》からロンを見下《みお》ろしていた。

「マファルダのコインを一つ取《と》ってちょうだい」ハーマイオニーがハリーに言《い》った。「さあ、行《い》きましょう。もう九時《じ》になるわ」

三人《にん》は一緒《いっしょ》に路地《ろじ》を出《で》た。混《こ》み合《あ》った歩道《ほどう》を五十メートルほど歩《ある》くと、先端《せんたん》が矢尻《やじり》の形《かたち》をした杭《くい》の建《た》ち並《なら》ぶ、黒《くろ》い手《て》すりのついた階段《かいだん》が二つ並《なら》んでいて、片方《かたほう》の階段《かいだん》には男《おとこ》、もう片方《かたほう》には女《おんな》と表示《ひょうじ》してあった。

「それじゃ、またあとで」

ハーマイオニーはピリピリしながらそう言《い》うと、危《あぶ》なっかしい足取《あしど》りで「女《おんな》」のほうの階段《かいだん》を下《お》りていった。ハリーとロンは、自分《じぶん》たちと同《おな》じく変《へん》な服装《ふくそう》の男《おとこ》たちにまじって階段《かいだん》を下《お》りた。下《した》は薄汚《うすよご》れた白黒《しろくろ》タイルの、ごく一般的《いっぱんてき》な地下公衆《ちかこうしゅう》トイレのようだった。

「やあ、レッジ！」

やはり濃紺《のうこん》のローブを着《き》た魔法使《まほうつか》いが呼《よ》びかけた。トイレの小部屋《こべや》のドアのスロットに、金色《きんいろ》のコインを差《さ》し込《こ》んで入《はい》ろうとしている。

「まったく、つき合《あ》いきれないね、え？　仕事《しごと》に行《い》くのにこんな方法《ほうほう》を強制《きょうせい》されるなんて！　お偉《えら》い連中《れんちゅう》は、いったい誰《だれ》が現《あらわ》れるのを待《ま》ってるんだ？　ハリー・ポッターか？」

魔法使《まほうつか》いは、自分《じぶん》のジョークで大笑《おおわら》いした。

「ああ、ばかばかしいな」ロンは、無理《むり》につき合《あ》い笑《わら》いをした。

それからロンとハリーは、隣《とな》り合《あ》わせの小部屋《こべや》に入《はい》った。ハリーの小部屋《こべや》の右《みぎ》からも左《ひだり》からもトイレを流《なが》す音《おと》が聞《き》こえた。かがんで下《した》のすきまから右隣《みぎどなり》の小部屋《こべや》を見《み》ると、ちょうどブーツをはいた両足《りょうあし》が、トイレの便器《べんき》に入《はい》り込《こ》むところだった。左《ひだり》をのぞくと、ロンの目《め》がこっちを見《み》てパチクリしていた。

「自分《じぶん》をトイレに流《なが》すのか？」ロンがささやいた。

「そうらしいな」

ささやき返《かえ》したハリーの声《こえ》は、低音《ていおん》の重々《おもおも》しい声《こえ》になっていた。

二人《ふたり》は立《た》ち上《あ》がり、ハリーはひどく滑稽《こっけい》に感《かん》じながら便器《べんき》の中《なか》に入《はい》った。

それが正《ただ》しいやり方《かた》だと、すぐにわかった。一見水《いっけんみず》の中《なか》に立《た》っているようだが、靴《くつ》も足《あし》もローブも、まったくぬれていない。ハリーは手《て》を伸《の》ばして、上《うえ》からぶら下《さ》がっているチェーンをぐいと引《ひ》いた。次《つぎ》の瞬間《しゅんかん》、ハリーは短《みじか》いトンネルをすべり下《お》りて、魔法省《まほうしょう》の暖炉《だんろ》の中《なか》に出《で》た。

ハリーは、もたもたと立《た》ち上《あ》がった。扱《あつか》い慣《な》れた自分《じぶん》の体《からだ》よりも、ずっと嵩《かさ》が大《おお》きいせいだ。広大《こうだい》なアトリウムは、ハリーの記憶《きおく》にあるものより暗《くら》かった。以前《いぜん》は、ホールの中央《ちゅうおう》を占《し》める金《きん》色《いろ》の噴水《ふんすい》が、磨《みが》き上《あ》げられた木《き》の床《ゆか》や壁《かべ》にチラチラと光《ひかり》を投《な》げかけていたが、今《いま》は、黒《くろ》い石造《いしづく》りの巨大《きょだい》な像《ぞう》がその場《ば》を圧《あっ》している。かなり威嚇的《いかくてき》だ。見事《みごと》な装飾《そうしょく》を施《ほどこ》した玉座《ぎょくざ》に、魔法使《まほうつか》いと魔《ま》女《じょ》の像《ぞう》が座《すわ》り、足元《あしもと》の暖炉《だんろ》に転《ころ》がり出《で》てくる魔法省《まほうしょう》の職員《しょくいん》たちを見下《みお》ろしている。像《ぞう》の台座《だいざ》には、高《たか》さ三十センチほどの文字《もじ》がいくつか刻《きざ》み込《こ》まれていた。

魔法《まほう》は力《ちから》なり

ハリーは、両足《りょうあし》に後《うし》ろから強烈《きょうれつ》な一撃《いちげき》を食《く》らった。次《つぎ》の魔法使《まほうつか》いが暖炉《だんろ》から飛《と》び出《だ》してきてぶつかったのだ。

「どけよ、ぐずぐず——あ、すまん、ランコーン！」

はげた魔法使《まほうつか》いは、明《あき》らかに恐《おそ》れをなした様子《ようす》であたふたと行《い》ってしまった。ハリーが成《な》りすましている魔法使《まほうつか》いランコーンは、どうやら怖《こわ》がられているらしい。

「シーッ！」

声《こえ》のする方向《ほうこう》を振《ふ》り向《む》くと、か細《ぼそ》い魔女《まじょ》と魔法《まほう》ビル管理部《かんりぶ》のイタチ顔《がお》の魔法使《まほうつか》いが、像《ぞう》の横《よこ》に立《た》って合図《あいず》しているのが見《み》えた。ハリーは急《いそ》いで二人《ふたり》のそばに行《い》った。

「ハリー、うまく入《はい》れたのね？」ハーマイオニーが、小声《こごえ》でハリーに話《はな》しかけた。

「いーや、ハリーはまだ雪隠詰《せっちんづ》めだ」ロンが言《い》った。

「冗談《じょうだん》言《い》ってる場合《ばあい》じゃないわ……これ、ひどいと思《おも》わない？」

ハーマイオニーが、像《ぞう》をにらんでいるハリーに言《い》った。

「何《なに》に腰《こし》かけているか、見《み》た？」

よくよく見《み》ると、装飾的《そうしょくてき》な彫刻《ちょうこく》を施《ほどこ》した玉座《ぎょくざ》と見《み》えたのは、折《お》り重《かさ》なった人間《にんげん》の姿《すがた》だった。何百何千《なんびゃくなんぜん》という裸《はだか》の男女《だんじょ》や子供《こども》が、どれもこれもかなりまのぬけた醜《みにく》い顔《かお》で、ねじ曲《ま》げられ押《お》しつぶされながら、見事《みごと》なローブを着《き》た魔法使《まほうつか》いと魔女《まじょ》の重《おも》みを支《ささ》えていた。

「マグルたちよ」ハーマイオニーがささやいた。「身分相応《みぶんそうおう》の場所《ばしょ》にいるというわけね。さあ、始《はじ》めましょう」

三人《にん》は、ホールの奥《おく》にある黄金《おうごん》の門《もん》に向《む》かう魔法使《まほうつか》いたちの流《なが》れに加《くわ》わり、できるだけ気《き》づかれないように、あたりを見回《みまわ》した。しかし、ドローレス・アンブリッジのあの目立《めだ》つ姿《すがた》は、どこにも見当《みあ》たらなかった。三人《にん》は門《もん》をくぐり、少《すこ》し小《ちい》さめのホールに入《はい》った。そこには二十基《き》のエレベーターが並《なら》び、それぞれの金《きん》の格子《こうし》の前《まえ》に行列《ぎょうれつ》ができていた。一番近《いちばんちか》い列《れつ》に並《なら》んだとたん、声《こえ》をかける者《もの》がいた。

「カターモール！」

三人《にん》とも振《ふ》り向《む》いた。ハリーの胃袋《いぶくろ》がひっくり返《かえ》った。ダンブルドアの死《し》を目撃《もくげき》した死喰《しく》い人《びと》の一人《ひとり》が、大股《おおまた》で近《ちか》づいてくる。脇《わき》にいた魔法省《まほうしょう》の職員《しょくいん》たちは、みな目《め》を伏《ふ》せてだまり込《こ》んだ。恐怖《きょうふ》が波《なみ》のように伝《つた》わるのを、ハリーは感《かん》じた。獣《けだもの》がかった険悪《けんあく》な顔《かお》は、豪華《ごうか》な金糸《きんし》の縫《ぬ》い取《と》りのある、流《なが》れるようなローブといかにも不釣《ふつ》り合《あ》いだった。エレベーターの周《まわ》りに並《なら》んでいる誰《だれ》かが、「おはよう、ヤックスリー！」とへつらうような挨拶《あいさつ》をしたが、ヤックスリーは無視《むし》した。

「魔法《まほう》ビル管理部《かんりぶ》に、俺《おれ》の部屋《へや》を何《なん》とかしろと言《い》ったのだが、カターモール、まだ雨《あめ》が降《ふ》ってるぞ」

ロンは、誰《だれ》かが何《なに》か言《い》ってくれないかとばかりにあたりを見回《みまわ》したが、誰《だれ》もしゃべらない。

「雨《あめ》が……あなたの部屋《へや》で？　それは――それはいけませんね」

ロンは、不安《ふあん》を隠《かく》すように笑《わら》い声《ごえ》を上《あ》げた。ヤックスリーは目《め》をむいた。

「おかしいのか？　カターモール、え？」

並《なら》んでいた魔女《まじょ》が二人《ふたり》、列《れつ》を離《はな》れてあたふたとどこかに行《い》った。

「いいえ」ロンが言《い》った。「もちろん、そんなことは」

「俺《おれ》はおまえの女房《にょうぼう》の尋問《じんもん》に、下《した》の階《かい》まで行《い》くところだ。わかっているのか、カターモール？

まったく。下《した》にいて、尋問《じんもん》を待《ま》つ女房《にょうぼう》の手《て》を握《にぎ》っているかと思《おも》えば、ここにいるとは驚《おどろ》いた。失《しっ》敗《ぱい》だったと、もう女房《にょうぼう》を見捨《みす》てることにしたわけか？　そのほうが賢明《けんめい》だろう。次《つぎ》は純血《じゅんけつ》と結婚《けっこん》することだな」

ハーマイオニーが小《ちい》さく叫《さけ》んだが、ヤックスリーにじろりと見《み》られ、弱々《よわよわ》しく咳《せき》をして顔《かお》を背《そむ》けた。

「私《わたし》は――私《わたし》は――」ロンが口《くち》ごもった。

「しかし、万《まん》が一《いち》、俺《おれ》の女房《にょうぼう》が『穢《けが》れた血《ち》』だと告発《こくはつ》されるようなことがあれば」ヤックスリーが言《い》った。「――俺《おれ》が結婚《けっこん》した女《おんな》は、誰《だれ》であれ、そういう汚物《おぶつ》とまちがえられることがあるはずはないが――そういうときに魔法法執行部《まほうほうしっこうぶ》の部長《ぶちょう》に仕事《しごと》を言《い》いつけられたら、カターモール、俺《おれ》ならその仕事《しごと》を優先《ゆうせん》する。わかったか？」

「はい」ロンが小声《こごえ》で言《い》った。

「それなら対処《たいしょ》しろ、カターモール。一時間以内《じかんいない》に俺《おれ》の部屋《へや》が完全《かんぜん》に乾《かわ》いていなかったら、おまえの女房《にょうぼう》の『血統書《けっとうしょ》』は、今《いま》よりもっと深刻《しんこく》な疑《うたが》いをかけられることになるぞ」

ハリーたちの前《まえ》の格子《こうし》が開《ひら》いた。ヤックスリーはハリーに向《む》かって軽《かる》くうなずき、ニタリといやな笑《わら》いを見《み》せて、サッと別《べつ》なエレベーターのほうに行《い》ってしまった。ハリーが成《な》りすましているランコーンという魔法使《まほうつか》いは、カターモールがこういう仕打《しう》ちを受《う》けるのを喜《よろこ》ぶべき立場《たちば》にあることが明《あき》らかだった。ハリー、ロン、ハーマイオニーは目《め》の前《まえ》のエレベーターに乗《の》り込《こ》んだが、誰《だれ》も一緒《いっしょ》に乗《の》ろうとはしない。何《なに》かに感染《かんせん》すると思《おも》っているかのようだった。格子《こうし》がガチャンと閉《し》まり、エレベーターが上《のぼ》りはじめた。

「僕《ぼく》、どうしよう？」

ロンがすぐさま二人《ふたり》に聞《き》いた。衝撃《しょうげき》を受《う》けた顔《かお》だ。

「僕《ぼく》が行《い》かなかったら、僕《ぼく》の妻《つま》は――つまりカターモールの妻《つま》は――」

「僕《ぼく》たちも一緒《いっしょ》に行《い》くよ。三人《にん》は一緒《いっしょ》にいるべきだし――」

ハリーの言葉《ことば》を、ロンが激《はげ》しく首《くび》を振《ふ》ってさえぎった。

「とんでもないよ。あんまり時間《じかん》がないんだから、二人《ふたり》はアンブリッジを探《さが》してくれ。僕《ぼく》はヤックスリーの部屋《へや》に行《い》って処理《しょり》する――だけど、どうやって雨降《あめふ》りを止《と》めりゃいいんだ？」

「『フィニート　インカンターテム、呪文《じゅもん》よ終《お》われ』を試《ため》してみて」ハーマイオニーが即座《そくざ》に答《こた》えた。「呪《のろ》いとか呪詛《じゅそ》で降《ふ》っているのだったら、それで雨《あめ》はやむはずよ。やまなかったら、『大気《たいき》呪文《じゅもん》』がおかしくなっているわね。その場合《ばあい》は直《なお》すのがもっと難《むずか》しいから、とりあえずの処置《しょち》として、あの人《ひと》の所有物《しょゆうぶつ》を保護《ほご》するために『防水呪文《ぼうすいじゅもん》』を試《ため》して――」

「もう一回《いっかい》ゆっくり言《い》って――」

ロンは、羽根《はね》ペンを取《と》ろうと必死《ひっし》にポケットを探《さぐ》ったが、その時《とき》エレベーターがガタンと停止《ていし》して、声《こえ》だけの案内嬢《あんないじょう》が告《つ》げた。

「四階《かい》。魔法生物規制管理部《まほうせいぶつきせいかんりぶ》でございます。動物課《どうぶつか》、存在課《そんざいか》、霊魂課《れいこんか》、小鬼連絡室《ゴブリンれんらくしつ》、害虫相談室《がいちゅうそうだんしつ》はこちらでお降《お》りください」

格子《こうし》が開《ひら》き、魔法使《まほうつか》いが二人《ふたり》と、薄紫《うすむらさき》の紙飛行機《かみひこうき》が数機《すうき》一緒《いっしょ》に入《はい》ってきて、エレベーターの天井《てんじょう》のランプの周《まわ》りをパタパタと飛《と》びまわった。

「おはよう、アルバート」

ほおひげのもじゃもじゃした男《おとこ》が、ハリーに笑《わら》いかけた。エレベーターがきしみながらまた上《のぼ》りはじめたとき、その男《おとこ》はロンとハーマイオニーをちらりと見《み》た。ハーマイオニーは、今度《こんど》は小声《こごえ》で、必死《ひっし》になってロンに教《おし》え込《こ》んでいた。ひげもじゃ男《おとこ》はハリーのほうに上体《じょうたい》を傾《かたむ》け、ニヤリと笑《わら》ってこっそり言《い》った。

「ダーク・クレスウェルか、え？　小鬼連絡室《ゴブリンれんらくしつ》の？　やるじゃないか、アルバート。今度《こんど》は、私《わたし》がその地位《ちい》に就《つ》くことまちがいなし！」

男《おとこ》はウィンクし、ハリーは、それだけで充分《じゅうぶん》でありますようにと願《ねが》いながら、笑顔《えがお》を返《かえ》した。

エレベーターが止《と》まり、格子《こうし》がまた開《あ》いた。

「二階《かい》。魔法不適正使用取締局《まほうふてきせいしようとりしまりきょく》、闇祓《やみばら》い本部《ほんぶ》、ウィゼンガモット最高裁事務局《さいこうさいじむきょく》はこちらでお降《お》りください」声《こえ》だけの案内嬢《あんないじょう》が告《つ》げた。

ハーマイオニーが、ロンをちょっと押《お》すのがハリーの目《め》に入《はい》った。ロンは急《いそ》いでエレベーターを降《お》り、二人《ふたり》の魔法使《まほうつか》いもそのあとから降《お》りたので、中《なか》にはハリーとハーマイオニーだけになった。格子《こうし》が閉《し》まるや否《いな》や、ハーマイオニーが早口《はやくち》で言《い》った。

「ねえ、ハリー、私《わたし》やっぱり、ロンのあとを追《お》ったほうがいいと思《おも》うわ。あの人《ひと》、どうすればいいのかわかってないと思《おも》うし、もしロンが捕《つか》まったらすべて――」

「一階《かい》でございます。魔法大臣《まほうだいじん》ならびに次官室《じかんしつ》がございます」

金《きん》の格子《こうし》が開《あ》いたとたん、ハーマイオニーが息《いき》をのんだ。格子《こうし》の向《む》こうに、立《た》っている四人《にん》の姿《すがた》があった。そのうちの二人《ふたり》は、何《なに》やら話《はな》し込《こ》んでいる。一人《ひとり》は黒《くろ》と金色《きんいろ》の豪華《ごうか》なローブを着《き》た髪《かみ》の長《なが》い魔法使《まほうつか》い、もう一人《ひとり》は、クリップボードを胸元《むなもと》にしっかり抱《かか》え、短《みじか》い髪《かみ》にビロードのリボンをつけた、ガマガエルのような顔《かお》のずんぐりした魔女《まじょ》だった。

第《だい》13章《しょう》　マグル生《う》まれ登録委員会《とうろくいいんかい》

「ああ、マファルダ！」

ハーマイオニーに気《き》づいたアンブリッジが言《い》った。

「トラバースがあなたをよこしたのね？」

「は——はい」ハーマイオニーの声《こえ》が上《うわ》ずった。

「けっこう。あなたなら、充分役立《じゅうぶんやくだ》ってくれるわ」

アンブリッジは、黒《くろ》と金色《きんいろ》のローブの魔法使《まほうつか》いに話《はな》しかけた。

「大臣《だいじん》、これであの問題《もんだい》は解決《かいけつ》ですわ。マファルダに記録係《きろくがかり》をやってもらえるなら、すぐにでも始《はじ》められますわよ」

アンブリッジはクリップボードに目《め》を通《とお》した。

「今日《きょう》は十人《にん》ですわ。その中《なか》に魔法省《まほうしょう》の職員《しょくいん》の妻《つま》が一人《ひとり》！　チッチッチッ……ここまでとは。魔法省《まほうしょう》のおひざ元《もと》で！」

アンブリッジはエレベーターに乗《の》り込《こ》み、ハーマイオニーの隣《となり》に立《た》った。アンブリッジと大臣《だいじん》の会話《かいわ》を聞《き》いていた二人《ふたり》の魔法使《まほうつか》いも同《おな》じ行動《こうどう》を取《と》った。

「マファルダ、私《わたし》たちはまっすぐ下《した》に行《い》きます。必要《ひつよう》なものは法廷《ほうてい》に全部《ぜんぶ》ありますよ。おはよう、アルバート、降《お》りるんじゃないの？」

「ああ、もちろんだ」ハリーは、ランコーンの低音《ていおん》で答《こた》えた。

ハリーが降《お》りると、金《きん》の格子《こうし》がガチャンと閉《し》まった。ちらりと振《ふ》り返《かえ》ると、背《せ》の高《たか》い魔法使《まほうつか》いに挟《はさ》まれたハーマイオニーの不安《ふあん》そうな顔《かお》が、ハーマイオニーの肩《かた》の高《たか》さにあるアンブリッジの髪《かみ》のビロードのリボンと一緒《いっしょ》に沈《しず》んでいき、見《み》えなくなるところだった。

「ランコーン、何《なん》の用《よう》でここに来《き》たんだ？」

新魔法大臣《しんまほうだいじん》が尋《たず》ねた。黒《くろ》い長髪《ちょうはつ》とひげには白《しろ》いものがまじり、ひさしのように突《つ》き出《で》た額《ひたい》が小《ちい》さく光《ひか》る目《め》に影《かげ》を落《お》としている。ハリーは、岩《いわ》の下《した》から外《そと》をのぞくカニを思《おも》い浮《う》かべた。

「ちょっと話《はな》したい人《ひと》がいるんでね」ハリーはほんの一瞬迷《いっしゅんまよ》った。「アーサー・ウィーズリーだ。一階《かい》にいると聞《き》いたんだが」

「ああ」パイアス・シックネスが言《い》った。「『問題分子《もんだいぶんし》』と接触《せっしょく》しているところを捕《つか》まったか？」

「いや」ハリーはのどがからからになった。「いいや、そういうことではない」

「そうか。まあ時間《じかん》の問題《もんだい》だがな」シックネスが言《い》った。「私《わたし》に言《い》わせれば、『血《ち》を裏切《うらぎ》る者《もの》』は、『穢《けが》れた血《ち》』と同罪《どうざい》だ。それじゃあ、ランコーン」

「ではまた、大臣《だいじん》」

ハリーは、ふかふかのじゅうたんを敷《し》いた廊下《ろうか》を堂々《どうどう》と歩《ある》き去《さ》るシックネスを、じっと見《み》ていた。その姿《すがた》が見《み》えなくなるのを待《ま》って、着《き》ている重《おも》い黒《くろ》マントから透明《とうめい》マントを引《ひ》っ張《ぱ》り出《だ》し、それをかぶって反対方向《はんたいほうこう》に歩《ある》きだした。ランコーンの背丈《せたけ》では、大《おお》きな足《あし》を隠《かく》すために腰《こし》をかがめなければならない。

得体《えたい》の知《し》れない恐怖《きょうふ》で、ハリーはみずおちがずきずき痛《いた》んだ。廊下《ろうか》には磨《みが》き上《あ》げられた木製《もくせい》の扉《とびら》が並《なら》び、それぞれに名前《なまえ》と肩書《かたが》きが書《か》いてある。魔法省《まほうしょう》の権力《けんりょく》、その複雑《ふくざつ》さ、守《まも》りの堅固《けんご》さがひしひしと感《かん》じられ、この四週間《しゅうかん》、ロンやハーマイオニーと一緒《いっしょ》に慎重《しんちょう》に練《ね》り上《あ》げた計画《けいかく》は、笑止千万《しょうしせんばん》の子供《こども》だましのように思《おも》えた。気《き》づかれずに中《なか》に入《はい》り込《こ》むことだけに集中《しゅうちゅう》して、もし三人《にん》バラバラになったらどうするかなど、まったく考《かんが》えていなかった。今《いま》やハーマイオニーは、何時間続《なんじかんつづ》くかわからない裁判《さいばん》に関《かか》わってしまい、ロンは、ハリーの見《み》るところロンには手《て》に負《お》えない魔法《まほう》を使《つか》おうとあがいている。しかも、一人《ひとり》の魔女《まじょ》が解放《かいほう》されるかどうかが、ロンの仕事《しごと》の結果《けっか》にかかっている。そしてハリーは、獲物《えもの》が今《いま》しがたエレベーターで下《お》りていったことを知《し》りながらも、一階《かい》をうろうろしている。

ハリーは歩《ある》くのをやめ、壁《かべ》に寄《よ》りかかってどうするべきかを決《き》めようとした。静《しず》けさが重《おも》かった。忙《いそが》しく動《うご》き回《まわ》る音《おと》も、話《はな》し声《ごえ》も、急《いそ》ぐ足音《あしおと》も聞《き》こえない。紫《むらさき》のじゅうたんを敷《し》き詰《つ》めた廊下《ろうか》は、まるで「耳《みみ》ふさぎ」呪文《じゅもん》がかかったように、ひっそりとしている。

あいつの部屋《へや》は、この階《かい》にちがいない、とハリーは思《おも》った。

アンブリッジが、宝石類《ほうせきるい》を事務所《じむしょ》に置《お》いているとは思《おも》えなかったが、探《さが》しもせず、確認《かくにん》もしないのは愚《おろ》かしい。ハリーは、また廊下《ろうか》を歩《ある》きはじめた。途中《とちゅう》で、目《め》の前《まえ》に浮《う》かべた羽根《はね》ペンに、顔《かお》をしかめてブツブツ指示《しじ》を与《あた》え、長《なが》い羊皮紙《ようひし》に書《か》き取《と》らせている魔法使《まほうつか》いと行《い》きちがっただけで、ほかには誰《だれ》にも出会《であ》わなかった。

今度《こんど》は扉《とびら》の名前《なまえ》に注意《ちゅうい》しながら歩《ある》き、ハリーは角《かど》を曲《ま》がった。その廊下《ろうか》の中《なか》ほどには広々《ひろびろ》とした場所《ばしょ》があり、十数人《じゅうすうにん》の魔法使《まほうつか》いや魔女《まじょ》が、何列《なんれつ》か横《よこ》に並《なら》んだ机《つくえ》に座《すわ》っていた。学校《がっこう》の机《つくえ》とあまり変《か》わらない小《ち》さな机《つくえ》だが、ピカピカに磨《みが》かれ、落書《らくが》きもない。ハリーは立《た》ち止《ど》まって、催眠術《さいみんじゅつ》にかかったようにその場《ば》の動《うご》きに見入《みい》った。みんながいっせいに杖《つえ》を振《ふ》ったり回《まわ》したりすると、四角《しかく》い色紙《しきし》が小《ち》さなピンク色《いろ》の凧《たこ》のように、あらゆる方向《ほうこう》に飛《と》んでいく。まもなくハリーは、この作業《さぎょう》にリズムがあり、紙《かみ》が一定《いってい》のパターンで動《うご》いていることに気《き》がついた。ここはパンフレットを製作《せいさく》している所《ところ》だとすぐにわかった。四角《しかく》い紙《かみ》は一枚一枚《いちまいいちまい》のページで、それが集《あつ》められて折《お》りたたまれ、魔《ま》・とめられてから、作業者《さぎょうしゃ》の脇《わき》にきちんと積《つ》み上《あ》げられていた。

ハリーはこっそり近《ちか》づいた。もっとも作業員《さぎょういん》は仕事《しごと》に没頭《ぼっとう》していたので、じゅうたんに吸《す》い込《こ》まれる足音《あしおと》に気《き》づくとは思《おも》えなかった。ハリーは若《わか》い魔女《まじょ》の脇《わき》にある、完成《かんせい》したパンフレットの束《たば》から一部《ぶ》、すっと抜《ぬ》き取《と》り、透明《とうめい》マントの下《した》で読《よ》んだ。ピンクの表紙《ひょうし》に、金文字《きんもじ》で表題《ひょうだい》が鮮《あざ》やかに書《か》かれている。

穢《けが》れた血《ち》——平和《へいわ》な純血社会《じゅんけつしゃかい》にもたらされる危険《きけん》について

表題《ひょうだい》の下《した》には、まぬけな笑顔《えがお》の赤《あか》いバラが一輪《りん》、牙《きば》をむき出《だ》してにらみつける緑《みどり》の雑草《ざっそう》にしめ殺《ころ》されようとしている絵《え》があった。著者《ちょしゃ》の名《な》は書《か》かれていない。しかし、パンフレットをじっと見《み》ていると、ハリーの右手《みぎて》の甲《こう》の傷痕《きずあと》がチクチク痛《いた》むような気《き》がした。その推測《すいそく》が当《あ》たっていることは、かたわらの若《わか》い魔女《まじょ》の言葉《ことば》で確認《かくにん》された。杖《つえ》を振《ふ》ったり回《まわ》したりしながら、その魔女《まじょ》が言《い》った。

「あの鬼《おに》ばばぁ、一日中《いちにちじゅう》『穢《けが》れた血《ち》』を尋問《じんもん》しているのかしら？　誰《だれ》か知《し》ってる？」

「気《き》をつけろよ」

隣《となり》の魔法使《まほうつか》いが、こわごわあたりを見回《みまわ》しながら言《い》った。紙《かみ》が一枚《まい》、すべって床《ゆか》に落《お》ちた。

「どうして？　魔法《まほう》の目《め》ばかりじゃなく、魔法《まほう》の耳《みみ》まで持《も》ってるとでも言《い》うの？」

若《わか》い魔女《まじょ》は、パンフレット作業員《さぎょういん》の並《なら》ぶ仕事場《しごとば》の正面《しょうめん》にある、ピカピカのマホガニーの扉《とびら》をちらりと見《み》た。ハリーも見《み》た。とたんに、蛇《へび》が鎌首《かまくび》をもたげるように、怒《いか》りが湧《わ》き上《あ》がってきた。木《き》の扉《とびら》の、マグルの家《いえ》ならのぞき穴《あな》がある場所《ばしょ》に、明《あか》るいブルーの、大《おお》きな丸《まる》い目玉《めだま》が埋《う》め込《こ》まれてあったのだ。アラスター・ムーディを知《し》る者《もの》にとっては、ドキリとするほど見慣《みな》れた目玉《めだま》だ。

一瞬《いっしゅん》ハリーは、自分《じぶん》がどこにいて何《なに》をしているのかも、自分《じぶん》の姿《すがた》が見《み》えないことさえも忘《わす》れていた。ハリーはまっすぐに扉《とびら》に近《ちか》づき、目玉《めだま》をよく見《み》た。動《うご》いていない。上《うえ》をにらんだまま凍《こお》りついていた。その下《した》の名札《なふだ》にはこう書《か》いてある。

ドローレス・アンブリッジ
魔法大臣付上級次官《まほうだいじんづきじょうきゅうじかん》

その横《よこ》に、より光沢《こうたく》のある新《あたら》しい札《ふだ》がもう一つあった。

マグル生《う》まれ登録《とうろく》委員会《いいんかい》委員長《いいんちょう》

ハリーは、十数人《じゅうすうにん》のパンフレット作業員《さぎょういん》を振《ふ》り返《かえ》った。仕事《しごと》に集中《しゅうちゅう》しているとはいえ、目《め》の前《まえ》の、誰《だれ》もいないオフィスの扉《とびら》が開《ひら》けば気《き》づかないわけはないだろう。そこでハリーは、内《うち》ポケットから、小《ちい》さな肢《あし》をごにょごにょ動《うご》かしている変《へん》な物《もの》を取《と》り出《だ》した。胴体《どうたい》はゴム製《せい》の球《たま》がついたラッパだ。透明《とうめい》マントをかぶったまま、ハリーはかがんでその「おとり爆弾《ばくだん》」を床《ゆか》に置《お》いた。

「おとり」はたちまち、目《め》の前《まえ》の作業員《さぎょういん》たちの足《あし》の間《あいだ》を、シャカシャカ走《はし》り抜《ぬ》けていった。ハリーが扉《とびら》のノブに手《て》をかけて待《ま》っていると、やがて大《おお》きな爆発音《ばくはつおん》がして、隅《すみ》のほうから刺激臭《しげきしゅう》のある真《ま》っ黒《くろ》な煙《けむり》がもうもうと立《た》ち上《のぼ》った。前列《ぜんれつ》にいた、あの若《わか》い魔女《まじょ》が悲鳴《ひめい》を上《あ》げた。仲間《なかま》の作《さ》業員《ぎょういん》も飛《と》び上《あ》がって騒《さわ》ぎの元《もと》はどこだとあたりを見回《みまわ》し、ピンクの紙《かみ》があちこちに飛《と》び散《ち》った。

ハリーはノブを回《まわ》してアンブリッジの部屋《へや》に入《はい》り、扉《とびら》を閉《し》めた。

ハリーは、タイムスリップしたかと思《おも》った。その部屋《へや》は、ホグワーツのアンブリッジの部屋《へや》と寸分《すんぶん》のちがいもない。ひだのあるレースのカーテン、花瓶敷《かびんしき》、ドライフラワーなどが、ありとあらゆる表面《ひょうめん》を覆《おお》っている。壁《かべ》にも同《おな》じ飾《かざ》り皿《ざら》で、首《くび》にリボンを結《むす》んだ色鮮《いろあざ》やかな子猫《こねこ》の絵《え》が、吐《は》き気《け》をもよおすようなかわいさで、ふざけたりじゃれたりしている。机《つくえ》には、ひだ飾《かざ》りで縁《ふち》どった花柄《はながら》の布《ぬの》がかけられている。マッド-アイの目玉《めだま》の裏《うら》には、望遠鏡《ぼうえんきょう》の筒《つつ》のようなものが取《と》りつけられていて、アンブリッジが外《そと》の作業員《さぎょういん》を監視《かんし》できるようになっていた。ハリーがのぞいてみると、作業員《さぎょういん》たちは、まだ「おとり爆弾《ばくだん》」の周《まわ》りに集《あつ》まっていた。ハリーは筒《つつ》を引《ひ》っこ抜《ぬ》いて扉《とびら》に穴《あな》が開《あ》いたままにし、魔法《まほう》の目玉《めだま》を筒《つつ》からはずしてポケットに入《い》れた。それからもう一度《いちど》部屋《へや》の中《なか》に向《む》きなおり、杖《つえ》を上《あ》げて小声《こごえ》で唱《とな》えた。

「アクシオ、ロケットよ来《こ》い」

何事《なにごと》も起《お》こらない。もっとも起《お》こるとも思《おも》っていなかった。アンブリッジだって当然《とうぜん》、保護呪《ほごじゅ》文《もん》や呪《のろ》いを熟知《じゅくち》している。そこでハリーは、急《いそ》いで机《つくえ》のむこう側《がわ》に回《まわ》り、引《ひ》き出《だ》しを開《あ》けはじめた。羽根《はね》ペンやノート、スペロテープなどが見《み》える。呪文《じゅもん》のかかったクリップが引《ひ》き出《だ》しからとぐろを巻《ま》いて立《た》ち上《あ》がり、ハリーはそれをたたき返《かえ》さなければならなかった。ごてごて飾《かざ》り立《た》てた小《ちい》さなレースの箱《はこ》は、髪飾《かみかざ》りのリボンや髪《かみ》どめでいっぱいだ。しかし、ロケットはどこにも見《み》当《あ》たらない。

机《つくえ》の後《うし》ろにファイル・キャビネットがある。次《つぎ》はそれを調《しら》べにかかった。ホグワーツにあるフィルチの書類棚《しょるいだな》と同《おな》じで、名前《なまえ》のラベルを貼《は》ったホルダーがぎっしりと入《はい》っていた。一番下《いちばんした》の引《ひ》き出《だ》しまで調《しら》べたとき、気《き》になるものが目《め》にとまり、ハリーは捜索《そうさく》の手《て》を止《と》めた。ウィーズリー氏《し》のファイルだ。

ハリーはそれを引《ひ》っ張《ぱ》り出《だ》して、開《ひら》いた。

アーサー・ウィーズリー
血統《けっとう》　純血《じゅんけつ》。しかしマグルびいきであるという許《ゆる》しがたい傾向《けいこう》がある。「不死鳥《ふしちょう》の騎士団《きしだん》」のメンバーであることが知《し》られている。
家族《かぞく》　妻《つま》〔純血《じゅんけつ》〕子供《こども》七人《にん》。下《した》の二人《ふたり》はホグワーツ在学中《ざいがくちゅう》。
警備《けいび》　(注《ちゅう》)末息子《すえむすこ》は重病《じゅうびょう》で現在在宅《げんざいざいたく》。魔法省《まほうしょう》の検察官《けんさつかん》が確認済《かくにんず》み。
監視中《かんしちゅう》。すべての行動《こうどう》が見張《みは》られている。「問題分子《もんだいぶんし》」ナンバーワンが接触する可能性大《かのうせいだい》（以前《いぜん》にウィーズリー家《け》に滞在《たいざい》していた）。

「『問題分子《もんだいぶんし》ナンバーワン』、か」

ウィーズリーおじさんのホルダーを元《もと》に戻《もど》して、引《ひ》き出《だ》しを閉《し》めながら、ハリーは息《いき》をひそめてつぶやいた。それが誰《だれ》のことなのかわかる、と思った。ほかにロケットの隠《かく》し場所《ばしょ》はないかと、体《からだ》を起《お》こして部屋《へや》を眺《なが》め回《まわ》していると、思《おも》ったとおり、壁《かべ》に自分《じぶん》のポスターが貼《は》ってあるのが見《み》えた。胸《むね》のところに鮮《あざ》やかな文字《もじ》で、「問題分子《もんだいぶんし》ナンバーワン」と書《か》かれている。隅《すみ》に、子《こ》猫《ねこ》のイラストが入《はい》った小《ちい》さなピンクのメモがとめてある。近寄《ちかよ》って読《よ》むと、アンブリッジの字《じ》で「処罰《しょばつ》すべし」と書《か》いてあった。

ますます腹《はら》が立《た》って、ハリーは花瓶《かびん》やドライフラワーのかごの下《した》を探《さぐ》った。しかしロケットはない。当然《とうぜん》、そんな所《ところ》にあるはずがない。最後《さいご》にもう一度《いちど》部屋《へや》の中《なか》をざっと見回《みまわ》したその時《とき》、心《しん》臓《ぞう》の鼓動《こどう》が一拍《ぱく》すっ飛《と》んだ。机《つくえ》の脇《わき》の本棚《ほんだな》に立《た》てかけられている小《ちい》さな長方形《ちょうほうけい》の鏡《かがみ》から、ダンブルドアがハリーを見《み》つめていたのだ。

ハリーは走《はし》って部屋《へや》を横切《よこぎ》り、それを取《と》り上《あ》げたが、触《ふ》れたとたんに鏡《かがみ》ではないことがわかった。ダンブルドアは、光沢《こうたく》のある本《ほん》の表紙《ひょうし》から、切《せつ》なげに笑《わら》いかけていた。とっさには気《き》づかなかったが、その帽子《ぼうし》を横切《よこぎ》って緑色《みどりいろ》の曲《ま》がりくねった飾《かざ》り文字《もじ》が書《か》いてあった。

アルバス・ダンブルドアの真《ま》っ白《しろ》な人生《じんせい》と真《ま》っ赤《か》なうそ

胸《むね》の上《うえ》にも、それより少《すこ》し小《ちい》さな字《じ》でこう書《か》かれていた。

ベストセラー『アーマンド・ディペット　偉人《いじん》か愚人《ぐじん》か』の著者《ちょしゃ》、リータ・スキーター著《ちょ》

ハリーは適当《てきとう》にページをめくった。すると、肩《かた》を組《く》み合《あ》った十代《だい》の少年《しょうねん》が、二人《ふたり》で不謹慎《ふきんしん》なほど大笑《おおわら》いしている全《ぜん》ページ写真《しゃしん》が目《め》に入《はい》った。ダンブルドアは、ひじのあたりまで髪《かみ》を伸《の》ばし、クラムを思《おも》い出《だ》させるような短《みじか》いあごひげをうっすらと生《は》やしている。ロンを、あれほどいらいらさせたひげだ。ダンブルドアと並《なら》んで、声《こえ》を出《だ》さずに大笑《おおわら》いしている少年《しょうねん》は、陽気《ようき》で奔放《ほんぽう》な雰《ふん》囲気《いき》を漂《ただよ》わせ、金髪《きんぱつ》の巻《ま》き毛《げ》を肩《かた》まで垂《た》らしている。ハリーは若《わか》き日《ひ》のドージかもしれないと思《おも》ったが、説明文《せつめいぶん》をたしかめる前《まえ》に部屋《へや》の扉《とびら》が開《ひら》いた。

シックネスだ。後《うし》ろを振《ふ》り返《かえ》りながら部屋《へや》に入《はい》ってこなければ、ハリーは透明《とうめい》マントをかぶるひまがなかっただろう。シックネスがハリーの動《うご》きをちらりと目《め》にしたのではないかという気《き》がした。事実《じじつ》、シックネスはふに落《お》ちないという顔《かお》で、ハリーの姿《すがた》がたった今消《いまき》えたあたりをしばらく見《み》つめたまま、じっと動《うご》かなかった。やがて、ハリーがあわてて棚《たな》に戻《もど》した本《ほん》の表紙《ひょうし》のダン

ブルドアが、鼻《はな》の頭《あたま》をかくしぐさが見《み》えたのだろうと自分《じぶん》を納得《なっとく》させたらしく、シックネスは結《けっ》局《きょく》部屋《へや》に入《はい》って机《つくえ》に近《ちか》づき、インクつぼに差《さ》してある羽根《はね》ペンに杖《つえ》を向《む》けた。羽根《はね》ペンは飛《と》び上《あ》がって、アンブリッジへの伝言《でんごん》を書《か》きはじめた。ハリーはゆっくりと、ほとんど息《いき》も止《と》めて、部屋《へや》の外《そと》へと抜《ぬ》け出《だ》した。

パンフレットの作業者《さぎょうしゃ》たちは、まだ弱々《よわよわ》しくポッポッと煙《けむり》を吐《は》き続《つづ》けている「おとり爆弾《ばくだん》」の周《まわ》りに集《あつ》まっていた。ハリーは、あの若《わか》い魔女《まじょ》の声《こえ》をあとに、急《いそ》いで廊下《ろうか》を歩《ある》きだした。

「『実験呪文委員会《じっけんじゅもんいいんかい》』から、ここまで逃《に》げてきたにちがいないわ。あそこは、ほんとにだらしないんだから。ほら、あの毒《どく》アヒルのことを覚《おぼ》えてる？」

エレベーターまで急《いそ》いで戻《もど》りながら、ハリーはどういう選択肢《せんたくし》がありうるかを考《かんが》えた。もともとロケットが魔法省《まほうしょう》に置《お》いてある可能性《かのうせい》は少《すく》なかったし、人目《ひとめ》の多《おお》い法廷《ほうてい》にアンブリッジが座《すわ》っている間《あいだ》は、魔法《まほう》をかけてロケットのありかを聞《き》き出《だ》すことなど望《のぞ》むべくもない。今《いま》は、見《み》つかる前《まえ》に魔法省《まほうしょう》から抜《ぬ》け出《だ》すことが第一《だいいち》だ。また出《で》なおせばいい。まずはロンを探《さが》す。それから二人《ふたり》で、ハーマイオニーを法廷《ほうてい》から引《ひ》っ張《ぱ》り出《だ》す算段《さんだん》をする。

昇《のぼ》ってきたエレベーターは空《から》だった。ハリーは飛《と》び乗《の》って、エレベーターが下《お》りはじめると同《どう》時《じ》に透明《とうめい》マントを脱《ぬ》いだ。ガチャガチャと音《おと》を立《た》てて二階《かい》で停止《ていし》したエレベーターに、なんと魔《ま》のいいことに、ぐしょぬれのロンがお手上《てあ》げだという目《め》つきで乗《の》り込《こ》んできた。

「お——おはよう」エレベーターが再《ふたた》び動《うご》きだすと、ロンがしどろもどろに言《い》った。

「ロン、僕《ぼく》だよ、ハリーだ！」

「ハリー！　おっどろき、君《きみ》の姿《すがた》を忘《わす》れてた——ハーマイオニーは、どうして一緒《いっしょ》じゃないんだ？」

「アンブリッジと一緒《いっしょ》に法廷《ほうてい》に行《い》かなきゃならなくなって、断《ことわ》れなくて、それで——」

しかし、ハリーが言《い》い終《お》える前《まえ》にエレベーターがまた停止《ていし》し、ドアが開《あ》いて、ウィーズリー氏《し》が、年配《ねんぱい》の魔女《まじょ》に話《はな》しかけながら入《はい》ってきた。金髪《きんぱつ》の魔女《まじょ》は、これでもかというほど逆毛《さかげ》を立《た》てたアリ塚《づか》のような頭《あたま》だった。

「……ワカンダ、君《きみ》の言《い》うことはよくわかるが、私《わたし》は残念《ざんねん》ながら加《くわ》わるわけには——」

ウィーズリー氏《し》はハリーに気《き》づいて、突然口《とつぜんくち》を閉《と》じた。ウィーズリーおじさんに、これほど憎《にく》しみを込《こ》めた目《め》で見《み》つめられるのは、変《へん》な気持《きも》ちだった。ドアが閉《し》まり、四人《にん》を乗《の》せたエレベーターは、再《ふたた》び下《お》りはじめた。

「おや、おはよう、レッジ」

ロンのローブから、絶《た》え間《ま》なくしずくの垂《た》れる音《おと》がしているのに気《き》づき、ウィーズリー氏《し》が振《ふ》り返《かえ》った。

「奥《おく》さんが、今日尋問《きょうじんもん》されるはずじゃなかったかね？　あー――いったいどうした？　どうしてそんなに、びしょぬれで？」

「ヤックスリーの部屋《へや》に、雨《あめ》が降《ふ》っている」

ロンはウィーズリー氏《し》の肩《かた》に向《む》かって話《はな》しかけていた。まっすぐ目《め》を合《あ》わせれば、父親《ちちおや》に見抜《みぬ》かれることを恐《おそ》れたにちがいないと、ハリーは思《おも》った。

「止《と》められなくて。それでバーニー――ピルズワース、とか言《い》ったと思《おも》うけど、その人《ひと》を呼《よ》んでこいと言《い》われて――」

「そう、最近《さいきん》は雨降《あめふ》りになる部屋《へや》が多《おお》い」ウィーズリー氏《し》が言《い》った。「**『メテオロジンクス　レカント、気象呪《きしょうのろ》い崩《くず》し』**を試《ため》したかね？　ブレッチリーには効《き》いたが」

「**メテオロジンクス　レカント？**」ロンが小声《こごえ》で言《い》った。「いや、試《ため》していない。ありがとう、パ――じゃない、ありがとう、アーサー」

エレベーターが開《あ》き、年配《ねんぱい》のアリ塚頭《づかあたま》の魔女《まじょ》が降《お》り、ロンはそのあとから矢《や》のように魔女《まじょ》を追《お》い越《こ》して姿《すがた》が見《み》えなくなった。ハリーもあとを追《お》うつもりで降《お》りかけたが、乗《の》り込《こ》んできた人物《じんぶつ》に行《ゆ》く手《て》をはばまれた。パーシー・ウィーズリーが、顔《かお》も上《あ》げずに書類《しょるい》を読《よ》みながら、ずんずん乗《の》り込《こ》んできたのだ。

ドアがガチャンと閉《し》まるまで、パーシーは、父親《ちちおや》と同《おな》じエレベーターに乗《の》り合《あ》わせたことに気《き》づかなかった。目《め》を上《あ》げてウィーズリー氏《し》に気《き》づいたとたん、パーシーの顔《かお》は赤《あか》カブ色《いろ》になり、ドアが次《つぎ》の階《かい》で開《ひら》くと同時《どうじ》に降《お》りていった。ハリーは再《ふたた》び降《お》りようとしたが、今度《こんど》はウィーズリーおじさんの腕《うで》にはばまれた。

「ちょっと待《ま》て、ランコーン」

エレベーターのドアが閉《し》まり、二人《ふたり》はガチャガチャともう一階下《かいした》に下《お》りていった。ウィーズリー氏《し》が言《い》った。

「君《きみ》が、ダーク・クレスウェルの情報《じょうほう》を提供《ていきょう》したと聞《き》いた」

ハリーには、ウィーズリーおじさんの怒《いか》りが、パーシーの態度《たいど》でよけいにあおられたように思《おも》えた。ここは、知《し》らんふりをするのが一番無難《いちばんぶなん》だと判断《はんだん》した。

「え？」ハリーが言《い》った。

「知《し》らぬふりはやめろ、ランコーン」ウィーズリー氏《し》が、激《はげ》しい口調《くちょう》で言《い》った。「君《きみ》は、家系図《かけいず》を捏造《ねつぞう》した魔法使《まほうつか》いとして彼《かれ》を追《お》いつめたのだろう。ちがうかね？」

「私《わたし》は――もしそうだとしたら？」ハリーが言《い》った。

「そうだとしたら、ダーク・クレスウェルは、君《きみ》より十倍《ばい》も魔法使《まほうつか》いらしい人物《じんぶつ》だ」

エレベーターがどんどん下《お》りていく中《なか》、ウィーズリー氏《し》が静《しず》かに言《い》った。

「もし、クレスウェルがアズカバンから生《い》きて戻《もど》ってきたら、君《きみ》は彼《かれ》に申《もう》し開《ひら》きをしなければならないぞ。もちろん、奥《おく》さんや息子《むすこ》たちや友達《ともだち》にも――」

「アーサー」ハリーが口《くち》を挟《はさ》んだ。「君《きみ》は監視《かんし》されている。知《し》っているのか？」

「脅迫《きょうはく》のつもりか、ランコーン？」ウィーズリー氏《し》が声《こえ》を荒《あら》らげた。

「いや」ハリーが言《い》った。「事実《じじつ》だ！　君《きみ》の動《うご》きはすべて見張《みは》られているんだ――」

エレベーターのドアが開《あ》いた。アトリウムに到着《とうちゃく》していた。ウィーズリー氏《し》は痛烈《つうれつ》な目《め》でハリーをにらみ、サッと降《お》りていった。ハリーは、衝撃《しょうげき》を受《う》けてその場《ば》に立《た》ちすくんだ。ランコーンでなく、ほかの人間《にんげん》に変身《へんしん》していればよかったのに……ドアが再《ふたた》びガチャンと閉《し》まった。

ハリーは透明《とうめい》マントを取《と》り出《だ》して、またかぶった。ロンが雨降《あめふ》り部屋《べや》を処理《しょり》している間《あいだ》に、独力《どくりょく》でハーマイオニーを救出《きゅうしゅつ》するつもりだった。ドアが開《あ》くと、板壁《いたかべ》にじゅうたん敷《じ》きの一階《かい》とはまったくちがう、松明《たいまつ》に照《て》らされた石《いし》の廊下《ろうか》に出《で》た。エレベーターだけが再《ふたた》びガチャガチャと上《のぼ》っていき、ハリーは廊下《ろうか》の奥《おく》にある「神秘部《しんぴぶ》」の真《ま》っ黒《くろ》な扉《とびら》のほうを見《み》て、少《すこ》し身震《みぶる》いした。

ハリーは歩《ある》きはじめた。目標《もくひょう》は黒《くろ》い扉《とびら》ではなく、たしか左手《ひだりて》にあったはずの入口《いりぐち》だ。その開口《かいこう》部《ぶ》から法廷《ほうてい》に下《お》りる階段《かいだん》がある。忍《しの》び足《あし》で階段《かいだん》を下《お》りながら、ハリーは、どういう可能性《かのうせい》があるかと、あれこれ考《かんが》えをめぐらした。「おとり爆弾《ばくだん》」はあと一個残《このこ》っている。しかし、法廷《ほうてい》の扉《とびら》をノックしてランコーンとして入室《にゅうしつ》し、マファルダとちょっと話《はな》したいと願《ねが》い出《で》るほうがよいのではないか？　もちろん、ランコーンがそんな頼《たの》みを通《とお》せるほど重要人物《じゅうようじんぶつ》かどうかを、ハリーは知《し》らない。しかも、もしそれができたとしても、ハーマイオニーが法廷《ほうてい》に戻《もど》らなければ、三人《にん》が魔《ま》法省《ほうしょう》を脱出《だっしゅつ》する前《まえ》に、捜索《そうさく》が始《はじ》まってしまうかもしれない……。

考《かんが》えるのに夢中《むちゅう》で、ハリーは不自然《ふしぜん》な冷気《れいき》にじわじわと包《つつ》まれていることに、すぐには気《き》づかなかった。階段《かいだん》を下《お》りて、冷《つめ》たい霧《きり》の中《なか》に入《はい》っていくような感《かん》じだ。一段下《いちだんお》りるごとに冷気《れいき》が増《ま》し、それはのどからまっすぐに入《はい》り込《こ》んで、肺《はい》を引《ひ》き裂《さ》くようだった。それからあの忍《しの》び寄《よ》る絶《ぜっ》望感《ぼうかん》、無気力感《むきりょくかん》が体中《からだじゅう》を侵《おか》し、広《ひろ》がっていった……。

吸魂鬼《きゅうこんき》だ、とハリーは思《おも》った。

階段《かいだん》を下《お》りきって右《みぎ》に曲《ま》がると、恐《おそ》ろしい光景《こうけい》が目《め》に入《はい》った。法廷《ほうてい》の外《そと》の暗《くら》い廊下《ろうか》は、黒《くろ》いフードをかぶった背《せ》の高《たか》い姿《すがた》でいっぱいだ。吸魂鬼《きゅうこんき》の顔《かお》は完全《かんぜん》に隠《かく》れ、ガラガラという息《いき》だけが聞《き》こえる。尋問《じんもん》に連《つ》れてこられたマグル生《う》まれたちは、石《いし》のように身《み》をこわばらせ、堅《かた》い木《き》のベンチに体《からだ》を寄《よ》せ合《あ》って震《ふる》えている。ほとんどの者《もの》が顔《かお》を両手《りょうて》で覆《おお》っているが、たぶん、吸魂鬼《きゅうこんき》の意地汚《いじきたな》い口《くち》から、本能的《ほんのうてき》に自《みずか》らを護《まも》っているのだ。家族《かぞく》に付《つ》き添《そ》われている者《もの》も、ひとりで座《すわ》っている者《もの》もいる。吸魂鬼《きゅうこんき》は、その前《まえ》をすべるように往《い》ったり来《き》たりしている。その場《ば》の冷《つめ》たい絶《ぜつ》望感《ぼうかん》、無気力感《むきりょくかん》が、呪《のろ》いのようにハリーにのしかかってきた……。

戦《たたか》え、ハリーは自分《じぶん》に言《い》い聞《き》かせた。しかしここで守護霊《しゅごれい》を出《だ》せば、たちまち自分《じぶん》の存在《そんざい》を知《し》られてしまう。そこでハリーは、できるだけ静《しず》かに進《すす》んだ。一歩進《いっぽすす》むごとに、頭《あたま》がしびれていくようだ。ハリーは、自分《じぶん》を必要《ひつよう》としているハーマイオニーとロンのことを思《おも》い浮《う》かべて、力《ちから》を振《ふ》りしぼった。

そびえ立《た》つような黒《くろ》い姿《すがた》の中《なか》を歩《ある》くのは、恐《おそ》ろしかった。フードに隠《かく》された目《め》のない顔《かお》が、ハリーの動《うご》きを追《お》った。ハリーの存在《そんざい》を感《かん》じ取《と》ったにちがいない。おそらく、まだ望《のぞ》みを捨《す》てず、反発力《はんぱつりょく》を残《のこ》した者《もの》の存在《そんざい》を感《かん》じ取《と》っているのだ……。

その時突然《ときとつぜん》、凍《こお》りつくような沈黙《ちんもく》に衝撃《しょうげき》が走《はし》り、左側《ひだりがわ》に並《なら》ぶ地下室《ちかしつ》の扉《とびら》の一つが開《ひら》いて、中《なか》から叫《さけ》び声《ごえ》が響《ひび》いてきた。

「ちがう、ちがう、私《わたし》は半純血《はんじゅんけつ》だ。半純血《はんじゅんけつ》なんだ。聞《き》いてくれ！　父《ちち》は魔法使《まほうつか》いだった。ほんとうだ。調《しら》べてくれ。アーキー・アルダートンだ。有名《ゆうめい》な箒設計士《ほうきせっけいし》だった。調《しら》べてくれ。お願《ねが》いだ――手《て》を放《はな》せ、手《て》を放《はな》せ――」

「これが最後《さいご》の警告《けいこく》よ」

魔法《まほう》で拡大《かくだい》されたアンブリッジの猫《ねこ》なで声《ごえ》が、男《おとこ》の絶望《ぜつぼう》の叫《さけ》びをかき消《け》して響《ひび》いた。

「抵抗《ていこう》すると、吸魂鬼《きゅうこんき》に接吻《キス》させますよ」

男《おとこ》の叫《さけ》びは静《しず》かになったが、乾《かわ》いたすすり泣《な》きが廊下《ろうか》に響《ひび》いてきた。

「連《つ》れていきなさい」アンブリッジが言《い》った。

法廷《ほうてい》の入口《いりぐち》に、二人《ふたり》の吸魂鬼《きゅうこんき》が現《あらわ》れた。くさりかけたかさぶただらけの手《て》が、気絶《きぜつ》した様子《ようす》の魔法使《まほうつか》いの両腕《りょううで》をつかんでいる。吸魂鬼《きゅうこんき》は男《おとこ》を連《つ》れてするすると廊下《ろうか》を去《さ》っていき、そのあとに残《のこ》された暗闇《くらやみ》が、男《おとこ》の姿《すがた》を飲《の》み込《こ》んだ。

「次《つぎ》――メアリー・カターモール」アンブリッジが呼《よ》んだ。

小柄《こがら》な女性《じょせい》が立《た》ち上《あ》がった。頭《あたま》のてっぺんから足《あし》の先《さき》まで震《ふる》えている。黒《くろ》い髪《かみ》をとかしつけて髷《まげ》に結《ゆ》い、長《なが》いシンプルなローブを着《き》ている。顔《かお》からは、すっかり血《ち》の気《け》が失《う》せていた。吸魂鬼《きゅうこんき》のそばを通《とお》り過《す》ぎるとき、女性《じょせい》が身震《みぶる》いするのが見《み》えた。

ハリーは本能的《ほんのうてき》に動《うご》いた。何《なに》も計画《けいかく》していたわけではない。女性《じょせい》が一人《ひとり》で地下牢《ちかろう》に入《はい》っていくのを、見《み》るにたえなかったからだ。扉《とびら》が閉《し》まりかけたとき、ハリーは女性《じょせい》の後《うし》ろについて法廷《ほうてい》にすべり込《こ》んでいた。

そこは、かつてハリーが魔法不正使用《まほうふせいしよう》の廉《かど》で尋問《じんもん》された法廷《ほうてい》とは、ちがう部屋《へや》だった。天井《てんじょう》は同《おな》じぐらいの高《たか》さだったが、もっと小《ちい》さな部屋《へや》だ。深井戸《ふかいど》の底《そこ》に閉《と》じ込《こ》められたようで、閉所《へいしょ》恐怖症《きょうふしょう》に襲《おそ》われそうだった。

ここには、さらに多《おお》くの吸魂鬼《きゅうこんき》がいた。その場《ば》に、凍《こお》りつくような霊気《れいき》を発《はっ》している。顔《かお》のない歩哨《ほしょう》のように、高《たか》くなった裁判官席《さいばんかんせき》からは一番遠《いちばんとお》い法廷《ほうてい》の隅《すみ》に立《た》っていた。高欄《こうらん》の囲《かこ》いの向《む》こうにアンブリッジが座《すわ》り、片側《かたがわ》にはヤックスリー、もう片側《かたがわ》には、カターモール夫人《ふじん》と同《おな》じぐらい青白《あおじろ》い顔《かお》をしたハーマイオニーが座《すわ》っていた。裁判官席《さいばんかんせき》の下《した》には、毛足《けあし》の長《なが》い銀色《ぎんいろ》の猫《ねこ》が往《い》ったり来《き》たりしている。吸魂鬼《きゅうこんき》の発《はっ》する絶望感《ぜつぼうかん》から検察側《けんさつがわ》を護《まも》っているのはそれだ、とハリーは気《き》づいた。絶望《ぜつぼう》を感《かん》じるべきなのは被告《ひこく》であり、原告《げんこく》ではないのだ。

「座《すわ》りなさい」アンブリッジの甘《あま》い、なめらかな声《こえ》が言《い》った。

カターモール夫人《ふじん》は、高《たか》い席《せき》から見下《みお》ろす床《ゆか》の真《ま》ん中《なか》に、一つだけ置《お》かれた椅子《いす》によろよろと近寄《ちかよ》った。座《すわ》ったとたんに、椅子《いす》のひじかけ部分《ぶぶん》からガチャガチャと鎖《くさり》が出《で》てきて、夫人《ふじん》を椅子《いす》に縛《しば》りつけた。

「メアリー・エリザベス・カターモールですね？」アンブリッジが聞《き》いた。

カターモール夫人《ふじん》は弱々《よわよわ》しくこくりとうなずいた。

「魔法《まほう》ビル管理部《かんりぶ》の、レジナルド・カターモールの妻《つま》ですね？」

カターモール夫人《ふじん》はワッと泣《な》きだした。

「夫《おっと》がどこにいるのかわからないわ。ここで会《あ》うはずでしたのに！」

アンブリッジは無視《むし》した。

「メイジー、エリー、アルフレッド・カターモールの母親《ははおや》ですね？」

カターモール夫人《ふじん》は、いっそう激《はげ》しくしゃくり上《あ》げた。

「子供《こども》たちはおびえています。私《わたし》が家《いえ》に戻《もど》らないのじゃないかと思《おも》って――」

「いいかげんにしろ」ヤックスリーが吐《は》き出《だ》すように言《い》った。「『穢《けが》れた血《ち》』のガキなど、我々《われわれ》の同情《どうじょう》を誘《さそ》うものではない」

カターモール夫人《ふじん》のすすり泣《な》きが、壇《だん》に上《のぼ》る階段《かいだん》にそっと近《ちか》づこうとしていたハリーの足音《あしおと》を隠《かく》してくれた。猫《ねこ》の守護霊《しゅごれい》がパトロールしている場所《ばしょ》を過《す》ぎたとたん、ハリーは温度《おんど》が変《か》わるのを感《かん》じた。ここは暖《あたた》かく快適《かいてき》だ。この守護霊《しゅごれい》は、アンブリッジのものにちがいないとハリーは思《おも》った。自分《じぶん》が作成《さくせい》に関与《かんよ》したいびつな法律《ほうりつ》を振《ふ》りかざし、本領《ほんりょう》を発揮《はっき》できるこの上《うえ》ない幸《しあわ》せを反映《はんえい》して、アンブリッジの分身《ぶんしん》は光《ひか》り輝《かがや》いていた。ハリーはゆっくりと慎重《しんちょう》に、アンブリッジ、ヤックスリー、ハーマイオニーの座《すわ》っている裁判官席《さいばんかんせき》の後《うし》ろの列《れつ》に回《まわ》り込《こ》んでじりじりと進《すす》み、ハーマイオニーの後《うし》ろに座《すわ》った。ハーマイオニーが驚《おどろ》いて、飛《と》び上《あ》がりはしないかと心配《しんぱい》だった。アンブリッジとヤックスリーに「耳《みみ》ふさぎ」の呪文《じゅもん》をかけようとも思《おも》ったが、呪文《じゅもん》を小声《こごえ》でつぶやいてもハーマイオニーを驚《おどろ》かせてしまうかもしれない。その時《とき》、アンブリッジが声《こえ》を張《は》り上《あ》げてカターモール夫人《ふじん》に呼《よ》びかけたので、ハリーはその機会《きかい》をとらえた。

「僕《ぼく》、君《きみ》の後《うし》ろにいるよ」ハリーは、ハーマイオニーの耳《みみ》にささやいた。

思《おも》ったとおり、ハーマイオニーは飛《と》び上《あ》がり、そのはずみで尋問《じんもん》の記録《きろく》に使《つか》うはずのインクつぼをひっくり返《かえ》すところだった。しかしアンブリッジもヤックスリーも、カターモール夫人《ふじん》に気《き》を取《と》られていて、それに気《き》づかなかった。

「カターモールさん、あなたが今日《きょう》魔法省《まほうしょう》に到着《とうちゃく》した際《さい》に、あなたから杖《つえ》を取《と》り上《あ》げました」アンブリッジが話《はな》していた。「二十二センチ、桜材《さくらざい》、芯《しん》は一角獣《ユニコーン》のたてがみ。この説明《せつめい》が何《なん》のことかわかりますか？」

カターモール夫人《ふじん》は、そでで目《め》をぬぐってうなずいた。

「この杖《つえ》を、魔女《まじょ》または魔法使《まほうつか》いの、誰《だれ》から奪《うば》ったのか、教《おし》えてくれますか？」

「私《わたし》が——奪《うば》った？」カターモール夫人《ふじん》はしゃくり上《あ》げた。「いいえ、だ——誰《だれ》からも奪《うば》ったりしませんわ。私《わたし》は、か——買《か》ったのです。十一歳《さい》のときに。そ——その——その杖《つえ》が——私《わたし》を選《えら》んだのです」

夫人《ふじん》の泣《な》き声《ごえ》が、いっそう激《はげ》しくなった。

女《おんな》の子《こ》のように小《ちい》さな笑《わら》い声《ごえ》を上《あ》げたアンブリッジを、ハリーはなぐりつけてやりたくなった。アンブリッジが自分《じぶん》の餌食《えじき》をよく見《み》ようと高欄《こうらん》から身《み》を乗《の》り出《だ》すと同時《どうじ》に、何《なに》か金色《きんいろ》の物《もの》がぶらりと前《まえ》に揺《ゆ》れて、宙《ちゅう》にぶら下《さ》がった。ロケットだ。

それを見《み》たハーマイオニーが小《ちい》さな叫《さけ》び声《ごえ》を上《あ》げたが、アンブリッジもヤックスリーも相変《あいか》わらず獲物《えもの》に夢中《むちゅう》で、いっさい耳《みみ》に入《はい》っていなかった。

「いいえ」アンブリッジが言《い》った。「いいえ、そうは思《おも》わないことよ、カターモールさん。杖《つえ》は、魔女《まじょ》とか魔法使《まほうつか》いしか選《えら》びません。あなたは魔女《まじょ》ではないのよ。あなたに送《おく》った調査票《ちょうさひょう》へのお答《こた》えがここにあります――マファルダ、よこしてちょうだい」

アンブリッジが小《ちい》さい手《て》を差《さ》し出《だ》した。その瞬間《しゅんかん》、あまりにもガマガエルそっくりだったので、ずんぐりした指《ゆび》の間《あいだ》に水《みず》かきが見《み》えないことに、ハリーは相当驚《そうとうおどろ》いた。ハーマイオニーは衝撃《しょうげき》で手《て》が震《ふる》えていた。脇《わき》の椅子《いす》に崩《くず》れんばかりに積《つ》まれている文書《ぶんしょ》の山《やま》を、もたつく手《て》で探《さぐ》り、ハーマイオニーはやっとのことで、カターモール夫人《ふじん》の名前《なまえ》が書《か》いてある羊皮紙《ようひし》の束《たば》を引《ひ》っ張《ぱ》り出《だ》した。

「それ――それ、きれいだわ、ドローレス」

ハーマイオニーは、アンブリッジのブラウスのひだ飾《かざ》りの中《なか》で光《ひか》っているペンダントを指差《ゆびさ》した。

「何《なに》？」

アンブリッジは、ぶっきらぼうに言《い》いながら下《した》を見《み》た。

「ああ、これ――家《いえ》に先祖代々《せんぞだいだい》伝《つた》わる古《ふる》い品《しな》よ」

アンブリッジは、でっぷりした胸《むね》にのっているロケットをポンポンとたたいた。

「S《エス》の字《じ》はセルウィンのS《エス》……私《わたし》はセルウィンの血筋《ちすじ》なの……実《じつ》のところ、純血《じゅんけつ》の家系《かけい》で私《わたし》の親《しん》せき筋《すじ》でない家族《かぞく》は、ほとんどないわ。……残念《ざんねん》ながら――」

アンブリッジは、カターモール夫人《ふじん》の調査票《ちょうさひょう》にざっと目《め》を通《とお》しながら、声《こえ》を大《だい》にして言葉《ことば》を続《つづ》けた。

「あなたの場合《ばあい》はそうはいかないようね。両親《りょうしん》の職業《しょくぎょう》、青物商《あおものしょう》」

ヤックスリーは嘲笑《あざわら》った。下《した》のほうではふわふわした銀色《ぎんいろ》の猫《ねこ》が往《い》ったり来《き》たりの見張《みは》りを続《つづ》け、吸魂鬼《きゅうこんき》は部屋《へや》の隅《すみ》で待《ま》ちかまえていた。

アンブリッジのうそでハリーは頭《あたま》に血《ち》が上《のぼ》り、警戒心《けいかいしん》を忘《わす》れてしまった。こそ泥《どろ》から賄賂《わいろ》として奪《うば》ったロケットが、自分《じぶん》の純血《じゅんけつ》の証明《しょうめい》を補強《ほきょう》するのに使《つか》われている。ハリーは透明《とうめい》マントの下《した》に隠《かく》すことさえせず、杖《つえ》を上《あ》げて唱《とな》えた。

「ステューピファイ！　まひせよ！」

赤《あか》い閃光《せんこう》が走《はし》った。アンブリッジはクシャッと倒《たお》れて額《ひたい》が高欄《こうらん》の端《はし》にぶつかり、カターモール夫人《ふじん》の調査票《ちょうさひょう》はひざから床《ゆか》にすべり落《お》ちた。同時《どうじ》に、壇《だん》の下《した》では、歩《ある》き回《まわ》っていた銀色《ぎんいろ》の猫《ねこ》が消《き》えた。氷《こおり》のような冷《つめ》たさが、下《した》から上《うえ》へ風《かぜ》のように襲《おそ》ってきた。混乱《こんらん》したヤックスリーは、原因《げんいん》を突《つ》き止《と》めようとあたりを見回《みまわ》し、ハリーの体《からだ》のない手《て》と杖《つえ》だけが自分《じぶん》をねらっているのを見《み》つけて杖《つえ》を抜《ぬ》こうとした。しかし、遅過《おそす》ぎた。

「ステューピファイ！　まひせよ！」

ヤックスリーはズルッと床《ゆか》に倒《たお》れ、身《み》を丸《まる》めて横《よこ》たわった。

「ハリー！」

「ハーマイオニー、だまって座《すわ》ってなんかいられるか？　あいつがうそをついて――」

「ハリー、カターモールさんが！」

ハリーは透明《とうめい》マントをかなぐり捨《す》てて、すばやく振《ふ》り向《む》いた。下《した》では、吸魂鬼《きゅうこんき》が部屋《へや》の隅《すみ》から動《うご》きだし、椅子《いす》に鎖《くさり》で縛《しば》られている女性《じょせい》にするすると近《ちか》づいていた。守護霊《しゅごれい》が消《き》えたからなのか、それとも飼《か》い主《ぬし》の牽制《けんせい》が効《き》かない状態《じょうたい》になったのを感《かん》じ取《と》ったからなのか、抑制《よくせい》をかなぐり捨《す》てたようだ。ぬるぬるしたかさぶただらけの手《て》であごを押《お》し上《あ》げられ、上《うえ》を向《む》かされたカターモール夫人《ふじん》は、すさまじい恐怖《きょうふ》の悲鳴《ひめい》を上《あ》げた。

「エクスペクト　パトローナム！　守護霊《しゅごれい》よ来《き》たれ！」

銀色《ぎんいろ》の牡鹿《おじか》がハリーの杖先《つえさき》から飛《と》び出《だ》し、吸魂鬼《きゅうこんき》に向《む》かって突進《とっしん》した。吸魂鬼《きゅうこんき》は退却《たいきゃく》し、再《ふたた》び暗《くら》い影《かげ》となって消《き》えた。牡鹿《おじか》は地下牢《ちかろう》を何度《なんど》もゆっくりとかけ回《まわ》って、猫《ねこ》の護《まも》りよりずっと力強《ちからづよ》く暖《あたた》かい光《ひかり》で部屋《へや》全体《ぜんたい》を満《み》たした。

「分霊箱《ぶんれいばこ》を取《と》るんだ」ハリーがハーマイオニーに言《い》った。

ハリーは階段《かいだん》をかけ下《お》りながら、透明《とうめい》マントをローブにしまい、カターモール夫人《ふじん》に近《ちか》づいた。

「あなたが？」夫人《ふじん》はハリーの顔《かお》を見《み》つめて、小声《こごえ》で言《い》った。「でも――でも、レッジが言《い》ってたわ。私《わたし》の名前《なまえ》を提出《ていしゅつ》して尋問《じんもん》させたのは、あなただって！」

「そうなの？」ハリーは、夫人《ふじん》の腕《うで》を縛《しば》っている鎖《くさり》を引《ひ》っ張《ぱ》りながらもぞもぞと言《い》った。「そう、気《き》が変《か》わったんだ。ディフィンド！　裂《さ》けよ！」何事《なにごと》も起《お》こらない。「ハーマイオニー、どうやって鎖《くさり》をはずせばいい？」

「ちょっと待《ま》って。こっちでもやっていることがあるの――」

「ハーマイオニー、吸魂鬼《きゅうこんき》に囲《かこ》まれてるんだぞ！」

「わかってるわよ、ハリー。でもアンブリッジが目《め》を覚《さ》ましたときロケットがなくなっていたら――コピーを作《つく》らなくちゃ……ジェミニオ！　そっくり！　ほーら……これでだませるわ……」

ハーマイオニーも階段《かいだん》をかけ下《お》りてきた。

「そうね……レラシオ！　放《はな》せ！」

鎖《くさり》はガチャガチャと音《おと》を立《た》てて、椅子《いす》のひじかけに戻《もど》った。カターモール夫人《ふじん》は、なおもおびえているようだった。

「わけがわからないわ」夫人《ふじん》が小声《こごえ》で言《い》った。

「ここから一緒《いっしょ》に出《で》るんだ」

ハリーは夫人《ふじん》を引《ひ》っ張《ぱ》って立《た》たせた。

「家《いえ》に帰《かえ》って、急《いそ》いで子供《こども》たちを連《つ》れて逃《に》げろ。いざとなったら国外《こくがい》に脱出《だっしゅつ》するんだ。変装《へんそう》して逃《に》げろ。事情《じじょう》はその目《め》で見《み》たとおり、ここでは公正《こうせい》に聞《き》いてもらうことなんてできない」

「ハリー」ハーマイオニーが言《い》った。「扉《とびら》の向《む》こうは、吸魂鬼《きゅうこんき》がいっぱいよ。どうやってここから出《で》るつもり？」

「守護霊《しゅごれい》たちを――」

ハリーは杖《つえ》を自分《じぶん》の守護霊《しゅごれい》に向《む》けながら言《い》った。牡鹿《おじか》は速度《そくど》をゆるめ、まばゆい光《ひかり》を放《はな》ったまま並足《なみあし》で扉《とびら》のほうに移動《いどう》した。

「できるだけたくさん呼《よ》び出《だ》すんだ。ハーマイオニー、君《きみ》のも」

「エクスペク――エクスペクト　パトローナム」ハーマイオニーが唱《とな》えたが、何事《なにごと》も起《お》こらない。

「この人《ひと》は、この呪文《じゅもん》だけが苦手《にがて》なんだ」

ハリーは、ぼうぜんとしているカターモール夫人《ふじん》に話《はな》しかけた。

「ちょっと残念《ざんねん》だよ、ほんとに……がんばれ、ハーマイオニー」

「エクスペクト　パトローナム！　守護霊《しゅごれい》よ来《き》たれ！」

銀色《ぎんいろ》のカワウソがハーマイオニーの杖先《つえさき》から飛《と》び出《だ》し、空中《くうちゅう》を優雅《ゆうが》に泳《およ》いで牡鹿《おじか》のそばに行《い》った。

「行《い》こう」ハリーは、ハーマイオニーとカターモール夫人《ふじん》を連《つ》れて扉《とびら》に向《む》かった。

二体《たい》の守護霊《しゅごれい》が地下牢《ちかろう》からスーッと飛《と》び出《だ》すと、外《そと》で待《ま》っていた人々《ひとびと》が驚《おどろ》いて叫《さけ》び声《ごえ》を上《あ》げた。ハリーは周囲《しゅうい》を見回《みまわ》した。吸魂鬼《きゅうこんき》はハリーたちの両側《りょうがわ》で退却《たいきゃく》して闇《やみ》に溶《と》け、銀色《ぎんいろ》の霊《れい》たちの前《まえ》に散《ち》り散《ぢ》りになって消《き》えた。

「みんな家《いえ》に戻《もど》り、家族《かぞく》とともに隠《かく》れるようにと決定《けってい》された」

ハリーは、外《そと》で待《ま》っていた「マグル生《う》まれ」たちに告《つ》げた。守護霊《しゅごれい》の光《ひかり》をまぶしげに見《み》ながら、みんなまだ縮《ちぢ》こまっている。

「できればこの国《くに》から出《で》るんだ。とにかく魔法省《まほうしょう》からできるだけ離《はな》れること。それが――えーと――省《しょう》の新《あたら》しい立場《たちば》だ。さあ、守護霊《しゅごれい》たちについて行《い》けば、アトリウムから外《そと》に出《で》られる」

石段《いしだん》を上《あ》がるまでは、何《なん》とかじゃまされることもなく移動《いどう》したが、エレベーターに近《ちか》づくと、ハリーは心配《しんぱい》になりはじめた。銀《ぎん》の牡鹿《おじか》とカワウソを脇《わき》に従《したが》え、二十人《にん》もの人《ひと》を連《つ》れていて、そのうちの半数《はんすう》は「マグル生《う》まれ」として訴《うった》えられているとなれば、いやでも人目《ひとめ》につくと考《かんが》えないわけにはいかない。ハリーがそういうありがたくない結論《けつろん》に達《たっ》したとき、エレベーターが目《め》の前《まえ》にガチャガチャと停止《ていし》した。

「レッジ！」

カターモール夫人《ふじん》が叫《さけ》び声《ごえ》を上《あ》げて、ロンの腕《うで》の中《なか》に飛《と》び込《こ》んだ。

「ランコーンが逃《に》がしてくれたの。アンブリッジとヤックスリーを襲《おそ》って。そして、私《わたし》たち全員《ぜんいん》が国外《こくがい》に出《で》るべきだって、そう言《い》うの。レッジ、そうしたほうがいいわ。ほんとにそう思《おも》うの。急《いそ》いで家《いえ》に帰《かえ》りましょう。そして子供《こども》たちを連《つ》れて、そして――あなた、どうしてこんなにぬれているの？」

「水《みず》」

ロンは抱《だ》きついている夫人《ふじん》を離《はな》しながら、つぶやいた。

「ハリー、連中《れんちゅう》は、魔法省《まほうしょう》に侵入者《しんにゅうしゃ》がいるって気《き》づいたぜ。アンブリッジの部屋《へや》の扉《とびら》の穴《あな》がどうとか。たぶん、あと五分《ふん》しかない。それもないかも――」

カワウソの守護霊《しゅごれい》がポンと消《き》え、ハーマイオニーは恐怖《きょうふ》に引《ひ》きつった顔《かお》をハリーに向《む》けた。

「ハリー、ここに閉《と》じ込《こ》められてしまったら――！」

「すばやく行動《こうどう》すれば、そうはならない」ハリーが言《い》った。

ハリーは、黙々《もくもく》と後《うし》ろについてきていた人々《ひとびと》に話《はな》しかけた。みんなぼうぜんとハリーを見《み》つめていた。

「杖《つえ》を持《も》っている者《もの》は？」

約半数《やくはんすう》が手《て》を上《あ》げた。

「よし。杖《つえ》を持《も》っていない者《もの》は、誰《だれ》か持《も》っている者《もの》についていること。迅速《じんそく》に行動《こうどう》するんだ――連中《れんちゅう》に止《と》められる前《まえ》に。さあ、行《い》こう」

全員《ぜんいん》が何《なん》とか二台《だい》に分乗《ぶんじょう》できた。エレベーターの金《きん》の格子《こうし》が閉《し》まり、昇《のぼ》りはじめるまで、ハリーの守護霊《しゅごれい》がその前《まえ》で歩哨《ほしょう》に立《た》った。

「八階《かい》」落《お》ち着《つ》いた魔女《まじょ》の声《こえ》が流《なが》れた。「アトリウムでございます」

困《こま》ったことになったと、ハリーはすぐに気《き》づいた。アトリウムでは大勢《おおぜい》の人《ひと》が、暖炉《だんろ》を次々《つぎつぎ》と閉鎖《へいさ》する作業《さぎょう》に動《うご》き回《まわ》っていた。

「ハリー！」ハーマイオニーが金切《かなき》り声《ごえ》を上《あ》げた。「どうしましょう――？」

「やめろ！」

ハリーはランコーンの太《ふと》い声《こえ》をとどろかせた。声《こえ》はアトリウム中《じゅう》に響《ひび》き、暖炉閉鎖《だんろへいさ》をしていた魔法使《まほうつか》いたちはその場《ば》に凍《こお》りついた。

「ついてくるんだ」

ハリーはおびえきったマグル生《う》まれの集団《しゅうだん》に向《む》かってささやいた。ロンとハーマイオニーに導《みちび》かれ、みんなが固《かた》まって移動《いどう》した。

「どうしたんだ、アルバート？」

ハリーが暖炉《だんろ》からアトリウムに出《で》てきたときに、すぐあとから出《で》てきた、あの頭《あたま》のはげかかった魔法使《まほうつか》いだった。神経《しんけい》をとがらせているようだ。

「この連中《れんちゅう》は、出口《でぐち》が閉鎖《へいさ》される前《まえ》に出《で》ていかねばならんのだ」

ハリーはできるかぎり重々《おもおも》しく言《い》った。ハリーの目《め》の前《まえ》にいる魔法使《まほうつか》いたちは、顔《かお》を見合《みあ》わせた。

「命令《めいれい》では、すべての出口《でぐち》を閉鎖《へいさ》して、誰《だれ》も出《だ》さないようにと――」

「俺《おれ》の言《い》うことがきけんのか？」ハリーはこけおどしにどなりつけた。「おまえの家系図《かけいず》を調《しら》べさせてやろうか？　俺《おれ》がダーク・クレスウェルにしてやったように」

「すまん！」

はげかけの魔法使《まほうつか》いは息《いき》をのんであとずさりした。

「そんなつもりじゃない、アルバート、ただ、私《わたし》はこの連中《れんちゅう》が……この連中《れんちゅう》が尋問《じんもん》のために来《き》たと思《おも》ったんで、それで……」

「この者《もの》たちは純血《じゅんけつ》だ」

ハリーの低音《ていおん》はホール中《じゅう》に重々《おもおも》しく響《ひび》いた。

「あえて言《い》うが、おまえたちの多《おお》くより純血《じゅんけつ》だぞ。さあ、行《い》け」ハリーは大声《おおごえ》で言《い》った。

マグル生《う》まれたちはあわてて暖炉《だんろ》の前《まえ》に進《すす》み、二人《ふたり》ずつ組《く》んで姿《すがた》を消《け》した。魔法省《まほうしょう》の職員《しょくいん》たちは、困惑《こんわく》した顔《かお》やらおびえた顔《かお》、恨《うら》めしげな顔《かお》をして、遠巻《とおま》きに見《み》ていた。その時《とき》――。

「メアリー！」

カターモール夫人《ふじん》が振《ふ》り返《かえ》った。本物《ほんもの》のレッジ・カターモールが、もう吐《は》いてはいなかったがげっそりした青《あお》い顔《かお》で、エレベーターから降《お》りて走《はし》ってくるところだった。

「レ――レッジ？」

夫人《ふじん》は、夫《おっと》とロンを交互《こうご》に見《み》た。ロンは大声《おおごえ》で事態《じたい》をののしった。

はげかけの魔法使《まほうつか》いは口《くち》をあんぐり開《あ》け、夫人《ふじん》は二人《ふたり》のレッジ・カターモールの間《あいだ》で、滑稽《こっけい》な首振《くびふ》り人形《にんぎょう》になっていた。

「おいおい――どうしたっていうんだ？　こりゃ何《なん》だ？」

「出口《でぐち》を閉鎖《へいさ》しろ！　**閉鎖《へいさ》しろ！**」

ヤックスリーがもう一台《だい》のエレベーターから飛《と》び出《だ》し、暖炉《だんろ》の脇《わき》にいる職員《しょくいん》たちに向《む》かって走《はし》ってくるところだった。マグル生《う》まれは、カターモール夫人《ふじん》をのぞいて全員《ぜんいん》、すでに暖炉《だんろ》に消《き》えていた。はげかけの魔法使《まほうつか》いが杖《つえ》を上《あ》げたが、ハリーが巨大《きょだい》な拳《こぶし》を振《ふ》り上《あ》げてパンチを食《く》らわせ、その魔法使《まほうつか》いをぶっ飛《と》ばした。

「ヤックスリー、こいつはマグル生《う》まれの逃亡《とうぼう》に手《て》を貸《か》していたんだ！」ハリーが叫《さけ》んだ。

はげかけの魔法使《まほうつか》いの同僚《どうりょう》たちが騒《さわ》ぎだした。そのどさくさに紛《まぎ》れて、ロンがカターモール夫《ふ》人《じん》をつかみ、まだ開《ひら》いている暖炉《だんろ》の中《なか》へと姿《すがた》を消《け》した。ヤックスリーは混乱《こんらん》した顔《かお》でハリーとパンチを食《く》らった魔法使《まほうつか》いを交互《こうご》に見《み》ていたが、その時《とき》、本物《ほんもの》のレッジ・カターモールが叫《さけ》んだ。

「私《わたし》の妻《つま》だ！　私《わたし》の妻《つま》と一緒《いっしょ》に行《い》ったのは誰《だれ》だ？　いったい、どうしたというんだ？」

ハリーは、ヤックスリーが声《こえ》のしたほうを振《ふ》り向《む》き、その野蛮《やばん》な顔《かお》に、真相《しんそう》がわかったぞ、というかすかなしるしが表《あらわ》れるのを見《み》た。

「来《く》るんだ！」

ハリーはハーマイオニーに向《む》かって叫《さけ》び、手《て》をつかんで一緒《いっしょ》に暖炉《だんろ》に飛《と》び込《こ》んだ。ヤックスリーの呪《のろ》いが、その時《とき》ハリーの頭上《ずじょう》をかすめて飛《と》んだ。二人《ふたり》は数秒間《すうびょうかん》くるくる回転《かいてん》し、トイレの小部屋《こべや》に吐《は》き出《だ》された。ハリーがパッと戸《と》を開《あ》けると、ロンは洗面台《せんめんだい》の脇《わき》に立《た》って、まだカターモール夫人《ふじん》ともみ合《あ》っていた。

「レッジ、私《わたし》にはわからないわ――」

「いいからもうやめて。僕《ぼく》は君《きみ》の夫《おっと》じゃない。君《きみ》は家《いえ》に帰《かえ》らないといけないんだ！」

ハリーたちの後《うし》ろの小部屋《こべや》で音《おと》がした。ハリーが振《ふ》り返《かえ》ると、ヤックスリーが現《あらわ》れたところだった。

「**行《い》こう！**」叫《さけ》ぶや否《いな》や、ハリーはハーマイオニーの手《て》を握《にぎ》り、ロンの腕《うで》をつかんでその場《ば》で回転《かいてん》した。

暗闇《くらやみ》が三人《にん》をのみ込《こ》み、ハリーはゴムバンドでしめつけられるような感覚《かんかく》を覚《おぼ》えた。しかし何《なに》かがおかしい……握《にぎ》っているハーマイオニーの手《て》が徐々《じょじょ》に離《はな》れていく……。

ハリーは窒息《ちっそく》するのではないかと思《おも》った。息《いき》をすることもできず、何《なに》も見《み》えない。ただロンの腕《うで》とハーマイオニーの指《ゆび》だけが実体《じったい》のあるものだった。しかもその指《ゆび》がゆっくりと離《はな》れていく……。

その時《とき》ハリーの目《め》に、グリモールド・プレイス十二番地《ばんち》の扉《とびら》と蛇《へび》の形《かたち》のドア・ノッカーが見《み》えた。しかしハリーが息《いき》を吸《す》い込《こ》む前《まえ》に、悲鳴《ひめい》が聞《き》こえ、紫《むらさき》の閃光《せんこう》が走《はし》った。ハーマイオニーの手《て》が、突然万力《とつぜんまんりき》でしめつけるようにハリーの手《て》を握《にぎ》り、すべてがまた暗闇《くらやみ》に戻《もど》った。

第《だい》14章《しょう》　盗《ぬす》っ人《と》

目《め》を開《あ》けると、金色《きんいろ》と緑《みどり》が目《め》にまぶしかった。ハリーは何《なに》が起《お》こったのかさっぱりわからず、ただ、木《こ》の葉《は》や小枝《こえだ》らしいものの上《うえ》に横《よこ》たわっていることだけはわかった。ぺちゃんこにつぶれたような感《かん》じのする肺《はい》に、息《いき》を吸《す》い込《こ》もうともがきながら、ハリーは目《め》を瞬《しばた》いた。すると、まぶしい輝《かがや》きは、ずっと高《たか》い所《ところ》にある木《こ》の葉《は》の天蓋《てんがい》から射《さ》し込《こ》む太陽《たいよう》の光《ひかり》だと気《き》がついた。何《なに》やら、顔《かお》の近《ちか》くでピクピク動《うご》いているものがある。ハリーは、何《なに》か小《ちい》さくて獰猛《どうもう》な生《い》き物《もの》と顔《かお》を合《あ》わせることを覚悟《かくご》しながら、両手両《りょうてりょう》ひざで身《み》を起《お》こした。しかし、それはロンの片足《かたあし》だった。見回《みまわ》すと、ロンもハーマイオニーも森《もり》の中《なか》に横《よこ》たわっている。どうやら、ほかには誰《だれ》もいないようだ。

ハリーは、最初《さいしょ》に「禁《きん》じられた森《もり》」を思《おも》い浮《う》かべた。そして、ホグワーツの構内《こうない》に三人《にん》が姿《すがた》を現《あらわ》すのは愚《おろ》かで危険《きけん》だとわかってはいても、森《もり》をこっそり抜《ぬ》けてハグリッドの小屋《こや》に行《い》くことを考《かんが》えると、ほんの一瞬《いっしゅん》心《こころ》が躍《おど》った。しかしその直後《ちょくご》、低《ひく》いうめき声《ごえ》を上《あ》げたロンのほうにはっていく間《あいだ》に、ハリーはそこが「禁《きん》じられた森《もり》」ではないことに気《き》づいた。樹木《じゅもく》はずっと若《わか》く、木《き》の間隔《かんかく》も広《ひろ》がっていて、地面《じめん》の下草《したくさ》が少《すく》ない。

ロンの頭《あたま》の所《ところ》で、やはりはってきたハーマイオニーと顔《かお》を合《あ》わせた。ロンを見《み》たとたん、ハリーの頭《あたま》から、ほかのいっさいの心配事《しんぱいごと》が吹《ふ》っ飛《と》んでしまった。ロンの左半身《ひだりはんしん》は血《ち》まみれで、その顔《かお》は、落《お》ち葉《ば》の散《ち》り敷《し》かれた地面《じめん》の上《うえ》で際立《きわだ》って白《しろ》く見《み》えた。ポリジュース薬《やく》の効《き》き目《め》が切れかかっていて、ロンはカターモールとロンがまじった姿《すがた》をしていた。ますます血《ち》の気《け》が失《う》せていく顔《かお》とは反対《はんたい》に、髪《かみ》はだんだん赤《あか》くなってきた。

「どうしたんだろう？」

「『ばらけ』たんだわ」

ハーマイオニーの指《ゆび》は、すでに血《ち》の色《いろ》が一番《いちばん》濃《こ》く、一番《いちばん》ぬれているそでの所《ところ》を、てきぱきと探《さぐ》っていた。

ハーマイオニーがロンのシャツを破《やぶ》るのを、ハリーは恐《おそ》ろしい思《おも》いで見《み》つめた。「ばらけ」を、何《なに》か滑稽《こっけい》なものだとずっとそう思《おも》っていたが、しかしこれは……ハーマイオニーがむき出《だ》しにしたロンの二《に》の腕《うで》を見《み》て、ハリーは腸《はらわた》がザワッとした。肉《にく》がごっそりそがれている。ナイフでそっくりえぐり取《と》ったかのようだ。

「ハリー、急《いそ》いで、私《わたし》のバッグ。『ハナハッカのエキス』というラベルが貼《は》ってある小瓶《こびん》よ――」

「バッグ——わかった——」

ハリーは急《いそ》いでハーマイオニーが着地《ちゃくち》した所《ところ》に行《い》き、小《ちい》さなビーズのバッグをつかんで手《て》を突《つ》っ込《こ》んだ。たちまち、次々《つぎつぎ》といろいろな物《もの》が手《て》に触《ふ》れた。革製本《かわせいぼん》の背表紙《せびょうし》、毛糸《けいと》のセーターのそで、靴《くつ》のかかと——。

「早《はや》く！」

ハリーは地面《じめん》に落《お》ちていた自分《じぶん》の杖《つえ》をつかんで、杖先《つえさき》を魔法《まほう》のバッグに入《い》れ、深《ふか》い奥底《おくそこ》をねらった。

「アクシオ！　ハナハッカよ、来《こ》い！」

小《ちい》さい茶色《ちゃいろ》の瓶《びん》が、バッグから飛《と》び出《だ》してきた。ハリーはそれをつかまえて、ハーマイオニーとロンの所《ところ》に急《いそ》いで戻《もど》った。ロンの目《め》は、もはやほとんど閉《と》じられ、白目《しろめ》の一部《いちぶ》が細《ほそ》く見《み》えるだけだった。

「気絶《きぜつ》してるわ」

ハーマイオニーも青《あお》ざめていた。もうマファルダの顔《かお》には見《み》えなかったが、髪《かみ》にはまだところどころ白髪《しらが》が見《み》える。

「ハリー、栓《せん》を開《あ》けて。私《わたし》、手《て》が震《ふる》えて」

ハリーは小《ちい》さな瓶《びん》の栓《せん》をひねり、ハーマイオニーがそれを受《う》け取《と》って血《ち》の出《で》ている傷口《きずぐち》に三滴《てき》垂《た》らした。緑《みどり》がかった煙《けむり》が上《あ》がり、それが消《き》えたときには、ハリーの目《め》に血《ち》が止《と》まっているのが見《み》えた。傷口《きずぐち》は数日前《すうじつまえ》の傷《きず》のようになり、肉《にく》がむき出《だ》しになっていた部分《ぶぶん》に新《あたら》しい皮《かわ》が張《は》っている。

「わあ」ハリーは感心《かんしん》した。

「安全《あんぜん》なやり方《かた》は、これだけなの」

ハーマイオニーはまだ震《ふる》えていた。

「完全《かんぜん》に元《もと》どおりにする呪文《じゅもん》もあるけれど、試《ため》す勇気《ゆうき》がなかったわ。やり方《かた》をまちがえば、もっとひどくなるのが怖《こわ》くて……ロンは、もうずいぶん出血《しゅっけつ》してしまったんですもの……」

「ロンはどうしてけがしたんだろう？　つまり――」

頭《あたま》をすっきりさせ、たった今起《いまお》こったことに筋道《すじみち》をつけようと、ハリーは頭《あたま》を振《ふ》った。

「僕《ぼく》たち、どうしてここにいるんだろう？　グリモールド・プレイスに戻《もど》るところだと思《おも》ったのに？」

ハーマイオニーは深《ふか》く息《いき》を吸《す》った。泣《な》きだしそうな顔《かお》だ。

「ハリー、私《わたし》たち、もうあそこへは戻《もど》れないと思《おも》うわ」

「どうしてそんな――？」

「『姿《すがた》くらまし』したとき、ヤックスリーが私《わたし》をつかんだの。あんまり強《つよ》いものだから、私《わたし》、振《ふ》りきれなくて、グリモールド・プレイスに着《つ》いたとき、あの人《ひと》はまだくっついていた。だけどその時《とき》――そうね、ヤックスリーは扉《とびら》を見《み》たにちがいないわ。それで、私《わたし》たちがそこで停止《ていし》すると思《おも》って、手《て》をゆるめたのよ。だからやっと振《ふ》りきって、それで、私《わたし》があなたたちをここに連《つ》れてきたの！」

「だけど、そしたら、あいつはどこに？　待《ま》てよ……まさか、グリモールド・プレイスにいるんじゃないだろうな？　あそこには、入《はい》れないだろう？」

ハーマイオニーは、涙《なみだ》がこぼれそうな目《め》でうなずいた。

「ハリー、入《はい》れると思《おも》うわ。私《わたし》――私《わたし》は『引《ひ》き離《はな》しの呪《のろ》い』でヤックスリーを振《ふ》り離《はな》したの。でもその時《とき》にはすでに、私《わたし》があの人《ひと》を『忠誠《ちゅうせい》の術《じゅつ》』の保護圏内《ほごけんない》に入《い》れてしまっていたのよ。ダンブルドアが亡《な》くなってから、私《わたし》たちも『秘密《ひみつ》の守人《もりびと》』だったわ。だから私《わたし》が、その秘密《ひみつ》をヤックスリーに渡《わた》してしまったことになるでしょう？」

ハリーは、ハーマイオニーの言《い》うとおりだと思《おも》った。事実《じじつ》をあざむいてもしかたがない。大《おお》きな痛手《いたで》だった。ヤックスリーがあの屋敷《やしき》に入《はい》れるなら、三人《にん》はもう戻《もど》ることはできない。今《いま》のいまでさえ、ヤックスリーはほかの死喰《しく》い人《びと》たちを「姿《すがた》あらわし」させて、あそこに連《つ》れてきているかもしれない。あの屋敷《やしき》は、たしかに暗《くら》くて圧迫感《あっぱくかん》はあったが、三人《にん》にとっては唯一《ゆいいつ》の安全《あんぜん》な避難場所《ひなんばしょ》になっていた。それに、クリーチャーがあれほど幸《しあわ》せそうで親《した》しくなった今《いま》は、我《わ》が家《や》のようなものだった。今《いま》ごろあの屋敷《やしき》しもべ妖精《ようせい》が、ハリーやロンやハーマイオニーに食《た》べてはもらえないステーキ・キドニー・パイを、いそいそと作《つく》っているだろうと思《おも》うと、ハリーは胸《むね》が痛《いた》んだ。それは食《た》べられない無念《むねん》さとは、まったく別《べつ》の痛《いた》みだった。

「ハリー、ごめんなさい。ほんとうにごめんなさい！」

「バカ言《い》うなよ。君《きみ》のせいじゃない！　誰《だれ》かのせいだとしたら、僕《ぼく》のせいだ……」

ハリーはポケットに手《て》を入《い》れて、マッド－アイの目玉《めだま》を取《と》り出《だ》した。ハーマイオニーは、おびえたようにあとずさりした。

「アンブリッジのやつが、これを自分《じぶん》の部屋《へや》の扉《とびら》にはめ込《こ》んで、職員《しょくいん》を監視《かんし》していた。僕《ぼく》、そのままにしておけなかったんだ……でも、やつらが侵入者《しんにゅうしゃ》に気《き》づいたのは、これのせいだ」

ハーマイオニーが答《こた》える前《まえ》に、ロンがうめいて目《め》を開《あ》けた。顔色《かおいろ》はまだ青《あお》く、顔《かお》は脂汗《あぶらあせ》で光《ひか》っていた。

「気分《きぶん》はどう？」ハーマイオニーがささやいた。

「めちゃワル」

ロンがかすれ声《ごえ》で答《こた》え、けがをした腕《うで》の痛《いた》みで顔《かお》をしかめた。

「ここはどこ？」

「クィディッチ・ワールドカップがあった森《もり》よ」

ハーマイオニーが言《い》った。

「どこか囲《かこ》まれた所《ところ》で、保護《ほご》されている所《ところ》が欲《ほ》しかったの。それでここが——」

「——最初《さいしょ》に思《おも》いついた所《ところ》だった」

ハリーが、あたりを見回《みまわ》しながら言葉《ことば》を引《ひ》き取《と》った。林《はやし》の中《なか》の空《あ》き地《ち》には、見《み》たところ人《ひと》の気《け》配《はい》はない。しかし、ハリーは、ハーマイオニーが最初《さいしょ》に思《おも》いついた場所《ばしょ》に「姿《すがた》あらわし」した前《ぜん》回《かい》の出来事《できごと》を、思《おも》い出《だ》さずにはいられなかった。あの時《とき》、死喰《しく》い人《びと》は、たった数分《すうふん》で三人《にん》を見《み》つけた。あれは「開心術《かいしんじゅつ》」だったのだろうか？　ヴォルデモートか腹心《ふくしん》の部下《ぶか》が、今《いま》この瞬間《しゅんかん》にも、ハーマイオニーが二人《ふたり》を連《つ》れてきたこの場所《ばしょ》を読《よ》み取《と》っているだろうか？

「移動《いどう》したほうがいいと思《おも》うか？」

ロンがハリーに問《と》いかけた。ロンの表情《ひょうじょう》から、ハリーはロンが自分《じぶん》と同《おな》じことを考《かんが》えていると思《おも》った。

「わからないけど――」

ロンはまだ青《あお》ざめて、じっとりと汗《あせ》ばんでいた。上半身《じょうはんしん》を起《お》こそうともせず、それだけの力《ちから》がないように見《み》えた。ロンを動《うご》かすとなると、相当《そうとう》やっかいだ。

「しばらく、ここにいよう」ハリーが言《い》った。

ハーマイオニーはホッとしたような顔《かお》で、すぐに立《た》ち上《あ》がった。

「どこに行《い》くの？」ロンが聞《き》いた。

「ここにいるなら、周《まわ》りに保護呪文《ほごじゅもん》をかけないといけないわ」

ハーマイオニーは杖《つえ》を上《あ》げて、ブツブツ呪文《じゅもん》を唱《とな》えながら、ハリーとロンの周《まわ》りに大《おお》きく円《えん》を描《えが》くように歩《ある》きはじめた。ハリーの目《め》には、周囲《しゅうい》の空気《くうき》に小《ちい》さな乱《みだ》れが生《しょう》じたように見《み》えた。ハーマイオニーが、この空《あ》き地《ち》を陽炎《かげろう》で覆《おお》ったような感《かん》じだった。

「サルビオ　ヘクシア《のろいをさけよ》……プロテゴ　トタラム《ばんぜんのまもり》……レペロ　マグルタム《マグルをよけよ》……マフリアート《みみふさぎ》……ハリー、テントを出《だ》してちょうだい……」

「テントって？」

「バッグの中《なか》よ！」

「バッ……あ、そうか」

今度《こんど》はわざわざ中《なか》を手探《てさぐ》りしたりせず、最初《さいしょ》から「呼《よ》び寄《よ》せ呪文《じゅもん》」を使《つか》った。テント布《ぬの》や張《は》り綱《づな》、ポールなどが一包《ひとつつ》みとなった大《おお》きな塊《かたまり》が出《で》てきた。猫《ねこ》の臭《にお》いがすることから、ハリーはこのテントが、クィディッチ・ワールドカップの夜《よる》に使《つか》ったものだと思《おも》った。

「これ、魔法省《まほうしょう》の、あのパーキンズって人《ひと》の物《もの》じゃないのかな？」

テントのペグのからまりを解《と》きほぐしながら、ハリーが聞《き》いた。

「返《かえ》してほしいと、思《おも》わなかったみたい。腰痛《ようつう》があんまりひどくて」

ハーマイオニーは、次《つぎ》には杖《つえ》で8の字《じ》を描《えが》く複雑《ふくざつ》な動《うご》きをしながら言《い》った。

「だから、ロンのお父《とう》さまが、私《わたし》に使《つか》ってもいいっておっしゃったの。エレクト！　立《た》て！」

最後《さいご》にハーマイオニーは、ぐしゃぐしゃのテント布《ぬの》に杖《つえ》を向《む》けて唱《とな》えた。すると、流《なが》れるような動《うご》きでテントが宙《ちゅう》に昇《のぼ》り、ハリーの前《まえ》に降《お》りて、完全《かんぜん》なテントが一気《いっき》に建《た》ち上《あ》がった。そして、ハリーの持《も》っているテントのペグが一本《ぽん》、あっという間《ま》に手《て》を離《はな》れて、張《は》り綱《づな》の先端《せんたん》にドスンと落《お》ちた。

「カーベ　イニミカム！　敵《てき》を警戒《けいかい》せよ！」

ハーマイオニーは、仕上《しあ》げに天《てん》に向《む》かって華《はな》やかに杖《つえ》を打《う》ち振《ふる》った。

「私《わたし》にできるのはここまでよ。少《すく》なくとも連中《れんちゅう》がやってきたらわかるけど、保証《ほしょう》できないのは、はたしてヴォル――」

「その名前《なまえ》を言《い》うなよ！」ロンが厳《きび》しい声《こえ》でさえぎった。

ハリーとハーマイオニーは顔《かお》を見合《みあ》わせた。

「ごめん」

ロンは、小《ちい》さくうめきながら体《からだ》を起《お》こし、二人《ふたり》を見《み》て謝《あやま》った。

「でも、その名前《なまえ》は何《なん》だか、えーと――縁起《えんぎ》が悪《わる》いと言《い》うか、そんな感《かん》じがするんだ。頼《たの》むから『例《れい》のあの人《ひと》』って呼《よ》べないかな――だめ？」

「ダンブルドアは、名前《なまえ》を恐《おそ》れれば――」ハリーが言《い》いかけた。

「でもさ、いいか、念《ねん》のため言《い》うけど、『例《れい》のあの人《ひと》』を名前《なまえ》で呼《よ》んだって、最終的《さいしゅうてき》にはダンブルドアの役《やく》には立《た》たなかったぜ」ロンがかみつき返《かえ》した。「とにかく――とにかく『例《れい》のあの人《ひと》』に尊敬《そんけい》のかけらぐらい示《しめ》してくれないか？」

「尊敬《そんけい》？」

ハリーが言《い》い返《かえ》そうとした。しかし、ハーマイオニーがだめよという目《め》つきでハリーを見《み》た。ロンが弱《よわ》っているときに、議論《ぎろん》すべきではないと言《い》っているらしい。

ハリーとハーマイオニーで、ロンをテントの入口《いりぐち》から中《なか》へと半分《はんぶん》引《ひ》きずるようにして運《はこ》んだ。

中《なか》は、ハリーの記憶《きおく》とぴったり一致《いっち》した。狭《せま》いアパートで、バスルームと小《ちい》さいキッチンがついている。ハリーは古《ふる》いひじかけ椅子《いす》を押《お》しのけて、ロンを二段《にだん》ベッドの下段《げだん》にそっと下《お》ろした。ロンは、こんな短《みじか》い距離《きょり》の移動《いどう》でも、ますます血《ち》の気《け》を失《うしな》った。ベッドにいったん落《お》ち着《つ》くと、ロンは再《ふたた》び目《め》を閉《と》じて、しばらくは口《くち》もきけなかった。

「お茶《ちゃ》をいれるわ」

ハーマイオニーが息《いき》を切《き》らしながらそう言《い》い、バッグの底《そこ》のほうからやかんと、マグを取《と》り出《だ》して、キッチンに向《む》かった。

マッド-アイが死《し》んだ夜《よる》にはファイア・ウィスキーが効《き》いたが、今《いま》のハリーには、温《あたた》かい飲《の》み物《もの》がそれと同《おな》じくらいありがたかった。胸《むね》の中《なか》でうごめいている恐怖《きょうふ》を、熱《あつ》い紅茶《こうちゃ》が少《すこ》しは溶《と》かしてくれるような気《き》がした。やがて、ロンが沈黙《ちんもく》を破《やぶ》った。

「カターモール一家《いっか》は、どうなったかなぁ？」

「運《うん》がよければ、逃《に》げおおせたと思《おも》うわ」

ハーマイオニーが、なぐさめを求《もと》めるように熱《あつ》いマグを握《にぎ》りしめた。

「カターモールが機転《きてん》を利《き》かせれば、奥《おく》さんを『付《つ》き添《そ》い姿《すがた》くらまし』で運《はこ》んで、今《いま》ごろは子供《こども》たちと一緒《いっしょ》に国外《こくがい》へ脱出《だっしゅつ》しているはずよ。ハリーが奥《おく》さんにそうするように言《い》ったわ」

「まったくさぁ、僕《ぼく》、あの家族《かぞく》に逃《に》げてほしいよ」

上半身《じょうはんしん》を起《お》こしていたロンが、枕《まくら》に寄《よ》りかかりながら言《い》った。紅茶《こうちゃ》が効《き》いたのか、ロンの顔《かお》に少《すこ》し赤《あか》みがさしてきた。

「だけど、あのレッジ・カターモールってやつ、あんまり機転《きてん》がきくとは思《おも》えなかったな。カターモールだった僕《ぼく》に、みんながどんなふうに話《はな》しかけてきたかを考《かんが》えるとさ。あぁ、あいつらうまくいくといいのに……僕《ぼく》たちのせいで、あの二人《ふたり》がアズカバン行《い》きなんかになったら……」

ハリーはハーマイオニーに質問《しつもん》しようとした――カターモール夫人《ふじん》に杖《つえ》がなかったことが、夫《おっと》に『付《つ》き添《そ》い姿《すがた》くらまし』してもらう障害《しょうがい》になったかどうか――しかし、のどまで出《で》かかったその質問《しつもん》は、ハーマイオニーを見《み》て引《ひ》っ込《こ》んでしまった。カターモール一家《いっか》の運命《うんめい》をさかんに心配《しんぱい》するロンを見《み》つめるその表情《ひょうじょう》が、まさにやさしさそのものという感《かん》じで、ハリーは、まるでハーマイオニーがロンにキスしているところを見《み》てしまったみたいに、どぎまぎしてしまったからだ。

「それで、手《て》に入《い》れたの？」

ハリーは、自分《じぶん》もその場《ば》にいるのだということを思《おも》い出《だ》させる意味《いみ》も込《こ》めて、尋《たず》ねた。

「手《て》に入《い》れる――何《なに》を？」

ハーマイオニーは、ちょっとドキッとしたように言《い》った。

「何《なん》のためにこれだけのことをしたと思《おも》う？　ロケットだよ！　ロケットはどこ？」

「手《て》に入《い》れたのか？」

ロンは、枕《まくら》にもたせかけていた体《からだ》を少《すこ》し浮《う》かせて叫《さけ》んだ。

「誰《だれ》も教《おし》えてくれなかったじゃないか！　なんだよ、ちょっと言《い》ってくれたってよかったのに！」

「あのね、私《わたし》たち、死喰《しく》い人《びと》から逃《のが》れるのに必死《ひっし》だったんじゃなかったかしら？」

ハーマイオニーが言《い》った。

「はい、これ」

ハーマイオニーは、ローブのポケットからロケットを引《ひ》っ張《ぱ》り出《だ》して、ロンに渡《わた》した。

鶏《にわとり》の卵《たまご》ほどの大《おお》きさだ。キャンバス地《じ》の天井《てんじょう》を通《とお》して入《はい》り込《こ》む散光《さんこう》の下《した》で、小《ちい》さな緑《みどり》の石《いし》をたくさんはめ込《こ》んだ「S《エス》」の装飾文字《そうしょくもじ》が、鈍《にぶ》い光《ひかり》を放《はな》った。

「クリーチャーの手《て》を離《はな》れてからあと、誰《だれ》かが破壊《はかい》したって可能性《かのうせい》はないか？」

ロンが期待顔《きたいがお》で言《い》った。

「つまりさ、これはまだ、たしかに分霊箱《ぶんれいばこ》か？」

「そう思《おも》うわ」

ハーマイオニーが、ロンから引《ひ》き取《と》ったロケットをよく見《み》ながら言《い》った。

「もし魔法《まほう》で破壊《はかい》されていたら、何《なん》らかのしるしが残《のこ》っているはずよ」

ハーマイオニーから渡《わた》されたロケットを、ハリーは手《て》の中《なか》で裏返《うらがえ》した。どこもそこなわれていない、まったく手《て》つかずの状態《じょうたい》に見《み》えた。ハリーは、日記帳《にっきちょう》がどんなにずたずたの残《ざん》がいになったか、ダンブルドアに破壊《はかい》された分霊箱《ぶんれいばこ》の指輪《ゆびわ》の石《いし》が、どんなにパックリ割《わ》れていたかを思《おも》い出《だ》した。

「クリーチャーが言《い》ったとおりだと思《おも》う」ハリーが言《い》った。「破壊《はかい》する前《まえ》に、まずこれを開《あ》ける方法《ほうほう》を考《かんが》えないといけないんだ」

そう言《い》いながらハリーは、自分《じぶん》が今《いま》、手《て》にしているものが何《なん》なのか、この小《ちい》さい金《きん》のふたの後《うし》ろに何《なに》が息《いき》づいているのかを、突然強《とつぜんつよ》く意識《いしき》した。探《さが》し出《だ》すのにこれほど苦労《くろう》したのに、ハリーはロケットを投《な》げ捨《す》てたいという激《はげ》しい衝動《しょうどう》にかられた。気《き》を取《と》りなおして、ハリーは指《ゆび》でふたをこじ開《あ》けようとした。それから、ハーマイオニーがレギュラスの部屋《へや》を開《あ》けるときに使《つか》った呪《じゅ》文《もん》も試《ため》してみた。どちらもだめだった。ハリーはロケットを、ロンとハーマイオニーに戻《もど》した。二人《ふたり》ともそれぞれ試《ため》してみたが、ハリーと変《か》わりのない結果《けっか》で、開《あ》けられなかった。

「だけど、感《かん》じないか？」

ロンがロケットを握《にぎ》りしめ、声《こえ》をひそめて言《い》った。

「何《なに》を？」

ロンは分霊箱《ぶんれいばこ》をハリーに渡《わた》した。しばらくして、ハリーはロンの言《い》っていることがわかるような気《き》がした。自分《じぶん》の血《ち》が、血管《けっかん》を通《とお》って脈打《みゃくう》つのを感《かん》じているのか、それともロケットの中《なか》の、何《なに》か小《ち》さい金属《きんぞく》の心臓《しんぞう》のようなものの脈《みゃく》打《う》ちを感《かん》じているのか？

「これ、どうしましょう？」

ハーマイオニーが問《と》いかけた。

「破壊《はかい》する方法《ほうほう》がわかるまで、安全《あんぜん》にしまっておこう」

ハリーはそう答《こた》え、気《き》が進《すす》まなかったが鎖《くさり》を自分《じぶん》の首《くび》にかけ、ロケットをローブの中《なか》に入《い》れて外《そと》から見《み》えないようにした。ロケットは、ハグリッドがくれた巾着《きんちゃく》と並《なら》んで、ハリーの胸《むね》の上《うえ》に収《おさ》まった。

「テントの外《そと》で、交互《こうご》に見張《みは》りをしたほうがいいと思《おも》うよ」

ハリーは、ハーマイオニーにそう言《い》いながら立《た》ち上《あ》がって、伸《の》びをした。

「それに、食《た》べ物《もの》のことも考《かんが》える必要《ひつよう》があるな。君《きみ》はじっとしているんだ」

起《お》き上《あ》がろうとしてまた真《ま》っ青《さお》になったロンを、ハリーは厳《きび》しく制《せい》した。

ハーマイオニーがハリーの誕生日《たんじょうび》プレゼントにくれた「かくれん防止器《スニーコスコープ》」を慎重《しんちょう》にテント内《ない》のテーブルに置《お》き、ハリーとハーマイオニーはその日一日中交代《ひいちにちじゅうこうたい》で見張《みは》りに立《た》った。しかし、「かくれん防止器《スニーコスコープ》」は置《お》かれたまま日《ひ》がな一日音《いちにちおと》も立《た》てず、動《うご》きもしなかった。ハーマイオニーが周囲《しゅうい》にかけた保護呪文《ほごじゅもん》やマグルよけ呪文《じゅもん》が効《き》いているせいか、それともこのあたりにわざわざ来《く》る人《ひと》がめったにいないせいか、時折《ときおり》やってくる小鳥《ことり》やリス以外《いがい》には、三人《にん》のいる空《あ》き地《ち》を訪《おとず》れる者《もの》はなかった。夕方《ゆうがた》になっても変《か》わりはなかった。

十時《じ》にハーマイオニーと交代《こうたい》するとき、ハリーは杖灯《つえあか》りをつけて、閑散《かんさん》としたあたりの光景《こうけい》に目《め》を凝《こ》らした。保護《ほご》された空《あ》き地《ち》の上《うえ》に切《き》り取《と》ったように見《み》える星空《ほしぞら》を、コウモリたちが高々《たかだか》と横切《よこぎ》って飛《と》ぶのが見《み》えた。

ハリーは空腹《くうふく》を感《かん》じ、頭《あたま》が少《すこ》しぼうっとした。夜《よる》にはグリモールド・プレイスに戻《もど》っているはずだったので、ハーマイオニーは魔法《まほう》のバッグに何《なに》も食《た》べ物《もの》を入《い》れてこなかった。今夜《こんや》の食事《しょくじ》は、ハーマイオニーが近《ちか》くの木々《きぎ》の間《あいだ》から集《あつ》めてきたキノコを、キャンプ用《よう》のブリキ鍋《なべ》で煮込《にこ》んだものだけだった。ロンは二口《ふたくち》食《た》べて、吐《は》きそうな顔《かお》で皿《さら》を押《お》しやった。ハリーは、ハーマイオニーの気持《きも》ちを傷《きず》つけないように、という思《おも》いだけでこらえた。

時《とき》として周囲《しゅうい》の静《しず》けさを破《やぶ》るのは、ガサガサという得体《えたい》の知《し》れない音《おと》や小枝《こえだ》の折《お》れるような音《おと》だけだ。ハリーは人間《にんげん》ではなくむしろ動物《どうぶつ》の立《た》てる音《おと》だろうと思《おも》った。しかし杖《つえ》は、いつでも使《つか》えるようにしっかり握《にぎ》り続《つづ》けていた。すきっ腹《ぱら》にゴムのようなキノコを少《すこ》しばかり食《た》べたあとの気持《きも》ちの悪《わる》さも手伝《てつだ》って、ハリーの胃《い》は不安《ふあん》でチクチク痛《いた》んだ。

分霊箱《ぶんれいばこ》を何《なん》とか奪《うば》い返《かえ》せば、きっと意気揚々《いきようよう》とした気持《きも》ちになるだろうと思《おも》っていたが、なぜかそんな気分《きぶん》ではなかった。杖灯《つえあか》りは暗闇《くらやみ》のほんの一部《いちぶ》しか照《て》らさず、じっと座《すわ》って闇《やみ》を見《み》つめながら、ハリーには、これからどうなるのだろう、という不安《ふあん》しか感《かん》じられなかった。ここまで来《く》るのに、何週間《なんしゅうかん》も、何《なん》か月《げつ》も、いやもしかしたら何年《なんねん》も走《はし》り続《つづ》けてきたような気《き》がした。ところが今《いま》、急《きゅう》に道《みち》がとぎれて、立《た》ち往生《おうじょう》してしまったようだった。

どこかに残《のこ》りの分霊箱《ぶんれいばこ》がある。しかしいったいどこにあるのか、ハリーには皆目見当《かいもくけんとう》がつかない。残《のこ》りの分霊箱《ぶんれいばこ》が何《なん》なのか、その全部《ぜんぶ》を把握《はあく》しているわけでもない。一方《いっぽう》、たった一つ見《み》つけ出《だ》した分霊箱《ぶんれいばこ》、そして今《いま》ハリーの裸《はだか》の胸《むね》に直接触《ちょくせつふ》れている分霊箱《ぶんれいばこ》は、どうやったら破壊《はかい》できるのか、ハリーはとほうにくれるばかりだ。

奇妙《きみょう》なことに、ロケットはハリーの体温《たいおん》で温《あたた》まることもなく、まるで氷水《こおりみず》から出《で》たばかりのような冷《つめ》たさで肌《はだ》に触《ふ》れていた。気《き》のせいかもしれないが、ときどきハリー自身《じしん》の鼓動《こどう》と並《なら》んで、別《べつ》の小《ちい》さく不規則《ふきそく》な脈《みゃく》が感《かん》じられた。

暗闇《くらやみ》にじっとしていると、言《い》い知《し》れぬ不吉《ふきつ》な予感《よかん》が忍《しの》び寄《よ》ってきた。ハリーは不安《ふあん》と戦《たたか》い、押《お》しのけようとしたが、暗《くら》い想《おも》いはなお容赦《ようしゃ》なくハリーを苛《さいな》んだ。**一方《いっぽう》が生《い》きるかぎり、他方《たほう》は生《い》きられぬ。**今《いま》ハリーの背後《はいご》のテントで低《ひく》い声《こえ》で話《はな》しているロンとハーマイオニーは、そうしたければ去《さ》ることができる。ハリーにはできない。その場《ば》にじっと座《すわ》って、自分自身《じぶんじしん》の恐《おそ》れや疲労《ひろう》を克服《こくふく》しようと戦《たたか》っているハリーには、胸《むね》に触《ふ》れる分霊箱《ぶんれいばこ》が、ハリーに残《のこ》された時《とき》を刻《きざ》んでいるかのように思《おも》われた。――**ばかばかしい考《かんが》えだ**、とハリーは自分《じぶん》に言《い》い聞《き》かせた。**そんなふうに考《かんが》えるな……。**

傷痕《きずあと》がまた痛《いた》みだした。そんなふうに考《かんが》えることが、この痛《いた》みを自《みずか》ら招《まね》く結果《けっか》になっているのではないかと不安《ふあん》になり、ハリーは別《べつ》なことを考《かんが》えようとした。哀《あわ》れなクリーチャー。三人《にん》の帰《かえ》りを待《ま》っていたのに、かわりにヤックスリーを迎《むか》えなければならなくなった。しもべ妖精《ようせい》は沈黙《ちんもく》を守《まも》るだろうか、それとも死喰《しく》い人《びと》に知《し》っていることを全部話《ぜんぶはな》してしまうだろうか。ハリーは、この一か月《げつ》の間《あいだ》に、クリーチャーの自分《じぶん》に対《たい》する態度《たいど》は変《か》わったと信《しん》じたかった。今《いま》は、ハリーに忠誠《ちゅうせい》を尽《つ》くすだろうと信《しん》じたかった。しかし何《なに》が起《お》こるかわからない。死喰《しく》い人《びと》がしもべ妖精《ようせい》を拷問《ごうもん》したら？　いやなイメージが頭《あたま》に浮《う》かび、ハリーはこれも押《お》しのけようとした。

クリーチャーのために、自分《じぶん》は何《なに》もしてやれない。ハーマイオニーもハリーも、クリーチャーを呼《よ》び寄《よ》せないことに決《き》めていた。魔法省《まほうしょう》から誰《だれ》か一緒《いっしょ》についてきたらどうなる？　ハーマイオニーのそで口《ぐち》をつかんだヤックスリーを、グリモールド・プレイスに連《つ》れてきてしまったと同《おな》じような欠陥《けっかん》が、しもべ妖精《ようせい》の「姿《すがた》あらわし」には絶対《ぜったい》にないとは言《い》いきれまい。

傷痕《きずあと》は、今《いま》や焼《や》けるようだった。自分《じぶん》たちの知《し》らないことがなんと多《おお》いことか、とハリーは思《おも》った。ルーピンが言《い》ったことは正《ただ》しかった。今《いま》まで出会《であ》ったことも、想像《そうぞう》したこともない魔法《まほう》がある。ダンブルドアは、どうしてもっと教《おし》えてくれなかったのか？　まだまだ時間《じかん》があると思《おも》ったのだろうか。この先何年《さきなんねん》も、もしかしたら友人《ゆうじん》のニコラス・フラメルのように、何百年《なんびゃくねん》も生《い》きると思《おも》っていたのだろうか？　そうだとしたら、ダンブルドアはまちがっていた……スネイプのせいで……スネイプのやつ、眠《ねむ》れる蛇《へび》め、あいつがあの塔《とう》の上《うえ》で撃《う》ったんだ……。

そしてダンブルドアは落《お》ちていった……落《お》ちて……。

「**俺様《おれさま》にそれを渡《わた》せ、グレゴロビッチ**」

ハリーの声《こえ》はかん高《だか》く、冷《つめ》たく、はっきりしていた。青白《あおじろ》い手《て》、長《なが》い指《ゆび》で杖《つえ》を掲《かか》げている。杖《つえ》を向《む》けられた男《おとこ》は、ロープもないのに逆《さか》さ吊《づ》りになって浮《う》かんでいる。見《み》えない、薄気味《うすきみ》の悪《わる》い縛《しば》りを受《う》け、手足《てあし》を体《からだ》に巻《ま》きつけられて揺《ゆ》れている。おびえた顔《かお》が、ハリーの顔《かお》の高《たか》さにあった。

頭《あたま》に血《ち》が下《さ》がって、赤《あか》い顔《かお》をしている。

男《おとこ》の髪《かみ》は真《ま》っ白《しろ》で、豊《ゆた》かなあごひげを生《は》やしている。手足《てあし》を縛《しば》られたサンタクロースだ。

「わしはない、持《も》って。もはやない、持《も》って！　それは、何年《なんねん》も前《まえ》に、わしから盗《ぬす》まれた！」

「ヴォルデモート卿《きょう》にうそをつくな、グレゴロビッチ。帝王《ていおう》は知《し》っている……常《つね》に知《し》っているのだ」

吊《つ》るされた男《おとこ》の瞳孔《どうこう》は、恐怖《きょうふ》で大《おお》きく広《ひろ》がっていた。それが、だんだん大《おお》きくふくれ上《あ》がるように見《み》えたかと思《おも》うと、ハリーはまるごとその瞳《ひとみ》の黒《くろ》さの中《なか》にのみ込《こ》まれた――。

ハリーは今《いま》、手提《てさ》げランプを掲《かか》げて走《はし》る、小柄《こがら》ででっぷりしたグレゴロビッチのあとを追《お》って、暗《くら》い廊下《ろうか》を急《いそ》いでいた。グレゴロビッチは、廊下《ろうか》の突《つ》き当《あ》たりにある部屋《へや》に、勢《いきお》いよく飛《と》び込《こ》んだ。ランプが、工房《こうぼう》と思《おも》われる場所《ばしょ》を照《て》らし出《だ》した。鉋《かんな》くずや金《きん》が、揺《ゆ》れる光《ひかり》だまりの中《なか》で輝《かがや》いた。出窓《でまど》の縁《へり》に、ブロンドの若《わか》い男《おとこ》が大《おお》きな鳥《とり》のような格好《かっこう》で止《と》まっている。一瞬《いっしゅん》、ランプの光《ひかり》が男《おとこ》を照《て》らした。ハンサムな顔《かお》が、大喜《おおよろこ》びしているのが見《み》えた。そして、その侵入者《しんにゅうしゃ》は自分《じぶん》の杖《つえ》から「失神呪文《しっしんじゅもん》」を発射《はっしゃ》し、高笑《たかわら》いしながら、後《うし》ろ向《む》きのまま鮮《あざ》やかに窓《まど》から飛《と》び降《お》りた。

ハリーは、広《ひろ》いトンネルのような瞳孔《どうこう》から、矢《や》のように戻《もど》ってきた。グレゴロビッチは、恐怖《きょうふ》で引《ひ》きつった顔《かお》をしていた。

「グレゴロビッチ、あの盗人《ぬすびと》は誰《だれ》だ？」

かん高《だか》い、冷《つめ》たい声《こえ》が言《い》った。

「知《し》らない。ずっとわからなかった。若《わか》い男《おとこ》だ——助《たす》けてくれ——お願《ねが》いだ——お願《ねが》いだ！」

叫《さけ》び声《ごえ》が長々《ながなが》と続《つづ》き、そして緑《みどり》の閃光《せんこう》が——。


「ハリー！」

ハリーはあえぎながら目《め》を開《あ》けた。額《ひたい》がずきずきする。ハリーはテントに寄《よ》りかかったまま眠《ねむ》りに落《お》ち、ずるずると横《よこ》に倒《たお》れて地面《じめん》に大《だい》の字《じ》になっていた。見上《みあ》げるとハーマイオニーの豊《ゆた》かな髪《かみ》が、黒《くろ》い木々《きぎ》の枝《えだ》からわずかに見《み》える夜空《よぞら》を覆《おお》っていた。

「夢《ゆめ》だ」

ハリーは急《いそ》いで体《からだ》を起《お》こし、にらみつけているハーマイオニーに、何《なん》でもないという顔《かお》をしてみせようとした。

「うたた寝《ね》したみたいだ。ごめんよ」

「傷痕《きずあと》だってことはわかってるわ！　顔《かお》を見《み》ればわかるわよ！　あなた、またヴォル——」

「その名前《なまえ》を言《い》うな！」

テントの奥《おく》から、ロンの怒《おこ》った声《こえ》が聞《き》こえた。

「いいわよ」ハーマイオニーが言《い》い返《かえ》した。「それじゃ、『例《れい》のあの人《ひと》』の心《こころ》をのぞいていたでしょう！」

「わざとやってるわけじゃない！」ハリーが言《い》った。「夢《ゆめ》だったんだ！　ハーマイオニー、君《きみ》なら、夢《ゆめ》の中身《なかみ》を変《か》えられるのか？」

「あなたが『閉心術《へいしんじゅつ》』を学《まな》んでさえいたら──」

しかしハリーは、説教《せっきょう》されることには興味《きょうみ》がなかった。今見《いまみ》たことを話《はな》し合《あ》いたかった。

「あいつは、グレゴロビッチを見《み》つけたよ、ハーマイオニー。それに、たぶん殺《ころ》したと思《おも》う。だけど殺《ころ》す前《まえ》に、グレゴロビッチの心《こころ》を読《よ》んだんだ。それで、僕《ぼく》、見《み》たんだ──」

「あなたが居眠《いねむ》りするほどつかれているなら、見張《みは》りを変《か》わったほうがよさそうね」

ハーマイオニーが冷《つめ》たく言《い》った。

「交代時間《こうたいじかん》が来《く》るまで見張《みは》るよ！」

「ダメよ。あなたはまちがいなくつかれているわ。中《なか》に入《はい》って横《よこ》になりなさい」

ハーマイオニーは、意地《いじ》でも動《うご》かないという顔《かお》でテントの入口《いりぐち》に座《すわ》り込《こ》んだ。ハリーは腹《はら》が立《た》ったが、けんかはしたくなかったので入口《いりぐち》をくぐって中《なか》に入《はい》った。

ロンは、まだ青《あお》い顔《かお》で二段《にだん》ベッドの下《した》から顔《かお》を突《つ》き出《だ》していた。ハリーはその上《うえ》のベッドに登《のぼ》り、横《よこ》になって天井《てんじょう》の暗《くら》いキャンバス地《じ》を見上《みあ》げた。しばらくするとロンが、入口《いりぐち》にうずくまっているハーマイオニーに届《とど》かないくらいの低《ひく》い声《こえ》で、話《はな》しかけてきた。

「『例《れい》のあの人《ひと》』は、何《なに》をしてた？」

ハリーは細《こま》かい所《ところ》まで思《おも》い出《だ》そうと、眉根《まゆね》を寄《よ》せて考《かんが》えてから、暗闇《くらやみ》に向《む》かってヒソヒソと言《い》った。

「あいつは、グレゴロビッチを見《み》つけた。縛《しば》り上《あ》げて拷問《ごうもん》していた」

「縛《しば》られてたら、グレゴロビッチは、どうやってあいつの新《あたら》しい杖《つえ》を作《つく》るって言《い》うんだ？」

「さあね……変《へん》だよな？」

ハリーは目《め》を閉《と》じて、見《み》たこと聞《き》いたことを全部反芻《ぜんぶはんすう》した。思《おも》い出《だ》せば出《だ》すほど、意味《いみ》をなさなくなる……ヴォルデモートは、ハリーの杖《つえ》のことを一言《ひとこと》も言《い》わなかったし、杖《つえ》の芯《しん》が双子《ふたご》であることにも触《ふ》れなかった。ハリーの杖《つえ》を打《う》ち負《ま》かすような新《あたら》しい、より強力《きょうりょく》な杖《つえ》を作《つく》れとも言《い》わなかった……。

「グレゴロビッチの、何《なに》かが欲《ほ》しかったんだ」ハリーは、目《め》をしっかりと閉《と》じたまま言《い》った。

「あいつはそれを渡《わた》せと言《い》ったけど、グレゴロビッチは、もう盗《ぬす》まれてしまったと言《い》っていた……それから……それから……」

ハリーは、自分《じぶん》がヴォルデモートになってグレゴロビッチの目《め》の中《なか》を走《はし》り抜《ぬ》け、その記憶《きおく》に入《はい》り込《こ》んだ様子《ようす》を思《おも》い出《だ》した。

「あいつはグレゴロビッチの心《こころ》を読《よ》んだ。そして僕《ぼく》は、誰《だれ》だか若《わか》い男《おとこ》が出窓《でまど》の縁《へり》に乗《の》って、グレゴロビッチに呪《のろ》いを浴《あ》びせてから、飛《と》び降《お》りて姿《すがた》を消《け》すところを見《み》た。あの男《おとこ》が盗《ぬす》んだんだ。『例《れい》のあの人《ひと》』が欲《ほ》しがっていた、何《なに》かを盗《ぬす》んだ。それに僕《ぼく》……あの男《おとこ》をどこかで見《み》たことがあると思《おも》う……」

ハリーは、高笑《たかわら》いしていた若者《わかもの》の顔《かお》を、もう一度《いちど》よく見《み》たいと思《おも》った。盗《ぬす》まれたのは何年《なんねん》も前《まえ》だと、グレゴロビッチは言《い》った。それなのに、どうしてあの若《わか》い盗《ぬす》っ人《と》の顔《かお》に見覚《みおぼ》えがあるのだろう？

周囲《しゅうい》の森《もり》のざわめきは、テントの中《なか》ではくぐもって聞《き》こえる。ハリーの耳《みみ》には、ロンの息《いき》づかいしか聞《き》こえなかった。しばらくして、ロンが小声《こごえ》で言《い》った。

「その盗《ぬす》っ人《と》の持《も》っていたもの、見《み》えなかったのか？」

「うん……きっと、小《ちい》さなものだったんだ」

「ハリー？」

ロンが体《からだ》の向《む》きを変《か》え、ベッドの下段《げだん》の板《いた》がきしんだ。

「ハリー、『例《れい》のあの人《ひと》』は、分霊箱《ぶんれいばこ》にする何《なに》かを探《さが》しているんだとは思《おも》わないか？」

「わからないよ」ハリーは考《かんが》え込《こ》んだ。「そうかもしれない。だけどもう一つ作《つく》るのは、あいつにとって危険《きけん》じゃないか？　ハーマイオニーが、あいつはもう、自分《じぶん》の魂《たましい》を限界《げんかい》まで追《お》いつめたって言《い》っただろう？」

「ああ、だけど、あいつはそれを知《し》らないかも」

「うん……そうかもな」ハリーが言《い》った。

ヴォルデモートは、双子《ふたご》の芯《しん》の問題《もんだい》を回避《かいひ》する方法《ほうほう》を探《さが》していた。ハリーは、そう確信《かくしん》していた。あの年老《としお》いた杖作《つえつく》りに、その解決策《かいけつさく》を求《もと》めたにちがいない、と思《おも》っていた……しかしやつは、どう見《み》ても、杖《つえ》の秘術《ひじゅつ》など一つも質《ただ》すことなく、その杖作《つえつく》りを殺《ころ》してしまった。

いったい、ヴォルデモートは何《なに》を探《さが》していたのだろう？　魔法省《まほうしょう》や魔法界《まほうかい》を従《したが》えておきながら、いったいなぜ遠出《とおで》までして、見知《みし》らぬ盗《ぬす》っ人《と》に盗《と》られてしまったグレゴロビッチのかつての所有物《しょゆうぶつ》を、必死《ひっし》で求《もと》めようとしたのだろう？

ハリーの目《め》には、あのブロンドの若者《わかもの》の顔《かお》が、まだ焼《や》きついていた。陽気《ようき》で奔放《ほんぽう》な顔《かお》だった。どこかフレッドやジョージ的《てき》な、策略《さくりゃく》の成功《せいこう》を勝《か》ち誇《ほこ》る雰囲気《ふんいき》があった。まるで鳥《とり》のように、窓《まど》際《ぎわ》から身《み》を躍《おど》らせた。どこかで見《み》たことがある。しかしハリーには、どこだったか思《おも》い出《だ》せない……。

グレゴロビッチが死《し》んだ今《いま》、次《つぎ》はあの陽気《ようき》な顔《かお》の盗《ぬす》っ人《と》が危険《きけん》だ。ロンのいびきが下《した》のベッドから聞《き》こえてきて、ハリー自身《じしん》も、その若者《わかもの》のことに思《おも》いをめぐらしながら、ゆっくりと二度目《どめ》の眠《ねむ》りに落《お》ちていった。

第《だい》15章《しょう》　小鬼《ゴブリン》の復讐《ふくしゅう》

次《つぎ》の朝早《あさはや》く、ハリーは二人《ふたり》が目《め》を覚《さ》ます前《まえ》にテントを抜《ぬ》け出《だ》し、森《もり》を歩《ある》いて、一番古《いちばんふる》く、節《ふし》くれだって反発力《はんぱつりょく》のありそうな木《き》を探《さが》した。そしてその木陰《こかげ》に、マッド-アイ・ムーディの目玉《めだま》を埋《う》め、杖《つえ》でその木《き》の樹皮《じゅひ》に小《ちい》さく「十」と刻《きざ》んで目印《めじるし》にした。たいした設《しつら》えではなかったが、マッド-アイにとっては、ドローレス・アンブリッジの扉《とびら》にはめ込《こ》まれているよりはうれしいだろうと、ハリーは思《おも》った。それからテントに戻《もど》り、次《つぎ》の行動《こうどう》を話《はな》し合《あ》おうと、二人《ふたり》が目《め》を覚《さ》ますのを待《ま》った。

ハリーもハーマイオニーも、ひと所《ところ》にあまり長《なが》くとどまらないほうがよいだろうと考《かんが》えたし、ロンもそれに同意《どうい》していた。ただ一つ、次《つぎ》に移動《いどう》する場所《ばしょ》は、ベーコン・サンドイッチが容易《ようい》に手《て》に入《はい》る所《ところ》、という条件《じょうけん》つきだった。ハーマイオニーは、空《あ》き地《ち》の周《まわ》りにかけた呪文《じゅもん》を解《と》き、ハリーとロンは、キャンプしたことがわかるような跡《あと》を地上《ちじょう》から消《け》した。それから三人《にん》は、「姿《すがた》くらまし」で小《ちい》さな市場町《いちばまち》の郊外《こうがい》に移動《いどう》した。

低木《ていぼく》の小《ちい》さな林《はやし》で隠《かく》された場所《ばしょ》にテントを張《は》り終《お》え、新《あら》たに防衛《ぼうえい》のための呪文《じゅもん》を張《は》りめぐらせたあと、ハリーは「透明《とうめい》マント」をかぶり、思《おも》いきって食《た》べ物《もの》を探《さが》しに出《で》かけた。しかし、計画《けいかく》どおりにはいかなかった。町《まち》に入《はい》るか入《はい》らないうちに、時《とき》ならぬ冷気《れいき》があたりを襲《おそ》い、霧《きり》が立《た》ち込《こ》めて空《そら》が急《きゅう》に暗《くら》くなり、ハリーはその場《ば》に凍《こお》りついたように立《た》ち尽《つ》くしてしまった。

「だけど君《きみ》、すばらしい守護霊《しゅごれい》が創《つく》り出《だ》せるじゃないか！」

ハリーが手《て》ぶらで息《いき》せき切《き》って戻《もど》り、声《こえ》も出《だ》せずに「吸魂鬼《きゅうこんき》だ」と、ただ一言《ひとこと》を唇《くちびる》の動《うご》きで伝《つた》えると、ロンが抗議《こうぎ》した。

「創《つく》り出《だ》せ……なかった」

ハリーはみずおちを押《お》さえて、あえぎながら言《い》った。

「出《で》て……こなかった」

あぜんとして失望《しつぼう》する二人《ふたり》の顔《かお》を見《み》て、ハリーはすまないと思《おも》った。霧《きり》の中《なか》からするすると現《あらわ》れる吸魂鬼《きゅうこんき》を遠《とお》くに見《み》た瞬間《しゅんかん》、ハリーは身《み》を縛《しば》るような冷気《れいき》に肺《はい》をふさがれ、遠《とお》い日《ひ》の悲鳴《ひめい》が耳《みみ》の奥《おく》に響《ひび》いてきて、自《みずか》らの身《み》を護《まも》ることができないと感《かん》じた。それはハリーにとって悪夢《あくむ》のような経験《けいけん》だった。マグルは、吸魂鬼《きゅうこんき》の姿《すがた》を見《み》ることはできなくともその存在《そんざい》が周囲《しゅうい》に広《ひろ》げる絶望感《ぜつぼうかん》は、まちがいなく感《かん》じていたはずだ。目《め》のない吸魂鬼《きゅうこんき》がマグルの間《あいだ》をすべるように動《うご》き回《まわ》るのも放置《ほうち》し、ハリーは、ありったけの意思《いし》の力《ちから》を振《ふ》りしぼってその場《ば》から逃《に》げ出《だ》すのがやっとだった。

「それじゃ、また食《く》い物《もの》なしだ」

「ロン、おだまりなさい」

ハーマイオニーが厳《きび》しく言《い》った。

「ハリー、どうしたっていうの？　なぜ守護霊《しゅごれい》を呼《よ》び出《だ》せなかったと思《おも》う？　きのうは完璧《かんぺき》にできたのに！」

「わからないよ」

ハリーは、パーキンズの古《ふる》いひじかけ椅子《いす》に座《すわ》り込《こ》んで、小《ちい》さくなった。だんだん屈辱感《くつじょくかん》がつのってきた。自分《じぶん》の何《なに》かがおかしくなったのではないか、と心配《しんぱい》だった。きのうという日《ひ》が、ずいぶん昔《むかし》に思《おも》えた。今日《きょう》は、ホグワーツ特急《とっきゅう》の中《なか》で、ただ一人《ひとり》だけ気絶《きぜつ》した十三歳《さい》のときの自《じ》分《ぶん》に戻《もど》ってしまったような気《き》がした。

ロンは、椅子《いす》の脚《あし》をけとばした。

「何《なん》だよ？」

ロンがハーマイオニーに食《く》ってかかった。

「僕《ぼく》は飢《う》え死《じ》にしそうだ！　出血多量《しゅっけつたりょう》で半分死《はんぶんし》にかけたときから、食《く》った物《もの》といえば、毒《どく》キノコ二本《ほん》だけだぜ！」

「それなら君《きみ》が行《い》って吸魂鬼《きゅうこんき》と戦《たたか》えばいい」ハリーは、かんにさわってそう言《い》った。

「そうしたいさ。だけど、気《き》づいてないかもしれないけど、僕《ぼく》は片腕《かたうで》を吊《つ》っているんだ！」

「そりゃあ好都合《こうつごう》だな」

「どういう意味《いみ》だ――？」

「わかった！」

ハーマイオニーが額《ひたい》をピシャッとたたいて叫《さけ》んだのに驚《おどろ》いて、二人《ふたり》とも口《くち》をつぐんだ。

「ハリー、ロケットを私《わたし》にちょうだい！　さあ、早《はや》く」

ハリーがぐずぐずしていると、ハーマイオニーはハリーに向《む》かって指《ゆび》を鳴《な》らしながら、もどかしそうに言《い》った。

「分霊箱《ぶんれいばこ》よ、ハリー。あなたがまだ下《さ》げているでしょう！」

ハーマイオニーは両手《りょうて》を差《さ》し出《だ》し、ハリーは金《きん》の鎖《くさり》を持《も》ち上《あ》げて頭《あたま》からはずした。それがハリーの肌《はだ》を離《はな》れるが早《はや》いか、ハリーは解放《かいほう》されたように感《かん》じ、不思議《ふしぎ》に身軽《みがる》になった。それまでじっとりと冷《ひ》や汗《あせ》をかいていたことにも、胃《い》を圧迫《あっぱく》する重《おも》さを感《かん》じていたことにも、そういう感《かん》覚《かく》が消《き》えた今《いま》のいままで気《き》づきもしなかった。

「楽《らく》になった？」ハーマイオニーが聞《き》いた。

「ああ、ずっと楽《らく》だ！」

「ハリー」

ハーマイオニーはハリーの前《まえ》に身《み》をかがめて、重病人《じゅうびょうにん》を見舞《みま》うときの声《こえ》とはまさにこうだろう、と思《おも》うような声《こえ》で話《はな》しかけた。

「取《と》り憑《つ》かれていた、そう思《おも》わない？」

「えっ？　ちがうよ！」

ハリーはむきになった。

「それを身《み》につけているときに、僕《ぼく》たちが何《なに》をしたか全部覚《ぜんぶおぼ》えているもの。もし取《と》り憑《つ》かれていたら、自分《じぶん》が何《なに》をしたかわからないはずだろう？　ジニーが、ときどき何《なん》にも覚《おぼ》えていないことがあったって話《はな》してくれた」

「ふーん」

ハーマイオニーは、ずっしりしたロケットを見下《みお》ろしながら言《い》った。

「そうね、身《み》につけないほうがいいかもしれない。テントの中《なか》に保管《ほかん》しておけばいいわ」

「分霊箱《ぶんれいばこ》を、そのへんに置《お》いておくわけにはいかないよ」ハリーがきっぱりと言《い》った。「なくしたり、盗《ぬす》まれでもしたら――」

「わかったわ、わかったわよ」

ハーマイオニーは自分《じぶん》の首《くび》にかけ、ブラウスの下《した》に入《い》れて見《み》えないようにした。

「だけど、一人《ひとり》で長《なが》く身《み》につけないように、交代《こうたい》でつけることにしましょう」

「けっこうだ」ロンがいらいら声《ごえ》で言《い》った。「そっちは解決《かいけつ》したんだから、何《なに》か食《た》べる物《もの》をもらえないかな？」

「いいわよ。だけど、どこか別《べつ》の所《ところ》に行《い》って見《み》つけるわ」

ハーマイオニーが、横目《よこめ》でちらっとハリーを見《み》ながら言《い》った。

「吸魂鬼《きゅうこんき》が飛《と》びまわっている所《ところ》にとどまるのは無意味《むいみ》よ」

結局《けっきょく》三人《にん》は、人里離《ひとざとはな》れてぽつんと建《た》つ農家《のうか》の畑《はたけ》で、一夜《いちや》を明《あ》かすことになった。そしてやっと、農家《のうか》から卵《たまご》とパンを手《て》に入《い》れた。

「これって、盗《ぬす》みじゃないわよね？」

三人《にん》でスクランブルエッグをのせたトーストを貪《むさぼ》るようにほおばりながら、ハーマイオニーが気《き》づかわしげに言《い》った。

「鶏小屋《とりごや》に、少《すこ》しお金《かね》を置《お》いてきたんだもの」

ロンは目《め》をぐるぐるさせ、両《りょう》ほおをふくらませて言《い》った。

「アーーミーーニー、くみ、しんぽい、しすぎ。イラックス！」

事実《じじつ》、心地《ここち》よく腹《はら》がふくれると、リラックスしやすくなった。その夜《よる》は、吸魂鬼《きゅうこんき》についての言《い》い争《あらそ》いが、笑《わら》いのうちに忘《わす》れ去《さ》られた。三交代《こうたい》の夜警《やけい》の、最初《さいしょ》の見張《みは》りに立《た》ったハリーは、陽気《ようき》なばかりか希望《きぼう》に満《み》ちた気分《きぶん》にさえなっていた。

満《み》たされた胃《い》は意気《いき》を高《たか》め、からっぽの胃《い》は言《い》い争《あらそ》いと憂《ゆう》うつをもたらす。三人《にん》は、この事実《じじつ》に初《はじ》めて出会《であ》った。ハリーにとって、これは、あまり驚《おどろ》くべき発見《はっけん》ではなかった。ダーズリー家《け》で、餓死寸前《がしすんぜん》の時期《じき》を経験《けいけん》していたからだ。ハーマイオニーも、ベリーやかび臭《くさ》いビスケットしかなかった何日《なんにち》かを、かなりよくたえていた。いつもより少《すこ》し短気《たんき》になったり、気難《きむずか》しい顔《かお》でだまりこくることが多《おお》くなっただけだった。ところが、これまで母親《ははおや》やホグワーツの屋敷《やしき》しもべ妖《よう》精《せい》のおかげで、三度三度《さんどさんど》おいしい食事《しょくじ》をしていたロンは、空腹《くうふく》だとわがままになり、怒《おこ》りっぽくなった。食《た》べ物《もの》のないときと分霊箱《ぶんれいばこ》を持《も》つ順番《じゅんばん》とが重《かさ》なると、ロンは思《おも》いっきりいやなやつになった。

「それで、次《つぎ》はどこ？」

ロンは口《くち》ぐせのようにくり返《かえ》して聞《き》いた。自分自身《じぶんじしん》には何《なん》の考《かんが》えもなく、そのくせ自分《じぶん》が食料《しょくりょう》の少《すく》なさをくよくよ悩《なや》んでいる間《あいだ》に、ハリーとハーマイオニーが計画《けいかく》を立《た》ててくれると期待《きたい》していた。結局《けっきょく》、ハリーとハーマイオニーの二人《ふたり》だけが、どこに行《い》けばほかの分霊箱《ぶんれいばこ》が見《み》つかるのか、どうしたらすでに手《て》に入《い》れた分霊箱《ぶんれいばこ》を破壊《はかい》できるのかと、結論《けつろん》の出《で》ない話《はな》し合《あ》いに、何時間《なんじかん》も費《つい》やすことになった。新《あたら》しい情報《じょうほう》がまったく入《はい》らない状況《じょうきょう》では、二人《ふたり》の会話《かいわ》はしだいに堂々《どうどう》めぐりになっていた。

ダンブルドアがハリーに、分霊箱《ぶんれいばこ》の隠《かく》し所《どころ》は、ヴォルデモートにとって重要《じゅうよう》な場所《ばしょ》にちがいないと教《おし》えていたこともあって、話《はな》し合《あ》いでは、ヴォルデモートが住《す》んでいたか訪《おとず》れたことがわかっている場所《ばしょ》の名前《なまえ》が、うんざりするほど単調《たんちょう》にくり返《かえ》された。生《う》まれ育《そだ》った孤児院《こじいん》、教育《きょういく》を受《う》けたホグワーツ、卒業後《そつぎょうご》に勤《つと》めたボージン・アンド・バークスの店《みせ》、何年《なんねん》も亡命《ぼうめい》していたアルバニア、こうした場所《ばしょ》が推測《すいそく》の基本線《きほんせん》だった。

「そうだ、アルバニアに行《い》こうぜ。国中《くにじゅう》を探《さが》し回《まわ》るのに、午後半日《ごごはんにち》あれば充分《じゅうぶん》さ」

ロンは皮肉《ひにく》を込《こ》めて言《い》った。

「そこには何《なん》にもあるはずがないの。国外《こくがい》に逃《のが》れる前《まえ》に、すでに五つも分霊箱《ぶんれいばこ》を作《つく》っていたんですもの。それにダンブルドアは、六つ目《め》はあの蛇《へび》にちがいないと考《かんが》えていたのよ」

ハーマイオニーが言《い》った。

「あの蛇《へび》が、アルバニアにいないことはわかってるわ。だいたいいつもヴォル――」

「それを言《い》うのは、やめてくれって言《い》っただろ？」

「わかったわ！　蛇《へび》はだいたいいつも『例《れい》のあの人《ひと》』と一緒《いっしょ》にいる――これで満足《まんぞく》？」

「別《べつ》に」

「ボージン・アンド・バークスの店《みせ》に、何《なに》か隠《かく》しているとは思《おも》えない」

ハリーは、もう何度《なんど》もこのことを指摘《してき》していたが、いやな沈黙《ちんもく》を破《やぶ》るためだけに、もう一度《いちど》言《い》った。

「ボージンもバークも、闇《やみ》の魔術《まじゅつ》の品《しな》にかけては専門家《せんもんか》だから、分霊箱《ぶんれいばこ》があればすぐに気《き》づいたはずだ」

ロンは、わざとらしくあくびした。何《なに》か投《な》げつけてやりたい衝動《しょうどう》を抑《おさ》えて、ハリーは先《さき》を続《つづ》けた。

「僕《ぼく》は、やっぱり、あいつはホグワーツに何《なに》か隠《かく》したんじゃないかと思《おも》う」

ハーマイオニーはため息《いき》をついた。

「でも、ハリー、ダンブルドアが見《み》つけているはずじゃない！」

ハリーは、自分《じぶん》の説《せつ》を裏《うら》づける議論《ぎろん》をくり返《かえ》した。

「ダンブルドアが、僕《ぼく》の前《まえ》で言《い》ったんだ。ホグワーツの秘密《ひみつ》を全部《ぜんぶ》知《し》っているなどと思《おも》ったことはないって。はっきり言《い》うけど、もし、どこか一か所《しょ》、ヴォル――」

「おっと！」

「**『例《れい》のあの人《ひと》』**だよ！」

がまんも限界《げんかい》で、ハリーは大声《おおごえ》を出《だ》した。

「もしどこか一か所《しょ》、『例《れい》のあの人《ひと》』にとって、ほんとうに大切《たいせつ》な場所《ばしょ》があるとすれば、それはホグワーツだ！」

「おい、いいかげんにしろよ」

ロンがまぜっ返《かえ》した。

「**学校《がっこう》が**か？」

「ああ、学校《がっこう》がだ！　あいつにとって、学校《がっこう》は初《はじ》めてのほんとうの家庭《かてい》だった。自分《じぶん》が特別《とくべつ》だってことを意味《いみ》する場所《ばしょ》だったし、あいつにとってのすべてだった。学校《がっこう》を卒業《そつぎょう》してからだって――」

「僕《ぼく》たちが話《はな》してるのは、『例《れい》のあの人《ひと》』のことだよな？　君《きみ》のことじゃないだろう？」

ロンが尋《たず》ねた。首にかけた分霊箱《ぶんれいばこ》の鎖《くさり》を引《ひ》っ張《ぱ》っている。ハリーはその鎖《くさり》をつかんでロンの首《くび》をしめ上《あ》げたい衝動《しょうどう》にかられた。

「『例《れい》のあの人《ひと》』が卒業後《そつぎょうご》に、ダンブルドアに就職《しゅうしょく》を頼《たの》みにきたって話《はな》してくれたわね」

ハーマイオニーが言《い》った。

「そうだよ」ハリーが言《い》った。

「それで、あの人《ひと》が戻《もど》ってきたいと思《おも》ったのは、ただ何《なに》かを見《み》つけるためだったし、たぶん創設《そうせつ》者《しゃ》ゆかりの品《しな》をもう一つ見《み》つけて分霊箱《ぶんれいばこ》にするためだったと、ダンブルドアはそう考《かんが》えたのね？」

「そう」ハリーが言《い》った。

「でも、就職《しゅうしょく》はできなかった。そうね？」

ハーマイオニーが言《い》った。

「だからあの人《ひと》は、そこで創設者《そうせつしゃ》ゆかりの品《しな》を見《み》つけたり、それを学校《がっこう》に隠《かく》したりする機会《きかい》はなかった！」

「オッケー、それなら」ハリーは降参《こうさん》した。「ホグワーツはなしにしよう」

ほかには何《なん》の糸口《いとぐち》もなく、ハリーたちはロンドンに行《い》き、透明《とうめい》マントに隠《かく》れてヴォルデモートが育《そだ》った孤児院《こじいん》を探《さが》した。ハーマイオニーは図書室《としょしつ》に忍《しの》び込《こ》み、そこの記録《きろく》から、問題《もんだい》の場所《ばしょ》が何年《なんねん》も前《まえ》に取《と》り壊《こわ》されてしまったことを知《し》った。その場所《ばしょ》を訪《おとず》れると、高層《こうそう》のオフィスビルが建《た》っているのが見《み》えた。

「土台《どだい》を掘《ほ》ってみる？」

ハーマイオニーが捨《す》て鉢《ばち》に言《い》った。

「あいつはここに分霊箱《ぶんれいばこ》を隠《かく》したりしないよ」

ハリーには、とうにそれがわかっていた。孤児院《こじいん》は、ヴォルデモートが絶対《ぜったい》に逃《に》げ出《だ》してやろうと考《かんが》えていた場所《ばしょ》だ。そんな所《ところ》に、自分《じぶん》の魂《たましい》のかけらを置《お》いておくはずがない。ダンブルドアは、ヴォルデモートが隠《かく》し場所《ばしょ》に栄光《えいこう》と神秘《しんぴ》を求《もと》めたことを、ハリーに示《しめ》してくれた。こんな気《き》のめいるような薄暗《うすぐら》いロンドンの片隅《かたすみ》は、ホグワーツや魔法省《まほうしょう》、または金色《きんいろ》の扉《とびら》と大理石《だいりせき》の床《ゆか》を持《も》つ魔法界《まほうかい》の銀行《ぎんこう》、グリンゴッツとは正反対《せいはんたい》だ。

ほかに新《あたら》しいことも思《おも》いつかないまま、三人《にん》は安全《あんぜん》のために毎晩場所《まいばんばしょ》を変《か》えてテントを張《は》りながら、地方《ちほう》をめぐり続《つづ》けた。毎朝《まいあさ》、野宿《のじゅく》の跡《あと》を残《のこ》さないように消《け》し去《さ》ってから、また別《べつ》の人里離《ひとざとはな》れたさびしい場所《ばしょ》を求《もと》めて旅立《たびだ》った。またある日《ひ》は森《もり》へ、崖《がけ》の薄暗《うすぐら》い割《わ》れ目《め》へ、ヒースの咲《さ》く荒《あ》れ地《ち》へ、ハリエニシダのしげる山《やま》の斜面《しゃめん》へ、そしてある日《ひ》は風《かぜ》をよけた入《い》り江《え》の小石《こいし》だらけの場所《ばしょ》へと「姿《すがた》あらわし」で移動《いどう》した。約《やく》十二時間《じかん》ごとに、分霊箱《ぶんれいばこ》を次《つぎ》の人《ひと》に渡《わた》した。音楽《おんがく》が止《と》まるたびに皿《さら》を持《も》っている人《ひと》がほうびをもらえる「皿回《さらまわ》し」ゲームを、ひねくれてスローモーションで遊《あそ》んでいるかのようだった。ただ、ほうびのかわりに十二時間《じかん》のつのる恐《おそ》れと不安《ふあん》がもらえるだけなので、ゲームの参加者《さんかしゃ》は音楽《おんがく》が止《と》まるのを恐《おそ》れた。

ハリーの傷痕《きずあと》は、ひっきりなしにうずいていた。分霊箱《ぶんれいばこ》を身《み》につけている間《あいだ》が一番《いちばん》ひんぱんに痛《いた》むことに、ハリーは気《き》づいた。ときには痛《いた》みにたえかねて、体《からだ》が反応《はんのう》してしまうこともあった。

「どうした？　何《なに》を見《み》たんだ？」

ハリーが顔《かお》をしかめるたびに、ロンが問《と》いつめた。

「顔《かお》だ」

そのたびにハリーはつぶやいた。

「いつも同《おな》じ顔《かお》だ。グレゴロビッチから何《なに》かを盗《ぬす》んだやつの」

するとロンは顔《かお》を背《そむ》け、失望《しつぼう》を隠《かく》そうともしなかった。ロンが家族《かぞく》や不死鳥《ふしちょう》の騎士団《きしだん》のメンバーの安否《あんぴ》を知《し》りたがっていることは、ハリーにもわかっていた。しかし、ハリーはテレビのアンテナではない。ある時点《じてん》でヴォルデモートが考《かんが》えていることを見《み》ることはできても、好《す》きなものにチャンネルを合《あ》わせることはできないのだ。どうやらヴォルデモートは、あのうれしそうな顔《かお》の若者《わかもの》のことを、四六時中《しろくじちゅう》考《かんが》えているようだ。ヴォルデモートもハリー同様《どうよう》、あの男《おとこ》が誰《だれ》なのか、どこにいるのかも知《し》らないらしい。傷痕《きずあと》は焼《や》けるように痛《いた》み続《つづ》け、陽気《ようき》なブロンドの若者《わかもの》の顔《かお》が、じらすように脳裏《のうり》に浮《う》かんだが、その盗《ぬす》っ人《と》のことを口《くち》に出《だ》せば二人《ふたり》をいらいらさせるばかりだったので、ハリーは痛《いた》みや不快感《ふかいかん》を抑《おさ》えて表《おもて》に出《だ》さない術《すべ》を身《み》につけた。みんなが必死《ひっし》になって、分霊箱《ぶんれいばこ》の糸口《いとぐち》を見《み》つけようとしているのだから、ハリーは、一概《いちがい》に二人《ふたり》だけを責《せ》めることができなかった。

何日間《なんにちかん》かが何週間《なんしゅうかん》にもなった。ハリーは、ロンとハーマイオニーが、自分《じぶん》のいない所《ところ》で、自分《じ》のことを話《はな》しているような気《き》がしはじめた。ハリーがテントに入《はい》っていくと、突然二人《とつぜんふたり》がだまり込《こ》む、ということが数回《すうかい》あった。テントの外《そと》でも、偶然《ぐうぜん》に二度《ど》ほど、二人《ふたり》が一緒《いっしょ》にいるのに出《で》くわしたことがあった。ハリーから少《すこ》し離《はな》れた所《ところ》で、額《ひたい》をつき合《あ》わせて早口《はやくち》で話《はな》していたが、ハリーが近《ちか》づくのに気《き》づいたとたん、話《はなし》をやめて、水《みず》とか薪《まき》を集《あつ》めるのに忙《いそが》しいというふりをした。

ロンとハーマイオニーは、ハリーと一緒《いっしょ》に旅《たび》に出《で》ると言《い》った。しかし、二人《ふたり》は、ハリーには秘《ひ》密《みつ》の計画《けいかく》があって、そのうちきっと二人《ふたり》にも話《はな》してくれるだろうと思《おも》ったからこそ、ついてきたのではないだろうか。この旅《たび》が、目的《もくてき》もなく漫然《まんぜん》と歩《ある》き回《まわ》るだけのものになってしまったように感《かん》じられる今《いま》、ハリーはそう考《かんが》えざるをえなかった。ロンは機嫌《きげん》の悪《わる》さを隠《かく》そうともせず、ハーマイオニーも、ハリーのリーダーとしての能力《のうりょく》に失望《しつぼう》しているのではないかと、ハリーはだんだん心配《しんぱい》になってきた。何《なん》とかしなければと、ハリーは分霊箱《ぶんれいばこ》のありかを考《かんが》えてみたが、何度《なんど》考《かんが》えても、ただ一か所《しょ》、ホグワーツが頭《あたま》に浮《う》かぶだけだった。しかしあとの二人《ふたり》が、そこはありえないと考《かんが》えていたので、ハリーには言《い》いだせなかった。

地方《ちほう》をめぐるうちに、しだいに秋《あき》の色《いろ》が濃《こ》くなってきた。テントを張《は》る場所《ばしょ》にも、落葉《おちば》がぎっしり敷《し》き詰《つ》められていた。吸魂鬼《きゅうこんき》の作《つく》り出《だ》す霧《きり》に自然《しぜん》の霧《きり》が加《くわ》わり、風《かぜ》も雨《あめ》も、三人《にん》の苦労《くろう》を増《ま》すばかりだった。ハーマイオニーは食用《しょくよう》キノコを見分《みわ》けるのがうまくなっていたが、それだけではあまりなぐさめにならないほど三人《にん》は孤立《こりつ》し、ほかの人間《にんげん》から切《き》り離《はな》され、ヴォルデモートとの戦《たたか》いがどうなっているかも、まったくわからないままだった。

「ママは――」

ある晩《ばん》、ウェールズのとある川岸《かわぎし》に野宿《のじゅく》しているとき、テントの中《なか》でロンが言《い》った。

「何《なん》にもないところから、おいしいものを作《つく》り出《だ》せるんだ」

ロンは、皿《さら》にのった黒焦《くろこ》げの灰色《はいいろ》っぽい魚《さかな》を、憂《ゆう》うつそうにつついていた。ハリーは反射的《はんしゃてき》にロンの首《くび》を見《み》たが、思《おも》ったとおり、分霊箱《ぶんれいばこ》の金鎖《きんぐさり》がそこに光《ひか》っていた。ロンに向《む》かって悪態《あくたい》をつきたい衝動《しょうどう》を、ハリーはやっとのことで抑《おさ》えつけた。ロケットをはずす時《とき》が来《く》ると、ロンの態度《たいど》が少《すこ》しよくなるのを知《し》っていたからだ。

「あなたのママでも、何《なに》もないところから食《た》べ物《もの》を作《つく》り出《だ》すことはできないのよ」

ハーマイオニーが言《い》った。

「誰《だれ》にもできないの。食《た》べ物《もの》というのはね、『ガンプの元素変容《げんそへんよう》の法則《ほうそく》』の五つの主《しゅ》たる例外《れいがい》のその第一《だいいち》で――」

「あーあ、普通《ふつう》の言葉《ことば》でしゃべってくれる？」

ロンが、歯《は》の間《あいだ》から魚《さかな》の骨《ほね》を引《ひ》っ張《ぱ》り出《だ》しながら言《い》った。

「何《なに》もないところからおいしい食《た》べ物《もの》を作《つく》り出《だ》すのは、不可能《ふかのう》です！　食《た》べ物《もの》がどこにあるかを知《し》っていれば『呼《よ》び寄《よ》せ』できるし、少《すこ》しでも食《た》べ物《もの》があれば、変身《へんしん》させることも量《りょう》を増《ふ》やすこともできるけど――」

「――ならさ、これなんか増《ふ》やさなくていいよ。ひどい味《あじ》だ」ロンが言《い》った。

「ハリーが魚《さかな》を釣《つ》って、私《わたし》ができるだけのことをしたのよ！　結局《けっきょく》いつも私《わたし》が食《た》べ物《もの》をやりくりすることになるみたいね。たぶん私《わたし》が女《おんな》だからだわ！」

「違《ちが》うさ。君《きみ》の魔法《まほう》が、一番《いちばん》うまいはずだからだ！」ロンが切《き》り返《かえ》した。

ハーマイオニーは突然《とつぜん》立《た》ち上《あ》がり、焼《や》いたカマスの身《み》がブリキの皿《さら》から下《した》にすべり落《お》ちた。

「ロン、あしたはあなたが料理《りょうり》するといいわ！　あなたが食料《しょくりょう》を見《み》つけて、呪文《じゅもん》で何《なに》か食《た》べられるものに変《か》えるといいわ。それで、私《わたし》はここに座《すわ》って、顔《かお》をしかめて文句《もんく》を言《い》うのよ。そしたらあなたは、少《すこ》しは――」

「だまって！」

ハリーが突然《とつぜん》立《た》ち上《あ》がって、両手《りょうて》を上《あ》げながら言《い》った。

「シーッ！　だまって！」

ハーマイオニーが憤慨《ふんがい》した顔《かお》で言《い》った。

「ロンの味方《みかた》をするなんて。この人《ひと》、ほとんど一度《いちど》だって料理《りょうり》なんか――」

「ハーマイオニー、静《しず》かにして。声《こえ》が聞《き》こえるんだ！」

両手《りょうて》でしゃべるなと二人《ふたり》を制《せい》しながら、ハリーは聞《き》き耳《みみ》を立《た》てた。すると、かたわらの暗《くら》い川《かわ》の流《なが》れの音《おと》に混《ま》じって、また話《はな》し声《ごえ》が聞《き》こえてきた。ハリーは「かくれん防止器《スニーコスコープ》」を見《み》たが、動《うご》いていない。

「『耳《みみ》ふさぎ』の呪文《じゅもん》はかけてあるね？」

ハリーは小声《こごえ》でハーマイオニーに聞《き》いた。

「全部《ぜんぶ》やったわ」

ハーマイオニーがささやき返《かえ》した。

「『耳《みみ》ふさぎ』だけじゃなくて、『マグルよけ』、『目《め》くらまし術《じゅつ》』、全部《ぜんぶ》よ。誰《だれ》が来《き》ても私《わたし》たちの声《こえ》は聞《き》こえないし、姿《すがた》も見《み》えないはずよ」

何《なに》か大《おお》きなものがガサゴソ動《うご》き回《まわ》る音《おと》や、物《もの》がこすれ合《あ》う音《おと》に混《ま》じって、石《いし》や小枝《こえだ》が押《お》しのけられる音《おと》が聞《き》こえ、相手《あいて》は複数《ふくすう》だとわかった。木《き》の生《お》いしげった急《きゅう》な坂《さか》を、ハリーたちのテントのある狭《せま》い川岸《かわぎし》へと、はい下《お》りてくる。三人《にん》は杖《つえ》を抜《ぬ》いて待機《たいき》した。この真《ま》っ暗闇《くらやみ》の中《なか》なら、周囲《しゅうい》にめぐらした呪文《じゅもん》だけで、マグルや普通《ふつう》の魔法使《まほうつか》いたちに気《き》づかれないようにするには充分《じゅうぶん》だった。もし相手《あいて》が死喰《しく》い人《びと》だったら、保護呪文《ほごじゅもん》の護《まも》りが闇《やみ》の魔術《まじゅつ》にたえうるかどうかが、初《はじ》めて試《ため》されることになるだろう。

話《はな》し声《ごえ》はだんだん大《おお》きくなってきたが、川岸《かわぎし》に到着《とうちゃく》したときも、話《はなし》の内容《ないよう》は相変《あいか》わらず聞《き》き取《と》れなかった。ハリーの勘《かん》では、相手《あいて》は五、六メートルも離《はな》れていないようだった。しかし川《かわ》の流《なが》れの音《おと》で、正確《せいかく》なところはわからない。ハーマイオニーはビーズバッグをすばやくつかみ、中《なか》をかき回《まわ》しはじめたが、やがて「伸《の》び耳《みみ》」を三個《こ》取《と》り出《だ》して、ハリーとロンに、それぞれ一個《こ》ずつ投《な》げ渡《わた》した。二人《ふたり》は急《いそ》いで薄《うす》オレンジ色《いろ》のひもの端《はし》を耳《みみ》に差《さ》し込《こ》み、もう一方《いっぽう》の端《はし》をテントの入《い》り口《ぐち》にはわせた。

数秒後《すうびょうご》、ハリーはつかれたような男《おとこ》の声《こえ》をキャッチした。

「ここなら鮭《さけ》の二、三匹《びき》もいるはずだ。それとも、まだその季節《きせつ》には早《はや》いかな？　アクシオ！　鮭《すけ》よ、来《こ》い！」

川《かわ》の流《なが》れとははっきりちがう水音《みずおと》が数回《すうかい》して、捕《つか》まった魚《さかな》がじたばたと肌《はだ》をたたく音《おと》が聞《き》こえた。誰《だれ》かがうれしそうに何《なに》かつぶやいた。ハリーは「伸《の》び耳《みみ》」をギュッと耳《みみ》に押《お》し込《こ》んだ。川《かわ》の流《なが》れに混《ま》じってほかの声《こえ》も聞《き》こえてきたが、英語《えいご》でもなく、今《いま》まで聞《き》いたことのない言葉《ことば》で、人間《にんげん》のものではない。耳《みみ》ざわりなガサガサした言葉《ことば》で、のどに引《ひ》っかかるような雑音《ざつおん》のつながりだ。

どうやら二人《ふたり》いる。一人《ひとり》はより低《ひく》くゆっくりした話《はな》し方《かた》をする。

テントの外《そと》で火《ひ》がゆらめいた。炎《ほのお》とテントの間《あいだ》を、大《おお》きな影《かげ》がいくつか横切《よこぎ》った。鮭《さけ》の焼《や》けるうまそうな匂《にお》いが、じらすようにテントに流《なが》れてきた。やがてナイフやフォークが皿《さら》に触《ふ》れる音《おと》がして、最初《さいしょ》の男《おとこ》の声《こえ》がまた聞《き》こえた。

「さあ、グリップフック、ゴルヌック」

小鬼《ゴブリン》だわ！　ハーマイオニーが、口《くち》の形《かたち》でハリーに言《い》った。ハリーはうなずいた。

「ありがとう」

小鬼《ゴブリン》たちが、同時《どうじ》に英語《えいご》で言《い》った。

「じゃあ、君《きみ》たち三人《にん》は、逃亡中《とうぼうちゅう》なのか。長《なが》いのかい？」

別《べつ》の男《おとこ》の声《こえ》が聞《き》いた。感《かん》じのいい、心地《ここち》よい声《こえ》だ。ハリーにはどことなく聞《き》き覚《おぼ》えがあった。腹《はら》の突《つ》き出《で》た、陽気《ようき》な顔《かお》が思《おも》い浮《う》かんだ。

「六週間《しゅうかん》か……いや七週間《しゅうかん》……忘《わす》れてしまった」

つかれた男《おとこ》の声《こえ》が言《い》った。

「すぐにグリップフックと出会《であ》って、それからまもなくゴルヌックと合流《ごうりゅう》した。仲間《なかま》がいるのはいいものだ」

声《こえ》がとぎれ、しばらくはナイフが皿《さら》をこする音《おと》や、ブリキのマグを地面《じめん》から取《と》り上《あ》げたり置《お》いたりする音《おと》が聞《き》こえた。

「君《きみ》はなぜ家《いえ》を出《で》たのかね、テッド？」男《おとこ》の声《こえ》が続《つづ》いた。

「連中《れんちゅう》が私《わたし》を捕《つか》まえにくるのはわかっていたのでね」心地《ここち》よい声《こえ》のテッドが言《い》った。

ハリーはとっさに声《こえ》の主《ぬし》を思《おも》い出《だ》した。トンクスの父親《ちちおや》だ。

「先週《せんしゅう》、死喰《しく》い人《びと》たちが近所《きんじょ》をかぎ回《まわ》っていると聞《き》いて、逃《に》げたほうがいいと思《おも》ったのだよ。マグル生《う》まれの登録《とうろく》を、私《わたし》は主義《しゅぎ》として拒否《きょひ》したのでね。あとは時間《じかん》の問題《もんだい》だとわかっていた。最終的《さいしゅうてき》には家《いえ》を離《はな》れざるをえなくなることがわかっていたんだ。妻《つま》は大丈夫《だいじょうぶ》なはずだ。純血《じゅんけつ》だから。それで、このディーンに出会《であ》ったというわけだ。二、三日前《にちまえ》だったかね？」

「ええ」別《べつ》の声《こえ》が答《こた》えた。

ハリーもロンもハーマイオニーも顔《かお》を見合《みあ》わせた。声《こえ》は出《だ》さなかったが、興奮《こうふん》で我《われ》を忘《わす》れるほどだった。たしかにディーン・トーマスの声《こえ》だ。グリフィンドールの仲間《なかま》だ。

「マグル生《う》まれか、え？」

最初《さいしょ》の男《おとこ》が聞《き》いた。

「わかりません」

ディーンが言《い》った。

「父《ちち》は僕《ぼく》が小《ちい》さいときに母《はは》を捨《す》てました。でも魔法使《まほうつか》いだったかどうか、僕《ぼく》は何《なん》の証拠《しょうこ》も持《も》っていません」

しばらく沈黙《ちんもく》が続《つづ》き、ムシャムシャ食《た》べる音《おと》だけが聞《き》こえたが、やがてテッドが口《くち》を開《ひら》いた。

「ダーク、君《きみ》に出会《であ》って実《じつ》は驚《おどろ》いたよ。うれしかったが、やはり驚《おどろ》いた。捕《つか》まったと聞《き》いていたのでね」

「そのとおりだ」

ダークが言《い》った。

「アズカバンに護送《ごそう》される途中《とちゅう》で、脱走《だっそう》した。ドーリッシュを『失神《しっしん》』させて、やつの箒《ほうき》を奪《うば》った。思《おも》ったより簡単《かんたん》だったよ。やつは、どうもまともじゃないように思《おも》う。『錯乱《さくらん》』させられているのかもしれない。だとすれば、そうしてくれた魔法使《まほうつか》いだか魔女《まじょ》だかと握手《あくしゅ》したいよ。たぶんそのおかげで命拾《いのちびろ》いした」

またみんなだまり込《こ》み、たき火《び》のはぜる音《おと》や川《かわ》のせせらぎが聞《き》こえた。やがてテッドの声《こえ》がした。

「それで、君《きみ》たち二人《ふたり》はどういう事情《じじょう》かね？　つまり、えー、小鬼《ゴブリン》たちはどちらかといえば、『例《れい》のあの人《ひと》』寄《よ》りだという印象《いんしょう》を持《も》っていたのだがね」

「そういう印象《いんしょう》はまちがいです」高《たか》い声《こえ》の小鬼《ゴブリン》が答《こた》えた。「我々《われわれ》はどちら寄《よ》りでもありません。これは、魔法使《まほうつか》いの戦争《せんそう》です」

「それじゃ、君《きみ》たちはなぜ隠《かく》れているのかね？」

「慎重《しんちょう》を期《き》するためです」低《ひく》い声《こえ》の小鬼《ゴブリン》が答《こた》えた。「私《わたし》にしてみれば無礼極《ぶれいきわ》まりないと思《おも》われる要求《ようきゅう》を拒絶《きょぜつ》しましたので、身《み》の危険《きけん》を察知《さっち》しました」

「連中《れんちゅう》は何《なに》を要求《ようきゅう》したのかね？」

テッドが聞《き》いた。

「わが種族《しゅぞく》の尊厳《そんげん》を傷《きず》つける任務《にんむ》です」

小鬼《ゴブリン》の答《こた》える声《こえ》は、より荒《あら》くなり、人間味《にんげんみ》が薄《うす》れていた。

「私《わたし》は、『屋敷《やしき》しもべ妖精《ようせい》』ではない」

「グリップフック、君《きみ》は？」

「同《おな》じような理由《りゆう》です」声《こえ》の高《たか》い小鬼《ゴブリン》が答《こた》えた。

「グリンゴッツは、もはや我々《われわれ》の種族《しゅぞく》だけの支配《しはい》ではなくなりました。私《わたし》は、魔法使《まほうつか》いの主人《しゅじん》など認知《にんち》いたしません」

グリップフックは小声《こごえ》で何《なに》かつけ加《くわ》えたが、ゴブリン語《ご》だった。ゴルヌックが笑《わら》った。

「何《なに》がおかしいの？」ディーンが聞《き》いた。

「グリップフックが言《い》うには」ダークが答《こた》えた。「魔法使《まほうつか》いが認知《にんち》していないこともいろいろある」

少《すこ》し間《ま》が空《あ》いた。

「よくわからないなぁ」ディーンが言《い》った。

「逃《に》げる前《まえ》に、ちょっとした仕返《しかえ》しをしました」グリップフックが英語《えいご》で言《い》った。

「それでこそ男《おとこ》だ――あ、いや、それでこそ小鬼《ゴブリン》だ」テッドは急《いそ》いで訂正《ていせい》した。「死喰《しく》い人《びと》を誰《だれ》か一人《ひとり》、特別《とくべつ》に機密性《きみつせい》の高《たか》い古《ふる》い金庫《きんこ》に閉《と》じ込《こ》めたりしたんじゃなかろうね？」

「そうだとしても、あの剣《つるぎ》では金庫《きんこ》を破《やぶ》る役《やく》には立《た》ちません」グリップフックが答《こた》えた。

ゴルヌックがまた笑《わら》い、ダークまでがクスクス笑《わら》った。

「ディーンも私《わたし》も、何《なに》か聞《き》き逃《のが》していることがありそうだね」テッドが言《い》った。

「セブルス・スネイプにも逃《のが》したものがあります。もっとも、スネイプはそれさえも知《し》らないのですが」グリップフックが言《い》った。

そして二人《ふたり》の小鬼《ゴブリン》は、大声《おおごえ》で意地悪《いじわる》く笑《わら》った。

テントの中《なか》で、ハリーは興奮《こうふん》に息《いき》をはずませていた。ハリーとハーマイオニーは、顔《かお》を見合《みあ》わせ、これ以上《いじょう》は無理《むり》だというほど聞《き》き耳《みみ》を立《た》てた。

「テッド、あのことを聞《き》いていないのか？」ダークが問《と》いかけた。「ホグワーツのスネイプの部屋《へや》から、グリフィンドールの剣《つるぎ》を盗《ぬす》み出《だ》そうとした子供《こども》たちのことだが」

ハリーの体《からだ》を電流《でんりゅう》が走《はし》り、神経《しんけい》の一本一本《いっぽんいっぽん》をかき鳴《な》らした。ハリーはその場《ば》に根《ね》が生《は》えたように立《た》ちすくんだ。

「一言《ひとこと》も聞《き》いていない」テッドが言《い》った。「『予言者新聞《よげんしゃしんぶん》』にはのってなかっただろうね？」

「ないだろうな」ダークがカラカラと笑《わら》った。「このグリップフックが話《はな》してくれたのだが、銀行《ぎんこう》に勤《つと》めているビル・ウィーズリーから、それを聞《き》いたそうだ。剣《つるぎ》を奪《うば》おうとした子供《こども》の一人《ひとり》はビルの妹《いもうと》だった」

ハリーがちらりと目《め》をやると、ハーマイオニーもロンも、命綱《いのちづな》にしがみつくようにしっかりと「伸《の》び耳《みみ》」を握《にぎ》りしめていた。

「その子《こ》とほかの二人《ふたり》とで、スネイプの部屋《へや》に忍《しの》び込《こ》み、剣《つるぎ》が収《おさ》められていたガラスのケースを破《やぶ》ったらしい。スネイプは、盗《ぬす》み出《だ》したあとで階段《かいだん》を下《お》りる途中《とちゅう》の三人《にん》を捕《つか》まえた」

「ああ、なんと大胆《だいたん》な」テッドが言《い》った。「何《なに》を考《かんが》えていたのだろう？『例《れい》のあの人《ひと》』に対《たい》して、その剣《つるぎ》を使《つか》えると思《おも》ったのだろうか？　それとも、スネイプに対《たい》して使《つか》おうとでも？」

「まあ、剣《つるぎ》をどう使《つか》おうと考《かんが》えていたかは別《べつ》として、スネイプは、剣《つるぎ》をその場所《ばしょ》に置《お》いておくのは安全《あんぜん》でないと考《かんが》えた」ダークが言《い》った。「それから数日後《すうじつご》、『例《れい》のあの人《ひと》』から許可《きょか》をもらったからだと思《おも》うが、スネイプは、剣《つるぎ》をグリンゴッツに預《あず》けるために、ロンドンに送《おく》った」

小鬼《ゴブリン》たちがまた笑《わら》いだした。

「何《なに》がおもしろいのか、私《わたし》にはまだわからない」テッドが言《い》った。

「偽物《にせもの》だ」グリップフックが、ガサガサ声《ごえ》で言《い》った。

「グリフィンドールの剣《つるぎ》が！」

「ええ、そうですとも。贋作《がんさく》です――よくできていますが、まちがいない――魔法使《まほうつか》いの作品《さくひん》です。本物《ほんもの》は、何世紀《なんせいき》も前《まえ》に小鬼《ゴブリン》がきたえたもので、小鬼製《ゴブリンせい》の刀剣類《とうけんるい》のみが持《も》つある種《しゅ》の特徴《とくちょう》を備《そな》えています。本物《ほんもの》のグリフィンドールの剣《つるぎ》がどこにあるやら、とにかくグリンゴッツ銀行《ぎんこう》の金庫《きんこ》ではありませんな」

「なるほど」テッドが言《い》った。「それで、君《きみ》たちは、死喰《しく》い人《びと》にわざわざそれを教《おし》えるつもりはない、と言《い》うわけだね？」

「それを教《おし》えてあの人《ひと》たちをお煩《わずら》わせする理由《りゆう》は、まったくありませんな」

グリップフックがすましてそう言《い》うと、今度《こんど》はテッドとディーンも、ゴルヌックとダークと一緒《いっしょ》になって笑《わら》った。

テントの中《なか》で、ハリーは目《め》をつむり、誰《だれ》かが自分《じぶん》の聞《き》きたいことを聞《き》いてくれますようにと祈《いの》っていた。まるで十分《ぶん》に思《おも》えるほどの長《なが》い一分《ぷん》がたって、ディーンが聞《き》いてくれた。そういえば（ハリーはそのことを思《おも》い出《だ》して、胸《むね》がざわついたが）、ディーンもジニーの元《もと》ボーイフレンドだった。

「ジニーやほかの二人《ふたり》はどうなったの？　盗《ぬす》み出《だ》そうとした生徒《せいと》たちのことだけど？」

「ああ、罰《ばっ》せられましたよ。しかも厳《きび》しくね」グリップフックは、無関心《むかんしん》に答《こた》えた。

「でも、無事《ぶじ》なんだろうね？」テッドが急《いそ》いで聞《き》いた。「つまり、ウィーズリー家《け》の子供《こども》たちが、これ以上傷《いじょうきず》つけられるのはごめんだよ。どうなんだね？」

「私《わたし》の知《し》るかぎりでは、ひどい傷害《しょうがい》は受《う》けなかったらしいですよ」グリップフックが言《い》った。

「それは運《うん》がいい」テッドが言《い》った。「スネイプの経歴《けいれき》を見《み》れば、その子供《こども》たちがまだ生《い》きているだけでもありがたいと思《おも》うべきだ」

「それじゃ、テッド、君《きみ》はあの話《はなし》を信《しん》じているのか？」ダークが聞《き》いた。「スネイプがダンブルドアを殺《ころ》したと思《おも》うのか？」

「もちろんだ」テッドが言《い》った。「君《きみ》はまさか、ポッターがそれに関《かか》わっていると思《おも》うなんて、そんなたわ言《ごと》を言《い》うつもりはないだろうね？」

「近《ちか》ごろは、何《なに》を信《しん》じていいやらわからない」ダークがつぶやいた。

「僕《ぼく》はハリー・ポッターを知《し》っている」ディーンが言《い》った。「そして、僕《ぼく》は彼《かれ》こそ本物《ほんもの》だと思《おも》う――『選《えら》ばれし者《もの》』なんだ。どういう呼《よ》び方《かた》をしてもいいけど」

「君《きみ》、そりゃあ、ポッターがそうであることを信《しん》じたい者《もの》はたくさんいる」ダークが言《い》った。「私《わたし》もその一人《ひとり》だ。しかし、彼《かれ》はどこにいる？　どうやら逃《に》げてしまったじゃないか。ポッターが我々《われわれ》の知《し》らないことを何《なに》か知《し》っていると言《い》うなら、それともポッターには何《なに》か特別《とくべつ》な才能《さいのう》があると言《い》うなら、隠《かく》れていないで、今《いま》こそ正々堂々《せいせいどうどう》と戦《たたか》い、レジスタンスを集結《しゅうけつ》しているはずだろう。それに、それ、『予言者新聞《よげんしゃしんぶん》』がポッターに不利《ふり》な証拠《しょうこ》を挙《あ》げているし――」

「『予言者《よげんしゃ》』？」

テッドが鼻先《はなさき》で笑《わら》った。

「ダーク、まだあんなくだらん物《もの》を読《よ》んでいるなら、だまされても文句《もんく》は言《い》えまい。ほんとうのことが知《し》りたいなら、『ザ・クィブラー』を読《よ》むことだ」

突然《とつぜん》、のどを詰《つ》まらせてゲーゲー吐《は》く大《おお》きな音《おと》が聞《き》こえた。背中《せなか》をドンドンたたく音《おと》も加《くわ》わった。どうやらダークが魚《さかな》の骨《ほね》を引《ひ》っかけたらしい。やっと吐《は》き出《だ》したダークが言《い》った。

「『ザ・クィブラー』？　ゼノ・ラブグッドの、あの能天気《のうてんき》な紙《かみ》くずのことか？」

「近《ちか》ごろはそう能天気《のうてんき》でもない」テッドが言《い》った。「試《ため》しに読《よ》んでみるといい。ゼノは『予言《よげん》者《しゃ》』が無視《むし》している事柄《ことがら》をすべて活字《かつじ》にしている。最新号《さいしんごう》では『しわしわ角《づの》スノーカック』に一《ひと》言《こと》も触《ふ》れていない。ただし、このままだと、いったいいつまで無事《ぶじ》でいられるか、そのあたりは私《わたし》にはわからない。しかしゼノは、毎号《まいごう》の巻頭《かんとう》ページで、『例《れい》のあの人《ひと》』に反対《はんたい》する魔法使《まほうつか》いは、ハリー・ポッターを助《たす》けることを第一《だいいち》の優先課題《ゆうせんかだい》にするべきだと書《か》いている」

「地球上《ちきゅうじょう》から姿《すがた》を消《け》してしまった男《おとこ》の子《こ》を助《たす》けるのは、難《むずか》しい」ダークが言《い》った。

「いいかね、ポッターがまだ連中《れんちゅう》に捕《つか》まっていないということだけでも、たいしたものだ」テッドが言《い》った。「私《わたし》は喜《よろこ》んでハリーの助言《じょげん》を受《う》け入《い》れるね。我々《われわれ》がやっていることもハリーと同《おな》じだ。自由《じゆう》であり続《つづ》けること。そうじゃないかね？」

「ああ、まあ、君《きみ》の言《い》うことも一理《いちり》ある」ダークが重々《おもおも》しく言《い》った。「魔法省《まほうしょう》や密告者《みっこくしゃ》がこぞってポッターを探《さが》しているからには、もう今《いま》ごろは捕《つか》まっているだろうと思《おも》ったんだが。もっとも、もうとうに捕《つか》まえて、こっそり消《け》してしまったと言《い》えなくもないじゃないか？」

「ああ、ダーク、そんなことを言《い》ってくれるな」テッドが声《こえ》を落《お》とした。

それからは、ナイフとフォークの音《おと》だけで、長《なが》い沈黙《ちんもく》が続《つづ》いた。次《つぎ》に話《はな》しだしたときは、川岸《かわぎし》でこのまま寝《ね》るか、それとも木《き》のしげった斜面《しゃめん》に戻《もど》るかの話《はな》し合《あ》いだった。木《き》があるほうが身《み》を隠《かく》しやすいと決《き》めた一行《いっこう》は、たき火《び》を消《け》し、再《ふたた》び斜面《しゃめん》を登《のぼ》っていった。話《はな》し声《ごえ》はしだいに消《き》えていった。

ハリー、ロン、ハーマイオニーは、「伸《の》び耳《みみ》」を巻《ま》き取《と》った。盗《ぬす》み聞《ぎ》きを続《つづ》ければ続《つづ》けるほど、だまっているのが難《むずか》しくなってきていたハリーだったが、今口《いまくち》をついて出《で》てくる言葉《ことば》は、「ジニー――剣《つるぎ》――」だけだった。

「わかってるわ！」ハーマイオニーが言《い》った。

ハーマイオニーは、またしてもビーズバッグをまさぐったが、今回《こんかい》は片腕《かたうで》をまるまる奥《おく》まで突《つ》っ込《こ》んでいた。

「さあ……ここに……あるわ……」

ハーマイオニーは歯《は》を食《く》いしばって、バッグの奥《おく》にあるらしい何《なに》かを引《ひ》っ張《ぱ》り出《だ》しながら言《い》った。ゆっくりと、装飾的《そうしょくてき》な額縁《がくぶち》の端《はし》が現《あらわ》れた。ハリーは急《いそ》いで手《て》を貸《か》した。ハーマイオニーのバッグから、二人《ふたり》がかりで、額縁《がくぶち》だけのフィニアス・ナイジェラスの肖像画《しょうぞうが》を取《と》り出《だ》すと、ハーマイオニーは杖《つえ》を向《む》けて、いつでも呪文《じゅもん》をかけられる態勢《たいせい》を取《と》った。

「もしも、剣《つるぎ》がまだダンブルドアの校長室《こうちょうしつ》にあったときに、誰《だれ》かが偽物《にせもの》とすり替《か》えていたのなら——」

ハーマイオニーは、額縁《がくぶち》をテントの脇《わき》に立《た》てかけながら、息《いき》をはずませた。

「その現場《げんば》を、フィニアス・ナイジェラスが見《み》ていたはずよ。彼《かれ》の肖像画《しょうぞうが》はガラスケースのすぐ脇《わき》にかかっているもの！」

「眠《ねむ》っていなけりゃね」

そうは言《い》ったものの、ハリーは、ハーマイオニーが空《から》の肖像画《しょうぞうが》の前《まえ》にひざまずいて杖《つえ》を絵《え》の中心《ちゅうしん》に向《む》けるのを、息《いき》を殺《ころ》して見守《みまも》った。ハーマイオニーは、咳払《せきばら》いをしてから呼《よ》びかけた。

「えー——フィニアス？　フィニアス・ナイジェラス？」

何事《なにごと》も起《お》こらない。

「フィニアス・ナイジェラス？」

ハーマイオニーが、再《ふたた》び呼《よ》びかけた。

「ブラック教授《きょうじゅ》？　お願《ねが》いですから、お話《はな》しできませんか？　どうぞお願《ねが》いします」

「『どうぞ』は常《つね》に役《やく》に立《た》つ」

皮肉《ひにく》な冷《つめ》たい声《こえ》がして、フィニアス・ナイジェラスがするりと額《がく》の中《なか》に現《あらわ》れた。すかさずハーマイオニーが叫《さけ》んだ。

「オブスクーロ！　目隠《めかく》し！」

フィニアス・ナイジェラスの賢《さか》しい黒《くろ》い目《め》を、黒《くろ》の目隠《めかく》しが覆《おお》い、フィニアスは額縁《がくぶち》にぶつかって、ギャッと痛《いた》そうな悲鳴《ひめい》を上《あ》げた。

「何《なん》だ――よくも――いったいどういう――？」

「ブラック教授《きょうじゅ》、すみません」ハーマイオニーが言《い》った。「でも、用心《ようじん》する必要《ひつよう》があるんです！」

「この汚《きた》らしい描《か》き足《た》しを、すぐに取《と》り去《さ》りたまえ！　取《と》れといったら取《と》れ！　偉大《いだい》なる芸術《げいじゅつ》を損傷《そんしょう》しているぞ！　ここはどこだ？　何《なに》が起《お》こっているのだ？」

「ここがどこかは、気《き》にしなくていい」ハリーが言《い》った。

フィニアス・ナイジェラスは、描《か》き足《た》された目隠《めかく》しをはがそうとあがくのをやめて、その場《ば》に凍《こお》りついた。

「その声《こえ》は、もしや逃《に》げを打《う》ったミスター・ポッターか？」

「そうかもしれない」

こう言《い》えば、フィニアス・ナイジェラスの関心《かんしん》を引《ひ》き止《と》めておけると意識《いしき》して、ハリーが答《こた》えた。

「二つ質問《しつもん》があります――グリフィンドールの剣《つるぎ》のことで」

「ああ」

フィニアス・ナイジェラスは、ハリーの姿《すがた》を何《なん》とか見《み》ようとして、今度《こんど》は頭《あたま》をいろいろな角度《かくど》に動《うご》かしながら言《い》った。

「そうだ。あのばかな女《おんな》の子《こ》は、まったくもって愚《おろ》かしい行動《こうどう》を取《と》った――」

「妹《いもうと》のことをごちゃごちゃ言《い》うな」

ロンは乱暴《らんぼう》な言《い》い方《かた》をした。フィニアス・ナイジェラスは、人《ひと》を食《く》ったような眉《まゆ》をピクリと上《あ》げた。

「ほかにも誰《だれ》かいるのか？」

フィニアスはあちこちと首《くび》を回《まわ》した。

「君《きみ》の口調《くちょう》は気《き》に入《い》らん！　あの女《おんな》の子《こ》も仲間《なかま》も、向《む》こう見《み》ずにもほどがある。校長《こうちょう》の部屋《へや》で盗《ぬす》みを働《はたら》くとは！」

「盗《ぬす》んだことにはならない」ハリーが言《い》った。「あの剣《つるぎ》はスネイプのものじゃない」

「スネイプ教授《きょうじゅ》の学校《がっこう》に属《ぞく》する物《もの》だ」

フィニアス・ナイジェラスが言《い》った。

「ウィーズリー家《け》の女《おんな》の子《こ》に、いったいどんな権利《けんり》があると言《い》うのだ？　あの子《こ》は罰《ばつ》を受《う》けるに値《あたい》する。それに抜《ぬ》け作《さく》のロングボトムも、変人《へんじん》のラブグッドもだ！」

「ネビルは抜《ぬ》け作《さく》じゃないし、ルーナは変人《へんじん》じゃないわ！」ハーマイオニーが言《い》った。

「ここはどこかね？」

フィニアス・ナイジェラスはまたしても目隠《めかく》しと格闘《かくとう》しながら、同《おな》じことを聞《き》いた。

「私《わたし》をどこに連《つ》れてきたのだ？　なぜ私《わたし》を、先祖《せんぞ》の屋敷《やしき》から取《と》りはずした？」

「それはどうでもいい！　スネイプは、ジニーやネビルやルーナにどんな罰《ばつ》を与《あた》えたんだ？」

ハリーは急《せ》き込《こ》んで聞《き》いた。

「スネイプ教授《きょうじゅ》は、三人《にん》を『禁《きん》じられた森《もり》』に送《おく》って、ウスノロのハグリッドの仕事《しごと》を手伝《てつだ》わせた」

「ハグリッドは、ウスノロじゃないわ！」ハーマイオニーがかん高《だか》い声《こえ》を出《だ》した。

「それに、スネイプはそれが罰《ばつ》だと思《おも》っただろうけど」ハリーが言《い》った。「でも、ジニーもネビルもルーナも、ハグリッドと一緒《いっしょ》に大笑《おおわら》いしただろう。『禁《きん》じられた森《もり》』なんて……それがどうした！　三人《にん》ともももっと大変《たいへん》な目《め》にあっている！」

ハリーはホッとした。最低《さいてい》でも、「磔《はりつけ》の呪文《じゅもん》」のような恐《おそ》ろしい罰《ばつ》を想像《そうぞう》していたのだ。

「ブラック教授《きょうじゅ》。私《わたし》たちがほんとうに知《し》りたいのは、誰《だれ》か別《べつ》の人《ひと》が、えーと、剣《つるぎ》を取《と》り出《だ》したことがあるかどうかです。たとえば磨《みが》くためとか――そんなことで？」

目隠《めかく》しを取《と》ろうとじたばたしていたフィニアス・ナイジェラスは、また一瞬《いっしゅん》動《うご》きを止《と》め、ニヤリと笑《わら》った。

「フン、マグル生《う》まれめが――小鬼製《ゴブリンせい》の刀剣《とうけん》・甲冑《かっちゅう》は、磨《みが》く必要《ひつよう》などない。単細胞《たんさいぼう》め。小鬼《ゴブリン》の銀《ぎん》は世俗《せぞく》の汚《よご》れを寄《よ》せつけず、自《みずか》らを強化《きょうか》するもののみを吸収《きゅうしゅう》するのだ」

「ハーマイオニーを単細胞《たんさいぼう》なんて呼《よ》ぶな」ハリーが言《い》った。

「反駁《はんばく》されるのは、もううんざりですな」フィニアス・ナイジェラスが言《い》った。「そろそろホグワーツの校長室《こうちょうしつ》に戻《もど》る潮時《しおどき》ですかな？」

目隠《めかく》しされたまま、フィニアスは絵《え》の縁《ふち》を探《さぐ》りはじめ、手探《てさぐ》りで絵《え》から抜《ぬ》け出《だ》し、ホグワーツの肖像画《しょうぞうが》に戻《もど》ろうとした。ハリーは突然《とつぜん》、ある考《かんが》えがひらめいた。

「ダンブルドアだ！　ダンブルドアを連《つ》れてこられる？」

「何《なん》だって？」フィニアス・ナイジェラスが聞《き》き返《かえ》した。

「ダンブルドア先生《せんせい》の肖像画《しょうぞうが》です――ダンブルドア先生《せんせい》をここに、あなたの肖像画《しょうぞうが》の中《なか》に連《つ》れてこられませんか？」

フィニアス・ナイジェラスは、ハリーの声《こえ》のほうに顔《かお》を向《む》けた。

「どうやら無知《むち》なのは、マグル生《う》まれだけではなさそうだな、ポッター。ホグワーツの肖像画《しょうぞうが》は、お互《たが》いに往《い》き来《き》できるが、城《しろ》の外《そと》に移動《いどう》することはできない。どこかほかにかかっている自分自《じぶんじ》身《しん》の肖像画《しょうぞうが》だけは別《べつ》だ。ダンブルドアは、私《わたし》と一緒《いっしょ》にここに来《く》ることはできない。それに、君《きみ》たちの手《て》でこのような待遇《たいぐう》を受《う》けたからには、私《わたし》がここを訪問《ほうもん》することも二度《にど》とないと思《おも》うがよい！」

ハリーは少《すこ》しがっかりして、絵《え》から出《で》ようとますます躍起《やっき》になっているフィニアスを見《み》つめた。

「ブラック教授《きょうじゅ》」

ハーマイオニーが呼《よ》びかけた。

「お願《ねが》いですから、どうぞ教《おし》えていただけませんか。剣《つるぎ》が最後《さいご》にケースから取《と》り出《だ》されたのは、いつでしょう？　つまり、ジニーが取《と》り出《だ》す前《まえ》ですけど？」

フィニアスはいらいらした様子《ようす》で、鼻息《はないき》も荒《あら》く言《い》った。

「グリフィンドールの剣《つるぎ》が最後《さいご》にケースから出《で》るのを見《み》たのは、たしか、ダンブルドア校長《こうちょう》が指《ゆび》輪《わ》を開《ひら》くために使用《しよう》したときだ」

ハーマイオニーが、くるりとハリーを振《ふ》り向《む》いた。フィニアス・ナイジェラスの前《まえ》で、二人《ふたり》ともそれ以上《いじょう》、何《なに》も言《い》えはしなかった。フィニアスは、ようやく出口《でぐち》を見《み》つけた。

「では、さらばだ」

フィニアスはやや皮肉《ひにく》な捨《す》てゼリフを残《のこ》して、まさに姿《すがた》を消《け》そうとした。まだ見《み》えている帽子《ぼうし》のつばの端《はし》に向《む》かって、ハリーが突然叫《とつぜんさけ》んだ。

「待《ま》って！　スネイプにそのことを話《はな》したんですか？」

フィニアス・ナイジェラスは、目隠《めかく》しされたままの顔《かお》を絵《え》の中《なか》に突《つ》き出《だ》した。

「スネイプ校長《こうちょう》は、アルバス・ダンブルドアの数々《かずかず》の奇行《きこう》なんぞより、もっと大切《たいせつ》な仕事《しごと》で頭《あたま》がいっぱいだ。**ではさらば、**ポッター！」

それを最後《さいご》に、フィニアスの姿《すがた》は完全《かんぜん》に消《き》え、あとにはくすんだ背景《はいけい》だけが残《のこ》された。

「ハリー！」ハーマイオニーが叫《さけ》んだ。

「わかってる！」ハリーも叫《さけ》んだ。

興奮《こうふん》を抑《おさ》えきれず、ハリーは拳《こぶし》で天《てん》を突《つ》いた。これほどの収穫《しゅうかく》があるとは思《おも》わなかった。テントの中《なか》を歩《ある》き回《まわ》りながら、ハリーは今《いま》ならどこまでも走《はし》れるような気《き》がした。空腹《くうふく》さえ感《かん》じていなかった。ハーマイオニーは、フィニアス・ナイジェラスの肖像画《しょうぞうが》をビーズバッグの中《なか》に再《ふたた》び押《お》し込《こ》み、とめ金《がね》をとめてバッグを脇《わき》に投《な》げ出《だ》し、顔《かお》を輝《かがや》かせてハリーを見上《みあ》げた。

「剣《つるぎ》が、分霊箱《ぶんれいばこ》を破壊《はかい》できるんだわ！　小鬼製《ゴブリンせい》の刃《やいば》は、自《みずか》らを強化《きょうか》するものだけを吸収《きゅうしゅう》する――ハリー、あの剣《つるぎ》は、バジリスクの毒《どく》をふくんでいるわ！」

「そして、ダンブルドアが僕《ぼく》に剣《つるぎ》を渡《わた》してくれなかったのは、まだ必要《ひつよう》だったからだ。ロケットに使《つか》うつもりで――」

「――そして、もし遺言《ゆいごん》に書《か》いたら、連中《れんちゅう》があなたに剣《つるぎ》を引《ひ》き渡《わた》さないだろうって、ダンブルドアは知《し》っていたにちがいないわ――」

「――だから偽物《にせもの》を作《つく》った――」

「――そして、ガラスケースに贋作《がんさく》を入《い》れたのね――」

「――それから本物《ほんもの》を――どこだろう？」

二人《ふたり》はじっと見《み》つめ合《あ》った。ハリーは、見《み》えない答《こた》えがそのへんにぶら下《さ》がっているような気《き》がした。身近《みぢか》に、じらすように。ダンブルドアはどうして教《おし》えてくれなかったのだろう？　それとも、実《じつ》は、ハリーが気《き》がつかなかっただけで、すでに話《はな》してくれていたのだろうか？

「考《かんが》えて！」ハーマイオニーがささやいた。「考《かんが》えるのよ！　ダンブルドアが剣《つるぎ》をどこに置《お》いたのか」

「ホグワーツじゃない」ハリーは、また歩《ある》きはじめた。

「ホグズミードのどこかは？」ハーマイオニーがヒントを出《だ》した。

「『叫《さけ》びの屋敷《やしき》』は？」ハリーが言《い》った。「あそこには誰《だれ》も行《い》かないし」

「でも、スネイプが入《はい》り方《かた》を知《し》っているわ。ちょっと危《あぶ》ないんじゃないかしら？」

「ダンブルドアは、スネイプを信用《しんよう》していた」ハリーが、ハーマイオニーに思《おも》い出《だ》させた。

「でも、剣《つるぎ》のすり替《か》えを教《おし》えるほどには、信用《しんよう》してはいなかった」ハーマイオニーが言《い》った。

「うん、それはそうだ！」

そう言《い》いながら、ハリーは、どんなにかすかな疑《うたが》いであれ、ダンブルドアにはスネイプを信用《しんよう》しきっていないところがあったのだと思《おも》うと、ますます元気《げんき》が出《で》てきた。

「じゃあ、ダンブルドアは、ホグズミードから遠《とお》く離《はな》れた所《ところ》に剣《つるぎ》を隠《かく》したんだろうか？　ロン、どう思《おも》う？　ロン？」

ハリーはあたりを見回《みまわ》した。一瞬《いっしゅん》、ロンがテントから出《で》ていってしまったのではないかと思《おも》い、ハリーはとまどった。しかしロンは、二段《にだん》ベッドの下段《げだん》の薄暗《うすくら》がりに、石《いし》のように硬《かた》い表情《ひょうじょう》で横《よこ》たわっていた。

「おや、僕《ぼく》のことを思《おも》い出《だ》したってわけか？」ロンが言《い》った。

「え？」

ロンは上段《じょうだん》のベッドの底《そこ》を見《み》つめながら、フンと鼻《はな》を鳴《な》らした。

「お二人《ふたり》さんでよろしくやってくれ。せっかくのお楽《たの》しみを、じゃましたくないんでね」

あっけに取《と》られて、ハリーはハーマイオニーに目《め》で助《たす》けを求《もと》めたが、ハーマイオニーもハリーと同《おな》じぐらいとほうにくれているらしく、首《くび》を振《ふ》った。

「何《なに》が気《き》に入《い》らないんだ？」

ハリーが聞《き》いた。

「何《なに》が気《き》に入《い》らないって？　別《べつ》に何《なん》にも」

ロンはまだ、ハリーから顔《かお》を背《そむ》けたままだった。

「もっとも、君《きみ》に言《い》わせれば、の話《はなし》だけどね」

テントの天井《てんじょう》にパラパラと水音《みずおと》がした。雨《あめ》が降《ふ》りだしていた。

「いや、君《きみ》はまちがいなく何《なに》かが気《き》に入《い》らない」ハリーが言《い》った。

「はっきり言《い》えよ」

ロンは長《なが》い足《あし》をベッドから投《な》げ出《だ》して、上体《じょうたい》を起《お》こした。ロンらしくない、ひねくれた顔《かお》だ。

「ああ、言《い》ってやる。僕《ぼく》が小躍《こおど》りしてテントの中《なか》を歩《ある》き回《まわ》るなんて、期待《きたい》しないでくれ。なんだい、ろくでもない探《さが》し物《もの》が、また一つ増《ふ》えただけじゃないか。君《きみ》の知《し》らないもののリストに加《くわ》えときゃいいんだ」

「僕《ぼく》が知《し》らない？」ハリーがくり返《かえ》した。「僕《ぼく》が知《し》らないって？」

バラ、バラ、バラ。雨足《あまあし》が強《つよ》くなった。テントの周《まわ》りでは、川岸《かわぎし》に敷《し》き詰《つ》められた落《お》ち葉《ば》を雨《あめ》が打《う》つ音《おと》や、闇《やみ》を流《なが》れる川《かわ》の瀬音《せおと》がしていた。たかぶっていたハリーの心《こころ》に冷水《れいすい》を浴《あ》びせるように、恐怖《きょうふ》が広《ひろ》がった。ロンは、ハリーの想像《そうぞう》していたとおりのことを、そして恐《おそ》れていたとおりのことを考《かんが》えていたのだ。

「ここでの生活《せいかつ》は最高《さいこう》に楽《たの》しいものじゃない、なんて言《い》ってないぜ」ロンが言《い》った。「腕《うで》はめちゃめちゃ、食《く》い物《もの》はなし、毎晩尻《まいばんしり》を冷《ひ》やして見張《みは》り、てな具合《ぐあい》のお楽《たの》しみだしな。ただ僕《ぼく》は、数週間《すうしゅうかん》かけずり回《まわ》った末《すえ》には、まあ、少《すこ》しは何《なに》か達成《たっせい》できてるんじゃないかって、そう思《おも》ってたんだ」

「ロン」

ハーマイオニーが蚊《か》の鳴《な》くような声《こえ》で言《い》ったが、ロンは、今《いま》やテントにたたきつけるような大《おお》きな雨《あめ》の音《おと》にかこつけて、聞《き》こえないふりをした。

「僕《ぼく》は、君《きみ》が何《なに》に志願《しがん》したのかわかっている、と思《おも》っていた」ハリーが言《い》った。

「ああ、僕《ぼく》もそう思《おも》ってた」

「それじゃ、どこが君《きみ》の期待《きたい》どおりじゃないって言《い》うんだ？」

怒《いか》りのせいで、ハリーは反撃《はんげき》に出《で》た。

「五つ星《ぼし》の高級《こうきゅう》ホテルに泊《と》まれるとでも思《おも》ったのか？　一日《にち》おきに分霊箱《ぶんれいばこ》が見《み》つかるとでも？　クリスマスまでにはママの所《ところ》に戻《もど》れると思《おも》っていたのか？」

「僕《ぼく》たちは、君《きみ》が何《なに》もかも納得《なっとく》ずくで事《こと》に当《あ》たっていると思《おも》ってた！」

ロンは立《た》ち上《あ》がってどなった。その言葉《ことば》は焼《や》けたナイフのようにハリーを貫《つらぬ》いた。

「僕《ぼく》たちは、ダンブルドアが君《きみ》のやるべきことを教《おし》えてると思《おも》っていた！　君《きみ》には、ちゃんとした計画《けいかく》があると思《おも》ったよ！」

「ロン！」

今度《こんど》のハーマイオニーの声は、テントの天井《てんじょう》に激《はげ》しく打《う》ちつける雨《あめ》の音《おと》よりもはっきりと聞《き》こえたが、ロンはそれも無視《むし》した。

「そうか。失望《しつぼう》させてすまなかったな」

心《こころ》はうつろで自信《じしん》もなかったが、ハリーは落《お》ち着《つ》いた声《こえ》で言《い》った。

「僕《ぼく》は、はじめからはっきり言《い》ったはずだ。ダンブルドアが話《はな》してくれたことは、全部《ぜんぶ》君《きみ》たちに話《はな》したし、忘《わす》れてるなら言《い》うけど、分霊箱《ぶんれいばこ》を一つ探《さが》し出《だ》した――」

「ああ、しかも、それを破壊《はかい》する可能性《かのうせい》は、ほかの分霊箱《ぶんれいばこ》を見《み》つける可能性《かのうせい》と同《おな》じぐらいさ――つまり、まーったく可能性《かのうせい》なし！」

「ロン、ロケットをはずしてちょうだい」

ハーマイオニーの声《こえ》は、いつになく上《うわ》ずっていた。

「お願《ねが》いだから、はずして。一日中《いちにちじゅう》それを身《み》につけていなかったら、そんな言《い》い方《かた》はしないはずよ」

「いや、そんな言《い》い方《かた》をしただろうな」

ハリーは、ロンのために言《い》い訳《わけ》などしてほしくなかった。

「僕《ぼく》のいない所《ところ》で二人《ふたり》でヒソヒソ話《ばなし》をしていたことに、僕《ぼく》が気《き》づかないと思《おも》っていたのか？　君《きみ》たちがそんなふうに考《かんが》えていることに、僕《ぼく》が気《き》づかないとでも思《おも》ったのか？」

「ハリー、私《わたし》たちそんなこと——」

「うそつけ！」ロンがハーマイオニーをどなりつけた。「君《きみ》だってそう言《い》ったじゃないか。失望《しつぼう》したって。ハリーはもう少《すこ》しわけがわかってると思《おも》ったって——」

「そんな言《い》い方《かた》はしなかったわ——ハリー、ちがうわ！」ハーマイオニーが叫《さけ》んだ。

雨《あめ》は激《はげ》しくテントを打《う》ち、涙《なみだ》がハーマイオニーのほおを流《なが》れ落《お》ちた。ほんの数分前《すうふんまえ》の興奮《こうふん》は、一瞬《いっしゅん》燃《も》え上《あ》がっては消《き》えるはかない花火《はなび》のように跡形《あとかた》もなく消《き》え去《さ》り、残《のこ》された暗闇《くらやみ》が冷《つめ》たくぬれそぼっていた。グリフィンドールの剣《つるぎ》は、どことも知《し》れず隠《かく》されている。そして、テントの中《なか》の、まだ十代《だい》の三人《にん》がこれまでにやりとげたことと言《い》えば、まだ、死《し》んでいないということだけだった。

「それじゃ、どうしてまだここにいるんだ？」ハリーがロンに言《い》った。

「さっぱりわからないよ」ロンが言《い》った。

「なら、家《いえ》に帰《かえ》れよ」ハリーが言《い》った。

「ああ、そうするかもな！」

大声《おおごえ》でそう言《い》うなり、ロンは二、三歩《ぽ》ハリーに近寄《ちかよ》った。ハリーは動《うご》かなかった。

妹《いもうと》のことをあの人《ひと》たちがどう話《はな》していたか、聞《き》いたか？　ところが、君《きみ》ときたら、洟《はな》も引《ひ》っかけなかった。たかが『禁《きん》じられた森《もり》』じゃないかだって？『僕《ぼく》はもっと大変《たいへん》な目《め》にあっている』とおっしゃる。ハリー・ポッター様《さま》は、森《もり》で妹《いもうと》に何《なに》が起《お》ころうと気《き》にしないんだ。ああ、僕《ぼく》なら気《き》にするね。巨大蜘蛛《きょだいぐも》だとか、まともじゃないものだとか――」

「僕《ぼく》はただ――ジニーはほかの二人《ふたり》と一緒《いっしょ》だったし、ハグリッドも一緒《いっしょ》で――」

「――ああ、わかったよ。君《きみ》は心配《しんぱい》してない！　それにジニー以外《いがい》の家族《かぞく》はどうなんだ？『ウィーズリー家《け》の子供《こども》たちが、これ以上傷《いじょうきず》つけられるのはごめんだよ』って、聞《き》いたか？」

「ああ、僕《ぼく》――」

「でも、それがどういう意味《いみ》かなんて、気《き》にしないんだろ？」

「ロン！」

ハーマイオニーは二人《ふたり》の間《あいだ》に割《わ》って入《はい》った。

「何《なに》も新《あたら》しい事件《じけん》があったという意味《いみ》じゃないと思《おも》うわ。私《わたし》たちの知《し》らないことが起《お》こったわけじゃないのよ。ロン、よく考《かんが》えて。ビルはとうに傷《きず》ついているし、ジョージが片耳《かたみみ》を失《うしな》ったことは、今《いま》ではいろいろな人《ひと》に知《し》れ渡《わた》っているわ。それにあなたは、黒斑病《こくはんびょう》で死《し》にそうだということになっているし。あの人《ひと》が言《い》ってたのは、きっとそれだけのことなのよ――」

「へえ、たいした自信《じしん》があるんだな？　いいさ、じゃあ、僕《ぼく》は家族《かぞく》のことなんか気《き》にしないよ。君《きみ》たち二人《ふたり》はいいよな。両親《りょうしん》が安全《あんぜん》な所《ところ》にいてさ――」

「僕《ぼく》の両親《りょうしん》は、**死《し》んでるんだ！**」ハリーは大声《おおごえ》を出《だ》した。

「僕《ぼく》の両親《りょうしん》も、同《おな》じ道《みち》をたどっているかもしれないんだ！」ロンも叫《さけ》んだ。

「なら、**行《い》けよ！**」

ハリーがどなった。

「みんなの所《ところ》に帰《かえ》れ。黒斑病《こくはんびょう》が治《なお》ったふりをしろよ。そしたらママがお腹《なか》いっぱい食《た》べさせてくれて、そして――」

ロンが突然《とつぜん》動《うご》いた。ハリーも反応《はんのう》した。しかし二人《ふたり》の杖《つえ》がポケットから出《で》る前《まえ》に、ハーマイオニーが杖《つえ》を上《あ》げていた。

「プロテゴ！　**護《まも》れ！**」

見《み》えない盾《たて》が広《ひろ》がり、片側《かたがわ》にハリーとハーマイオニー、反対側《はんたいがわ》にロン、と二分《にぶん》した。呪文《じゅもん》の力《ちから》で、双方《そうほう》が数歩《すうほ》ずつあとずさりした。ハリーとロンは、透明《とうめい》な障壁《しょうへき》の両側《りょうがわ》で、初《はじ》めて互《たが》いをはっきり見《み》るかのようににらみ合《あ》った。ロンに対《たい》する憎《にく》しみが、ハリーの心《こころ》をじわじわとむしばんだ。二人《ふたり》の間《あいだ》で何《なに》かが切《き》れた。

「分霊箱《ぶんれいばこ》を、置《お》いていけよ」ハリーが言《い》った。

ロンは鎖《くさり》を首《くび》からぐいとはずし、そばにあった椅子《いす》にロケットを投《な》げ捨《す》てた。

「君《きみ》はどうする？」

ロンがハーマイオニーに向《む》かって言《い》った。

「どうするって？」

「残《のこ》るのか、どうなんだ？」

「私《わたし》……」

ハーマイオニーは苦《くる》しんでいた。

「ええ――私《わたし》、ええ、残《のこ》るわ。ロン、私《わたし》たち、ハリーと一緒《いっしょ》に行《い》くと言《い》ったわ。助《たす》けるんだって、そう言《い》ったわ――」

「そうか。君《きみ》はハリーを選《えら》んだんだ」

「ロン、ちがうわ――お願《ねが》い――戻《もど》ってちょうだい。戻《もど》って！」

ハーマイオニーは、自分《じぶん》の「盾《たて》の呪文《じゅもん》」にはばまれた。障壁《しょうへき》を取《と》りはずしたときには、ロンはもう、夜《よる》の闇《やみ》に荒々《あらあら》しく飛《と》び出《だ》していったあとだった。ハリーはだまったまま、身動《みうご》きもせず立《た》ち尽《つ》くし、ハーマイオニーが泣《な》きじゃくりながら木立《こだち》の中《なか》からロンの名前《なまえ》を呼《よ》び続《つづ》ける声《こえ》を聞《き》いていた。

しばらくして、ハーマイオニーが戻《もど》ってきた。ぐっしょりぬれた髪《かみ》が、顔《かお》に張《は》りついている。

「い――行《い》って――行《い》ってしまったわ！『姿《すがた》くらまし』して！」

ハーマイオニーは椅子《いす》に身《み》を投《な》げ出《だ》し、身《み》を縮《ちぢ》めて泣《な》きだした。

ハリーは何《なに》も考《かんが》えられなかった。かがんで分霊箱《ぶんれいばこ》を拾《ひろ》い上《あ》げ、首《くび》にかけると、ロンのベッドから毛布《もうふ》を引《ひ》っ張《ぱ》り出《だ》して、ハーマイオニーに着《き》せかけた。それから自分《じぶん》のベッドに登《のぼ》り、テントの暗《くら》い天井《てんじょう》を見《み》つめながら、激《はげ》しく打《う》ちつける雨《あめ》の音《おと》を聞《き》いた。

第《だい》16章《しょう》　ゴドリックの谷《たに》

次《つぎ》の朝目覚《あさめざ》めたハリーは、一瞬《いっしゅん》何《なに》が起《お》きたのか思《おも》い出《だ》せなかった。そのあとで、子供《こども》じみた考《かんが》えではあったが、すべてが夢《ゆめ》ならいいのにと思《おも》った。ロンはまだそこにいる、いなくなったわけではない、と思《おも》いたかった。しかし、枕《まくら》の上《うえ》で首《くび》をひねると、からっぽのロンのベッドが目《め》に入《はい》った。空《から》のベッドはまるで屍《しかばね》のように目《め》を引《ひ》きつけた。ハリーはロンのベッドを見《み》ないようにしながら、上段《じょうだん》のベッドから飛《と》び降《お》りた。ハーマイオニーはもう台所《だいどころ》で忙《いそが》しく働《はたら》いていたが、「おはよう」の挨拶《あいさつ》もなく、ハリーがそばを通《とお》ると急《いそ》いで顔《かお》を背《そむ》けた。

ロンは行《い》ってしまった――ハリーは自分《じぶん》に言《い》い聞《き》かせた。行《い》ってしまったんだ。顔《かお》を洗《あら》い、服《ふく》を着《き》る間《あいだ》も、反芻《はんすう》すればショックがやわらぐかのように、ハリーはそのことばかりを考《かんが》えていた。ロンは行《い》ってしまった。もう戻《もど》ってはこない――保護呪文《ほごじゅもん》がかかっているということは、この場所《ばしょ》をいったん引《ひ》き払《はら》ってしまえば、ロンは二度《にど》と二人《ふたり》を見《み》つけることはできないということだ。その単純《たんじゅん》な事実《じじつ》を、ハリーは知《し》っている。

ハリーとハーマイオニーは、だまって朝食《ちょうしょく》をとった。ハーマイオニーは泣《な》き腫《は》らした赤《あか》い目《め》をしていた。眠《ねむ》れなかったようだ。二人《ふたり》は荷造《にづく》りをしたが、ハーマイオニーはのろのろとしていた。ハーマイオニーがこの川岸《かわぎし》にいる時間《じかん》を引《ひ》き延《の》ばしたい理由《りゆう》が、ハリーにはわかっていた。何度《なんど》か期待《きたい》を込《こ》めて目《め》を上《あ》げるハーマイオニーを見《み》て、ハリーは、この激《はげ》しい雨《あめ》の中《なか》でロンの足音《あしおと》を聞《き》いたような気《き》がしたのだろうと思《おも》った。しかし、木立《こだち》の間《あいだ》から赤毛《あかげ》の姿《すがた》が現《あらわ》れる様子《ようす》はなかった。ハリーもハーマイオニーに釣《つ》られてあたりを見回《みまわ》したが――ハリー自身《じしん》も、かすかな希望《きぼう》を捨《す》てられなかった――雨《あめ》にぬれそぼつ木立《こだち》以外《いがい》には何《なに》も見《み》えなかった。そしてそのたびに、ハリーの胸《むね》の中《なか》で、小《ちい》さな怒《いか》りの塊《かたまり》が爆発《ばくはつ》するのだった。

君《きみ》が、何《なに》もかも納得《なっとく》ずくで事《こと》に当《あ》たっていると思《おも》ってた！――そう言《い》うロンの声《こえ》が聞《き》こえた。みずおちがしぼられるような思《おも》いで、ハリーは再《ふたた》び荷造《にづく》りを始《はじ》めた。

そばを流《なが》れるにごった川《かわ》は急速《きゅうそく》に水嵩《みずかさ》を増《ま》し、今《いま》にも川岸《かわぎし》にあふれ出《だ》しそうだった。二人《ふたり》は、いつもなら野宿《のじゅく》を引《ひ》き払《はら》っていたであろう時間《じかん》より、ゆうに一時間《じかん》はぐずぐずしていた。ビーズバッグを三度《ど》も完全《かんぜん》に詰《つ》めなおしたあとで、ハーマイオニーはとうとうそれ以上《いじょう》長居《ながい》をする理《り》由《ゆう》が見《み》つからなくなったようだった。二人《ふたり》はしっかり手《て》を握《にぎ》り合《あ》って「姿《すがた》くらまし」し、ヒースのしげる荒涼《こうりょう》とした丘《おか》の斜面《しゃめん》に現《あらわ》れた。

到着《とうちゃく》するなり、ハーマイオニーは手《て》をほどいてハリーから離《はな》れ、大《おお》きな岩《いわ》に腰《こし》を下《お》ろしてしまった。ひざに顔《かお》をうずめて身《み》を震《ふる》わせているハーマイオニーを見《み》れば、泣《な》いているのがわかる。そばに行《い》ってなぐさめるべきだと思《おも》いながらも、何《なに》かがハリーをその場《ば》にくぎづけにしていた。体《からだ》の中《なか》の何《なに》もかもが、冷《つめ》たく、張《は》りつめていた。ロンの軽蔑《けいべつ》したような表情《ひょうじょう》が、またしてもハリーの脳裏《のうり》に浮《う》かんだ。ハリーはヒースの中《なか》を大股《おおまた》で歩《ある》きながら、打《う》ちひしがれているハーマイオニーを中心《ちゅうしん》に大《おお》きな円《えん》を描《えが》き、いつもハーマイオニーが安全《あんぜん》のためにかけている保護呪文《ほごじゅもん》を施《ほどこ》した。

それから数日《すうじつ》の間《あいだ》、二人《ふたり》はロンのことをまったく話題《わだい》にしなかった。ハリーは、ロンの名前《なまえ》を二度《にど》と口《くち》にすまいと心《こころ》に誓《ちか》っていたし、ハーマイオニーは、この問題《もんだい》を追及《ついきゅう》してもむだだとわかっているようだった。しかし、夜《よる》になると、ときどきハリーが寝《ね》ているはずの時間《じかん》に、ハーマイオニーが泣《な》いているのが聞《き》こえた。一方《いっぽう》ハリーは、「忍《しの》びの地図《ちず》」を取《と》り出《だ》して杖灯《つえあか》りで調《しら》べるようになった。ロンの名前《なまえ》が記《しる》された点《てん》が、ホグワーツの廊下《ろうか》に戻《もど》ってくる瞬間《しゅんかん》を待《ま》っていたのだ。現《あらわ》れれば、純血《じゅんけつ》という身分《みぶん》に守《まも》られて、ぬくぬくとした城《しろ》に戻《もど》ったという証拠《しょうこ》だ。しかし、ロンは地図《ちず》に現《あらわ》れなかった。しばらくすると、ハリーは、女子寮《じょしりょう》のジニーの名前《なまえ》を見《み》つめるためだけに、地図《ちず》を取《と》り出《だ》している自分《じぶん》に気《き》がついた。これだけ強烈《きょうれつ》に見《み》つめれば、もしかしたらジニーの夢《ゆめ》に入《はい》り込《こ》むことができるのではないか、自分《じぶん》がジニーのことを思《おも》い、無事《ぶじ》を祈《いの》っていることが、何《なん》とかジニーに通《つう》じるのではないだろうか、と思《おも》った。

昼《ひる》の間《あいだ》は、グリフィンドールの剣《つるぎ》のありそうな場所《ばしょ》はどこかと、二人《ふたり》で必死《ひっし》に考《かんが》えた。しかし、ダンブルドアが隠《かく》しそうな場所《ばしょ》を話《はな》し合《あ》えば話《はな》し合《あ》うほど、二人《ふたり》の推理《すいり》はますます絶望的《ぜつぼうてき》になり、ありそうもない方向《ほうこう》に流《なが》れた。ハリーがどんなに脳《のう》みそをしぼっても、ダンブルドアが何《なに》か隠《かく》す場所《ばしょ》を口《くち》にしたという記憶《きおく》はなかった。ときどき、ハリーは、ダンブルドアとロンのどちらに、より腹《はら》を立《た》てているのかわからなくなるときがあった。

——僕《ぼく》たちは、君《きみ》が何《なに》もかも納得《なっとく》ずくで事《こと》に当《あ》たっていると思《おも》ってた！……僕《ぼく》たちは、ダンブルドアが君《きみ》のやるべきことを教《おし》えてると思《おも》っていた！……君《きみ》には、ちゃんとした計画《けいかく》があると思《おも》ったよ！——

ロンの言《い》ったことは正《ただ》しい。ハリーは、その事実《じじつ》から目《め》を背《そむ》けることができなかった。ダンブルドアは事実上《じじつじょう》、ハリーに何《なに》も遺《のこ》していかなかった。分霊箱《ぶんれいばこ》の一つは探《さが》し出《だ》したが、破壊《はかい》する方《ほう》法《ほう》はなかった。ほかの分霊箱《ぶんれいばこ》が手《て》に入《はい》らないという状況《じょうきょう》は、はじめからまったく変《か》わっていない。ハリーは絶望《ぜつぼう》に飲《の》み込《こ》まれてしまいそうだった。こんなあてどない無意味《むいみ》な旅《たび》に同行《どうこう》するという友人《ゆうじん》の申《もう》し出《で》を受《う》け入《い》れた自分《じぶん》は、身《み》のほど知《し》らずだった。ハリーは、今《いま》さらながらに動揺《どうよう》した。

自分《じぶん》は何《なに》も知《し》らない。何《なん》の考《かんが》えも持《も》っていないのだ。ハーマイオニーもまた、いや気《け》がさしてハリーから離《はな》れると言《い》いだすのではないかと、ハリーはそんな気配《けはい》を見落《みお》とさないよう、いつも痛《いた》いほど張《は》りつめていた。

いく晩《ばん》も、二人《ふたり》はほとんど無言《むごん》で過《す》ごした。ハーマイオニーは、ロンが去《さ》ったあとの大《おお》きな穴《あな》を埋《う》めようとするかのように、フィニアス・ナイジェラスの肖像画《しょうぞうが》を取《と》り出《だ》して椅子《いす》に立《た》てかけた。二度《にど》と来《こ》ないとの宣言《せんげん》にもかかわらず、フィニアスはハリーの目的《もくてき》をうかがい知《し》る機会《きかい》の誘《ゆう》惑《わく》に負《ま》けたようで、数日《すうじつ》おきに目隠《めかく》しつきで現《あらわ》れることに同意《どうい》した。ハリーは、フィニアスでさえ会《あ》えてうれしかった。傲慢《ごうまん》で人《ひと》を嘲《あざけ》るタイプではあっても、話《はな》し相手《あいて》にはちがいない。ホグワーツで起《お》こっていることなら、どんなニュースでも二人《ふたり》にとっては歓迎《かんげい》だった。もっともフィニアス・ナイジェラスは、理想的《りそうてき》な情報屋《じょうほうや》とは言《い》えなかった。フィニアスは、自分《じぶん》が学校《がっこう》を牛《ぎゅう》耳《じ》って以来《いらい》のスリザリン出身《しゅっしん》の校長《こうちょう》を崇《あが》めていたので、スネイプを批判《ひはん》したり、校長《こうちょう》に関《かん》する生《なま》意気《いき》な質問《しつもん》をしたりしないように気《き》をつけないと、たちまち肖像画《しょうぞうが》から姿《すがた》を消《け》してしまうのだった。

とはいえ、ある程度《ていど》の断片的《だんぺんてき》なニュースはもらしてくれた。スネイプは、強硬派《きょうこうは》の学生《がくせい》による小規模《しょうきぼ》の反乱《はんらん》に、絶《た》えず悩《なや》まされているようだった。ジニーはホグズミード行《い》きを禁《きん》じられていた。また、スネイプは、アンブリッジ時代《じだい》の古《ふる》い教育令《きょういくれい》である学生集会禁止令《がくせいしゅうかいきんしれい》を復活《ふっかつ》させ、三人以上《にんいじょう》の集会《しゅうかい》や非公式《ひこうしき》の生徒《せいと》の組織《そしき》を禁《きん》じていた。

こうしたことから、ハリーは、ジニーがたぶんネビルとルーナと一緒《いっしょ》になって、ダンブルドア軍団《ぐんだん》を継続《けいぞく》する努力《どりょく》をしているのだろうと推測《すいそく》した。こんなわずかなニュースでも、ハリーは、胃《い》が痛《いた》くなるほどジニーに会《あ》いたくてたまらなくなった。

しかし同時《どうじ》に、ロンやダンブルドアのことも考《かんが》えてしまったし、ホグワーツそのものを、ガールフレンドだったジニーと同《おな》じぐらい恋《こい》しく思《おも》った。フィニアス・ナイジェラスがスネイプによる弾圧《だんあつ》の話《はなし》をしたときなど、一瞬我《いっしゅんわれ》を忘《わす》れ、学校《がっこう》に戻《もど》ってスネイプ体制揺《たいせいゆ》さぶりの運動《うんどう》に加《くわ》わろうと、本気《ほんき》でそう思《おも》ったほどだった。食《た》べ物《もの》ややわらかなベッドがあり、自分以外《じぶんいがい》の誰《だれ》かが指《し》揮《き》をとっている状況《じょうきょう》は、この時《とき》のハリーにとって、この上《うえ》なくすばらしいものに思《おも》われた。しかし、自分《じぶん》が「問題分子《もんだいぶんし》ナンバーワン」であることや、首《くび》に一万《まん》ガリオンの懸賞金《けんしょうきん》が懸《か》かっていることを思《おも》い出《だ》し、ホグワーツに今《いま》のこのこ戻《もど》るのは、魔法省《まほうしょう》に乗《の》り込《こ》むのと同《おな》じぐらい危険《きけん》だと思《おも》いなおした。

実際《じっさい》にフィニアス・ナイジェラスが、なにげなくハリーとハーマイオニーの居場所《いばしょ》に関《かん》する誘《ゆう》導尋問《どうじんもん》を会話《かいわ》に挟《はさ》むことで、計《はか》らずもその危険性《きけんせい》を浮《う》き彫《ぼ》りにしてくれた。そのたびに、ハーマイオニーは肖像画《しょうぞうが》を乱暴《らんぼう》にビーズバッグに押《お》し込《こ》んだし、フィニアスはと言《い》えば、無礼《ぶれい》な別《わか》れの挨拶《あいさつ》への応酬《おうしゅう》にその後数日《ごすうじつ》は現《あらわ》れないのが常《つね》だった。

季節《きせつ》はだんだん寒《さむ》さを増《ま》してきた。イギリス南部《なんぶ》だけにとどまれるなら、せいぜい霜《しも》くらいが最大《さいだい》の問題《もんだい》だったが、一か所にあまり長《なが》く滞在《たいざい》することはとうていできず、あちらこちらをジグザグに渡《わた》り歩《ある》いたため、二人《ふたり》は大変《たいへん》な目《め》にあった。あるときはみぞれが山腹《さんぷく》に張《は》ったテントを打《う》ち、ある時《とき》は広大《こうだい》な湿原《しつげん》で冷《つめ》たい水《みず》がテントを水浸《みずびた》しにした。また、スコットランドの湖《みずうみ》の真《ま》ん中《なか》にある小島《こじま》では、一夜《いちや》にしてテントの半分《はんぶん》が雪《ゆき》に埋《う》もれた。

居間《いま》の窓《まど》にきらめくクリスマスツリーをちらほら見《み》かけるようになったある晩《ばん》、ハリーは、まだ探《さぐ》っていない唯一《ゆいいつ》の残《のこ》された途《みち》だと思《おも》われる場所《ばしょ》を、もう一度《いちど》提案《ていあん》しようと決心《けっしん》した。「透明《とうめい》マント」に隠《かく》れてスーパーに行《い》ったハーマイオニーのおかげで――出《で》るときに、開《あ》いていたレジの現金入《げんきんい》れに几帳面《きちょうめん》にお金《かね》を置《お》いてきたのだが――いつになく豊《ゆた》かな食事《しょくじ》をしたあとのことだった。スパゲッティミートソースと缶詰《かんづめ》の梨《なし》で満腹《まんぷく》のハーマイオニーは、いつもより説得《せっとく》しやすそうに思《おも》われた。その上《うえ》、用意周到《よういしゅうとう》にも、分霊箱《ぶんれいばこ》を身《み》につけるのを数時間休《すうじかんやす》もうと提案《ていあん》しておいたので、分霊箱《ぶんれいばこ》はハリーの脇《わき》の二段《にだん》ベッドの端《はし》にぶら下《さ》がっていた。

「ハーマイオニー？」

「ん？」

ハーマイオニーは、『吟遊詩人《ぎんゆうしじん》ビードルの物語《ものがたり》』を手《て》に、クッションのへこんだひじかけ椅子《いす》の一つに丸《まる》くなって座《すわ》り込《こ》んでいた。ハリーは、その本《ほん》からこれ以上何《いじょうなに》か得《え》るものがあるのかどうか疑問《ぎもん》だった。もともとがたいして厚《あつ》い本《ほん》ではない。しかしハーマイオニーはまちがいなく、まだ何《なに》かの謎解《なぞと》きをしていた。椅子《いす》のひじに、『スペルマンのすっきり音節《おんせつ》』が開《ひら》いて置《お》いてある。

ハリーは咳払《せきばら》いした。数年前《すうねんまえ》に、まったく同《おな》じ気持《きも》ちになったことを思《おも》い出《だ》した。ダーズリー夫婦《ふうふ》を説得《せっとく》できずに、ホグズミード行《い》きの許可証《きょかしょう》にサインしてもらえなかったにもかかわらず、マクゴナガル先生《せんせい》に許可《きょか》を求《もと》めたときのことだ。

「ハーマイオニー、僕《ぼく》、ずっと考《かんが》えていたんだけど――」

「ハリー、ちょっと手伝《てつだ》ってもらえる？」

どうやらハリーの言《い》ったことを聞《き》いていなかったらしいハーマイオニーが、身《み》を乗《の》り出《だ》して、『吟遊詩人《ぎんゆうしじん》ビードルの物語《ものがたり》』をハリーに差《さ》し出《だ》した。

「この印《しるし》を見《み》て」

ハーマイオニーは、開《ひら》いたページの一番上《いちばんうえ》を指差《ゆびさ》して言《い》った。物語《ものがたり》の題《だい》だと思《おも》われる文字《もじ》の上《うえ》に（ハリーはルーン文字《もじ》が読《よ》めなかったので、題《だい》かどうか自信《じしん》がなかったが）、三角《さんかく》の目《め》のような絵《え》があった。瞳《ひとみ》の真《ま》ん中《なか》に縦線《たてせん》が入《はい》っている。

「ハーマイオニー、僕《ぼく》、古代《こだい》ルーン文字《もじ》の授業《じゅぎょう》を取《と》ってないよ」

「それはわかってるわ。でも、これ、ルーン文字《もじ》じゃないし、スペルマンの音節表《おんせつひょう》にものっていないの。私《わたし》はずっと、目《め》だと思《おも》っていたんだけど、ちがうみたい！　これ、書《か》き加《くわ》えられているわ。ほら、誰《だれ》かがそこに描《か》いたのよ。もともとの本《ほん》にはなかったの。よく考《かんが》えてね。どこかで見《み》たことがない？」

「ううん……ない。あっ、待《ま》って」

ハリーは目《め》を近《ちか》づけた。

「ルーナのパパが、首《くび》から下《さ》げていたのと同《おな》じ印《しるし》じゃないかな？」

「ええ、私《わたし》もそう思《おも》ったの！」

「それじゃ、グリンデルバルドの印《しるし》だ」

ハーマイオニーは、口《くち》をあんぐり開《あ》けてハリーを見《み》つめた。

「**何**《なん》**ですって？**」

「クラムが教《おし》えてくれたんだけど……」

ハリーは、結婚式《けっこんしき》でビクトール・クラムが物語《ものがた》ったことを話《はな》して聞《き》かせた。ハーマイオニーは目《め》を丸《まる》くした。

「グリンデルバルドの印《しるし》ですって？」

ハーマイオニーはハリーから奇妙《きみょう》な印《しるし》へと目《め》を移《うつ》し、再《ふたた》びハリーを見《み》た。

「グリンデルバルドが印《しるし》を持《も》っていたなんて、私《わたし》、初耳《はつみみ》だわ。彼《かれ》に関《かん》するものはいろいろ読《よ》んだけど、どこにもそんなことは書《か》いてなかった」

「でも、今《いま》も言《い》ったけど、あの印《しるし》はダームストラングの壁《かべ》に刻《きざ》まれているもので、グリンデルバルドが刻《きざ》んだって、クラムが言《い》ったんだ」

ハーマイオニーは眉根《まゆね》にしわを寄《よ》せて、また古《ふる》いひじかけ椅子《いす》に身《み》を沈《しず》めた。

「変《へん》だわ。この印《しるし》が闇《やみ》の魔術《まじゅつ》のものなら、子供《こども》の本《ほん》と、どういう関係《かんけい》があるの？」

「うん、変《へん》だな」

ハリーが言《い》った。

「それに、闇《やみ》の印《しるし》なら、スクリムジョールがそうと気《き》づいたはずだ。大臣《だいじん》だったんだから、闇《やみ》のことなんかにくわしいはずだもの」

「そうね……私《わたし》とおんなじに、これが目《め》だと思《おも》ったのかもしれないわ。ほかの物語《ものがたり》にも全部《ぜんぶ》、題《だい》の上《うえ》に小《ちい》さな絵《え》が描《か》いてあるの」

ハーマイオニーは、だまって不思議《ふしぎ》な印《しるし》をじっと眺《なが》め続《つづ》けていた。ハリーはもう一度《いちど》挑戦《ちょうせん》した。

「ハーマイオニー？」

「ん？」

「僕《ぼく》、ずっと考《かんが》えていたんだけど、僕《ぼく》――僕《ぼく》、ゴドリックの谷《たに》に行《い》ってみたい」

ハーマイオニーは顔《かお》を上《あ》げたが、目《め》の焦点《しょうてん》が合《あ》っていなかった。本《ほん》の不思議《ふしぎ》な印《しるし》のことを、まだ考《かんが》えているにちがいない、とハリーは思《おも》った。

「ええ」ハーマイオニーが言《い》った。

「ええ、私《わたし》もずっとそのことを考《かんが》えていたの。私《わたし》たち、そうしなくちゃならないと思《おも》うわ」

「僕《ぼく》の言《い》ったこと、ちゃんと聞《き》いてた？」ハリーが聞《き》いた。

「もちろんよ。あなたはゴドリックの谷《たに》に行《い》きたい。賛成《さんせい》よ。行《い》かなくちゃならないと思《おも》うわ。つまり、可能性《かのうせい》があるなら、あそこ以外《いがい》にありえないと思《おも》うの。危険《きけん》だと思《おも》うわ。でも、考《かんが》えれば考《かんが》えるほど、あそこにありそうな気《き》がするの」

「あの――あそこに**何**《なに》があるって？」ハリーが聞《き》いた。

この質問《しつもん》に、ハーマイオニーは、ハリーの当惑《とうわく》した気持《きも》ちを映《うつ》したような顔《かお》をした。

「何《なに》って、ハリー、剣《つるぎ》よ！　ダンブルドアは、あなたがあそこに帰《かえ》りたくなるとわかっていたにちがいないわ。それに、ゴドリックの谷《たに》は、ゴドリック・グリフィンドールの生《う》まれ故郷《こきょう》だし——」

「えっ？　グリフィンドールって、ゴドリックの谷出身《たにしゅっしん》だったの？」

「ハリー、あなた、『魔法史《まほうし》』の教科書《きょうかしょ》を開《ひら》いたことがあるの？」

「んー」

ハリーは笑顔《えがお》になった。ここ数《すう》か月《げつ》で初《はじ》めて笑《わら》ったような気《き》がした。顔《かお》の筋肉《きんにく》が奇妙《きみょう》にこわばっていた。

「開《ひら》いたかもしれない。つまりさ、買《か》ったときに……一回《かい》だけ……」

「あのね、あの村《むら》は、彼《かれ》の名前《なまえ》を取《と》って命名《めいめい》されたの。そういう結《むす》びつきだっていうことに、あなたが気《き》づいたのかと思《おも》ったのに」ハーマイオニーが言《い》った。

最近《さいきん》のハーマイオニーではなく、昔《むかし》のハーマイオニーに戻《もど》ったような言《い》い方《かた》だった。「図書室《としょしつ》に行《い》かなくちゃ」と宣言《せんげん》するのではないかと、ハリーは半分身がまえた。

「あの村《むら》のことが、『魔法史《まほうし》』に少《すこ》しのっているわ……ちょっと待《ま》って……」

ハーマイオニーはビーズバッグを開《ひら》いて、しばらくガサゴソ探《さが》していたが、やがて古《ふる》い教科書《きょうかしょ》を引《ひ》っ張《ぱ》り出《だ》した。バチルダ・バグショット著《ちょ》の『魔法史《まほうし》』だ。ページをめくっていたハーマイオニーは、お目当《めあ》ての箇所《かしょ》を探《さが》し出《だ》した。

一六八九年《ねん》、国際機密保持法《こくさいきみつほじほう》に署名《しょめい》した後《のち》、魔法族《まほうぞく》は永久《えいきゅう》に姿《すがた》を隠《かく》した。彼《かれ》らが集団《しゅうだん》の中《なか》に自《みずか》らの小《ちい》さな集団《しゅうだん》を形成《けいせい》したのは、おそらく自然《しぜん》なことであった。魔法使《まほうつか》いの家《か》族《ぞく》は、相互《そうご》に支《ささ》え守《まも》り合《あ》うために、多《おお》くは小《ちい》さな村落《そんらく》や集落《しゅうらく》に引《ひ》き寄《よ》せられ、集団《しゅうだん》となって住《す》んだ。コーンウォール州《しゅう》のティンワース、ヨークシャー州《しゅう》のアッパー・フラグリー、南部海岸沿《なんぶかいがんぞ》いのオッタリー・セント・キャッチポールなどが、魔法使《まほうつか》いの住《す》む集《しゅう》落《らく》としてよく知《し》られている。彼《かれ》らは、寛容《かんよう》な、または『錯乱《さくらん》の呪文《じゅもん》』にかけられたマグルたちとともに暮《く》らしてきた。このような魔法使《まほうつか》い混合居住地《こんごうきょじゅうち》として最《もっと》も名高《なだか》いのは、おそらくゴドリックの谷《たに》であろう。英国西部地方《えいこくせいぶちほう》にあるこの村《むら》は、偉大《いだい》な魔法使《まほうつか》い、ゴドリック・グリフィンドールが生《う》まれた所《ところ》であり、魔法界《まほうかい》の金属細工師《きんぞくさいくし》、ボーマン・ライトが最初《さいしょ》の金《きん》のスニッチを鋳《い》た場所《ばしょ》でもある。墓地《ぼち》は古《いにしえ》からの魔法使《まほうつか》いの家族《かぞく》の墓碑《ぼひ》銘《めい》で埋《う》められており、村《むら》の小《ちい》さな教会《きょうかい》にゴーストの話《はなし》が絶《た》えないのも、これでまちがいなく説明《せつめい》がつく。

「あなたのことも、ご両親《りょうしん》のことも書《か》いてないわ」

本《ほん》を閉《と》じながら、ハーマイオニーが言《い》った。

「バグショット教授《きょうじゅ》は十九世紀《せいき》の終《お》わりまでしか書《か》いていないからだわ。でも、わかった？　ゴドリックの谷《たに》、ゴドリック・グリフィンドール、グリフィンドールの剣《つるぎ》。ダンブルドアは、あなたがこのつながりに気《き》づくと期待《きたい》したとは思《おも》わない？」

「ああ、うん……」

ハリーは、ゴドリックの谷《たに》に行《い》く提案《ていあん》をしたときには、剣《つるぎ》のことをまったく考《かんが》えていなかった。しかし、それを打《う》ち明《あ》けたくはなかった。ハリーにとっての村《むら》へのいざないは、両親《りょうしん》の墓《はか》であり、自分《じぶん》がからくも死《し》をまぬかれた家《いえ》や、バチルダ・バグショット自身《じしん》にひかれてのことだった。

「ミュリエルの言《い》ってたこと、覚《おぼ》えてる？」

ハリーはやっと切《き》り出《だ》した。

「誰《だれ》の？」

「ほら」

ハリーは言《い》いよどんだ。ロンの名前《なまえ》を口《くち》にしたくなかったからだ。

「ジニーの大《おお》おばさん。結婚式《けっこんしき》で。君《きみ》の足首《あしくび》がガリガリだって言《い》った人《ひと》だよ」

「ああ」ハーマイオニーが言《い》った。

きわどかった。ハーマイオニーは、ロンの名前《なまえ》が見《み》え隠《かく》れするのに気《き》づいていた。ハリーは先《さき》を急《いそ》いだ。

「その人《ひと》が、バチルダ・バグショットは、まだゴドリックの谷《たに》に住《す》んでいるって言《い》ったんだ」

「バチルダ・バグショットが――」

ハーマイオニーは、『魔法史《まほうし》』の表紙《ひょうし》に型押《かたお》しされている名前《なまえ》を人差《ひとさ》し指《ゆび》でなぞっていた。

「そうね、たぶん――」

ハーマイオニーが突然息《とつぜんいき》をのんだ。あまりの大《おお》げさな驚《おどろ》きように、ハリーは腸《はらわた》が飛《と》び出《だ》しそうになった。ハリーは杖《つえ》を抜《ぬ》くなりテントの入口《いりぐち》を振《ふ》り返《かえ》った。入口《いりぐち》の布《ぬの》を押《お》し開《あ》けている手《て》が見《み》えるのではないかと思《おも》ったのだが、そこには何《なに》もなかった。

「何《なん》だよ？」

ハリーは半《なか》ば怒《いか》り、半《なか》ばホッとしながら言《い》った。

「いったいどうしたっていうんだ？　入口《いりぐち》のジッパーを開《あ》けている死喰《しく》い人《びと》でも見《み》えたのかと

思《おも》ったよ。少《すく》なくとも——」

「ハリー、バチルダが剣《つるぎ》を持《も》っていたら？　ダンブルドアが彼女《かのじょ》に預《あず》けたとしたら？」

ハリーはその可能性《かのうせい》をよく考《かんが》えてみた。バチルダはもう相当《そうとう》の年《とし》のはずだ。ミュリエルによれば、「老《お》いぼれ」ている。ダンブルドアがバチルダに託《たく》して、グリフィンドールの剣《つるぎ》を隠《かく》したという可能性《かのうせい》はあるだろうか？　もしそうだとすれば、ダンブルドアはかなり偶然《ぐうぜん》に賭《か》けたとしか思《おも》えない。剣《つるぎ》を偽物《にせもの》とすり替《か》えたことを、ダンブルドアは一度《いちど》も明《あ》かさなかったし、バチルダと親交《しんこう》があったことすら一言《ひとこと》も言《い》わなかったのだから。しかし、ハリーの一番《いちばん》の願《ねが》いに、ハーマイオニーが驚《おどろ》くほど積極的《せっきょくてき》に賛成《さんせい》している今《いま》は、ハーマイオニー説《せつ》に疑義《ぎぎ》を差《さ》し挟《はさ》むべき時《とき》ではない。

「うん、そうかもしれない！　それじゃ、ゴドリックの谷《たに》に行《い》くね？」

「ええ、でも、ハリー、このことは充分《じゅうぶん》に考《かんが》えないといけないわ」

ハーマイオニーは今《いま》や背筋《せすじ》を正《ただ》していた。再《ふたた》び計画的《けいかくてき》に行動《こうどう》できる見通《みとお》しが立《た》ったことで、ハーマイオニーの気持《きも》ちがハリーと同《おな》じぐらいに奮《ふる》い立《た》ったことが、ハリーにははっきりわかった。

「まずは、『透明《とうめい》マント』をかぶったままで、一緒《いっしょ》に『姿《すがた》くらまし』する練習《れんしゅう》がもっと必要《ひつよう》ね。

Harry Potter 25 YEARS OF MAGIC
ハリー・ポッターと賢者の石
ハリー・ポッターと秘密の部屋
ハリー・ポッターと炎のゴブレット
ハリー・ポッターと炎のゴブレット
ハリー・ポッターと不死鳥の騎士団
ハリー・ポッターと謎のプリンス
ハリー・ポッターと謎のプリンス
ハリー・ポッターと死の秘宝
ハリー・ポッターと死の秘宝
J.K.ローリング
全11巻
好評発売中→
静山社
TM & © 2024 WBEI
Publishing and Theatrical Rights © J.K.R.
WIZARDING WORLD
Harry Potter
日本上陸 25周年
新装版 静山社ペガサス文庫 刊行開始！
J.K.ローリング 作／松岡佑子 訳
静山社

TM & © 2024 WBEI
Publishing and Theatrical Rights © J.K.R.
Harry Potter
25
YEARS OF MAGIC
非売品
Harry Potter
と賢者の石
J.K. ROWLING
朗読 風間杜夫 1
さあ、聴こう!
https://lnk.to/HPDABSZ
© J. K. Rowling/Pottermore Ltd. TM WBEI

それから『目《め》くらまし術《じゅつ》』をかけるほうが安全《あんぜん》でしょうね。それとも、万全《ばんぜん》を期《き》して、ポリジュース薬《やく》を使《つか》うべきだと思《おも》う？　それなら誰《だれ》かの髪《かみ》の毛《け》を取《と》ってこなくちゃ。ハリー、やっぱりそうしたほうがいいと思《おも》うわ。変装《へんそう》は念入《ねんい》りにするに越《こ》したことはないし……」

ハリーはハーマイオニーのしゃべるに任《まか》せて、間《ま》があくとうなずいたり同意《どうい》したりしたが、心《こころ》は会話《かいわ》とは別《べつ》な所《ところ》に飛《と》んでいた。こんなに心《こころ》が躍《おど》るのは、グリンゴッツにある剣《つるぎ》が偽物《にせもの》だとわかったとき以来《いらい》だった。

まもなく故郷《こきょう》に帰《かえ》るのだ。かつて家族《かぞく》がいた場所《ばしょ》に戻《もど》るのだ。ヴォルデモートさえいなければ、ゴドリックの谷《たに》こそ、ハリーが育《そだ》ち、学校《がっこう》の休暇《きゅうか》を過《す》ごす場所《ばしょ》になるはずだった。友達《ともだち》を家《いえ》に招《まね》いたかもしれない……弟《おとうと》や妹《いもうと》もいたかもしれない……十七歳《さい》の誕生日《たんじょうび》に、ケーキを作《つく》ってくれるのは母親《ははおや》だったかもしれない。そういう人生《じんせい》が奪《うば》われてしまった場所《ばしょ》を訪《おとず》れようとしているこのときほど、失《うしな》われてしまった人生《じんせい》が真《しん》に迫《せま》って感《かん》じられたことはなかった。

その夜《よる》、ハーマイオニーがベッドに入《はい》ってしまったあとで、ハリーはビーズバッグからそっと自分《じぶん》のリュックサックを引《ひ》っ張《ぱ》り出《だ》し、ずいぶん前《まえ》にハグリッドからもらったアルバムを取《と》り出《だ》した。この数《すう》か月《げつ》で初《はじ》めて、ハリーは両親《りょうしん》の古《ふる》い写真《しゃしん》をじっくりと眺《なが》めた。ハリーにはもうこれしか遺《のこ》されていない両親《りょうしん》の姿《すがた》が、写真《しゃしん》の中《なか》からハリーに笑《わら》いかけ、手《て》を振《ふ》っていた。

ハリーは翌日《よくじつ》にもゴドリックの谷《たに》に出発《しゅっぱつ》したいくらいだったが、ハーマイオニーの考《かんが》えはちがっていた。両親《りょうしん》の死《し》んだ場所《ばしょ》にハリーが戻《もど》ることを、ヴォルデモートは予想《よそう》しているにちがいないと確信《かくしん》していたハーマイオニーは、二人《ふたり》とも最高《さいこう》の変装《へんそう》ができたという自信《じしん》が持《も》てるまでは出発《しゅっぱつ》はしないと、固《かた》く決《き》めていた。そんなわけで、丸《まる》一週間《しゅうかん》たってから――クリスマスの買《か》い物《もの》をしていた何《なに》も知《し》らないマグルの髪《かみ》の毛《け》をこっそりいただき、「透明《とうめい》マント」をかぶったままで一緒《いっしょ》に「姿《すがた》あらわし」と「姿《すがた》くらまし」が完璧《かんぺき》にできるように練習《れんしゅう》してから――ハーマイオニーはやっと旅《たび》に出《で》ることを承知《しょうち》した。

夜《よる》の闇《やみ》に紛《まぎ》れて村《むら》に「姿《すがた》あらわし」する計画《けいかく》だったので、二人《ふたり》は午後《ごご》も遅《おそ》い時間《じかん》になってから、やっとポリジュース薬《やく》を飲《の》んだ。ハリーははげかかった中年男《ちゅうねんおとこ》のマグルに、そしてハーマイオニーは小柄《こがら》で目立《めだ》たないその妻《つま》に変身《へんしん》した。所持品《しょじひん》のすべてが入《はい》ったビーズバッグは（分霊箱《ぶんれいばこ》だけはハリーが首《くび》からかけたが）、ハーマイオニーがコートの内《うち》ポケットにしまい込《こ》んで、きっちりコートのボタンをかけた。ハリーが「透明《とうめい》マント」を二人《ふたり》にかぶせ、それから一緒《いっしょ》に回転《かいてん》して、またもや息《いき》が詰《つ》まるような暗闇《くらやみ》に入《はい》り込《こ》んだ。

心臓《しんぞう》がのど元《もと》で激《はげ》しく打《う》つのを感《かん》じながら、ハリーは目《め》を開《あ》けた。二人《ふたり》は、雪深《ゆきぶか》い小道《こみち》に手《て》をつないで立《た》っていた。夕暮《ゆうぐ》れのダークブルーの空《そら》には、宵《よい》の星《ほし》がちらほらと弱《よわ》い光《ひかり》を放《はな》ちはじめていた。狭《せま》い小道《こみち》の両側《りょうがわ》に、クリスマス飾《かざ》りを窓辺《まどべ》にキラキラさせた小《ちい》さな家《いえ》が立《た》ち並《なら》んでいる。少《すこ》し先《さき》に金色《きんいろ》に輝《かがや》く街灯《がいとう》が並《なら》び、そこが村《むら》の中心《ちゅうしん》であることを示《しめ》していた。

「こんなに雪《ゆき》が！」

透明《とうめい》マントの下《した》で、ハーマイオニーが小声《こごえ》で言《い》った。

「どうして雪《ゆき》のことを考《かんが》えなかったのかしら？　あれだけ念入《ねんい》りに準備《じゅんび》したのに、雪《ゆき》に足跡《あしあと》が残《のこ》るわ！　消《け》すしかないわね――前《まえ》を歩《ある》いてちょうだい。私《わたし》が消《け》すわ――」

姿《すがた》を隠《かく》したまま足跡《あしあと》を魔法《まほう》で消《け》して歩《ある》くなど、ハリーはそんなパントマイムの馬《うま》のような格好《かっこう》で村《むら》に入《はい》りたくなかった。

「マントを脱《ぬ》ごうよ」

ハリーがそう言《い》うと、ハーマイオニーはおびえた顔《かお》をした。

「大丈夫《だいじょうぶ》だから。僕《ぼく》たちだとはわからない姿《すがた》をしているし、それに周《まわ》りに誰《だれ》もいないよ」

ハリーが「マント」を上着《うわぎ》の下《した》にしまい、二人《ふたり》は「マント」にわずらわされずに歩《ある》いた。何軒《なんげん》もの小《ちい》さな家《いえ》の前《まえ》を通《とお》り過《す》ぎる二人《ふたり》の顔《かお》を、氷《こおり》のように冷《つめ》たい空気《くうき》が刺《さ》した。ジェームズとリリーがかつて暮《く》らした家《いえ》や、バチルダが今《いま》も住《す》む家《いえ》は、こうした家《いえ》の中《なか》のどれかかもしれない。ハリーは一軒一軒《いっけんいっけん》の入口《いりぐち》の扉《とびら》や、雪《ゆき》の積《つ》もった屋根《やね》、ひさしつきの玄関先《げんかんさき》をじっと眺《なが》め、見覚《みおぼ》えのある家《いえ》はないかと探《さが》した。しかし心《こころ》の奥《おく》では、思《おも》い出《だ》すことなどありえないとわかっていた。この村《むら》を永久《えいきゅう》に離《はな》れたとき、ハリーはまだ一歳《さい》になったばかりだった。その上《うえ》、その家《いえ》が見《み》えるかどうかも定《さだ》かではなかった。「忠誠《ちゅうせい》の術《じゅつ》」をかけた者《もの》が死《し》んだ場合《ばあい》はどうなるのか、ハリーは知《し》らなかった。二人《ふたり》の歩《ある》いている小道《こみち》が左《ひだり》に曲《ま》がり、村《むら》の中心《ちゅうしん》の小《ち》さな広場《ひろば》が目《め》の前《まえ》に現《あらわ》れた。

豆電球《まめでんきゅう》の灯《あか》りでぐるりと囲《かこ》まれた広場《ひろば》の真《ま》ん中《なか》に、戦争記念碑《せんそうきねんひ》のようなものが見《み》えた。くたびれた感《かん》じのクリスマスツリーが、その一部《いちぶ》を覆《おお》っている。店《みせ》が数軒《すうけん》、郵便局《ゆうびんきょく》、パブが一軒《けん》、それに小《ち》さな教会《きょうかい》がある。教会《きょうかい》のステンドグラスが、広場《ひろば》のむこう側《がわ》で宝石《ほうせき》のようにまばゆく光《ひか》っていた。

広場《ひろば》の雪《ゆき》は踏《ふ》み固《かた》められ、人々《ひとびと》が一日中《いちにちじゅう》歩《ある》いた所《ところ》は固《かた》くつるつるしていた。目《め》の前《まえ》を行《ゆ》き交《か》う村人《むらびと》の姿《すがた》が、街灯《がいとう》の明《あ》かりでときどき照《て》らし出《だ》された。パブの扉《とびら》が一度《いちど》開《ひら》いて、また閉《し》まり、笑《わら》い声《ごえ》やポップスが一瞬《いっしゅん》だけ流《なが》れ出《だ》した。やがて小《ち》さな教会《きょうかい》からクリスマス・キャロルが聞《き》こえてきた。

「ハリー、今日《きょう》はクリスマスイブだわ！」ハーマイオニーが言《い》った。

「そうだっけ？」

ハリーは日《ひ》にちの感覚《かんかく》を失《うしな》っていた。二人《ふたり》とも、何週間《なんしゅうかん》も新聞《しんぶん》を読《よ》んでいなかった。

「まちがいないわ」

ハーマイオニーが教会《きょうかい》を見《み》つめながら言《い》った。

「お二人《ふたり》は……お二人《ふたり》ともあそこにいらっしゃるんでしょう？　あなたのお父《とう》さまとお母《かあ》さま。あの後《うし》ろに、墓地《ぼち》が見《み》えるわ」

ハリーはぞくりとした。興奮《こうふん》を通《とお》り越《こ》して、恐怖《きょうふ》に近《ちか》かった。これほど近《ちか》づいた今《いま》、ほんとうに見《み》たいのかどうか、ハリーにはわからなくなっていた。ハーマイオニーはおそらく、そんなハリーの気持《きも》ちを察《さっ》したのだろう。ハリーの手《て》を取《と》って、初《はじ》めて先《さき》に立《た》ち、ハリーを引《ひ》っ張《ぱ》った。しかし、ハーマイオニーは、広場《ひろば》の中《なか》ほどで突然《とつぜん》立《た》ち止《ど》まった。

「ハリー、見《み》て！」

ハーマイオニーの指先《ゆびさき》に、戦争記念碑《せんそうきねんひ》があった。二人《ふたり》がそばを通《とお》り過《す》ぎると同時《どうじ》に、記念碑《きねんひ》が様変《さまが》わりしていた。数多《かずおお》くの名前《なまえ》が刻《きざ》まれたオベリスクではなく、三人《にん》の像《ぞう》が建《た》っている。めがねをかけたくしゃくしゃな髪《かみ》の男性《だんせい》、髪《かみ》の長《なが》いやさしく美《うつく》しい顔《かお》の女性《じょせい》、母親《ははおや》の両腕《りょううで》に抱《いだ》かれた男《おと》の子《こ》。それぞれの頭《あたま》に、やわらかな白《しろ》い帽子《ぼうし》のように雪《ゆき》が積《つ》もっている。

ハリーは近寄《ちかよ》って、両親《りょうしん》の顔《かお》をじっと見《み》た。像《ぞう》があるとは思《おも》ってもみなかった……石《いし》に刻《きざ》まれた自分《じぶん》の姿《すがた》を見《み》るのは、不思議《ふしぎ》な気持《きも》ちだった。額《ひたい》に傷痕《きずあと》のない、幸福《こうふく》な赤《あか》ん坊《ぼう》……。

「さあ」

思《おも》う存分眺《ぞんぶんなが》めたあと、ハリーがうながした。二人《ふたり》は再《ふたた》び教会《きょうかい》に向《む》かった。道《みち》を渡《わた》ってから、ハリーは振《ふ》り返《かえ》った。像《ぞう》は再《ふたた》び戦争記念碑《せんそうきねんひ》に戻《もど》っていた。

教会《きょうかい》に近《ちか》づくにつれ、歌声《うたごえ》はだんだん大《おお》きくなった。ホグワーツのことが痛《いた》いほどに思《おも》い出《だ》されて、ハリーは胸《むね》がしめつけられた。甲冑《かっちゅう》に入《はい》り込《こ》んで、クリスマス・キャロルの卑猥《ひわい》な替《か》え歌《うた》を大声《おおごえ》でわめくピーブズ、大広間《おおひろま》の十二本《ほん》のクリスマスツリー、クラッカーから出《で》てきた婦人用《ふじんよう》の帽子《ぼうし》をかぶるダンブルドア、そして手編《てあ》みのセーターを着《き》たロン……。

墓地《ぼち》の入口《いりぐち》には、一人《ひとり》ずつ入《はい》る狭《せま》い小開《こびら》き門《もん》があった。ハーマイオニーがその門《もん》をできるだけそっと開《あ》け、二人《ふたり》はすり抜《ぬ》けるようにして中《なか》に入《はい》った。教会《きょうかい》の扉《とびら》まで続《つづ》くつるつるすべりそうな小道《こみち》の両側《りょうがわ》は、降《ふ》り積《つ》もったままの深《ふか》い雪《ゆき》だ。二人《ふたり》は教会《きょうかい》の建物《たてもの》を回《まわ》り込《こ》むようにして、明《あか》るい窓《まど》の下《した》の影《かげ》を選《えら》び、雪《ゆき》の中《なか》に深《ふか》い溝《みぞ》を刻《きざ》んで進《すす》んだ。

教会《きょうかい》の裏《うら》は雪《ゆき》の毛布《もうふ》に覆《おお》われ、綿帽子《わたぼうし》をかぶった墓石《ぼせき》が何列《なんれつ》も突《つ》き出《で》ていた。青白《あおじろ》く光《ひか》る雪《ゆき》のところどころに、ステンドグラスの灯《あか》りが映《うつ》り、点々《てんてん》と赤《あか》や金色《きんいろ》や緑《みどり》にまばゆく光《ひか》っている。上《うわ》着《ぎ》のポケットにある杖《つえ》をしっかりと握《にぎ》りしめたまま、ハリーは一番手前《いちばんてまえ》の墓《はか》に近《ちか》づいた。

「これ見《み》て、アボット家《け》だ。ハンナの遠《とお》い先祖《せんぞ》かもしれない！」

「声《こえ》を低《ひく》くしてちょうだい」ハーマイオニーが哀願《あいがん》した。

雪《ゆき》に黒《くろ》い溝《みぞ》をうがち、かがみ込《こ》んでは古《ふる》い墓石《ぼせき》に刻《きざ》まれた文字《もじ》を判読《はんどく》しながら、二人《ふたり》はしだいに墓地《ぼち》の奥《おく》へと入《はい》り込《こ》んだ。ときどき闇《やみ》を透《す》かして、誰《だれ》にもつけられていないことをたしかめるのも忘《わす》れなかった。

「ハリー、ここ！」

ハーマイオニーは二列《れつ》後《うし》ろの墓石《ぼせき》の所《ところ》にいた。ハリーは自分《じぶん》の鼓動《こどう》をはっきり感《かん》じながら、雪《ゆき》をかき分《わ》けて戻《もど》った。

「僕《ぼく》の――？」

「ううん。でも見《み》て！」

ハーマイオニーは黒《くろ》い墓石《ぼせき》を指《さ》していた。あちこち苔《こけ》むして凍《こお》りついた御影石《みかげいし》を、ハリーはかがんでのぞき込《こ》んだ。「ケンドラ・ダンブルドア」と読《よ》める。生年《せいねん》と没年《ぼつねん》の少《すこ》し下《した》に、「そして娘《むすめ》のアリアナ」とある。引用文《いんようぶん》も刻《きざ》まれている。


なんじの財宝《たから》のある所《ところ》には、なんじの心《こころ》もあるべしリータ・スキーターもミュリエルも、事実《じじつ》の一部《いちぶ》はとらえていたわけだ。ダンブルドアの家族《かぞく》は紛《まぎ》れもなくここに住《す》み、何人《なんにん》かはここで死《し》んだ。

墓《はか》は、話《はなし》に聞《き》くことよりも、目《ま》の当《あ》たりにするほうがつらかった。ダンブルドアも自分《じぶん》もこの墓地《ぼち》に深《ふか》い絆《きずな》を持《も》っていたのに、そのことをハリーに話《はな》してくれるべきだったのに、二人《ふたり》の絆《きずな》を、ダンブルドアは一度《いちど》たりとも分《わ》かち合《あ》おうとはしなかった。ハリーはどうしてもそう考《かんが》えてしまうのだった。二人《ふたり》でここを訪《おとず》れることもできたのだ。一瞬《いっしゅん》ハリーは、ダンブルドアと一緒《いっしょ》にここに来《く》る場面《ばめん》を想像《そうぞう》した。どんなに強《つよ》い絆《きずな》を感《かん》じられたことか。ハリーにとって、それがどんなに大《おお》きな意味《いみ》を持《も》ったことか。しかしダンブルドアにとっては、両方《りょうほう》の家族《かぞく》が同《おな》じ墓地《ぼち》に並《なら》んで眠《ねむ》っているという事実《じじつ》など、取《と》るに足《た》らない偶然《ぐうぜん》であり、ダンブルドアがハリーにやらせようとした仕事《しごと》とは、おそらく無関係《むかんけい》だったのだろう。

ハーマイオニーは、ハリーを見《み》つめていた。顔《かお》が暗《くら》がりに隠《かく》れていてよかったと、ハリーは思《おも》った。ハリーは、墓石《ぼせき》に刻《きざ》まれた言葉《ことば》をもう一度《いちど》読《よ》んだ。

なんじの財宝《たから》のある所《ところ》には、なんじの心《こころ》もあるべし

ハリーには何《なん》のことか、理解《りかい》できなかった。母親亡《ははおやな》きあとは家長《かちょう》となった、ダンブルドアの選《えら》んだ言葉《ことば》にちがいない。

「先生《せんせい》はほんとうに一度《いちど》もこのことを――？」

ハーマイオニーが口《くち》を開《ひら》いた。

「話《はな》してない」ハリーはぶっきらぼうに答《こた》えた。「もっと探《さが》そう」

そしてハリーは、見《み》なければよかったと思《おも》いながらその場《ば》を離《はな》れた。興奮《こうふん》と戦慄《せんりつ》が入《い》りまじった気持《きも》ちに、恨《うら》みをまじえたくなかった。

「ここ！」

しばらくして、ハーマイオニーが再《ふたた》び暗《くら》がりの中《なか》で叫《さけ》んだ。

「あ、ごめんなさい！　ポッターと書《か》いてあると思《おも》ったの」

ハーマイオニーは、苔《こけ》むして崩《くず》れかけた墓石《ぼせき》をこすっていたが、のぞき込《こ》んで少《すこ》し眉根《まゆね》を寄《よ》せた。

「ハリー、ちょっと戻《もど》ってきて」

ハリーはもう寄《よ》り道《みち》したくはなかったが、しぶしぶ雪《ゆき》の中《なか》を引《ひ》き返《かえ》した。

「何《なに》？」

「これを見て《み》！」

非常《ひじょう》に古《ふる》い墓《はか》だ。風雨《ふうう》にさらされて、ハリーには名前《なまえ》もはっきり読《よ》み取《と》れない。ハーマイオニーは名前《なまえ》の下《した》の印《しるし》を指差《ゆびさ》した。

「ハリー、あの本《ほん》の印《しるし》よ！」

ハーマイオニーの示《しめ》す先《さき》を、ハリーはよくよく見《み》た。石《いし》がすり減《へ》っていて、何《なに》が刻《きざ》まれているのかよくわからない。しかし、ほとんど判読《はんどく》できない名前《なまえ》の下《した》に、三角《さんかく》の印《しるし》らしいものがあった。

「うん……そうかもしれない……」

ハーマイオニーは、杖灯《つえあか》りをつけて、墓石《ぼせき》の名前《なまえ》の所《ところ》に向《む》けた。

「イグ――イグノタス、だと思《おも》うけど……」

「僕《ぼく》は両親《りょうしん》の墓《はか》を探《さが》し続《つづ》ける。いいね？」

ハリーは少《すこ》しとげとげしくそう言《い》うと、古《ふる》い墓《はか》の前《まえ》にかがみ込《こ》んでいるハーマイオニーを置《お》いて、歩《ある》きはじめた。

さっき見《み》たアボットのように、ハリーはときどき、ホグワーツで出会《であ》った名前《なまえ》を見《み》つけた。数《すう》世代《せだい》にわたる同《おな》じ家系《かけい》の墓《はか》もいくつか見《み》つけた。年号《ねんごう》から考《かんが》えて、もうその家系《かけい》は死《し》に絶《た》えたか、または現在《げんざい》の世代《せだい》がゴドリックの谷《たに》から引《ひ》っ越《こ》してしまったと思《おも》われる。どんどん奥《おく》に入《はい》り込《こ》み、まだ新《あたら》しい墓石《ぼせき》を見《み》つけるたびに、不安《ふあん》と期待《きたい》でハリーはドキッとした。

突然《とつぜん》、暗闇《くらやみ》と静寂《せいじゃく》が一段《いちだん》と深《ふか》くなったような気《き》がした。ハリーは、吸魂鬼《きゅうこんき》ではないかと不安《ふあん》にかられてあたりを見回《みまわ》したが、そうではなかった。クリスマス・キャロルを歌《うた》い終《お》わった参列者《さんれつしゃ》が、次々《つぎつぎ》と街《まち》の広場《ひろば》に出《で》ていき、話《はな》し声《ごえ》や騒音《そうおん》が徐々《じょじょ》に消《き》えていったからだった。教会《きょうかい》の中《なか》の誰《だれ》かが、明《あ》かりを消《け》したところだった。

その時《とき》、ハーマイオニーの三度目《どめ》の声《こえ》が、二、三メートル離《はな》れた暗闇《くらやみ》の中《なか》から、鋭《するど》く、はっきりと聞《き》こえた。

「ハリー、ここだわ……ここよ」

声《こえ》の調子《ちょうし》から、ハリーは、今度《こんど》こそ父親《ちちおや》と母親《ははおや》だとわかった。重苦《おもくる》しいもので胸《むね》をふさがれるように感《かん》じながら、ハリーはハーマイオニーのほうへと歩《ある》いた。ダンブルドアが死《し》んだ直後《ちょくご》と同《おな》じ気持《きも》ちだった。ほんとうに心臓《しんぞう》と肺《はい》を押《お》しつぶすような、重《おも》い悲《かな》しみだ。

墓石《ぼせき》は、ケンドラとアリアナの墓《はか》からほんの二列後《れつうし》ろにあった。ダンブルドアの墓《はか》と同《おな》じく白《しろ》い大理石《だいりせき》だ。暗闇《くらやみ》に輝《かがや》くような白《しろ》さのおかげで、墓石《ぼせき》に刻《きざ》まれた文字《もじ》が読《よ》みやすかった。文字《もじ》を読《よ》み取《と》るのに、ひざまずく必要《ひつよう》も間近《まぢか》まで行《い》く必要《ひつよう》もなかった。

ジェームズ・ポッター
一九六〇年《ねん》三月《がつ》二十七日生《にちうまれ》、一九八一年《ねん》十月《がつ》三十一日没《にちぼつ》
リリー・ポッター
一九六〇年《ねん》一月《がつ》三十日生《にちうまれ》、一九八一年《ねん》十月《がつ》三十一日没《にちぼつ》
最後《いやはて》の敵《てき》なる死《し》もまた亡《ほろ》ぼされん

ハリーは、たった一度《いちど》しかその意味《いみ》を理解《りかい》するチャンスがないかのように、ゆっくりと墓碑銘《ぼひめい》を読《よ》み、最後《さいご》の言葉《ことば》は声《こえ》に出《だ》して読《よ》んだ。

「『最後《いやはて》の敵《てき》なる死《し》もまた亡《ほろ》ぼされん』……」

ハリーは恐《おそ》ろしい考《かんが》えが浮《う》かび、恐怖《きょうふ》にかられた。

「これ、死喰《しく》い人《びと》の考《かんが》えじゃないのか？　それがどうしてここに？」

「ハリー、死喰《しく》い人《びと》が死《し》を打《う》ち負《ま》かすというときの意味《いみ》と、これとはちがうわ」

ハーマイオニーの声《こえ》はやさしかった。

「この意味《いみ》は……そうね……死《し》を超《こ》えて生《い》きる。死後《しご》に生《い》きること」

しかし、両親《りょうしん》は生《い》きていない、とハリーは思《おも》った。死《し》んでしまった。空虚《くうきょ》な言葉《ことば》で事実《じじつ》をごまかすことはできない。両親《りょうしん》の遺体《いたい》は、何《なに》も感《かん》じず、何《なに》も知《し》らずに、雪《ゆき》と石《いし》の下《した》に横《よこ》たわってくちはてている。知《し》らず知《し》らずに涙《なみだ》が流《なが》れ、熱《あつ》い涙《なみだ》はほおを伝《つた》ってたちまち凍《こお》った。涙《なみだ》をぬぐってどうなろう？　隠《かく》してどうなろう？　ハリーは涙《なみだ》の流《なが》れるに任《まか》せ、唇《くちびる》を固《かた》く結《むす》んで、足元《あしもと》の深《ふか》い雪《ゆき》を見《み》つめた。この下《した》に、ハリーの目《め》には見《み》えない所《ところ》に、リリーとジェームズの最後《さいご》の姿《すがた》が横《よこ》たわっている。もう骨《ほね》になっているにちがいない。塵《ちり》に帰《かえ》ったかもしれない。生《い》き残《のこ》った息子《むすこ》がこんなに近《ちか》くに立《た》っているというのに——二人《ふたり》の犠牲《ぎせい》のおかげで心臓《しんぞう》はまだ脈打《みゃくう》ち、生《い》きているというのに——この瞬間《しゅんかん》、その息子《むすこ》が、雪《ゆき》の下《した》で二人《ふたり》と一緒《いっしょ》に眠《ねむ》っていたいとまで願《ねが》っているというのに——何《なに》も知《し》らず、無関心《むかんしん》に横《よこ》たわっている。

ハーマイオニーは、またハリーの手《て》を取《と》ってギュッと握《にぎ》った。ハリーは顔《かお》を上《あ》げられなかったが、その手《て》を握《にぎ》り返《かえ》し、刺《さ》すように冷《つめ》たい夜気《やき》を深《ふか》く吸《す》い込《こ》んで気持《きも》ちを落《お》ち着《つ》かせ、立《た》ち直《なお》ろうとした。何《なに》か手向《たむ》ける物《もの》を持《も》ってくるべきだった。今《いま》まで考《かんが》えつかなかった。墓地《ぼち》の草木《くさき》はすべて葉《は》を落《お》とし、凍《こお》っている。しかしハーマイオニーは杖《つえ》を上《あ》げ、空中《くうちゅう》に円《えん》を描《えが》いて、目《め》の前《まえ》にクリスマス・ローズの花輪《はなわ》を咲《さ》かせた。ハリーはそれを取《と》り、両親《りょうしん》の墓《はか》に供《そな》えた。

立《た》ち上《あ》がるとすぐ、ハリーはその場《ば》を去《さ》りたいと思《おも》った。もうこれ以上《いじょう》、ここにいるのはたえられない。ハリーは片腕《かたうで》をハーマイオニーの肩《かた》に回《まわ》し、ハーマイオニーはハリーの腰《こし》に片腕《かたうで》を回《まわ》した。そして二人《ふたり》はだまって雪《ゆき》の中《なか》を歩《ある》き、ダンブルドアの母親《ははおや》と妹《いもうと》の墓《はか》の前《まえ》を通《とお》り過《す》ぎ、明《あ》かりの消《き》えた教会《きょうかい》へ、そしてまだ視界《しかい》には入《はい》っていない出口《でぐち》の小開《こびら》き門《もん》へと向《む》かった。

第《だい》17章《しょう》　バチルダの秘密《ひみつ》

「ハリー、止《と》まって」

「どうかした？」

二人《ふたり》は、まだアボット某《なにがし》の墓《はか》の所《ところ》までしか戻《もど》っていなかった。

「あそこに誰《だれ》かいるわ。私《わたし》たちを見《み》ている。私《わたし》にはわかるのよ。ほら、あそこ、植《う》え込《こ》みのそば」

二人《ふたり》は身《み》を寄《よ》せ合《あ》ってじっと立《た》ち止《ど》まったまま、墓地《ぼち》と外《そと》とを仕切《しき》る黒々《くろぐろ》としたしげみを見《み》つめた。ハリーには何《なに》も見《み》えない。

「ほんとに？」

「何《なに》かが動《うご》くのが見《み》えたの。ほんとよ、見《み》えたわ……」

ハーマイオニーはハリーから離《はな》れて、自分《じぶん》の杖腕《つえうで》を自由《じゆう》にした。

「僕《ぼく》たち、マグルの姿《すがた》なんだよ」ハリーが指摘《してき》した。

「あなたのご両親《りょうしん》の墓《はか》に、花《はな》を手向《たむ》けていたマグルよ！　ハリー、まちがいないわ。誰《だれ》かあそこにいる！」

ハリーは『魔法史《まほうし》』を思《おも》い出《だ》した。墓地《ぼち》にはゴーストが取《と》り憑《つ》いているとか。もしかしたら――？　しかし、その時《とき》、サラサラと音《おと》がして、ハーマイオニーの指差《ゆびさ》す植《う》え込《こ》みから落《お》ちた雪《ゆき》が、小《ちい》さな雪煙《ゆきけむり》を上《あ》げるのが見《み》えた。ゴーストは、雪《ゆき》を動《うご》かすことはできない。

「猫《ねこ》だよ」

一瞬間《いっしゅんま》を置《お》いて、ハリーが言《い》った。

「小鳥《ことり》かもしれない。死喰《しく》い人《びと》だったら、僕《ぼく》たち、もう死《し》んでるさ。でも、ここを出《で》よう。また透明《とうめい》マントをかぶればいい」

墓地《ぼち》から出《で》る途中《とちゅう》、二人《ふたり》は何度《なんど》も後《うし》ろを振《ふ》り返《かえ》った。ハーマイオニーに大丈夫《だいじょうぶ》だと請《う》け合《あ》った時《とき》には強気《つよき》を装《よそお》ってはいたが、ハリーは内心《ないしん》それほど元気《げんき》ではなかった。だから、小開《こびら》き門《もん》からつるつるすべる歩道《ほどう》に出《で》たときには、ホッとした。二人《ふたり》は再《ふたた》び透明《とうめい》マントをかぶった。パブは前《まえ》よりも混《こ》み、中《なか》からは、さっき教会《きょうかい》に近《ちか》づいたときに聞《き》こえていたクリスマス・キャロルを歌《うた》う大勢《おおぜい》の声《こえ》が響《ひび》いてきた。一瞬《いっしゅん》ハリーは、パブに避難《ひなん》しようと言《い》おうかと思《おも》った。しかし、それより早《はや》く、ハーマイオニーが「こっちへ行《い》きましょう」と小声《こごえ》で言《い》いながら、ハリーを暗《くら》い小道《こみち》に引《ひ》っ張《ぱ》り込《こ》んだ。村《むら》に入《はい》ってきたときとは、反対方向《はんたいほうこう》の村《むら》はずれに向《む》かう道《みち》だ。家並《いえな》みが切《き》れる先《さき》で、小道《こみち》が再《ふたた》び田園《でんえん》へと広《ひろ》がっているのが見《み》えた。色《いろ》とりどりの豆電球《まめでんきゅう》が輝《かがや》き、カーテンにクリスマスツリーの影《かげ》が映《うつ》る窓辺《まどべ》をいくつも通《とお》り過《す》ぎて、二人《ふたり》は不自然《ふしぜん》でない程度《ていど》に急《いそ》いで歩《ある》いた。

「バチルダの家《いえ》を、どうやって探《さが》せばいいのかしら？」

小刻《こきざ》みに震《ふる》えながら、ハーマイオニーは何度《なんど》も後《うし》ろを振《ふ》り返《かえ》っていた。

「ハリー、どう思《おも》う？　ねえ、ハリー？」

ハーマイオニーはハリーの腕《うで》を引《ひ》っ張《ぱ》ったが、ハリーは上《うわ》の空《そら》で、家並《いえな》みの一番端《いちばんはし》に建《た》っている黒《くろ》い塊《かたまり》のほうをじっと見《み》つめていた。次《つぎ》の瞬間《しゅんかん》、ハリーは急《きゅう》に足《あし》を速《はや》めた。引《ひ》っ張《ぱ》られたハーマイオニーは、その拍子《ひょうし》に、氷《こおり》に足《あし》を取《と》られた。

「ハリー――」

「見《み》て……ハーマイオニー、あれを見《み》て……」

「あれって……あっ！」

あの家《いえ》が、見《み》えたのだ。「忠誠《ちゅうせい》の術《じゅつ》」は、ジェームズとリリーの死《し》とともに消《き》えたにちがいない。ハグリッドが瓦礫《がれき》の中《なか》からハリーを連《つ》れ出《だ》して以来《いらい》十六年間《ねんかん》、その家《いえ》の生《い》け垣《がき》は伸《の》び放題《ほうだい》になっていた。腰《こし》の高《たか》さまで伸《の》びた雑草《ざっそう》の中《なか》に、瓦礫《がれき》が散《ち》らばっている。家《いえ》の大部分《だいぶぶん》はまだ残《のこ》っていたが、黒《くろ》ずんだ蔦《つた》と雪《ゆき》とに覆《おお》いつくされている。一番上《いちばんうえ》の階《かい》の右側《みぎがわ》だけが吹《ふ》き飛《と》ばされている。ハリーは、きっとそこが、呪《のろ》いの跳《は》ね返《かえ》った場所《ばしょ》だろうと思《おも》った。ハリーとハーマイオニーは門《もん》の前《まえ》にたたずみ、壊《こわ》れた家《いえ》を見《み》つめた。かつては、同《おな》じ並《なら》びに建《た》つ家《いえ》と同《おな》じような家《いえ》だったにちがいない。

「どうして誰《だれ》も建《た》て直《なお》さなかったのかしら？」ハーマイオニーがつぶやいた。

「建《た》て直《なお》せないんじゃないかな？」ハリーが答《こた》えた。「闇《やみ》の魔術《まじゅつ》の傷《きず》と同《おな》じで、元《もと》どおりにはできないんじゃないか？」

ハリーは透明《とうめい》マントの下《した》からそっと手《て》を出《だ》して、雪《ゆき》まみれのさびついた門《もん》を握《にぎ》りしめた。開《あ》けようと思《おも》ったわけではなく、ただ、その家《いえ》のどこかに触《ふ》れたかっただけだった。

「中《なか》には入《はい》らないでしょうね？　安全《あんぜん》そうには見《み》えないわ。もしかしたら――まあ、ハリー、見《み》て！」

ハリーが門《もん》に触《ふ》れたことが引《ひ》き金《がね》になったのだろう。目《め》の前《まえ》のイラクサや雑草《ざっそう》の中《なか》から、けたはずれに成長《せいちょう》の早《はや》い花《はな》のように、木《き》の掲示板《けいじばん》がぐんぐん迫《せ》り上《あ》がってきた。金色《きんいろ》の文字《もじ》で何《なに》か書《か》いてある。

一九八一年《ねん》十月《がつ》三十一日《にち》、この場所《ばしょ》で、リリーとジェームズ・ポッターが命《いのち》を落《お》とした。息子《むすこ》のハリーは「死《し》の呪《のろ》い」を受《う》けて生《い》き残《のこ》った唯一《ゆいいつ》の魔法使《まほうつか》いである。マグルの目《め》には見《み》えないこの家《いえ》は、ポッター家《け》の記念碑《きねんひ》として、さらに、家族《かぞく》を引《ひ》き裂《さ》いた暴力《ぼうりょく》を忘《わす》れないために、廃墟《はいきょ》のまま保存《ほぞん》されている。

整然《せいぜん》と書《か》かれた文字《もじ》の周《まわ》りに、「生《い》き残《のこ》った男《おとこ》の子《こ》」の逃《のが》れた場所《ばしょ》を見《み》ようとやってきた魔女《まじょ》、魔法使《まほうつか》いたちが書《か》き加《くわ》えた落書《らくが》きが残《のこ》っていた。「万年《まんねん》インク」で自分《じぶん》の名前《なまえ》を書《か》いただけの落《らく》書《が》きもあれば、板《いた》にイニシャルを刻《きざ》んだもの、言葉《ことば》を書《か》き残《のこ》したものもある。十六年分《ねんぶん》の魔法落《まほうらく》書《が》きの上《うえ》に一段《いちだん》と輝《かがや》いている真新《まあたら》しい落書《らくが》きは、みな同《おな》じような内容《ないよう》だった。

「ハリー、今《いま》どこにいるかは知《し》らないけれど、幸運《こううん》を祈《いの》る」「ハリー、これを読《よ》んだら、私《わたし》たち、みんな応援《おうえん》しているからね！」「ハリー・ポッターよ、永遠《えいえん》なれ」

「掲示《けいじ》の上《うえ》に書《か》いちゃいけないのに！」ハーマイオニーが憤慨《ふんがい》した。

しかしハリーは、ハーマイオニーにニッコリ笑《わら》いかけた。

「すごい。書《か》いてくれて、僕《ぼく》、うれしいよ。僕《ぼく》……」

ハリーは急《きゅう》にだまった。遠《とお》くの広場《ひろば》のまぶしい明《あ》かりを背《せ》に、防寒着《ぼうかんぎ》を分厚《ぶあつ》く着込《きこ》んだ影絵《かげえ》のような姿《すがた》が、こちらに向《む》かってよろめくように歩《ある》いてくる。見分《みわ》けるのは難《むずか》しかったが、ハリーは女性《じょせい》だろうと思《おも》った。雪道《ゆきみち》ですべるのを恐《おそ》れてのことだろう、ゆっくりと歩《ある》いてくる。でっぷりした体《からだ》で、腰《こし》を曲《ま》げて小刻《こきざ》みに歩《ある》く姿《すがた》から考《かんが》えても、相当《そうとう》な年《とし》だという印象《いんしょう》を受《う》けた。二人《ふたり》は、近《ちか》づいてくる影《かげ》をだまって見《み》つめた。ハリーは、その姿《すがた》が途中《とちゅう》のどこかの家《いえ》に入《はい》るかもしれないと見守《みまも》りつつも、直感的《ちょっかんてき》にそうではないことを感《かん》じていた。その姿《すがた》は、ハリーたちから二、三メートルの所《ところ》でようやく止《と》まり、二人《ふたり》のほうを向《む》いて、凍《こお》りついた道《みち》の真《ま》ん中《なか》にじっとたたずんだ。

この女性《じょせい》がマグルである可能性《かのうせい》は、ほとんどない。ハーマイオニーに腕《うで》をつねられるまでもなかった。魔女《まじょ》でなければまったく見《み》えるはずのないこの家《いえ》を、じっと見《み》つめて立《た》っているのだから。しかし、ほんとうに魔女《まじょ》だとしても、こんな寒《さむ》い夜《よる》に、古《ふる》い廃墟《はいきょ》を見《み》るためだけに出《で》かけてくるとは奇妙《きみょう》な行動《こうどう》だ。しかも、通常《つうじょう》の魔法《まほう》の法則《ほうそく》からすれば、ハーマイオニーとハリーの姿《すがた》はまったく見《み》えないはずだ。にもかかわらず、この魔女《まじょ》には二人《ふたり》がここにいることがわかっているし、二人《ふたり》が誰《だれ》なのかもわかっているという不気味《ぶきみ》さを、ハリーは感《かん》じていた。ハリーがこういう不安《ふあん》な結論《けつろん》に達《たっ》したその時《とき》、魔女《まじょ》は手袋《てぶくろ》をはめた手《て》を上《あ》げて、手招《てまね》きした。

透明《とうめい》マントの下《した》で、ハーマイオニーは、腕《うで》と腕《うで》がぴったりくっつくほどハリーに近《ちか》づいた。

「あの魔女《まじょ》、どうしてわかるのかしら？」

ハリーは首《くび》を横《よこ》に振《ふ》った。魔女《まじょ》はもう一度《いちど》、今度《こんど》はもっと強《つよ》く手招《てまね》きした。呼《よ》ばれても従《したが》わない理由《りゆう》はいくらでも思《おも》いついたが、人気《ひとけ》のない通《とお》りで向《む》かい合《あ》って立《た》っている間《あいだ》に、ハリーの頭《あたま》の中《なか》で、この魔女《まじょ》があの人《ひと》ではないかという思《おも》いが、しだいに強《つよ》くなっていた。この魔女《まじょ》が、何《なん》か月《げつ》もの間《あいだ》、二人《ふたり》を待《ま》っていたということはありうるだろうか？　ダンブルドアが、ハリーは必《かなら》ず来《く》るから待《ま》つようにと言《い》ったのだろうか？　墓地《ぼち》の暗《くら》がりで動《うご》いたのはこの魔女《まじょ》で、ここまでつけてきたという可能性《かのうせい》はないだろうか？　この魔女《まじょ》が二人《ふたり》の存在《そんざい》を感《かん》じることができるという能力《のうりょく》も、ハリーがこれまで遭遇《そうぐう》したことのない、ダンブルドア的《てき》な力《ちから》をにおわせている。

ハリーはついに口《くち》を開《ひら》いた。ハーマイオニーは息《いき》をのんで飛《と》び上《あ》がった。

「あなたはバチルダですか？」

着《き》ぶくれしたその姿《すがた》は、うなずいて再《ふたた》び手招《てまね》きした。

マントの下《した》で、ハリーとハーマイオニーは顔《かお》を見合《みあ》わせた。ハリーがちょっと眉《まゆ》を上《あ》げると、ハーマイオニーは小《ちい》さくおどおどとうなずいた。

二人《ふたり》が魔女《まじょ》のほうに歩《ある》きだすと、魔女《まじょ》はすぐさま背《せ》を向《む》けて、今《いま》しがた歩《ある》いてきた道《みち》をよぼよぼと引《ひ》き返《かえ》した。二人《ふたり》の先《さき》に立《た》って、魔女《まじょ》は何軒《なんけん》かの家《いえ》の前《まえ》を通《とお》り過《す》ぎ、とある門《もん》の中《なか》に入《はい》っていった。二人《ふたり》はあとについて玄関《げんかん》まで歩《ある》いたが、その庭《にわ》はさっきの庭《にわ》と同《おな》じぐらい草《くさ》ぼうぼうだ。魔女《まじょ》は玄関《げんかん》でしばらく鍵《かぎ》をガチャつかせていたが、やがて扉《とびら》を開《あ》け、身《み》を引《ひ》いて二人《ふたり》を先《さき》に通《とお》した。

魔女《まじょ》からはひどい臭《にお》いがした。それともその家《いえ》の臭《にお》いだったかもしれない。二人《ふたり》で魔女《まじょ》の横《よこ》をすり抜《ぬ》け、透明《とうめい》マントを脱《ぬ》ぎながら、ハリーは鼻《はな》にしわを寄《よ》せた。横《よこ》に立《た》ってみると、その魔女《まじょ》がどんなに小《ちい》さいかがよくわかった。年《とし》のせいで腰《こし》が曲《ま》がり、やっとハリーの胸《むね》に届《とど》くぐらいの高《たか》さだった。魔女《まじょ》は玄関扉《げんかんとびら》を閉《し》めた。はげかかったペンキを背景《はいけい》に、魔女《まじょ》のしみの浮《う》き出《で》た青《あお》い指《ゆび》の関節《かんせつ》が見《み》えた。それから魔女《まじょ》は、振《ふ》り向《む》いてハリーの顔《かお》をのぞき込《こ》んだ。その目《め》は白内障《はくないしょう》でにごり、薄《うす》っぺらな皮膚《ひふ》のしわの中《なか》に沈《しず》み込《こ》んでいる。顔全体《かおぜんたい》に切《き》れ切《ぎ》れの静脈《じょうみゃく》や茶色《ちゃいろ》の斑点《はんてん》が浮《う》き出《で》ている。ハリーは、自分《じぶん》の顔《かお》がまったく見《み》えていないのではないかと思《おも》った。見《み》えたとしても、目《め》に映《うつ》るのは、ハリーが姿《すがた》を借《か》りているはげかけのマグルのはずだ。

魔女《まじょ》が虫食《むしく》いだらけの黒《くろ》いショールをはずし、頭皮《とうひ》がはっきり見《み》えるほど薄《うす》くなった白髪頭《しらがあたま》を現《あらわ》すと、老臭《ろうしゅう》やほこりの悪臭《あくしゅう》、汚《よご》れっぱなしの衣服《いふく》とすえた食《た》べ物《もの》の臭《にお》いが一段《いちだん》と強《つよ》くなった。

「バチルダ？」ハリーが、くり返《かえ》して聞《き》いた。

魔女《まじょ》はもう一度《いちど》うなずいた。ハリーは胸元《むなもと》の皮膚《ひふ》に当《あ》たるロケットに気《き》づいた。その中《なか》の、ときどき脈《みゃく》を打《う》つ何《なに》かが、目覚《めざ》めていた。冷《つめ》たい金《きん》のケースを通《とお》して、ハリーはその鼓動《こどう》を感《かん》じた。

・・それはわかっているのだろうか？　感《かん》じているのだろうか？　自分《じぶん》を破壊《はかい》する何《なに》かが近《ちか》づいているということを？

バチルダはぎこちない足取《あしど》りで二人《ふたり》の前《まえ》を通《とお》り過《す》ぎながら、ハーマイオニーなど目《め》に入《はい》らないかのように押《お》しのけた。そして、居間《いま》と思《おぼ》しき部屋《へや》に姿《すがた》を消《け》した。

「ハリー、何《なん》だかおかしいわ」

ハーマイオニーが息《いき》を殺《ころ》して言《い》った。

「あんなに小《ちい》さいじゃないか。いざとなれば、ねじ伏《ふ》せられるよ」

ハリーが言《い》った。

「あのね、君《きみ》に言《い》っておくべきだったけど、バチルダがまともじゃないって、僕《ぼく》は知《し》っていたんだ。ミュリエルは『老《お》いぼれ』って呼《よ》んでいた」

「おいで！」居間《いま》からバチルダが呼《よ》んだ。

ハーマイオニーは飛《と》び上《あ》がって、ハリーの腕《うで》にすがった。

「大丈夫《だいじょうぶ》だよ」

ハリーは元気《げんき》づけるようにそう言《い》うと、先《さき》に居間《いま》に入《はい》った。

バチルダはよろよろと歩《ある》き回《まわ》って、ろうそくに灯《ひ》をともしていた。それでも部屋《へや》は暗《くら》く、言《い》うまでもなくひどく汚《きたな》かった。分厚《ぶあつ》く積《つ》もったほこりが足元《あしもと》でギシギシ音《おと》を立《た》て、じめじめした白《しろ》かびの臭《にお》いの奥《おく》に、ハリーの鼻《はな》はもっとひどい悪臭《あくしゅう》、たとえば肉《にく》のくさったような臭《にお》いをかぎ分《わ》けていた。バチルダがまだ何《なん》とか暮《く》らしているかどうかをたしかめるために、最後《さいご》に誰《だれ》かがこの家《いえ》に入《はい》ったのはいつのことだろうと、ハリーはいぶかった。バチルダは魔法《まほう》を使《つか》えるということさえ忘《わす》れはててしまったようだ。手《て》で不器用《ぶきよう》にろうそくをともしていたし、垂《た》れ下《さ》がったそで口《ぐち》のレースに今《いま》にも火《ひ》が移《うつ》りそうで危険《きけん》だった。

「僕《ぼく》がやります」

ハリーはそう申《もう》し出《で》て、バチルダからマッチを引《ひ》き取《と》った。部屋《へや》のあちこちに置《お》かれた燃《も》えさしのろうそくに火《ひ》をつけて回《まわ》るハリーを、バチルダは突《つ》っ立《た》ったまま見《み》ていた。ろうそくの置《お》かれた皿《さら》は、積《つ》み上《あ》げた本《ほん》の上《うえ》の危《あぶ》なっかしい場所《ばしょ》や、ひび割《わ》れてかびの生《は》えたカップが所狭《ところせま》しと置《お》かれたサイドテーブルの上《うえ》にのっていた。

最後《さいご》の燭台《しょくだい》は、前面《ぜんめん》が丸《まる》みを帯《お》びた整理《せいり》ダンスの上《うえ》で、そこには写真《しゃしん》がたくさん置《お》かれていた。

ろうそくがともされ炎《ほのお》が踊《おど》りだすと、写真立《しゃしんた》てのほこりっぽいガラスや銀《ぎん》の枠《わく》に火影《ほかげ》がゆらめいた。写真《しゃしん》の中《なか》の小《ちい》さな動《うご》きがいくつかハリーの目《め》に入《はい》った。バチルダが暖炉《だんろ》に薪《まき》をくべようとよたよたしている間《あいだ》、ハリーは小声《こごえ》で「テルジオ、ぬぐえ」と唱《とな》えた。写真《しゃしん》のほこりが消《き》えるとすぐに、ハリーは、とりわけ大《おお》きく華《はな》やかな写真立《しゃしんた》てのいくつかから、写真《しゃしん》が五、六枚《まい》なくなっているのに気《き》づいた。バチルダが取《と》り出《だ》したのか、それともほかの誰《だれ》かなのかと、ハリーは考《かんが》えた。その時《とき》、写真《しゃしん》のコレクションの中《なか》の、一番後《いちばんうし》ろの一枚《まい》がハリーの目《め》を引《ひ》いた。ハリーはその写真《しゃしん》をサッと手《て》に取《と》った。

ブロンドの髪《かみ》の、陽気《ようき》な顔《かお》の盗《ぬす》っ人《と》だ。グレゴロビッチの出窓《でまど》に鳥《とり》のように止《と》まっていた若《わか》い男《おとこ》が、銀《ぎん》の写真立《しゃしんた》ての中《なか》から、たいくつそうにハリーに笑《わら》いかけている。とたんにハリーは、以前《いぜん》にどこでこの若者《わかもの》を見《み》たのかを思《おも》い出《だ》した。『アルバス・ダンブルドアの真《ま》っ白《しろ》な人生《じんせい》と真《ま》っ赤《か》なうそ』で、十代《だい》のダンブルドアと腕《うで》を組《く》んでいた。そしてそのリータの本《ほん》に、ここからなくなった写真《しゃしん》がのっているにちがいない。

「ミセス――ミス――バグショット？」

ハリーの声《こえ》はかすかに震《ふる》えていた。

「この人《ひと》は誰《だれ》ですか？」

バチルダは部屋《へや》の真《ま》ん中《なか》に立《た》って、ハーマイオニーがかわりに暖炉《だんろ》の火《ひ》をつけるのを見《み》ていた。

「ミス・バグショット？」

ハリーはくり返《かえ》して呼《よ》びかけた。そして写真《しゃしん》を手《て》にして近《ちか》づいていった。暖炉《だんろ》の火《ひ》がパッと燃《も》え上《あ》がると、バチルダはハリーの声《こえ》のほうを見上《みあ》げた。分霊箱《ぶんれいばこ》の鼓動《こどう》がますます速《はや》まるのが、ハリーの胸《むね》に伝《つた》わってきた。

「この人《ひと》は誰《だれ》ですか？」ハリーは写真《しゃしん》を突《つ》き出《だ》して聞《き》いた。

バチルダはまじめくさって写真《しゃしん》をじっと眺《なが》め、それからハリーを見上《みあ》げた。

「この人《ひと》が誰《だれ》か、知《し》っていますか？」

ハリーはいつもよりずっとゆっくりと、ずっと大《おお》きな声《こえ》で、同《おな》じことをくり返《かえ》した。

「この男《おとこ》ですよ。この人《ひと》を知《し》っていますか？　何《なん》という名前《なまえ》ですか？」

バチルダは、ただぼんやりした表情《ひょうじょう》だった。ハリーはひどく焦《あせ》った。リータ・スキーターは、どうやってバチルダの記憶《きおく》をこじ開《あ》けたのだろう？

「この男《おとこ》は誰《だれ》ですか？」ハリーは大声《おおごえ》でくり返《かえ》した。

「ハリー、あなた、何《なに》をしているの？」ハーマイオニーが聞《き》いた。

「この写真《しゃしん》だよ、ハーマイオニー、あの盗《ぬす》っ人《と》だ。グレゴロビッチから盗《ぬす》んだやつなんだ！　お願《ねが》いです！」

最後《さいご》の言葉《ことば》はバチルダに対《たい》してだった。

「これは誰《だれ》なんですか？」

しかしバチルダは、ハリーを見《み》つめるばかりだった。

「どうして私《わたし》たちに、一緒《いっしょ》に来《く》るようにと言《い》ったのですか？　ミセス――ミス――バグショット？」

ハーマイオニーの声《こえ》も大《おお》きくなった。

「何《なに》か、私《わたし》たちに話《はな》したいことがあったのですか？」

バチルダは、ハーマイオニーの声《こえ》が聞《き》こえた様子《ようす》もなく、ハリーに二、三歩近寄《ぽちかよ》った。そして頭《あたま》をくいっとひねり、玄関《げんかん》ホールを振《ふ》り返《かえ》った。

「帰《かえ》れということですか？」ハリーが聞《き》いた。

バチルダは同《おな》じ動《うご》きをくり返《かえ》したが、今度《こんど》は最初《さいしょ》にハリーを指《さ》し、次《つぎ》に自分《じぶん》を指《さ》して、それから天井《てんじょう》を指《さ》した。

「ああ、そうか……ハーマイオニー、この人《ひと》は僕《ぼく》に、一緒《いっしょ》に二階《かい》に来《こ》いと言《い》ってるらしい」

「いいわ」ハーマイオニーが言《い》った。「行《い》きましょう」

しかし、ハーマイオニーが動《うご》くと、バチルダは驚《おどろ》くほど強《つよ》く首《くび》を横《よこ》に振《ふ》って、もう一度《いちど》最初《さいしょ》にハリーを指《さ》し、次《つぎ》に自分自身《じぶんじしん》を指《さ》した。

「この人《ひと》は、僕一人《ぼくひとり》で来《き》てほしいんだ」

「どうして？」

ハーマイオニーの声《こえ》は、ろうそくに照《て》らされた部屋《へや》にはっきりと鋭《するど》く響《ひび》いた。大《おお》きな音《おと》が聞《き》こえたのか、老魔女《ろうまじょ》はかすかに首《くび》を振《ふ》った。

「ダンブルドアが、剣《つるぎ》を僕《ぼく》に、僕《ぼく》だけに渡《わた》すようにって、そう言《い》ったんじゃないかな？」

「この人《ひと》は、あなたが誰《だれ》なのか、ほんとうにわかっていると思《おも》う？」

「ああ」ハリーは、自分《じぶん》の目《め》を見《み》つめている白濁《はくだく》した目《め》を見下《みお》ろしながら言《い》った。「わかっていると思《おも》うよ」

「まあ、それならいいけど。でもハリー、早《はや》くしてね」

「案内《あんない》してください」ハリーがバチルダに言《い》った。

バチルダは理解《りかい》したらしく、ぎこちない足取《あしど》りでハリーのそばを通《とお》り過《す》ぎ、ドアに向《む》かった。

ハリーはハーマイオニーをちらりと振《ふ》り返《かえ》って、大丈夫《だいじょうぶ》だからとほほ笑《え》んだが、ろうそくに照《て》らされた不潔《ふけつ》な部屋《へや》の真《ま》ん中《なか》で、寒《さむ》そうに両腕《りょううで》を体《からだ》に巻《ま》きつけて本棚《ほんだな》のほうを見《み》ているハーマイオニーに見《み》えたかどうかは定《さだ》かではなかった。部屋《へや》から出《で》るとき、ハリーは、ハーマイオニーにもバチルダにも気《き》づかれないように、正体不明《しょうたいふめい》の盗《ぬす》っ人《と》の写真《しゃしん》が入《はい》った銀《ぎん》の写真立《しゃしんた》てを、上着《うわぎ》の内側《うちがわ》にすべり込《こ》ませた。

階段《かいだん》は狭《せま》く、急《きゅう》で、バチルダが今《いま》にも落《お》ちてきそうだった。ハリーは、自分《じぶん》の上《うえ》に仰向《あおむ》けに落《お》ちてこないように、太《ふと》った尻《しり》を両手《りょうて》で支《ささ》えてやろうかと半《なか》ば本気《ほんき》でそう思《おも》った。バチルダは少《すこ》しあえぎながら、ゆっくりと二階《かい》の踊《おど》り場《ば》まで上《のぼ》り、そこから急《きゅう》に右《みぎ》に折《お》れて、天井《てんじょう》の低《ひく》い寝室《しんしつ》へとハリーを導《みちび》いた。

真《ま》っ暗《くら》で、ひどい悪臭《あくしゅう》がした。バチルダがドアを閉《し》める前《まえ》に、ベッドの下《した》から突《つ》き出《で》ているおまるがちらっと見《み》えたが、それさえもすぐに闇《やみ》に飲《の》まれてしまった。

「ルーモス、光《ひかり》よ」

ハリーの杖《つえ》に灯《あか》りがともった。とたんにハリーはどきりとした。真《ま》っ暗《くら》になってからほんの数《すう》秒《びょう》だったのに、バチルダがすぐそばに来《き》ていた。しかもハリーには、近《ちか》づく気配《けはい》さえ感《かん》じ取《と》れなかった。

「ポッターか？」

バチルダがささやいた。

「そうです」

バチルダは、ゆっくりと重々《おもおも》しくうなずいた。ハリーは、分霊箱《ぶんれいばこ》が自分《じぶん》の心臓《しんぞう》より速《はや》く拍動《はくどう》するのを感《かん》じた。心《こころ》をかき乱《みだ》す、気持《きも》ちの悪《わる》い感覚《かんかく》だ。

「僕《ぼく》に、何《なに》か渡《わた》すものがあるのですか？」

ハリーが聞《き》いたが、バチルダはハリーの杖灯《つえあか》りが気《き》になるようだった。

「僕《ぼく》に、何《なに》か渡《わた》すものがあるのですか？」ハリーはもう一度《いちど》聞《き》いた。

するとバチルダは目《め》を閉《と》じた。そして、その瞬間《しゅんかん》にいくつものことが同時《どうじ》に起《お》こった。ハリーの傷痕《きずあと》がチクチク痛《いた》み、分霊箱《ぶんれいばこ》が、ハリーのセーターの前《まえ》がはっきり飛《と》び出《で》るほどピクリと動《うご》いて、悪臭《あくしゅう》のする暗《くら》い部屋《へや》が一瞬《いっしゅん》消《き》え去《さ》った。ハリーは喜《よろこ》びに心《こころ》が躍《おど》り、冷《つめ》たいかん高《だか》い声《こえ》でしゃべった。

「**こいつを捕《つか》まえろ！**」

ハリーはその場《ば》に立《た》ったまま、体《からだ》をふらつかせていた。部屋《へや》の悪臭《あくしゅう》と暗《くら》さが、再《ふたた》びハリーの周《まわ》りに戻《もど》ってきた。たった今何《いまなに》が起《お》こったのか、ハリーにはわからなかった。

「僕《ぼく》に、何《なに》か渡《わた》すものがあるのですか？」

ハリーは、前《まえ》よりも大《おお》きい声《こえ》で、三度目《どめ》の質問《しつもん》をした。

「あそこ」

バチルダは、部屋《へや》の隅《すみ》を指差《ゆびさ》してささやいた。ハリーが杖《つえ》をかまえて見《み》ると、カーテンのかかった窓《まど》の下《した》に、雑然《ざつぜん》とした化粧台《けしょうだい》が見《み》えた。

バチルダは、今度《こんど》は先《さき》に立《た》って歩《ある》こうとはしなかった。ハリーは杖《つえ》をかまえながら、バチルダと乱《みだ》れたままのベッドの間《あいだ》のわずかな空間《くうかん》を、横《よこ》になって歩《ある》いた。バチルダから目《め》を離《はな》したくなかった。

「何《なん》ですか？」

化粧台《けしょうだい》にたどり着《つ》いたとき、ハリーが聞《き》いた。そこには、形《かたち》からしても臭《にお》いからしても、汚《きたな》い洗濯物《せんたくもの》の山《やま》のようなものが積《つ》み上《あ》げられていた。

「そこだ」

バチルダは、形《かたち》のわからない塊《かたまり》を指差《ゆびさ》した。

ごたごたした塊《かたまり》の中《なか》に剣《つるぎ》の柄《つか》やルビーが見《み》えはしないかと、ハリーが一瞬《いっしゅん》目《め》を移《うつ》して探《さぐ》ったとたんに、バチルダが不気味《ぶきみ》な動《うご》き方《かた》をした。目《め》の端《はし》で動《うご》きをとらえたハリーは、得体《えたい》の知《し》れない恐怖《きょうふ》にかられて振《ふ》り向《む》き、ぞっとして体《からだ》がこわばった。老魔女《ろうまじょ》の体《からだ》が倒《たお》れ、首《くび》のあった場所《ばしょ》から大蛇《だいじゃ》がぬっと現《あらわ》れるのが見《み》えたのだ。

ハリーが杖《つえ》を上《あ》げるのと、大蛇《だいじゃ》が襲《おそ》いかかってくるのが同時《どうじ》だった。前腕《ぜんわん》をねらった強烈《きょうれつ》な一《ひと》かみで、杖《つえ》は回転《かいてん》しながら天井《てんじょう》まで吹《ふ》っ飛《と》び、杖灯《つえあか》りが部屋中《へやじゅう》をぐるぐる回《まわ》って消《き》えた。蛇《へび》の尾《お》がハリーの腹《はら》を強打《きょうだ》し、ハリーは「ウッ」となって息《いき》が止《と》まった。そのまま化粧台《けしょうだい》に背中《せなか》を打《う》ちつけ、ハリーは汚《よご》れ物《もの》の山《やま》に仰向《あおむ》けに倒《たお》れた——。

化粧台《けしょうだい》が尾《お》の一撃《いちげき》を受《う》けた。ハリーは横《よこ》に転《ころ》がってからくも身《み》をかわしたが、今《いま》のいま倒《たお》れていた場所《ばしょ》が打《う》たれ、粉々《こなごな》になった化粧台《けしょうだい》のガラスが床《ゆか》に転《ころ》がるハリーに降《ふ》りかかった。階下《かいか》からハーマイオニーの呼《よ》ぶ声《こえ》が聞《き》こえた。

「ハリー？」

ハリーは息《いき》がつけず、呼《よ》びかけに応《こた》える息《いき》さえなかった。すると、重《おも》いぬめぬめした塊《かたまり》がハリーを床《ゆか》にたたきつけた。その塊《かたまり》が自分《じぶん》の上《うえ》をすべっていくのを、ハリーは感《かん》じた。強力《きょうりょく》で筋肉《きんにく》質《しつ》の塊《かたまり》が——。

「どけ！」床《ゆか》にくぎづけにされ、ハリーはあえいだ。

「**そぉぉうだ**」ささやくような声《こえ》が言《い》った。

「**そぉぉうだ……こいつを捕《つか》まえろ……こいつを捕《と》らえろ……**」

「**アクシオ……杖《つえ》よ、来《こ》い……**」

だめだった。しかも両手《りょうて》を突《つ》っ張《ぱ》り、胴体《どうたい》に巻《ま》きつく蛇《へび》を押《お》しのけなければならなかった。大《だい》蛇《じゃ》はハリーをしめつけて、息《いき》の根《ね》を止《と》めようとしている。胸《むね》に押《お》しつけられた分霊箱《ぶんれいばこ》は、必死《ひっし》に脈《みゃく》打つハリー自身《じしん》の心臓《しんぞう》のすぐそばで、ドクドクと命《いのち》を脈動《みゃくどう》させる丸《まる》い氷《こおり》のようだった。頭《あたま》の中《なか》は、冷《つめ》たい白《しろ》い光《ひかり》でいっぱいになり、すべての思《おも》いが消《き》えていった。息《いき》が苦《くる》しい。遠《とお》くで足音《あしおと》がする。何《なに》もかもが遠《とお》のく……。

金属《きんぞく》の心臓《しんぞう》がハリーの胸《むね》の外《そと》でバンバン音《おと》を立《た》てている。ハリーは飛《と》んでいた。勝《か》ち誇《ほこ》って飛《と》んでいた。箒《ほうき》もセストラルもなしで……。

すえた臭《にお》いのする暗闇《くらやみ》で、ハリーは突然我《とつぜんわれ》に返《かえ》った。ナギニはハリーを放《はな》していた。ようやく立《た》ち上《あ》がったハリーが目《め》にしたものは、踊《おど》り場《ば》からの明《あ》かりを背《せ》にした大蛇《だいじゃ》の輪郭《りんかく》だった。大蛇《だいじゃ》が襲《おそ》いかかり、ハーマイオニーが悲鳴《ひめい》を上《あ》げて横《よこ》に飛《と》びのくのが見《み》えた。ハーマイオニーの放《はな》った呪文《じゅもん》がそれて、カーテンのかかった窓《まど》を打《う》ち、ガラスが割《わ》れて凍《こお》った空気《くうき》が部屋《へや》に流《なが》れ込《こ》んだ。降《ふ》りかかるガラスの破片《はへん》をまた浴《あ》びないよう、ハリーが身《み》をかわしたとたん、えんぴつのようなものに足《あし》を取《と》られてすべった――ハリーの杖《つえ》だ――。

ハリーはかがんで杖《つえ》を拾《ひろ》い上《あ》げた。しかし部屋《へや》の中《なか》には、尾《お》をくねらせる大蛇《だいじゃ》しか見《み》えず、ハーマイオニーの姿《すがた》はどこにもなかった。ハリーは刹那《せつな》に、最悪《さいあく》の事態《じたい》を考《かんが》えたが、その時《とき》、バーンという音《おと》とともに赤《あか》い光線《こうせん》がひらめき、大蛇《だいじゃ》が宙《ちゅう》を飛《と》んだ。太《ふと》い胴体《どうたい》をいく重《え》にも巻《ま》きながら天井《てんじょう》まで吹《ふ》っ飛《と》んでいく大蛇《だいじゃ》が、ハリーの顔《かお》をいやというほどこすった。ハリーは杖《つえ》を上《あ》げたが、その時傷痕《ときききずあと》が、ここ何年《なんねん》もなかったほど激《はげ》しく、焼《や》けるように痛《いた》んだ。

「あいつが来《く》る！　ハーマイオニー、あいつが来《く》るんだ！」

ハリーが叫《さけ》ぶのと同時《どうじ》に大蛇《だいじゃ》が落下《らっか》してきて、シューシューと荒々《あらあら》しい息《いき》を吐《は》いた。何《なに》もかもめちゃめちゃだった。大蛇《だいじゃ》は壁《かべ》の棚《たな》を打《う》ち壊《こわ》し、陶器《とうき》のかけらが四方八方《しほうはっぽう》に飛《と》び散《ち》った。ハリーはベッドを飛《と》び越《こ》し、ハーマイオニーだとわかる黒《くろ》い影《かげ》をつかんだ――。ベッドの反対側《はんたいがわ》にハーマイオニーを引《ひ》っ張《ぱ》っていこうとしたが、ハーマイオニーは痛《いた》みで叫《さけ》び声《ごえ》を上《あ》げた。大蛇《だいじゃ》が再《ふた》び鎌首《かまくび》を持《も》ち上《あ》げた。しかし、大蛇《だいじゃ》よりもっと恐《おそ》ろしいものがやってくることを、ハリーは知《し》っていた。もう門《もん》まで来《き》ているかもしれない。傷痕《きずあと》の痛《いた》みで、頭《あたま》が真《ま》っ二《ぷた》つに割《わ》れそうだ――。

ハーマイオニーを引《ひ》きずり、部屋《へや》から逃《に》げ出《だ》そうと走《はし》りだしたハリーに、大蛇《だいじゃ》が襲《おそ》いかかってきた。その時《とき》、ハーマイオニーが叫《さけ》んだ。

「コンフリンゴ！　爆発《ばくはつ》せよ！」

呪文《じゅもん》は部屋中《へやじゅう》を飛《と》びまわり、洋《よう》だんすの鏡《かがみ》を爆発《ばくはつ》させ、床《ゆか》と天井《てんじょう》の間《あいだ》を跳《は》ねながら二人《ふたり》に向《む》かってはね返《かえ》ってきた。ハリーは、手《て》の甲《こう》が呪文《じゅもん》の熱《ねつ》で焼《や》けるのを感《かん》じた。ハーマイオニーを引《ひ》っ張《ば》って、ベッドから壊《こわ》れた化粧台《けしょうだい》に飛《と》び移《うつ》り、ハリーは破《やぶ》れた窓《まど》から一直線《いっちょくせん》に無《む》の世界《せかい》に飛《と》び込《こ》んだ。窓《まど》ガラスの破片《はへん》がハリーのほおを切《き》った。ハーマイオニーの叫《さけ》び声《ごえ》を闇《やみ》に響《ひび》かせ、二人《ふたり》は空中《くうちゅう》で回転《かいてん》していた……。

そしてその時《とき》、傷痕《きずあと》がざくりと開《ひら》いた。ハリーはヴォルデモートだった。悪臭《あくしゅう》のする寝室《しんしつ》を走《はし》って横切《よこぎ》り、長《なが》いろうのような両手《りょうて》が窓枠《まどわく》を握《にぎ》った。その目《め》にはげた男《おとこ》と小《ちい》さな女《おんな》が回転《かいてん》して消《き》えるのがわずかに見《み》えた。ヴォルデモートは怒《いか》りの叫《さけ》びを上《あ》げ、その叫《さけ》びはハーマイオニーの悲鳴《ひめい》と混《ま》じり、教会《きょうかい》のクリスマスの鐘《かね》の音《ね》を縫《ぬ》って暗《くら》い庭々《にわにわ》に響《ひび》き渡《わた》った……。

ヴォルデモートの叫《さけ》びはハリーの叫《さけ》びだった。彼《かれ》の痛《いた》みはハリーの痛《いた》みだった……前回《ぜんかい》取《と》り逃《にが》したこの場所《ばしょ》で、またしても同《おな》じことが起《お》ころうとは……死《し》とはどんなものかを知《し》る一歩《いっぽ》手前《てまえ》まで行《い》った、あの家《いえ》が見《み》えるこの場所《ばしょ》で……。死《し》ぬこと……激《はげ》しい痛《いた》みだった……。肉体《にくたい》から引《ひ》き裂《さ》かれて……しかし肉体《にくたい》がないなら、なぜこんなにも頭《あたま》が痛《いた》いのか、死《し》んだのなら、なぜこんなにたえがたい痛《いた》みを感《かん》じるのか。痛《いた》みは死《し》とともに終《お》わるのではないのか。やむのではないのか……。

その夜《よる》は雨《あめ》で、風《かぜ》が強《つよ》かった。かぼちゃの姿《すがた》をした子供《こども》が二人《ふたり》、広場《ひろば》をよたよたと横切《よこぎ》っていく。店《みせ》の窓《まど》は紙製《かみせい》のクモで覆《おお》われている。信《しん》じてもいない世界《せかい》の扮装《ふんそう》でごてごてと飾《かざ》り立《た》てるマグルたち……。

「あの人《ひと》」はすべるように進《すす》んでいく。自分《じぶん》には目的《もくてき》があり、力《ちから》があり、正《ただ》しいのだと、「あの人《ひと》」がこういう場合《ばあい》には必《かなら》ず感《かん》じる、あの感覚《かんかく》……怒《いか》り、ではない……そんなものは自分《じぶん》より弱《よわ》い魂《たましい》にふさわしい……そうではない。そうだ、勝利感《しょうりかん》なのだ……この時《とき》を待《ま》っていた。このことを望《のぞ》んでいたのだ……。

「おじさん、すごい変装《へんそう》だね！」

そばまでかけ寄《よ》ってきた小《ちい》さな男《おとこ》の子《こ》の笑顔《えがお》が、マントのフードの中《なか》をのぞき込《こ》んだとたんに消《き》えるのを、「あの人《ひと》」は見《み》た。絵《え》の具《ぐ》で変装《へんそう》した顔《かお》が恐怖《きょうふ》でかげるのを、「あの人《ひと》」は見《み》た。子供《ども》はくるりと向《む》きを変《か》えて走《はし》り去《さ》った……ローブの下《した》で、「あの人《ひと》」は杖《つえ》の柄《え》をいじった……たった一度《いちど》簡単《かんたん》な動《うご》きをしさえすれば、子供《こども》は母親《ははおや》の所《ところ》まで帰《かえ》れない……しかし、無用《むよう》なことだ。まったく無用《むよう》だ……。

そして「あの人《ひと》」は、別《べつ》の、より暗《くら》い道《みち》を歩《ある》いていた。目的地《もくてきち》がついに目《め》に入《はい》った。「忠誠《ちゅうせい》の術《じゅっ》」は破《やぶ》れた。あいつらはまだそれを知《し》らないが……。黒《くろ》い生《い》け垣《がき》まで来《く》ると、「あの人《ひと》」は歩《ほ》道《どう》をすべる落《お》ち葉《ば》ほどの物音《ものおと》さえ立《た》てずに、生《い》け垣《がき》の向《む》こうをじっとうかがった……。

カーテンが開《ひら》いていた。小《ちい》さな居間《いま》にいるあいつらがはっきり見《み》える。めがねをかけた背《せ》の高《たか》い黒髪《くろかみ》の男《おとこ》が、杖先《つえさき》から色《いろ》とりどりの煙《けむり》の輪《わ》を出《だ》して、ブルーのパジャマを着《き》た黒《くろ》い髪《かみ》の小《ちい》さな男《おとこ》の子《こ》をあやしている。赤《あか》ん坊《ぼう》は笑《わら》い声《ごえ》を上《あ》げ、小《ちい》さな手《て》で煙《けむり》をつかもうとしている……。

ドアが開《ひら》いて、母親《ははおや》が入《はい》ってきた。何《なに》か言《い》っているが声《こえ》は聞《き》こえない。母親《ははおや》の顔《かお》に、深《ふか》みのある赤《あか》い長《なが》い髪《かみ》がかかっている。今度《こんど》は父親《ちちおや》が息子《むすこ》を抱《だ》き上《あ》げ、母親《ははおや》に渡《わた》した。それから杖《つえ》をソファに投《な》げ出《だ》し、あくびをしながら伸《の》びをした……。

門《もん》を押《お》し開《あ》けると、かすかにきしんだ。しかしジェームズ・ポッターには聞《き》こえない。ろうのような青白《あおじろ》い手《て》で、マントの下《した》から杖《つえ》を取《と》り出《だ》しドアに向《む》けると、ドアがパッと開《ひら》いた。

「あの人《ひと》」は敷居《しきい》をまたいだ。ジェームズが、走《はし》って玄関《げんかん》ホールに出《で》てきた。たやすいことよ。あまりにもたやすいことよ。やつは杖《つえ》さえ持《も》ってこなかった……。

「リリー、ハリーを連《つ》れて逃《に》げろ！　あいつだ！　行《い》くんだ！　早《はや》く！　僕《ぼく》が食《く》い止《と》める——」

食《く》い止《と》めるだと？　杖《つえ》も持《も》たずにか！……呪《のろ》いをかける前《まえ》に「あの人《ひと》」は高笑《たかわら》いした……。

「アバダ　ケダブラ！」

緑《みどり》の閃光《せんこう》が、狭《せま》い玄関《げんかん》ホールを埋《う》め尽《つ》くした。壁際《かべぎわ》に置《お》かれた乳母車《うばぐるま》を照《て》らし出《だ》し、階段《かいだん》の手《て》すりが避雷針《ひらいしん》のように光《ひかり》を放《はな》った。そしてジェームズ・ポッターは、糸《いと》の切《き》れた操《あやつ》り人形《にんぎょう》のように倒《たお》れた。

二階《かい》から、逃《に》げ場《ば》を失《うしな》った彼女《かのじょ》の悲鳴《ひめい》が聞《き》こえた。しかし、おとなしくさえしていれば、彼女《かのじょ》は恐《おそ》れる必要《ひつよう》はないのだ……。バリケードを築《きず》こうとする音《おと》を、かすかに楽《たの》しんで聞《き》きながら、「あの人《ひと》」は階段《かいだん》を上《のぼ》った……。彼女《かのじょ》も杖《つえ》を持《も》っていない……愚《おろ》かなやつらめ。友人《ゆうじん》を信《しん》じて安《あん》全《ぜん》だと思《おも》い込《こ》むとは。一瞬《いっしゅん》たりとも武器《ぶき》を手放《てばな》してはならぬものを……。

ドアの陰《かげ》に大急《おおいそ》ぎで積《つ》み上《あ》げられた椅子《いす》や箱《はこ》を、杖《つえ》の軽《かる》い一振《ひとふ》りで難《なん》なく押《お》しのけ、「あの人《ひと》」はドアを開《あ》けた……そこに、赤《あか》ん坊《ぼう》を抱《だ》きしめた母親《ははおや》が立《た》っていた。「あの人《ひと》」を見《み》るなり、母親《ははおや》は息子《むすこ》を後《うし》ろのベビーベッドに置《お》き、両手《りょうて》を広《ひろ》げて立《た》ちふさがった。それが助《たす》けになるとでもいうように、赤《あか》ん坊《ぼう》を見《み》えないように護《まも》れば、かわりに自分《じぶん》が選《えら》ばれるとでもいうように……。

「ハリーだけは、ハリーだけは、どうぞハリーだけは！」

「どけ、バカな女《おんな》め……さあ、どくんだ……」

「ハリーだけは、どうかお願《ねが》い。私《わたし》を、私《わたし》をかわりに殺《ころ》して――」

「これが、最後《さいご》の忠告《ちゅうこく》だぞ――」

「ハリーだけは！　お願《ねが》い……助《たす》けて……許《ゆる》して……ハリーだけは！　ハリーだけは！　お願《ねが》い

――私《わたし》はどうなってもかまわないわ――」

「どけ――女《おんな》、どくんだ――」

母親《ははおや》をベッドから引《ひ》き離《はな》すこともできる。しかし、一気《いっき》に殺《や》ってしまうほうが賢明《けんめい》だろう……。

部屋《へや》に緑《みどり》の閃光《せんこう》が走《はし》った。母親《ははおや》は夫《おっと》と同《おな》じように倒《たお》れた。赤《あか》ん坊《ぼう》ははじめから一度《いちど》も泣《な》かなかった。ベッドの柵《さく》につかまり立《だ》ちして、侵入者《しんにゅうしゃ》の顔《かお》を無邪気《むじゃき》な好奇心《こうきしん》で見上《みあ》げていた。マントに隠《かく》れて、きれいな光《ひかり》をもっと出《だ》してくれる父親《ちちおや》だと思《おも》ったのかもしれない。そして母親《ははおや》は、今《いま》にも笑《わら》いながらひょいと立《た》ち上《あ》がると――。

「あの人《ひと》」は、慎重《しんちょう》に杖《つえ》を赤《あか》ん坊《ぼう》の顔《かお》に向《む》けた。こいつが、この説明《せつめい》のつかない危険《きけん》が滅《ほろ》びるところを見《み》たいと願《ねが》った。赤《あか》ん坊《ぼう》が泣《な》きだした。こいつは、俺様《おれさま》がジェームズでないのがわかったのだ。こいつが泣《な》くのはまっぴらだ。孤児院《こじいん》で小《ちい》さいやつらがピーピー泣《な》くと、いつも腹《はら》が立《た》った――。

「アバダ　ケダブラ！」

そして「あの人《ひと》」は壊《こわ》れた。無《む》だった。痛《いた》みと恐怖《きょうふ》だけしかない無《む》だった。しかも、身《み》を隠《かく》さねばならない。取《と》り残《のこ》された赤子《あかご》が泣《な》きわめいている、この破壊《はかい》された家《いえ》の瓦礫《がれき》の中《なか》ではなく、どこか遠《とお》くに……ずっと遠《とお》くに……。

「だめだ」

「あの人《ひと》」はうめいた。

汚《きた》らしい雑然《ざつぜん》とした床《ゆか》を、大蛇《だいじゃ》がはう音《おと》がする。「あの人《ひと》」はその男《おとこ》の子《こ》を殺《ころ》した。それなのに、「あの人《ひと》」がその男《おとこ》の子《こ》だった……。

「だめだ……」

そして今《いま》「あの人《ひと》」はバチルダの家《いえ》の破《やぶ》れた窓《まど》のそばに立《た》ち、自分《じぶん》にとって最大《さいだい》の敗北《はいぼく》の思《おも》い出《で》にふけっていた。足元《あしもと》に大蛇《だいじゃ》がうごめき、割《わ》れた陶器《とうき》やガラスの上《うえ》をはっている……「あの人《ひと》」は床《ゆか》を見《み》て、何《なに》かに目《め》をとめた……何《なに》か信《しん》じがたい物《もの》に……。

「だめだ……」

「ハリー、大丈夫《だいじょうぶ》よ、あなたは無事《ぶじ》なのよ！」

「あの人《ひと》」はかがんで、壊《こわ》れた写真立《しゃしんた》てを拾《ひろ》い上《あ》げた。あの正体不明《しょうたいふめい》の盗《ぬす》っ人《と》がいる。探《さが》していた男《おとこ》だ……。

「だめだ……僕《ぼく》が落《お》としたんだ……落《お》としたんだ……」

「ハリー、大丈夫《だいじょうぶ》だから、目《め》を覚《さ》まして、目《め》を開《あ》けて！」

ハリーは我《われ》に返《かえ》った……自分《じぶん》は、ハリーだった。ヴォルデモートではなく……床《ゆか》をはうような音《おと》は、大蛇《だいじゃ》ではなかった……。

ハリーは目《め》を開《あ》けた。

「ハリー」ハーマイオニーがささやきかけた。

「気分《きぶん》は、だ――大丈夫《だいじょうぶ》？」

「うん」

ハリーはうそをついた。

ハリーはテントの中《なか》の、二段《にだん》ベッドの下段《げだん》に、何枚《なんまい》も毛布《もうふ》をかけられて横《よこ》たわっていた。静《しず》けさと、テントの天井《てんじょう》を通《とお》して見《み》える寒々《さむざむ》とした薄明《うすあ》かりからして、夜明《よあ》けが近《ちか》いらしい。ハリーは汗《あせ》びっしょりだった。シーツや毛布《もうふ》にそれを感《かん》じた。

「僕《ぼく》たち、逃《に》げおおせたんだ」

「そうよ」ハーマイオニーが言《い》った。

「あなたをベッドに寝《ね》かせるのに、『浮遊術《ふゆうじゅつ》』を使《つか》わないといけなかったわ。あなたを持《も》ち上《あ》げられなかったから……あなたは、ずっと……あの、あんまり具合《ぐあい》が……」

ハーマイオニーの鳶色《とびいろ》の目《め》の下《した》にはくまができていて、手《て》には小《ちい》さなスポンジを持《も》っているのが見《み》えた。それでハリーの顔《かお》をぬぐっていたのだ。

「具合《ぐあい》が悪《わる》かったの」ハーマイオニーが言《い》い終《お》えた。「とっても悪《わる》かったわ」

「逃《に》げたのは、どのくらい前《まえ》？」

「何時間《なんじかん》も前《まえ》よ。今《いま》はもう夜明《よあ》けだわ」

「それで、僕《ぼく》は……どうだったの？　意識不明《いしきふめい》？」

「というわけでもないの」ハーマイオニーは言《い》いにくそうだった。

「叫《さけ》んだり、うめいたり……いろいろ」

ハーマイオニーの言《い》い方《かた》は、ハリーを不安《ふあん》にさせた。いったい自分《じぶん》は何《なに》をしたんだろう？

ヴォルデモートのように呪《のろ》いを叫《さけ》んだのか、ベビーベッドの赤《あか》ん坊《ぼう》のように泣《な》きわめいたのか？

「分霊箱《ぶんれいばこ》をあなたからはずせなかったわ」

ハーマイオニーの言葉《ことば》で、ハリーは、話題《わだい》を変《か》えたがっているのがわかった。

「貼《は》りついていたの。あなたの胸《むね》に。ごめんなさい。あざが残《のこ》ったわ。はずすのに『切断《せつだん》の呪文《じゅもん》』を使《つか》わなければならなかったの。それに蛇《へび》があなたをかんだけど、傷《きず》をきれいにしてハナハッカを塗《ぬ》っておいたわ……」

ハリーは着《き》ていた汗《あせ》まみれのＴ《ティー》シャツを引《ひ》っ張《ぱ》って、中《なか》をのぞいてみた。心臓《しんぞう》の上《うえ》に、ロケットが焼《や》きつけた楕円形《だえんけい》の赤《あか》あざがあった。腕《うで》には、半分治《はんぶんなお》りかけのかみ傷《きず》が見《み》えた。

「分霊箱《ぶんれいばこ》はどこに置《お》いたの？」

「バッグの中《なか》よ。しばらくは離《はな》しておくべきだと思《おも》うの」

ハリーは、枕《まくら》に頭《あたま》を押《お》しつけ、ハーマイオニーのやつれた土気色《つちけいろ》の顔《かお》を見《み》た。

「ゴドリックの谷《たに》に行《い》くべきじゃなかった。僕《ぼく》が悪《わる》かった。みんな僕《ぼく》のせいだ。ごめんね、ハーマイオニー」

「あなたのせいじゃないわ。私《わたし》も行《い》きたかったんですもの。ダンブルドアがあなたに渡《わた》そうと、剣《つるぎ》をあそこに置《お》いたって、本気《ほんき》でそう思《おも》ったの」

「うん、まあね……二人《ふたり》ともまちがっていた。そういうことだろ？」

「ハリー、何《なに》があったの？　バチルダがあなたを二階《かい》に連《つ》れていったあと、何《なに》があったの？　蛇《へび》がどこかに隠《かく》れていたの？　急《きゅう》に現《あらわ》れてバチルダを殺《ころ》して、あなたを襲《おそ》ったの？」

「ちがう」ハリーが言《い》った。

「バチルダが蛇《へび》だった……というか、蛇《へび》がバチルダだった……はじめからずっと」

「な――何《なん》ですって？」

ハリーは目《め》をつむった。バチルダの家《いえ》の悪臭《あくしゅう》がまだ体《からだ》にしみついているようで、何《なに》もかもが生々《なまなま》しく感《かん》じられた。

「バチルダは、だいぶ前《まえ》に死《し》んだにちがいない。蛇《へび》は……蛇《へび》はバチルダの体《からだ》の中《なか》にいた。『例《れい》のあの人《ひと》』が、蛇《へび》をゴドリックの谷《たに》に置《お》いて待《ま》ち伏《ぶ》せさせたんだ。君《きみ》が正《ただ》しかったよ。あいつは、僕《ぼく》が戻《もど》ると読《よ》んでいたんだ」

「蛇《へび》がバチルダの中《なか》にいた、ですって？」

ハリーは目《め》を開《あ》けた。ハーマイオニーは、今《いま》にも吐《は》きそうな顔《かお》をしていた。

「僕《ぼく》たちの予想《よそう》もつかない魔法《まほう》に出会《であ》うだろうって、ルーピンが言《い》ったね」

ハリーが言《い》った。

「あいつは、君《きみ》の前《まえ》では話《はなし》をしたくなかったんだ。蛇語《へびご》だったから。全部《ぜんぶ》蛇語《へびご》だった。僕《ぼく》は気《き》づかなかった。でも、僕《ぼく》にはあいつの言《い》うことがわかったんだ。僕《ぼく》たちが二階《かい》の部屋《へや》に入《はい》ったとき、あいつは『例《れい》のあの人《ひと》』と交信《こうしん》した。僕《ぼく》は、頭《あたま》の中《なか》でそれがわかったんだ。『あの人《ひと》』が興奮《こうふん》して、僕《ぼく》を捕《つか》まえておけって言《い》ったのを感《かん》じたんだ……それから……」

ハリーは、バチルダの首《くび》から大蛇《だいじゃ》が現《あらわ》れる様子《ようす》を思《おも》い出《だ》した。ハーマイオニーに、すべてをくわしく話《はな》す必要《ひつよう》はない。

「……それからバチルダの姿《すがた》が変《か》わって、蛇《へび》になって襲《おそ》ってきた」

ハリーはかみ傷《きず》を見《み》た。

「あいつは僕《ぼく》を殺《ころ》す予定《よてい》ではなかった。『例《れい》のあの人《ひと》』が来《く》るまで、僕《ぼく》をあそこに足止《あしど》めするだけだった」

あの大蛇《だいじゃ》を、しとめていたなら――それなら、あれほどの犠牲《ぎせい》を払《はら》っても行《い》ったかいがあったのに……自分《じぶん》がいやになり、ハリーはベッドに起《お》き上《あ》がって毛布《もうふ》を跳《は》ねのけた。

「ハリー、だめよ。寝《ね》てなくちゃだめ！」

「君《きみ》こそ眠《ねむ》る必要《ひつよう》があるよ。気《き》を悪《わる》くしないでほしいけど、ひどい顔《かお》だ。僕《ぼく》は大丈夫《だいじょうぶ》。しばらく見張《みは》りをするよ。僕《ぼく》の杖《つえ》は？」

ハーマイオニーは答《こた》えずに、ただハリーの顔《かお》を見《み》た。

「ハーマイオニー、僕《ぼく》の杖《つえ》はどこなの？」

ハーマイオニーは唇《くちびる》をかんで、目《め》に涙《なみだ》を浮《う》かべた。

「ハリー……」

「僕《ぼく》の杖《つえ》は、どこなんだ？」

ハーマイオニーはベッドの脇《わき》に手《て》を伸《の》ばして、杖《つえ》を取《と》り出《だ》して見《み》せた。柊《ひいらぎ》と不死鳥《ふしちょう》の杖《つえ》は、ほとんど二つに折《お》れていた。不死鳥《ふしちょう》の羽根《はね》の一筋《ひとすじ》が、細々《ほそぼそ》と二つをつないでいた。柊《ひいらぎ》の木《き》は完全《かんぜん》に割《わ》れていた。ハリーは、深傷《ふかで》を負《お》った生《い》き物《もの》を扱《あつか》うような手《て》つきで、杖《つえ》を受《う》け取《と》った。何《なに》をどうしていいかわからなかった。言《い》い知《し》れない恐怖《きょうふ》で、すべてがぼやけていた。それからハリーは、杖《つえ》をハーマイオニーに差《さ》し出《だ》した。

「お願《ねが》いだ。直《なお》して」

「ハリー、できないと思《おも》うわ。こんなふうに折《お》れてしまって——」

「お願《ねが》いだよ、ハーマイオニー、やってみて！」

「レ——レパロ！　直《なお》れ！」

ぶら下《さ》がっていた半分《はんぶん》が、くっついた。ハリーは杖《つえ》をかまえた。

「ルーモス！　光《ひかり》よ！」

杖《つえ》は弱々《よわよわ》しい光《ひかり》を放《はな》ったが、やがて消《き》えた。ハリーは杖《つえ》を、ハーマイオニーに向《む》けた。

「エクスペリアームス！　武器《ぶき》よ去《さ》れ！」

ハーマイオニーの杖《つえ》はぴくりと動《うご》いたが、手《て》を離《はな》れはしなかった。弱々《よわよわ》しく魔法《まほう》をかけようとした杖《つえ》は、負担《ふたん》にたえきれずにまた二つに折《お》れた。

ハリーは愕然《がくぜん》として杖《つえ》を見《み》つめた。目《め》の前《まえ》で起《お》こったことが信《しん》じられなかった……あれほどさまざまな場面《ばめん》を生《い》き抜《ぬ》いた杖《つえ》が……。

「ハリー」ハーマイオニーがささやいた。

ハリーにはほとんど聞《き》き取《と》れないほど小《ちい》さな声《こえ》だった。

「ごめんなさい。ほんとにごめんなさい。私《わたし》が壊《こわ》したと思《おも》うの。逃《に》げるとき、ほら、蛇《へび》が私《わたし》たちを襲《おそ》ってきたので、『爆発呪文《ばくはつじゅもん》』をかけたの。それが、あちこち跳《は》ね返《かえ》って、それできっと――きっとそれが当《あ》たって――」

「事故《じこ》だった」

ハリーは無意識《むいしき》に答《こた》えた。頭《あたま》が真《ま》っ白《しろ》で、何《なに》も考《かんが》えられなかった。

「何《なん》とか――何《なん》とか修理《しゅうり》する方法《ほうほう》を見《み》つけるよ」

「ハリー、それはできないと思《おも》うわ」

ハーマイオニーのほおを涙《なみだ》がこぼれ落《お》ちていた。

「覚《おぼ》えているかしら……ロンのこと？　自動車《じどうしゃ》の衝突《しょうとつ》で、あの人《ひと》の杖《つえ》が折《お》れたときのこと？　どうしても元《もと》どおりにならなくて、新《あたら》しいのを買《か》わなければならなかったわ」

ハリーは、誘拐《ゆうかい》されてヴォルデモートの人質《ひとじち》になっているオリバンダーのことや、死《し》んでしまったグレゴロビッチのことを思《おも》った。どうやったら新《あたら》しい杖《つえ》が手《て》に入《はい》るというのだろう？

「まあね」

ハリーは平気《へいき》な声《こえ》を装《よそお》った。

「それじゃ、今《いま》は君《きみ》のを借《か》りるよ。見張《みは》りをする間《あいだ》」

涙《なみだ》で顔《かお》を光《ひか》らせ、ハーマイオニーは自分《じぶん》の杖《つえ》を渡《わた》した。ハリーはベッド脇《わき》に座《すわ》っているハーマイオニーをそのままにして、そこから離《はな》れた。とにかくハーマイオニーから離《はな》れたかった。

第《だい》18章《しょう》　アルバス・ダンブルドアの人生《じんせい》とうそ

太陽《たいよう》が顔《かお》を出《だ》した。ハリーのことなどおかまいなしに、ハリーの苦《くる》しみなど知《し》らぬげに、澄《す》みきった透明《とうめい》な空《そら》が頭上《ずじょう》いっぱいに広《ひろ》がっている。ハリーはテントの入口《いりぐち》に座《すわ》って、澄《す》んだ空気《くうき》を胸《むね》いっぱい吸《す》い込《こ》んだ。雪《ゆき》に輝《かがや》く山間《やまあい》から昇《のぼ》る太陽《たいよう》を、生《い》きて眺《なが》められるということだけでも、この世《よ》の至宝《しほう》を得《え》ていると考《かんが》えるべきなのだろう。しかし、ハリーには、それをありがたいと思《おも》う余裕《よゆう》がなかった。杖《つえ》を失《うしな》ったみじめさで、意識《いしき》のどこかが傷《きず》ついていた。ハリーは一面《いちめん》の雪《ゆき》に覆《おお》われた谷間《たにま》を眺《なが》め、輝《かがや》く静《しず》けさの中《なか》を響《ひび》いてくる、遠《とお》くの教会《きょうかい》の鐘《かね》の音《ね》を聞《き》いた。

肉体的《にくたいてき》な痛《いた》みにたえようとしているかのように、ハリーは無意識《むいしき》に指《ゆび》を両腕《りょううで》に食《く》い込《こ》ませていた。ハリーはこれまでも数《かぞ》えきれないほど何度《なんど》も血《ち》を流《なが》してきた。右腕《みぎうで》の骨《ほね》を全部《ぜんぶ》失《うしな》ったこともある。この旅《たび》が始《はじ》まってからも、手《て》と額《ひたい》の傷痕《きずあと》に、胸《むね》と腕《うで》の新《あたら》しい傷《きず》が加《くわ》わった。しかし、今《いま》ほど致命的《ちめいてき》に弱《よわ》ったと感《かん》じたことはなかった。まるで魔法力《まほうりょく》の一番大切《いちばんたいせつ》な部分《ぶぶん》をもぎ取《と》られたみたいで、ハリーは無防備《むぼうび》でもろくなったように感《かん》じた。

こんなことを少《すこ》しでも打《う》ち明《あ》けたらハーマイオニーが何《なん》と言《い》うか、ハリーにははっきりわかっていた。杖《つえ》は、持《も》ち主《ぬし》の魔法使《まほうつか》いしだいだと言《い》うにきまっている。しかし、ハーマイオニーはまちがっている。ハリーの場合《ばあい》はちがうのだ。杖《つえ》が羅針盤《らしんばん》の針《はり》のように回《まわ》って方向《ほうこう》を示《しめ》したり、敵《てき》に向《む》かって金色《きんいろ》の炎《ほのお》を噴射《ふんしゃ》したりする感触《かんしょく》を、ハーマイオニーは感《かん》じたことがないのだ。ハリーは双子《ふたご》の尾羽根《おばね》の護《まも》りを失《うしな》った。失《うしな》って初《はじ》めて、ハリーは、自分《じぶん》がどんなに杖《つえ》に頼《たよ》っていたかを思《おも》い知《し》った。

ハリーは、二つに折《お》れた杖《つえ》をポケットから引《ひ》っ張《ぱ》り出《だ》し、目《め》を背《そむ》けたまま首《くび》にかけたハグリッドの巾着袋《きんちゃくぶくろ》にしまい込《こ》んだ。袋《ふくろ》はもうこれ以上入《いじょうはい》らないほど、壊《こわ》れた物《もの》や役《やく》に立《た》たない物《もの》でいっぱいになっていた。モーク革《がわ》の袋《ふくろ》の外《そと》から、ハリーの手《て》があの古《ふる》いスニッチに触《ふ》れた。一瞬《いっしゅん》ハリーは、スニッチを引《ひ》っ張《ぱ》り出《だ》して投《な》げ捨《す》ててしまいたい、という衝動《しょうどう》と戦《たたか》わなければならなかった。こんな物《もの》、不可解《ふかかい》で何《なん》の助《たす》けにもならず、役《やく》にも立《た》たない。ダンブルドアが遺《のこ》してくれたものは、ほかのものも全部同《ぜんぶおな》じだ――。

ダンブルドアに対《たい》する怒《いか》りが、今《いま》や溶岩《ようがん》のように噴《ふ》き出《だ》して内側《うちがわ》からハリーを焼《や》き、ほかのいっさいの感情《かんじょう》を消《け》し去《さ》った。ハリーとハーマイオニーは、追《お》いつめられた気持《きも》ちから、ゴドリックの谷《たに》にこそ答《こた》えがあり、自分《じぶん》たちはそこに戻《もど》るべき運命《うんめい》にあるのだと思《おも》い込《こ》もうとした。

せっぱ詰《つ》まった気持《きも》ちから、それこそがダンブルドアの敷《し》いた秘密《ひみつ》の道《みち》の一部《いちぶ》なのだと、自《みずか》らに信《しん》じ込《こ》ませたのだ。

しかし、地図《ちず》もなければ計画《けいかく》も用意《ようい》されていなかった。ダンブルドアは、ハリーたちに暗闇《くらやみ》を手探《てさぐ》りさせ、想像《そうぞう》を絶《ぜっ》する未知《みち》の恐怖《きょうふ》と、孤立無援《こりつむえん》で戦《たたか》うことを強《し》いた。何《なん》の説明《せつめい》もなく、ただでは何《なに》も与《あた》えてもらえず、その上剣《うえつるぎ》もなく、今《いま》やハリーには杖《つえ》もない。そしてハリーは、あの盗《ぬす》っ人《と》の写真《しゃしん》を落《お》としてしまった。ヴォルデモートにとっては、あの男《おとこ》が誰《だれ》かを知《し》るのは容易《たやす》いことにちがいない……ヴォルデモートはもう、すべての情報《じょうほう》を握《にぎ》った……。

「ハリー？」

ハーマイオニーは、自分《じぶん》が貸《か》した杖《つえ》でハリーに呪《のろ》いをかけられるのではないかというような、おびえた顔《かお》をしていた。涙《なみだ》の痕《あと》が残《のこ》る顔《かお》で、ハーマイオニーはハリーの脇《わき》にうずくまった。震《ふる》える両手《りょうて》に紅茶《こうちゃ》のカップを二つ持《も》ち、わきの下《した》に何《なに》か大《おお》きな物《もの》を抱《かか》えている。

「ありがとう」ハリーは紅茶《こうちゃ》を受《う》け取《と》りながら言《い》った。

「話《はな》してもいいかしら？」

「ああ」ハリーはハーマイオニーの気持《きも》ちを傷《きず》つけたくなかったので、そう言《い》った。

「ハリー、あなたは、あの写真《しゃしん》の男《おとこ》が誰《だれ》なのか、知《し》りたがっていたわね。あの……私《わたし》、あの本《ほん》を持《も》っているわ」

ハーマイオニーは、おずおずとハリーのひざに本《ほん》を押《お》しつけた。真新《まあたら》しい『アルバス・ダンブルドアの真《ま》っ白《しろ》な人生《じんせい》と真《ま》っ赤《か》なうそ』だ。

「どこで――どうやって――？」

「バチルダの居間《いま》に置《お》いてあったの……本《ほん》の端《はし》からこのメモがのぞいていたわ」

黄緑色《きみどりいろ》のとげとげしい文字《もじ》で書《か》かれた二、三行《ぎょう》のメモを、ハーマイオニーが読《よ》み上《あ》げた。

「『バティさん、お手伝《てつだ》いいただいてありがとざんした。ここに一冊献本《さっけんぼん》させていただくざんす。気《き》に入《い》っていただけるといいざんすけど。覚《おぼ》えてないざんしょうが、あなたは何《なに》もかも言《い》ってくれたざんすよ。リータ』。この本《ほん》は、本物《ほんもの》のバチルダがまだ生《い》きていたときに、届《とど》いたのだと思《おも》うわ。でも、たぶん読《よ》める状態《じょうたい》ではなかったのじゃないかしら？」

「たぶん、そうだろうな」

ハリーは表紙《ひょうし》のダンブルドアの顔《かお》を見下《みお》ろし、残忍《ざんにん》な喜《よろこ》びが一度《いちど》に湧《わ》き上《あ》がるのを感《かん》じた。ダンブルドアがハリーに知《し》られることを望《のぞ》んだかどうかは別《べつ》として、ハリーに話《はな》そうとしなかったことのすべてが、今《いま》やハリーの手《て》の中《なか》にある。

「まだ、私《わたし》のことをとても怒《おこ》っているのね？」ハーマイオニーが言《い》った。

ハリーが顔《かお》を上《あ》げると、ハーマイオニーの目《め》からまた新《あたら》しい涙《なみだ》が流《なが》れ落《お》ちるのが見《み》えた。ハリーは、怒《いか》りが自分《じぶん》の顔《かお》に表《あらわ》れていたにちがいないと思《おも》った。

「ちがうよ」ハリーは静《しず》かに言《い》った。

「ハーマイオニー、ちがうんだ。あれは事故《じこ》だったってわかっている。君《きみ》は、僕《ぼく》たちがあそこから生《い》きて帰《かえ》れるようにがんばったんだ。君《きみ》はすごかった。君《きみ》があの場《ば》に助《たす》けにきてくれなかったら、僕《ぼく》はきっと死《し》んでいたよ」

涙《なみだ》にぬれたハーマイオニーの笑顔《えがお》に、ハリーは笑顔《えがお》で応《こた》えようと努《つと》め、それから本《ほん》に注意《ちゅうい》を向《む》けた。背表紙《せびょうし》はまだ硬《かた》く、本《ほん》が一度《いちど》も開《ひら》かれていないのは明《あき》らかだった。ハリーは写真《しゃしん》を探《さが》してパラパラとページをめくった。探《さが》していた一枚《まい》は、すぐに見《み》つかった。若《わか》き日《ひ》のダンブルドアが、ハンサムな友人《ゆうじん》と一緒《いっしょ》に大笑《おおわら》いしている。どんな冗談《じょうだん》で笑《わら》ったのかは追憶《ついおく》のかなただ。ハリーは写真《しゃしん》の説明《せつめい》に目《め》を向《む》けた。

アルバス・ダンブルドア――母親《ははおや》の死後《しご》まもなく、友人《ゆうじん》のゲラート・グリンデルバルドと

ハリーはしばらくの間《あいだ》、最後《さいご》の文字《もじ》をまじまじと眺《なが》めた。グリンデルバルド。友人《ゆうじん》のグリンデ

ルバルド。横《よこ》を見《み》ると、ハーマイオニーも自分《じぶん》の目《め》を疑《うたが》うように、まだその名前《なまえ》を見《み》つめていた。ゆっくりとハリーを見上《みあ》げて、ハーマイオニーが言《い》った。

「グリンデルバルド？」

ほかの写真《しゃしん》は無視《むし》して、ハリーはその写真《しゃしん》の前後《ぜんご》のページをめくって、その決定的《けっていてき》な名前《なまえ》がどこかほかにも書《か》かれていないかどうか探《さが》した。名前《なまえ》はすぐに見《み》つかり、ハリーはそこを貪《むさぼ》り読《よ》んだが、何《なん》のことだかわからなかった。もっと前《まえ》に戻《もど》って読《よ》まないと、まったく意味《いみ》がわからない。そして結局《けっきょく》ハリーは、「より大《おお》きな善《ぜん》のために」という題《だい》がついているその章《しょう》の冒頭《ぼうとう》に戻《もど》っていた。

ハーマイオニーと一緒《いっしょ》に、ハリーは読《よ》みはじめた。

十八歳《さい》の誕生日《たんじょうび》が近《ちか》づき、ダンブルドアは数々《かずかず》の栄誉《えいよ》に輝《かがや》いてホグワーツを卒業《そつぎょう》した――首席《しゅせき》、監督生《かんとくせい》、秀《ひい》でた呪文術《じゅもんじゅつ》へのバーナバス・フィンクリー賞受賞《しょうじゅしょう》、ウィゼンガモット最高裁《さいこうさい》への英国青年代表《えいこくせいねんだいひょう》、カイロにおける国際錬金術会議《こくさいれんきんじゅつかいぎ》での革新的《かくしんてき》な論文《ろんぶん》による金賞受賞《きんしょうじゅしょう》などである。次《つぎ》にダンブルドアは、在学中《ざいがくちゅう》に彼《かれ》の腰巾着《こしぎんちゃく》になった、のろまながらも献身的《けんしんてき》な「ドジの」エルファイアス・ドージとともに、伝統《でんとう》の卒業《そつぎょう》世界旅《せかいりょ》行《こう》に出《で》る計画《けいかく》だった。

ロンドンの「もれ鍋《なべ》」に泊《と》まった二人《ふたり》の若者《わかもの》が、翌朝《よくあさ》のギリシャへの出発《しゅっぱつ》に向《む》けて準《じゅん》備《び》していたとき、一羽《わ》のふくろうが、ダンブルドアの母親《ははおや》ケンドラの訃報《ふほう》を運《はこ》んできた。「ドジの」ドージは本書《ほんしょ》へのインタビューを拒《こば》んだが、彼自身《かれじしん》、その訃報《ふほう》のあとに起《お》こったことについての感傷的《かんしょうてき》な一文《いちぶん》を公《おおやけ》にしている。ドージは、ケンドラの死《し》を悲劇《ひげき》的《てき》な痛手《いたで》と表現《ひょうげん》し、ダンブルドアが遠征《えんせい》を断念《だんねん》したのは気高《けだか》い自己犠牲《じこぎせい》の行為《こうい》であったと主張《しゅちょう》している。

たしかにダンブルドアは、すぐさまゴドリックの谷《たに》に帰《かえ》った。弟《おとうと》と妹《いもうと》の「面倒《めんどう》を見《み》る」というのがその理由《りゆう》であるはずだった。しかし、実際《じっさい》にはどれだけ世話《せわ》を焼《や》いたのであろうか？

「あの子《こ》はいかれた変人《へんじん》でしたよ、あのアバーフォースって子《こ》は」当時《とうじ》、ゴドリックの谷《たに》の郊外《こうがい》に住《す》んでいた、イーニッド・スミークはそう言《い》う。「手《て》に負《お》えない子《こ》でね。もちろん、父親《ちちおや》も母親《ははおや》もいない子《こ》ですから、普通《ふつう》なら不憫《ふびん》に思《おも》ったでしょうが、アバーフォースは私《わたし》の頭《あたま》にしょっちゅう山羊《やぎ》のフンを投《な》げつけるような子《こ》でしたからね。アルバスは、弟《おとうと》のことをあまり気《き》にしているふうではなかったですね。とにかく、二人《ふたり》が一《いっ》緒《しょ》にいるところを一度《いちど》も見《み》たことはありませんでしたよ」

暴《あば》れ者《もの》の弟《おとうと》をなだめていたのでないなら、アルバスは何《なに》をしていたのだろうか？　どうやらその答《こた》えは、引《ひ》き続《つづ》き妹《いもうと》をしっかり監禁《かんきん》していた、ということのようだ。最初《さいしょ》の見張《みは》り役《やく》は死《し》んだが、妹《いもうと》、アリアナ・ダンブルドアの哀《あわ》れな状態《じょうたい》は変《か》わらなかった。この妹《いもうと》の存在《そんざい》さえ、アリアナが「蒲柳《ほりゅう》の質《しつ》」だという話《はなし》をまちがいなくうのみにする、「ドジの」ドージのような少数《しょうすう》の者《もの》をのぞいては、外部《がいぶ》に知《し》られていなかった。

もう一人《ひとり》、家族《かぞく》ぐるみのつき合《あ》いがあり、これも簡単《かんたん》に丸《まる》め込《こ》まれる友人《ゆうじん》に、長年《ながねん》ゴドリックの谷《たに》に住《す》む、名高《なだか》い魔法史家《まほうしか》のバチルダ・バグショットがいる。村《むら》に移《うつ》った家《か》族《ぞく》を歓迎《かんげい》しようとしたバチルダを、ケンドラは、言《い》うまでもなく最初《さいしょ》は拒絶《きょぜつ》した。しかし、数年後《すうねんご》、『**変身現代**《へんしんげんだい》』に掲載《けいさい》された「異種間変身《いしゅかんへんしん》」の論文《ろんぶん》に感心《かんしん》したバチルダが、ホグワーツのアルバスにふくろう便《びん》を送《おく》ったのがきっかけで、ダンブルドアの家族全員《かぞくぜんいん》とのつき合《あ》いが始《はじ》まったのだ。ケンドラが死《し》ぬ前《まえ》に、ゴドリックの谷《たに》でダンブルドアの母親《ははおや》と言葉《ことば》を交《か》わせる間柄《あいだがら》だったのは、バチルダただ一人《ひとり》だった。

不幸《ふこう》にして、かつてのバチルダの輝《かがや》ける才能《さいのう》は、今《いま》や薄《うす》ぼんやりしてしまった。アイバー・ディロンスビィは「空鍋《からなべ》の空《から》だき」という表現《ひょうげん》で筆者《ひっしゃ》に語《かた》り、イーニッド・スミークはもっと俗《ぞく》な言葉《ことば》で、「カバの逆立《さかだ》ち」と表現《ひょうげん》した。にもかかわらず、筆者《ひっしゃ》は百《ひゃく》戦練磨《せんれんま》の取材《しゅざい》の技《わざ》を駆使《くし》することで、確《かく》たる事実《じじつ》の数々《かずかず》を引《ひ》き出《だ》し、それらをつなぎ合《あ》わせた結果《けっか》、醜聞《しゅうぶん》の全貌《ぜんぼう》を浮《う》かび上《あ》がらせた。

ケンドラの早過《はやす》ぎる死《し》が「呪文《じゅもん》の逆噴射《ぎゃくふんしゃ》」のためだというバチルダの見方《みかた》は、魔法界《まほうかい》全体《ぜんたい》の見解《けんかい》と同《おな》じであり、アルバスとアバーフォースが後年《こうねん》くり返《かえ》し語《かた》った話《はなし》でもある。バチルダはさらに、アリアナが「腺病質《せんびょうしつ》」であり、「傷《きず》つきやすい」という家族《かぞく》の言《い》いぐさを、受《う》け売《う》りしている。しかしながら、ある問題《もんだい》に関《かん》しては、筆者《ひっしゃ》が苦労《くろう》して「真実薬《じつやく》」を入手《にゅうしゅ》したかいがあった。何《なに》しろ、バチルダこそ、そしてバチルダのみが、アルバス・ダンブルドアの人生《じんせい》における秘中《ひちゅう》の秘《ひ》の全容《ぜんよう》を知《し》る者《もの》だからである。初《はじ》めて明《あ》かされるこの話《はなし》は、崇拝者《すうはいしゃ》が信奉《しんぽう》するダンブルドア像《ぞう》のすべてに、疑問《ぎもん》を投《な》げかける。闇《やみ》の魔術《まじゅつ》を憎《にく》み、マグルの弾圧《だんあつ》に反対《はんたい》したというイメージや、自《みずか》らの家族《かぞく》に献身的《けんしんてき》であったことさえ虚像《きょぞう》ではないかと思《おも》われる。

孤児《こじ》となり、家長《かちょう》となったダンブルドアが、ゴドリックの谷《たに》に戻《もど》ったその同《おな》じ夏《なつ》のこと、バチルダ・バグショットは、遠縁《とおえん》の甥《おい》を家《いえ》に住《す》まわせることにした。ゲラート・グリンデルバルドである。

グリンデルバルドの名《な》は、当然《とうぜん》ながら有名《ゆうめい》である。「歴史上最《れきしじょうもっと》も危険《きけん》な闇《やみ》の魔法使《まほうつか》い」のリストでは、一世代後《いっせだいのち》に出現《しゅつげん》した「例《れい》のあの人《ひと》」に王座《おうざ》を奪《うば》われなければ、トップの座《ざ》に君臨《くんりん》していたと言《い》えよう。しかし、グリンデルバルドの恐怖《きょうふ》の手《て》は、イギリスにまでおよんだことがなかったため、その勢力台頭《せいりょくたいとう》の過程《かてい》については、わが国《くに》では広《ひろ》く知《し》られていない。

闇《やみ》の魔術《まじゅつ》を容認《ようにん》するという、かんばしくない理由《りゆう》で当時《とうじ》から有名《ゆうめい》だったダームストラング校《こう》で教育《きょういく》を受《う》けたグリンデルバルドは、ダンブルドア同様《どうよう》、早熟《そうじゅく》な才能《さいのう》を開花《かいか》させていた。しかし、ゲラート・グリンデルバルドの場合《ばあい》は、その能力《のうりょく》を賞《しょう》や栄誉《えいよ》を得《え》ることに向《む》けず、別《べつ》の目的《もくてき》の追求《ついきゅう》に没頭《ぼっとう》していた。十六歳《さい》にして、もはやダームストラング校《こう》でさえ、そのゆがんだ試《こころ》みを見捨《みす》ててはおけなくなり、ゲラート・グリンデルバルドは放校処分《ほうこうしょぶん》になった。

従来《じゅうらい》、グリンデルバルドの退学後《たいがくご》の行動《こうどう》については、「海外《かいがい》を数《すう》か月旅行《げつりょこう》した」ことしか知《し》られていなかったが、今初《いまはじ》めて事実《じじつ》が明《あか》るみに出《で》る。グリンデルバルドはゴドリックの谷《たに》の大《おお》おばをたずねる道《みち》を選《えら》び、その地《ち》で、多《おお》くの読者《どくしゃ》には衝撃的《しょうげきてき》であろうが、誰《だれ》あろう、アルバス・ダンブルドアその人《ひと》と親交《しんこう》を結《むす》んだのである。

「私《わたし》には魅力的《みりょくてき》な少年《しょうねん》に思《おも》えたがねぇ」とバチルダはブツブツしゃべった。「後年《こうねん》、あの子《こ》がどういうふうになったかは別《べつ》として。当然《とうぜん》、私《わたし》はあの子《こ》を、同《おな》じ年《とし》ごろの男《おとこ》の友《ゆう》人《じん》がいない、かわいそうなアルバスに紹介《しょうかい》したのだよ。二人《ふたり》はたちまち意気投合《いきとうごう》してねぇ」

たしかにそのとおりだった。バチルダが、保管《ほかん》していた一通《つう》の手紙《てがみ》を見《み》せてくれたが、それはアルバス・ダンブルドアが、夜中《よなか》にゲラート・グリンデルバルドに書《か》き送《おく》ったものだった。

「そう、一日中《いちにちじゅう》議論《ぎろん》したあとにだよ――才気《さいき》あふれる若《わか》い二人《ふたり》は、まるで火《ひ》にかけた大鍋《おおなべ》のように相性《あいしょう》がよくてねぇ――ときどき、アルバスからの手紙《てがみ》を届《とど》けるふくろうが、ゲラートの寝室《しんしつ》の窓《まど》をコツコツつつく音《おと》が聞《き》こえたものだ！アルバスに何《なに》か考《かん》えがひらめいたのだろうね。そうすると、すぐにゲラートに知《し》らせずにはいられなかったのだろう！」

考《かん》えが聞《き》いてあきれる。アルバス・ダンブルドアのファンには深《ふか》い衝撃《しょうげき》であろうが、彼《かれ》らのヒーローが十七歳《さい》のとき、新《あたら》しい親友《しんゆう》に語《かた》った思想《しそう》は以下《いか》のとおりだ（手紙《てがみ》の実《じっ》物《ぶつ》のコピーは四三六ページに掲載《けいさい》）。

ゲラート

魔法使《まほうつか》いが支配《しはい》することは、**マグル自身《じしん》のためだ**という君《きみ》の論点《ろんてん》だが――僕《ぼく》は、これこそ肝心《かんじん》な点《てん》だと思《おも》う。たしかに我々《われわれ》には力《ちから》が与《あた》えられている。そして、たしかに、その力《ちから》は我々《われわれ》に支配《しはい》する権利《けんり》を与《あた》えている。しかし、同時《どうじ》にそのことは、被支配者《ひしはいしゃ》に対《たい》する責任《せきにん》をも我々《われわれ》に与《あた》えているという点《てん》を、我々《われわれ》は強調《きょうちょう》しなければならない。この点《てん》こそが、我々《われわれ》の打《う》ち立《た》てるものの土台《どだい》となるだろう。我々《われわれ》の行動《こうどう》が反対《はんたい》にあった場合《ばあい》、そして必《かなら》ずや抵抗《ていこう》はあるだろうが、反論《はんろん》の基礎《きそ》はここになければならない。我々《われわれ》は、**より大《おお》きな善《ぜん》のために**支配《しはい》権《けん》を掌握《しょうあく》するのだ。このことからくる当然《とうぜん》の帰結《きけつ》だが、抵抗《ていこう》にあった場合《ばあい》は、力《ちから》の行使《こうし》は必要《ひつよう》なだけにとどめ、それ以上《いじょう》であってはならない（これが君《きみ》のダームストラングにおけるまちがいだった！　しかし、僕《ぼく》には文句《もんく》が言《い》えない。なぜなら、君《きみ》が退学《たいがく》にならなければ、二人《ふたり》が出会《であ》うことはなかっただろうから）。

アルバス

多《おお》くのダンブルドア崇拝者《すうはいしゃ》にとっては愕然《がくぜん》とさせられる驚《おどろ》きの手紙《てがみ》であろうが、これこそが、かつてアルバス・ダンブルドアが「秘密保持法《ひみつほじほう》」を打《う》ち壊《こわ》し、魔法使《まほうつか》いによるマグルの支配《しはい》を打《う》ち立《た》てようと夢見《ゆめみ》た証《あかし》なのである。ダンブルドアこそマグル生《う》まれの最《もっと》も偉大《いだい》な闘士《とうし》であると、常《つね》にそのイメージを描《えが》いてきた人々《ひとびと》にとっては、何《なん》たる打撃《だげき》！　マグルの権利《けんり》を振興《しんこう》する数々《かずかず》の演説《えんぜつ》が、この決定的《けっていてき》な新証拠《しんしょうこ》の前《まえ》で、なんとむなしく響《ひび》くことか！　母親《ははおや》の死《し》を嘆《なげ》き、妹《いもうと》の世話《せわ》をしているべき時期《じき》に、自《みずか》らが権力《けんりょく》の座《ざ》に上《のぼ》る画策《かくさく》に励《はげ》んでいたアルバス・ダンブルドアが、いかに見下《みさ》げはてた存在《そんざい》に見《み》えることか！

是《ぜ》が非《ひ》でもダンブルドアを崩《くず》れかけた台座《だいざ》にのせておきたい人々《ひとびと》は、結局《けっきょく》ダンブルドアがこの計画《けいかく》を実行《じっこう》に移《うつ》さなかったと、女々《めめ》しい泣《な》き言《ごと》を言《い》うにちがいない。ダンブルドアの考《かんが》えが変《か》わって、正気《しょうき》に戻《もど》ったとたわ言《ごと》を言《い》うにちがいない。しかし、どうやら真実《しんじつ》はこれよりもっと衝撃的《しょうげきてき》なのだ。

すばらしい新《あたら》しい友情《ゆうじょう》から二か月《げつ》もたたないうちに、ダンブルドアとグリンデルバルドは別《わか》れ、あの伝説《でんせつ》の決闘《けっとう》までは互《たが》いに二度《にど》と会《あ》うことはなかったのだ（決闘《けっとう》については二十二章《しょう》を参照《さんしょう》)。突然《とつぜん》の決裂《けつれつ》はいったい何故《なにゆえ》だったのか？　ダンブルドアが正気《しょうき》に戻《もど》ったのか？　グリンデルバルドに対《たい》して、もはや彼《かれ》の計画《けいかく》に加《くわ》わりたくないと言《い》ったのか？　嗚呼《ああ》、そうではなかった。

「それは、かわいそうなアリアナちゃんが死《し》んだせいだったろうねぇ」バチルダはそう言《い》う。「恐《おそ》ろしいショックだった。ゲラートはその時《とき》、ダンブルドアの家《いえ》にいたのだが、それこそうろたえて家《いえ》に戻《もど》ってきよってな、私《わたし》に、翌日家《よくじついえ》に帰《かえ》りたいと言《い》った。そりゃあ、ひどく落《お》ち込《こ》んでいてねぇ。そこで私《わたし》は移動《ポート》キーを手配《てはい》したのだが、それっきりあの子《こ》には会《あ》ってないのだよ」

「アリアナの死《し》で、アルバスは取《と》り乱《みだ》していたよ。二人《ふたり》の兄弟《きょうだい》にとって、あまりにも恐《おそ》ろしい出来事《できごと》だった。二人《ふたり》を残《のこ》して、家族全員《かぞくぜんいん》を失《うしな》ったのだからねぇ。当然《とうぜん》、かんしゃくも起《お》ころうというものだよ。こういう恐《おそ》ろしい状況《じょうきょう》ではよくあることだが、アバーフォースがアルバスを責《せ》めてねぇ。ただし、気《き》の毒《どく》に、アバーフォースは、普段《ふだん》から少《すこ》し正気《しょうき》ではない話《はな》し方《かた》をする子《こ》だったが。いずれにせよ、葬式《そうしき》でアルバスの鼻《はな》をへし折《お》るというのは、穏当《おんとう》じゃなかったねぇ。息子《むすこ》たちが娘《むすめ》のなきがらを挟《はさ》んであんなふうにけんかをするのを見《み》たら、母親《ははおや》のケンドラは胸《むね》がつぶれたことだろう。ゲラートが、残《のこ》って葬儀《そうぎ》に参列《さんれつ》しなかったのは残念《ざんねん》だった……少《すく》なくともアルバスのなぐさめにはなったことだろうに……」

アリアナ・ダンブルドアの葬儀《そうぎ》に参列《さんれつ》した数少《かずすく》ない者《もの》しか知《し》らないことだが、棺《ひつぎ》を前《まえ》にしてのこの恐《おそ》ろしい争《あらそ》いは、いくつかの疑問《ぎもん》を呈《てい》している。アバーフォース・ダンブルドアはいったいなぜ、妹《いもうと》の死《し》に関《かん》してアルバスを責《せ》めたのか？　「バティ」が言《い》い張《は》るように、単《たん》なる悲《かな》しみの表《あらわ》れだったのだろうか？　それともその怒《いか》りには、もっと具《ぐ》体的《たいてき》な理由《りゆう》があったのだろうか？　同窓生《どうそうせい》たちを攻撃《こうげき》して殺《ころ》しかけた事件《じけん》でダームストラングを放校《ほうこう》になっているグリンデルバルドは、アリアナの死《し》から数時間後《すうじかんご》にイギリスから逃《に》げ去《さ》った。そしてアルバスは（恥《はじ》からか、それとも恐《おそ》れからか？）、魔法界《まほうかい》の懇《こん》願《がん》に応《こた》えてやむなく顔《かお》を合《あ》わせることになるまでは、二度《にど》とグリンデルバルドに会《あ》うことはなかった。

ダンブルドアもグリンデルバルドも、少年時代《しょうねんじだい》の短《みじか》い友情《ゆうじょう》に関《かん》して、後年一度《こうねんいちど》たりとも触《ふ》れることはなかったと思《おも》われる。しかしながら、死傷者《ししょうしゃ》や行方不明者《ゆくえふめいしゃ》が続出《ぞくしゅつ》した大混乱《だいこんらん》の五年《ねん》ほどの間《あいだ》、ダンブルドアが、ゲラート・グリンデルバルドへの攻撃《こうげき》を先延《さきの》ばしにしていたことは疑《うたが》いがない。ダンブルドアを躊躇《ちゅうちょ》させていたのは、グリンデルバルドに対《たい》する友情《ゆうじょう》の名残《なごり》だったのか、それとも、かつては親友《しんゆう》だったことが明《あか》るみに出《で》るのを恐《おそ》れたからだったのか？　一度《いちど》は出会《であ》えたことをあれほど喜《よろこ》んだ相手《あいて》だ。その男《おとこ》を取《と》り抑《おさ》えに出向《でむ》くのは、ダンブルドアにとって気《き》の進《すす》まないことだったのか？

そして、謎《なぞ》のアリアナはどのようにして死《し》んだのか？　闇《やみ》の儀式《ぎしき》の予期《よき》せぬ犠牲者《ぎせいしゃ》だったのか？　二人《ふたり》の若者《わかもの》が栄光《えいこう》と支配《しはい》を目指《めざ》しての試《こころ》みの練習中《れんしゅうちゅう》に、アリアナは偶《ぐう》然《ぜん》に不都合《ふつごう》な何《なに》かを見《み》てしまったのか？　アリアナ・ダンブルドアが「より大《おお》きな善《ぜん》のため」の最初《さいしょ》の犠牲者《ぎせいしゃ》だったということはありうるだろうか？

この章《しょう》は、ここで終《お》わっていた。ハリーは目《め》を上《あ》げた。ハーマイオニーは先《さき》にページの下《した》まで読《よ》み終《お》えていた。ハリーの表情《ひょうじょう》に少《すこ》しドキリとしたように、ハーマイオニーは本《ほん》をハリーの手《て》からぐいと引《ひ》っ張《ぱ》り、不潔《ふけつ》なものでも隠《かく》すように、本《ほん》を見《み》もせずに閉《と》じた。

「ハリー――」

しかし、ハリーは首《くび》を振《ふ》った。ハリーの胸《むね》の中《なか》で、確固《かっこ》とした何《なに》かが崩《くず》れ落《お》ちた。ロンが去《さ》ったときに感《かん》じた気持《きも》ちと、まったく同《おな》じだった。ハリーはダンブルドアを信《しん》じていた。ダンブルドアこそ、善《ぜん》と知恵《ちえ》そのものであると信《しん》じていた。すべては灰燼《かいじん》に帰《き》した。これ以上失《いじょうしな》うものがあるのだろうか？　ロン、ダンブルドア、不死鳥《ふしちょう》の尾羽根《おばね》の杖《つえ》……。

「ハリー――」

ハーマイオニーはハリーの心《こころ》の声《こえ》が聞《き》こえたかのように言《い》った。

「聞《き》いてちょうだい。これ――この本《ほん》は、読《よ》んで楽《たの》しい本《ほん》じゃないわ――」

「――ああ、そうみたいだね――」

「――でも忘《わす》れないで、ハリー、これはリータ・スキーターの書《か》いたものよ」

「君《きみ》も、グリンデルバルドへの手紙《てがみ》を読《よ》んだろう？」

「ええ、私《わたし》――読《よ》んだわ」

ハーマイオニーは冷《ひ》えた両手《りょうて》で紅茶《こうちゃ》のカップを包《つつ》み、動揺《どうよう》した表情《ひょうじょう》で口《くち》ごもった。

「あれが最悪《さいあく》の部分《ぶぶん》だと思《おも》うわ。バチルダはあれが机上《きじょう》の空論《くうろん》にすぎないと思《おも》ったにちがいないわ。でも『より大《おお》きな善《ぜん》のために』はグリンデルバルドのスローガンになって、後年《こうねん》の残虐《ざんぎゃく》な行為《こうい》を正当化《せいとうか》するために使《つか》われた。それに……あれによると……ダンブルドアがグリンデルバルドにその考《かんが》えを植《う》えつけたみたいね。『より大《おお》きな善《ぜん》のために』は、ヌルメンガードの入口《いりぐち》にも刻《きざ》まれていると言《い》われているけれど」

「ヌルメンガードって何《なに》？」

「グリンデルバルドが、敵対《てきたい》する者《もの》を収容《しゅうよう》するために建《た》てた監獄《かんごく》よ。ダンブルドアに捕《つか》まってからは、自分《じぶん》が入《はい》るはめになったけれど。とにかく、ダンブルドアの考《かんが》えがグリンデルバルドの権《けん》力掌握《りょくしょうあく》を助《たす》けたなんて、考《かんが》えるだけで恐《おそ》ろしいことよ。でも、もう一方《いっぽう》では、さすがのリータでさえ、二人《ふたり》が知《し》り合《あ》ったのは、ひと夏《なつ》のほんの二か月《げつ》ほどだったということを否定《ひてい》できないし、二人《ふたり》とも、とても若《わか》いときだったし、それに……」

「君《きみ》はそう言《い》うだろうと思《おも》った」

ハリーが言《い》った。ハーマイオニーに自分《じぶん》の怒《いか》りのとばっちりを食《く》わせたくはなかったが、静《しず》かな声《こえ》で話《はな》すのは難《むずか》しかった。

「『二人《ふたり》は若《わか》かった』って、そう言《い》うと思《おも》ったよ。でも、今《いま》の僕《ぼく》たちと同《おな》じ年《とし》だった。それに、僕《ぼく》たちはこうして闇《やみ》の魔術《まじゅつ》と戦《たたか》うために命《いのち》を賭《か》けているのに、ダンブルドアは新《あたら》しい親友《しんゆう》と組《く》んで、マグルの支配者《しはいしゃ》になるたくらみをめぐらしていたんだ」

ハリーは、もはや怒《いか》りを抑《おさ》えておけなかった。少《すこ》しでも発散《はっさん》させようとして、ハリーは立《た》ち上《あ》がって歩《ある》き回《まわ》った。

「ダンブルドアの書《か》いたことを擁護《ようご》しようとは思《おも》わないわ」ハーマイオニーが言《い》った。「『支配《しはい》する権利《けんり》』なんてばかげたこと、『魔法《まほう》は力《ちから》なり』とおんなじだわ。でもハリー、母親《ははおや》が死《し》んだばかりで、ダンブルドアは一人《ひとり》で家《いえ》に縛《しば》りつけられて――」

「一人《ひとり》で？　一人《ひとり》なもんか！　弟《おとうと》と妹《いもうと》が一緒《いっしょ》だった。監禁《かんきん》し続《つづ》けたスクイブの妹《いもうと》と――」

「私《わたし》は信《しん》じないわ」ハーマイオニーも立《た》ち上《あ》がった。

「その子《こ》のどこかが悪《わる》かったにせよ、スクイブじゃなかったと思《おも》うわ。私《わたし》たちの知《し》っているダンブルドアは、絶対《ぜったい》そんなことを許《ゆる》すはずが――」

「僕《ぼく》たちが知《し》っていると思《おも》っていたダンブルドアは、力《ちから》ずくでマグルを征服《せいふく》しようなんて考《かんが》えなかった！」ハリーは大声《おおごえ》を出《だ》した。

その声《こえ》は何《なに》もない山頂《さんちょう》を越《こ》えて響《ひび》き、驚《おどろ》いたクロウタドリが数羽《すうわ》、鳴《な》きながら真珠色《しんじゅいろ》の空《そら》にくるくると舞《ま》い上《あ》がった。

「ダンブルドアは変《か》わったのよ、ハリー、変《か》わったんだわ！　それだけのことなのよ！　十七歳《さい》のときにはこういうことを信《しん》じていたかもしれないけれど、それ以後《いご》の人生《じんせい》は、闇《やみ》の魔術《まじゅつ》と戦《たたか》うことに捧《ささ》げたわ！　ダンブルドアこそグリンデルバルドをくじいた人《ひと》、マグルの保護《ほご》とマグル生《う》まれの権利《けんり》を常《つね》に支持《しじ》した人《ひと》、最初《さいしょ》から『例《れい》のあの人《ひと》』と戦《たたか》い、打倒《だとう》しようとして命《いのち》を落《お》とした人《ひと》なのよ！」

二人《ふたり》の間《あいだ》に落《お》ちているリータの著書《ちょしょ》から、アルバス・ダンブルドアの顔《かお》が二人《ふたり》に向《む》かって悲《かな》しげにほほ笑《え》んでいた。

「ハリー、言《い》わせてもらうわ。あなたがそんなに怒《おこ》っているほんとうの理由《りゆう》は、ここに書《か》かれていることを、ダンブルドア自身《じしん》が、いっさいあなたに話《はな》さなかったからだと思《おも》うわ」

「そうかもしれないさ！」ハリーは叫《さけ》んだ。

そして、両腕《りょううで》で頭《あたま》を抱《かか》え込《こ》んだ。怒《いか》りを抑《おさ》えようとしているのか、それとも失望《しつぼう》の重《おも》さから自《みずか》らを護《まも》ろうとしているのか、自分《じぶん》にもわからなかった。

「ハーマイオニー、ダンブルドアが僕《ぼく》に何《なに》を要求《ようきゅう》したか言《い》ってやる！ 命《いのち》を賭《か》けるんだ、ハリー！ 何度《なんど》も！ 何度《なんど》でも！ わしが何《なに》もかも君《きみ》に説明《せつめい》するなんて期待《きたい》するな！ ひたすら信《しん》用《よう》しろ、わしは何《なに》もかも納得《なっとく》ずくでやっているのだと信《しん》じろ！ わしが君《きみ》を信用《しんよう》しなくとも、わしのことは信用《しんよう》しろ！――真実《しんじつ》のすべてなんて一度《いちど》も！ 一度《いちど》も！」

神経《しんけい》がたかぶって、ハリーはかすれ声《ごえ》になった。真《ま》っ白《しろ》な何《なに》もない空間《くうかん》で、二人《ふたり》は立《た》ったまま見《み》つめ合《あ》っていた。この広《ひろ》い空《そら》の下《した》で、ハリーは自分《じぶん》たちが虫《むし》けらのように取《と》るに足《た》らない存在《そんざい》だと感《かん》じた。

「ダンブルドアはあなたのことを愛《あい》していたわ」ハーマイオニーがささやくように言《い》った。

「私《わたし》にはそれがわかるの」

ハリーは両腕《りょううで》を頭《あたま》から離《はな》した。

「ハーマイオニー、ダンブルドアが誰《だれ》のことを愛《あい》していたのか、僕《ぼく》にはわからない。でも、僕《ぼく》のことじゃない。愛《あい》なんかじゃない。こんなめちゃくちゃな状態《じょうたい》に僕《ぼく》を置《お》き去《ざ》りにして。ダンブルドアは、僕《ぼく》なんかよりゲラート・グリンデルバルドに、よっぽど多《おお》く、ほんとうの考《かんが》えを話《はな》していたんだ」

ハリーは、さっき雪《ゆき》の上《うえ》に落《お》としたハーマイオニーの杖《つえ》を拾《ひろ》い上《あ》げ、再《ふたた》びテントの入口《いりぐち》に座《すわ》り込《こ》んだ。

「紅茶《こうちゃ》をありがとう。僕《ぼく》、見張《みは》りを続《つづ》けるよ。君《きみ》は中《なか》に入《はい》って暖《あたた》かくしていてくれ」

ハーマイオニーはためらったが、一人《ひとり》にしてくれと言《い》われたのだと悟《さと》り、本《ほん》を拾《ひろ》い上《あ》げてハリーの横《よこ》を通《とお》り、テントに入《はい》ろうとした。その時《とき》ハーマイオニーは、ハリーの頭《あたま》のてっぺんを軽《かる》くなでた。ハリーはその手《て》の感触《かんしょく》を感《かん》じて目《め》を閉《と》じた。ハーマイオニーの言《い》うことが真実《しんじつ》であってほしい――ダンブルドアはほんとうにハリーのことを大切《たいせつ》に思《おも》っていてくれたのだ――ハリーはそう願《ねが》う自分《じぶん》を憎《にく》んだ。

第《だい》19章《しょう》　銀色《ぎんいろ》の牝鹿《めじか》

真夜中《まよなか》にハーマイオニーと見張《みは》りを交代《こうたい》したときには、もう雪《ゆき》が降《ふ》りだしていた。ハリーは、心《こころ》がかき乱《みだ》されるような混乱《こんらん》した夢《ゆめ》を見《み》た。ナギニが、最初《さいしょ》は巨大《きょだい》な割《わ》れた指輪《ゆびわ》から、次《つぎ》はクリスマス・ローズの花輪《はなわ》から出入《ではい》りする夢《ゆめ》だった。遠《とお》くで誰《だれ》かがハリーを呼《よ》んだような気《き》がしたり、あるいはテントをはためかせる風《かぜ》を足音《あしおと》か人声《ひとごえ》と勘《かん》ちがいして、ハリーはそのたびにドキッとして目《め》を覚《さ》ました。

とうとう暗《くら》いうちに起《お》き出《だ》したハリーは、ハーマイオニーの所《ところ》に行《い》った。ハーマイオニーは、テントの入口《いりぐち》にうずくまって、杖灯《つえあか》りで『魔法史《まほうし》』を読《よ》んでいた。雪《ゆき》はまだしんしんと降《ふ》っていて、ハリーが早《はや》めに荷造《にづく》りをして移動《いどう》しようと言《い》うと、ハーマイオニーはホッとしたように受《う》け入《い》れた。

「どこかもっと、雨露《あめつゆ》をしのげる所《ところ》に行《い》きましょう」

ハーマイオニーはパジャマの上《うえ》にトレーナーを着込《きこ》み、震《ふる》えながら賛成《さんせい》した。

「誰《だれ》かが、外《そと》を動《うご》き回《まわ》っている音《おと》が聞《き》こえたような気《き》がしてしょうがなかったの。一度《ど》か二度《ど》、人影《ひとかげ》を見《み》たような気《き》もしたわ」

ハリーはセーターを着込《きこ》む途中《とちゅう》で動《うご》きを止《と》め、ちらっとテーブルの上《うえ》の「かくれん防止器《スニーコスコープ》」を見《み》た。しかし、動《うご》きもなく、静《しず》かだった。

「きっと気《き》のせいだとは思《おも》うけど――」

ハーマイオニーは不安《ふあん》そうな顔《かお》で言《い》った。

「闇《やみ》の中《なか》の雪《ゆき》って、見《み》えないものを見《み》せるから……でも、念《ねん》のために、『透明《とうめい》マント』をかぶったまま『姿《すがた》くらまし』したほうがいいわね？」

三十分後《ぷんご》、テントを片《かた》づけて、ハリーは分霊箱《ぶんれいばこ》を首《くび》にかけ、ハーマイオニーはハリーとビーズバッグを握《にぎ》りしめて、「姿《すがた》くらまし」した。いつものしめつけられるような感覚《かんかく》にのみ込《こ》まれ、ハリーの両足《りょうあし》は雪面《せつめん》を離《はな》れたかと思《おも》ううちに固《かた》い地面《じめん》を打《う》った。木《こ》の葉《は》に覆《おお》われた凍結《とうけつ》した地面《じめん》のようだった。

「ここはどこ？」

ハリーは、今《いま》までとはちがう木々《きぎ》の生《お》いしげった場所《ばしょ》を、目《め》を凝《こ》らして見回《みまわ》しながら、ビーズバッグを開《ひら》いてテントの柱《はしら》を引《ひ》っ張《ぱ》り出《だ》しているハーマイオニーに問《と》いかけた。

「グロスター州《しゅう》のディーンの森《もり》よ。一度《ど》パパやママと一緒《いっしょ》に、キャンプに来《き》たことがあるの」

ここでも、あたり一面《いちめん》の木々《きぎ》に雪《ゆき》が積《つ》もり、刺《さ》すような寒《さむ》さだったが、少《すく》なくとも風《かぜ》からは護《まも》られていた。二人《ふたり》はほとんど一日中《いちにちじゅう》テントの中《なか》で、ハーマイオニーお得意《とくい》の明《あか》るいリンドウ色《いろ》の炎《ほのお》の前《まえ》にうずくまって、暖《だん》を取《と》りながら過《す》ごした。この炎《ほのお》は、広口瓶《ひろくちびん》にすくい取《と》って運《はこ》べる便利《べんり》なものだった。

ハリーは、つかの間《ま》ながら患《わずら》っていた重《おも》い病気《びょうき》から立《た》ち直《なお》ろうとしているような気分《きぶん》だった。ハーマイオニーが細《こま》かい気《き》づかいを見《み》せてくれることで、ますますそんな気《き》になった。午後《ごご》にはまた雪《ゆき》が舞《ま》い、ハリーたちのいる木々《きぎ》に囲《かこ》まれた空《あ》き地《ち》も、粉《こな》をまいたように新雪《しんせつ》で覆《おお》われた。二晩《ふたばん》、ほとんど寝《ね》ていなかったせいか、ハリーの感覚《かんかく》はいつもより研《と》ぎ澄《す》まされていた。ゴドリックの谷《たに》から逃《のが》れはしたが、あまりにも際《きわ》どいところだったために、ヴォルデモートの存在《そんざい》が前《まえ》より身近《みぢか》に、より恐《おそ》ろしいものに感《かん》じられた。その日《ひ》も暮《く》れかかったとき、見張《みは》りを交代《こうたい》するというハーマイオニーの申《もう》し出《で》を断《ことわ》り、ハリーはハーマイオニーに寝《ね》るようにうながした。

ハリーは、テントの入口《いりぐち》に古《ふる》いクッションを持《も》ち出《だ》して座《すわ》り込《こ》んだが、ありったけのセーターを着込《きこ》んだにもかかわらず、まだ震《ふる》えていた。刻一刻《こくいっこく》と闇《やみ》が濃《こ》くなり、とうとう何《なに》も見《み》えないほど暗《くら》くなった。ハリーは、しばらくジニーの動《うご》きを眺《なが》めたくて「忍《しの》びの地図《ちず》」を取《と》り出《だ》そうとしたが、ジニーはクリスマス休暇《きゅうか》で「隠《かく》れ穴《あな》」に戻《もど》っていることに気《き》づいた。

広大《こうだい》な森《もり》では、どんな小《ちい》さな動《うご》きも拡大《かくだい》されるように思《おも》えた。森《もり》は、生《い》き物《もの》でいっぱいだということはわかっている。でも、全部《ぜんぶ》動《うご》かずに静《しず》かにしていてくれればいいのに、とハリーは思《おも》った。そうすれば、動物《どうぶつ》が走《はし》ったり徘徊《はいかい》したりする無害《むがい》な音《おと》と、ほかの不気味《ぶきみ》な動《うご》きを示《しめ》す物音《ものおと》とを区別《くべつ》できる。ハリーは何年《なんねん》も前《まえ》に、落《お》ち葉《ば》の上《うえ》を引《ひ》きずるマントの音《おと》を聞《き》いたことを思《おも》い出《だ》した。そのとたん、またその音《おと》を聞《き》いたような気《き》がしたが、頭《あたま》の中《なか》から振《ふ》り払《はら》った。自分《じぶん》たちのかけた保護呪文《ほごじゅもん》は、ここ何週間《なんしゅうかん》もずっと有効《ゆうこう》だった。今《いま》さら破《やぶ》られるはずはないじゃないか？しかし、今夜《こんや》は何《なに》かがちがうという感《かん》じをぬぐいきれなかった。

ハリーはテントにもたれて、おかしな角度《かくど》に体《からだ》を曲《ま》げたまま寝込《ねこ》んでしまい、首《くび》が痛《いた》くなって何度《なんど》かぐいと体《からだ》を起《お》こした。ビロードのような深《ふか》い夜《よる》の帳《とばり》の中《なか》で、ハリーは、「姿《すがた》くらまし」と「姿《すがた》あらわし」の中間《ちゅうかん》にぶら下《さ》がっているような気《き》がした。そんなことになっていれば指《ゆび》は見《み》えないはずだと思《おも》い、目《め》の前《まえ》に手《て》をかざして見《み》えるかどうかをたしかめてみた、ちょうどその時《とき》だ。目《め》の前《まえ》に明《あか》るい銀色《ぎんいろ》の光《ひかり》が現《あらわ》れ、木立《こだち》の間《あいだ》を動《うご》いた。光《ひかり》の正体《しょうたい》はわからないが、音《おと》もなく動《うご》いている。光《ひかり》は、ただハリーに向《む》かって漂《ただよ》ってくるように見《み》えた。

ハリーはパッと立《た》ち上《あ》がって、ハーマイオニーの杖《つえ》をかまえた。声《こえ》がのど元《もと》で凍《こお》りついている。

真《ま》っ黒《くろ》な木立《こだち》のりんかくの陰《かげ》で、光《ひかり》はまばゆいばかりに輝《かがや》きはじめ、ハリーは目《め》を細《ほそ》めた。その何物《なにもの》かは、ますます近《ちか》づいてきた……。

そして、一本《ぽん》のナラの木《き》の木陰《こかげ》から、光《ひかり》の正体《しょうたい》が歩《あゆ》み出《で》た。明《あか》るい月《つき》のように眩《まぶ》しく輝《かがや》く、白《はく》銀《ぎん》の牝鹿《めじか》だった。音《おと》もなく、新雪《しんせつ》の粉雪《こなゆき》にひづめの跡《あと》も残《のこ》さず、牝鹿《めじか》は一歩一歩《いっぽいっぽ》進《すす》んできた。まつげの長《なが》い大《おお》きな目《め》をした美《うつく》しい頭《あたま》をすっと上《あ》げ、ハリーに近《ちか》づいてくる。

ハリーはぼうぜんとして牝鹿《めじか》を見《み》つめた。見知《みし》らぬ生《い》き物《もの》だからではない。なぜかこの牝鹿《めじか》を知《し》っているような気《き》がしたからだ。この牝鹿《めじか》と会《あ》う約束《やくそく》をして、ずっと来《く》るのを待《ま》っていたのに、今《いま》までそのことを忘《わす》れていたような気《き》がした。ついさっきまで、ハーマイオニーを呼《よ》ぼうとしていた強《つよ》い衝動《しょうどう》は消《き》えてしまった。まちがいない。誰《だれ》が何《なん》と言《い》おうと、この牝鹿《めじか》はハリーの所《ところ》に、そしてハリーだけの所《ところ》に来《き》たのだ。

牝鹿《めじか》とハリーは、しばらく互《たが》いにじっと見《み》つめ合《あ》った。それから、牝鹿《めじか》は向《む》きを変《か》え、去《さ》りはじめた。

「行《い》かないで」

ずっとだまっていたせいで、ハリーの声《こえ》はかすれていた。

「戻《もど》ってきて！」

牝鹿《めじか》は、おもむろに木立《こだち》の間《あいだ》を歩《あゆ》み続《つづ》けた。やがてその輝《かがや》きに、黒《くろ》く太《ふと》い木《き》の幹《みき》がしま模様《もよう》を描《えが》きはじめた。ハリーはほんの一瞬《いっしゅん》ためらった。罠《わな》かもしれない。危《あぶ》ない誘《さそ》いかもしれない。慎《しん》重《ちょう》さがささやきかけた。しかし、直感《ちょっかん》が、圧倒的《あっとうてき》な直感《ちょっかん》が、これは闇《やみ》の魔術《まじゅつ》ではないとハリーに教《おし》えていた。ハリーは跡《あと》を追《お》いはじめた。

ハリーの足元《あしもと》で雪《ゆき》が軽《かる》い音《おと》を立《た》てたが、木立《こだち》を縫《ぬ》う牝鹿《めじか》はあくまでも光《ひかり》であり、物音《ものおと》一つ立《た》てない。牝鹿《めじか》は、ハリーをどんどん森《もり》の奥《おく》へといざなった。ハリーは足《あし》を速《はや》めた。牝鹿《めじか》が立《た》ち止《ど》まったときこそ、ハリーが近《ちか》づいてよいという合図《あいず》にちがいない。そして、牝鹿《めじか》が口《くち》を開《ひら》いたとき、その声《こえ》が、ハリーの知《し》るべきことを教《おし》えてくれるにちがいない。

ついに、牝鹿《めじか》が立《た》ち止《ど》まった。そして美《うつく》しい頭《あたま》を、もう一度《いちど》ハリーに向《む》けた。知《し》りたさに胸《むね》を熱《あつ》くし、ハリーは走《はし》りだした。しかし、ハリーが口《くち》を開《ひら》いたとたん、牝鹿《めじか》は消《き》えた。

牝鹿《めじか》の姿《すがた》はすっぽりと闇《やみ》に飲《の》まれてしまったが、輝《かがや》く残像《ざんぞう》はハリーの網膜《もうまく》に焼《や》きついていた。目《め》がチカチカして視界《しかい》がぼやけ、まぶたを閉《と》じたハリーは、方向感覚《ほうこうかんかく》を失《うしな》った。それまでは牝鹿《めじか》が安心感《あんしんかん》を与《あた》えてくれていたが、今《いま》や恐怖《きょうふ》が襲《おそ》ってきた。

「ルーモス　光《ひかり》よ」

小声《こごえ》で唱《とな》えると、杖先《つえさき》に灯《あか》りがともった。

瞬《まばた》きをするたびに、牝鹿《めじか》の残像《ざんぞう》は薄《うす》れていった。ハリーはその場《ば》にたたずみ、森《もり》の音《おと》を、遠《とお》くの小枝《こえだ》の折《お》れる音《おと》や、サラサラというやわらかな雪《ゆき》の音《おと》を聞《き》いた。今《いま》にも誰《だれ》かが襲《おそ》ってくるのではないか？　牝鹿《めじか》は、待《ま》ち伏《ぶ》せにハリーをおびき出《だ》したのだろうか？　杖灯《つえあか》りの届《とど》かない所《ところ》に立《た》っている誰《だれ》かが、ハリーを見《み》つめているように感《かん》じるのは、気《き》のせいだろうか？

ハリーは杖《つえ》を高《たか》く掲《かか》げた。誰《だれ》も襲《おそ》ってくる気配《けはい》はない。木陰《こかげ》から飛《と》び出《だ》してくる緑色《みどりいろ》の閃光《せんこう》もない。ではなぜ、牝鹿《めじか》はハリーをここに連《つ》れてきたのだろう？

杖灯《つえあか》りで何《なに》かが光《ひか》った。ハリーはパッと後《うし》ろを向《む》いたが、小《ちい》さな凍《こお》った池《いけ》があるだけだった。よく見《み》ようと杖《つえ》を持《も》ち上《あ》げると、暗《くら》い池《いけ》の表面《ひょうめん》が割《わ》れて光《ひか》っていた。

ハリーは用心深《ようじんぶか》く近《ちか》づき、池《いけ》を見下《みお》ろした。氷《こおり》がハリーのゆがんだ姿《すがた》を映《うつ》し、杖灯《つえあか》りを反射《はんしゃ》して光《ひか》ったが、灰色《はいいろ》に曇《くも》った厚《あつ》い氷《こおり》のずっと下《した》で、何《なに》か別《べつ》のものがキラリと光《ひか》った。大《おお》きな銀色《ぎんいろ》の十字《じゅうじ》だ……。

ハリーの心臓《しんぞう》がのど元《もと》まで飛《と》び出《だ》した。池《いけ》の縁《ふち》にひざまずいて、池《いけ》の底《そこ》にできるだけ光《ひかり》が当《あ》たるように杖《つえ》を傾《かたむ》けた。深紅《しんく》の輝《かがや》き……柄《つか》に輝《かがや》くルビーをはめ込《こ》んだ剣《つるぎ》……グリフィンドールの剣《つるぎ》が、森《もり》の池《いけ》の底《そこ》に横《よこ》たわっていた。

ハリーは、ほとんど息《いき》を止《と》めて剣《つるぎ》をのぞき込《こ》んだ。どうしてこんなことが？　自分《じぶん》たちが野《の》宿《じゅく》している場所《ばしょ》の、こんな近《ちか》くの池《いけ》に横《よこ》たわっているなんて、どうして？　未知《みち》の魔法《まほう》が、ハーマイオニーをこの地点《ちてん》に連《つ》れてきたのだろうか？　それとも、ハリーが守護霊《しゅごれい》だと思《おも》った牝鹿《めじか》は、この池《いけ》の守人《もりびと》なのだろうか？　もしかして、ハリーたちがここにいると知《し》って、二人《ふたり》が到着《とうちゃく》したあとに、この池《いけ》に剣《つるぎ》が入《い》れられたのだろうか？　だとしたら、剣《つるぎ》をハリーに渡《わた》そうとした人物《じんぶつ》はどこにいるのだ？　ハリーはもう一度《いちど》杖《つえ》を周《まわ》りの木々《きぎ》や潅木《かんぼく》に向《む》け、人影《ひとかげ》はないか、目《め》が光《ひか》ってはいないか、と探《さが》したが、誰《だれ》の姿《すがた》も見《み》えなかった。それでもやはりハリーは、凍《こお》った池《いけ》の底《そこ》に横《よこ》たわる剣《つるぎ》にもう一度目《いちどめ》を向《む》けながら、高揚《こうよう》した気持《きも》ちの中《なか》に一抹《いちまつ》の恐怖《きょうふ》がふくれ上《あ》がってくるのを感《かん》じた。

ハリーは杖《つえ》を銀色《ぎんいろ》の十字《じゅうじ》に向《む》けて、つぶやくように唱《とな》えた。

「アクシオ、剣《つるぎ》よ来《こ》い」

剣《つるぎ》は微動《びどう》だにしない。ハリーも動《うご》くとは期待《きたい》していなかった。そんなに簡単《かんたん》に動《うご》くくらいなら、剣《つるぎ》は凍《こお》った池《いけ》の底《そこ》ではなく、ハリーが拾《ひろ》い上《あ》げられるような地面《じめん》に置《お》かれていただろう。ハリーは、以前《いぜん》、剣《つるぎ》のほうからハリーの所《ところ》に現《あらわ》れたときのことを必死《ひっし》に思《おも》い出《だ》しながら、氷《こおり》の周囲《しゅうい》を歩《ある》きはじめた。あの時《とき》のハリーは、恐《おそ》ろしく危険《きけん》な状況《じょうきょう》に置《お》かれ、救《すく》いを求《もと》めた。

「助《たす》けて」

ハリーはつぶやいた。しかし剣《つるぎ》は、無関心《むかんしん》に、じっと池《いけ》の底《そこ》に横《よこ》たわったままだった。

ハリーが剣《つるぎ》を手《て》に入《い》れたあの時《とき》、ダンブルドアは何《なん》と言《い》ったっけ？　ハリーは再《ふたた》び歩《ある》きながら、思《おも》い出《だ》そうとした。——**真《しん》のグリフィンドール生《せい》だけが、帽子《ぼうし》から剣《つるぎ》を取《と》り出《だ》してみせることができるのじゃ**——。そして、グリフィンドール生《せい》を決《き》める特質《とくしつ》とは、何《なん》だっただろう？　ハリーの頭《あたま》の中《なか》で、小《ちい》さい声《こえ》が答《こた》えた。——**勇猛果敢《ゆうもうかかん》な騎士道《きしどう》で、ほかとはちがうグリフィンドール。**

ハリーは立《た》ち止《ど》まって、長《なが》いため息《いき》をついた。白《しろ》い息《いき》が、凍《こお》りついた空気《くうき》の中《なか》にたちまち散《ち》っていった。何《なに》をすべきか、ハリーにはわかっていた。いつわらずに言《い》えば、ハリーは、最初《さいしょ》に氷《こおり》を通《とお》して剣《つるぎ》を見《み》つけたときから、こうなるのではないかと考《かんが》えていたのだ。

ハリーはもう一度《いちど》周《まわ》りの木々《きぎ》をぐるりと眺《なが》め、今度《こんど》こそ、ハリーを襲《おそ》うものは誰《だれ》もいないと確《かく》信《しん》した。そのつもりなら、ハリーが一人《ひとり》で森《もり》を歩《ある》いていたときに、襲《おそ》うチャンスはあったし、池《いけ》を調《しら》べていたときにも充分《じゅうぶん》にその機会《きかい》はあった。今《いま》ハリーがぐずぐずしているのは、これから取《と》るべき行動《こうどう》が、あまりにも気《き》の進《すす》まないことだったからだ。

思《おも》うように動《うご》かない指《ゆび》で、ハリーは一枚《まい》一枚服《まいふく》を脱《ぬ》ぎはじめた。こんなことをして、どこが「騎士道《きしどう》」なのだろう——ハリーは恨《うら》みがましく考《かんが》えた——ハリーには確信《かくしん》が持《も》てなかった。もっとも、ハーマイオニーを呼《よ》び出《だ》して、自分《じぶん》のかわりにこんなことをさせないというのが、せめても騎士道《きしどう》なのかもしれない。

ハリーが服《ふく》を脱《ぬ》いでいると、ふくろうがどこかで鳴《な》いた。ハリーはヘドウィグを思《おも》い出《だ》して、胸《むね》が痛《いた》んだ。今《いま》やハリーは、歯《は》の根《ね》も合《あ》わないほどに震《ふる》えていたが、最後《さいご》の一枚《まい》を残《のこ》して裸足《はだし》で雪《ゆき》に立《た》つところまで脱《ぬ》ぎ続《つづ》けた。杖《つえ》と母親《ははおや》の手紙《てがみ》、シリウスの鏡《かがみ》のかけら、そして古《ふる》いスニッチの入《はい》った巾着袋《きんちゃくぶくろ》を服《ふく》の上《うえ》に置《お》き、ハリーはハーマイオニーの杖《つえ》を氷《こおり》に向《む》けた。

「ディフィンド！　裂《さ》けよ！」

氷《こおり》の砕《くだ》ける音《おと》が、静寂《せいじゃく》の中《なか》で弾丸《だんがん》のように響《ひび》いた。池《いけ》の表面《ひょうめん》が割《わ》れ、黒《くろ》っぽい氷《こおり》の塊《かたまり》が、波《なみ》立《だ》った池《いけ》の面《おもて》に揺《ゆ》れた。ハリーの判断《はんだん》では、池《いけ》はそれほど深《ふか》くはないが、それでも剣《つるぎ》を取《と》り出《だ》すためには、完全《かんぜん》にもぐらなければならないだろう。

これからすることをいくら考《かんが》えてみたところで、やりやすくなるわけでもなく、水《みず》が温《ぬる》むわけでもない。ハリーは池《いけ》の縁《ふち》に進《すす》み出《で》て、ハーマイオニーの杖《つえ》を、杖灯《つえあか》りをつけたままそこに置《お》いた。これ以上《いじょう》どこまで凍《こご》えるのだろう、どこまで激《はげ》しく震《ふる》えることになるのだろう、そんなことは想像《そうぞう》しないようにしながら、ハリーは飛《と》び込《こ》んだ。

体中《からだじゅう》の毛穴《けあな》という毛穴《けあな》が、抗議《こうぎ》の叫《さけ》びを上《あ》げた。氷《こおり》のような水《みず》に肩《かた》までつかると、肺《はい》の中《なか》の空《くう》気《き》が凍《こお》りついて固《かた》まるような気《き》がした。ほとんど息《いき》ができない。激《はげ》しい震《ふる》えで波立《なみだ》った水《みず》が、池《いけ》の縁《ふち》を洗《あら》った。かじかんだ両足《りょうあし》で、ハリーは剣《つるぎ》を探《さぐ》った。もぐるのは一回《かい》だけにしたかった。あえぎ、震《ふる》えながら、ハリーはもぐる瞬間《しゅんかん》を刻一刻《こくいっこく》と先延《さきの》ばしにしていた。ついにやるしかないと自分《じぶん》に言《い》い聞《き》かせ、ハリーはあらんかぎりの勇気《ゆうき》を振《ふ》りしぼってもぐった。

冷《つめ》たさがハリーを責《せ》めさいなみ、火《ひ》のようにハリーを襲《おそ》った。暗《くら》い水《みず》を押《お》し分《わ》けて底《そこ》にたどり着《つ》き、手《て》を伸《の》ばして剣《つるぎ》を探《さぐ》りながら、ハリーは脳《のう》みそまで凍《こお》りつくような気《き》がした。指《ゆび》が剣《つるぎ》の柄《つか》を握《にぎ》った。ハリーは剣《つるぎ》を引《ひ》っ張《ぱ》り上《あ》げた。

その時《とき》、何《なに》かが首《くび》をしめた。もぐったときには何《なに》も体《からだ》に触《ふ》れるものはなかった。たぶん水草《みずくさ》だろうと思《おも》い、ハリーは空《あ》いている手《て》でそれを払《はら》いのけようとした。水草《みずくさ》ではなかった。分霊箱《ぶんれいばこ》の鎖《くさり》がきつくからみつき、ゆっくりとハリーののど笛《ぶえ》をしめ上《あ》げていた。

ハリーは水面《すいめん》に戻《もど》ろうと、がむしゃらに水《みず》をけったが、池《いけ》の岩場《いわば》のほうへと進《すす》むばかりだった。もがき、息《いき》を詰《つ》まらせながら、ハリーは巻《ま》きついている鎖《くさり》をかきむしった。しかし、凍《こお》りついた指《ゆび》は鎖《くさり》をゆるめることもできず、今《いま》やハリーの頭《あたま》の中《なか》には、パチパチと小《ちい》さな光《ひかり》がはじけはじめた。おぼれるんだ。もう残《のこ》された手段《しゅだん》はない。ハリーには何《なに》もできない。胸《むね》の周《まわ》りをしめつけているのは、「死《し》」の腕《うで》にちがいない……。

ぐしょぬれで咳《せ》き込《こ》み、ゲーゲー吐《は》きながら、こんなに冷《ひ》えたのは生《う》まれて初《はじ》めてだというほど凍《こご》え、ハリーは雪《ゆき》の上《うえ》に腹《はら》ばいになって我《われ》に返《かえ》った。どこか近《ちか》くで、もう一人《ひとり》の誰《だれ》かがあえぎ、咳《せ》き込《こ》みながらよろめいている。ハーマイオニーがまた来《き》てくれたんだ。蛇《へび》に襲《おそ》われたときに来《き》てくれたように……でもこの音《おと》はハーマイオニーのようではない。低《ひく》い咳《せき》、足音《あしおと》の重《おも》さからしても、ちがう……。

ハリーには、助《たす》けてくれたのが誰《だれ》かを見《み》るために、頭《あたま》を持《も》ち上《あ》げる力《ちから》さえなかった。震《ふる》える片《かた》手《て》をのどまで上《あ》げ、ロケットが肉《にく》に食《く》い込《こ》んだあたりに触《ふ》れるのがせいぜいだった。ロケットはそこになかった。誰《だれ》かがハリーを解《と》き放《はな》したのだ。その時《とき》、ハリーの頭上《ずじょう》で、あえぎながら話《はな》す声《こえ》がした。

「おい——気《き》は——たしかか？」

その声《こえ》を聞《き》いたショックがなかったら、ハリーは起《お》き上《あ》がる力《ちから》が出《で》なかっただろう。歯《は》の根《ね》も合《あ》わないほど震《ふる》えながら、ハリーはよろよろと立《た》ち上《あ》がった。目《め》の前《まえ》にロンが立《た》っていた。服《ふく》を着《き》たままだが、びしょぬれで、髪《かみ》が顔《かお》に張《は》りついている。片手《かたて》にグリフィンドールの剣《つるぎ》を持《も》ち、もう片方《かたほう》に鎖《くさり》の切《き》れた分霊箱《ぶんれいばこ》をぶら下《さ》げている。

「まったく、どうして——」

ロンが分霊箱《ぶんれいばこ》を持《も》ち上《あ》げて、あえぎながら言《い》った。ロケットが、下手《へた》な催眠術《さいみんじゅつ》のまね事《ごと》のように、短《みじか》い鎖《くさり》の先《さき》で前後《ぜんご》に揺《ゆ》れていた。

「もぐる前《まえ》に、こいつをはずさなかったんだ？」

ハリーは答《こた》えられなかった。銀色《ぎんいろ》の牝鹿《めじか》など、ロンの出現《しゅつげん》に比《くら》べれば何《なん》でもない。ハリーは信《しん》じられなかった。寒《さむ》さに震《ふる》えながら、ハリーは池《いけ》の縁《ふち》に重《かさ》ねて置《お》いてあった服《ふく》をつかんで、着《き》はじめた。一枚《まい》、また一枚《まい》と、セーターを頭《あたま》からかぶるたびにロンの姿《すがた》が見《み》えなくなり、そのたびにロンが消《き》えてしまうのではないかと半信半疑《はんしんはんぎ》で、ハリーはロンを見《み》つめていた。しかし、ロンは本物《ほんもの》にちがいない。池《いけ》に飛《と》び込《こ》んで、ハリーの命《いのち》を救《すく》ったのだ。

「き、君《きみ》だったの？」

歯《は》をガチガチ言《い》わせながら、ハリーはやっと口《くち》を開《ひら》いた。しめ殺《ころ》されそうになったために、いつもより弱々《よわよわ》しい声《こえ》だった。

「まあ、そうだ」ロンは、ちょっとまごつきながら言《い》った。

「き、君《きみ》が、あの牝鹿《めじか》を出《だ》したのか？」

「え？　もちろんちがうさ！　僕《ぼく》は、君《きみ》がやったと思《おも》った！」

「僕《ぼく》の守護霊《しゅごれい》は牡鹿《おじか》だ」

「ああ、そうか。どっかちがうと思《おも》った。角《つの》なしだ」

ハリーはハグリッドの巾着《きんちゃく》を首《くび》にかけなおし、最後《さいご》の一枚《まい》のセーターを着《き》て、かがんでハーマイオニーの杖《つえ》を拾《ひろ》い、もう一度《いちど》ロンと向《む》き合《あ》った。

「どうして君《きみ》がここに？」

どうやらロンは、この話題《わだい》が出《で》るのなら、もっとあとに出《で》てほしかったらしい。

「あのさ、僕《ぼく》——ほら——僕《ぼく》、戻《もど》ってきた。もしも——」

ロンは咳払《せきばら》いした。

「あの、君《きみ》がまだ、僕《ぼく》にいてほしければ、なんだけど」

一瞬《いっしゅん》、沈黙《ちんもく》があった。その間《あいだ》に、ロンの去《さ》っていったことが、二人《ふたり》の間《あいだ》に壁《かべ》のように立《た》ちはだかるように思《おも》われた。しかし、ロンはここにいる。帰《かえ》ってきた。たった今《いま》、ハリーの命《いのち》を救《すく》ったのだ。

ロンは自分《じぶん》の両手《りょうて》を見下《みお》ろし、自分《じぶん》が持《も》っているものを見《み》て、一瞬驚《いっしゅんおどろ》いたようだった。

「ああ、そうだ。僕《ぼく》、これを取《と》ってきた」

ロンは言《い》わなくともわかることを言《い》いながら、ハリーによく見《み》えるように剣《つるぎ》を持《も》ち上《あ》げた。

「君《きみ》はこのために飛《と》び込《こ》んだ。そうだろ？」

「うん」ハリーが言《い》った。「だけど、わからないな。君《きみ》はどうやってここに来《き》たんだ？　どうやって僕《ぼく》たちを見《み》つけたんだ？」

「話《はな》せば長《なが》いよ」ロンが言《い》った。

「僕《ぼく》、何時間《なんじかん》も君《きみ》たちを探《さが》してたんだ。何《なに》しろ広《ひろ》い森《もり》だろう？　それで、木《き》の下《した》で寝《ね》て、朝《あさ》になるのを待《ま》とうって考《かんが》えたのさ。そうしたら牝鹿《めじか》がやってきて、君《きみ》がつけてくるのが見《み》えたんだ」

「ほかには誰《だれ》も見《み》なかったか？」

「見《み》てない」ロンが言《い》った。「僕《ぼく》――」

ロンは、数《すう》メートル離《はな》れた所《ところ》に二本《ほん》くっついて立《た》っている木《き》をちらりと見《み》ながら、言《い》いよどんだ。

「――あそこで何《なに》かが動《うご》くのを、見《み》たような気《き》がしたことはしたんだけど、でもその時《とき》は僕《ぼく》、池《いけ》に向《む》かって走《はし》っていたんだ。君《きみ》が池《いけ》に入《はい》ったきり出《で》てこなかったから、それで、回《まわ》り道《みち》なんかしていられないと思《おも》って――おい！」

ハリーはもう、ロンが示《しめ》した場所《ばしょ》に向《む》かって走《はし》っていた。二本《ほん》のナラの木《き》が並《なら》んで立《た》ち、幹《みき》と幹《みき》の間《あいだ》のちょうど目《め》の高《たか》さにほんの十センチほどのすきまがあって、相手《あいて》から見《み》られずにのぞくのには理想的《りそうてき》な場所《ばしょ》だ。しかし根元《ねもと》の周《まわ》りには雪《ゆき》がなく、足跡《あしあと》一つ見《み》つけることはできなかった。

ハリーは、剣《つるぎ》と分霊箱《ぶんれいばこ》を持《も》ったまま突《つ》っ立《た》って待《ま》っているロンの所《ところ》に戻《もど》った。

「何《なに》かあったか？」ロンが聞《き》いた。

「いや」ハリーが答《こた》えた。

「それじゃ、剣《つるぎ》はどうやってあの池《いけ》に入《はい》ったんだ？」

「誰《だれ》だかわからないけど、守護霊《しゅごれい》を出《だ》した人《ひと》があそこに置《お》いたにちがいない」

二人《ふたり》は、見事《みごと》な装飾《そうしょく》のある銀《ぎん》の剣《つるぎ》を見《み》た。ハーマイオニーの杖《つえ》の灯《あか》りで、ルビーのはまった柄《つか》がわずかにきらめいている。

「こいつ、本物《ほんもの》だと思《おも》うか？」ロンが聞《き》いた。

「一つだけ試《ため》す方法《ほうほう》がある。だろう？」ハリーが言《い》った。

分霊箱《ぶんれいばこ》はロンの手《て》からぶら下《さ》がり、まだ揺《ゆ》れていた。ロケットがかすかにピクッとした。ハリーには、ロケットの中《なか》のものが、再《ふたた》び動揺《どうよう》したのがわかっていた。剣《つるぎ》の存在《そんざい》を感《かん》じたロケットは、ハリーにそれを持《も》たせるくらいなら、ハリーを殺《ころ》してしまおうとしたのだ。今《いま》は長々《ながなが》と話《はな》し込《こ》んでいる時《とき》ではない。今《いま》こそ、ロケットを完全《かんぜん》に破壊《はかい》するときだ。ハリーは、ハーマイオニーの杖《つえ》を高《たか》く掲《かか》げて周《まわ》りを見回《みまわ》し、これという場所《ばしょ》を見《み》つけた。シカモアの木陰《こかげ》の平《ひら》たい岩《いわ》だ。

「来《こ》いよ」

ハリーは先《さき》に立《た》ってそこに行《い》き、岩《いわ》の表面《ひょうめん》から雪《ゆき》を払《はら》いのけ、手《て》を差《さ》し出《だ》して分霊箱《ぶんれいばこ》を受《う》け取《と》った。しかし、ロンが剣《つるぎ》を差《さ》し出《だ》すと、ハリーは首《くび》を振《ふ》った。

「いや、君《きみ》がやるべきだ」

「僕《ぼく》が？」

ロンは驚《おどろ》いた顔《かお》をした。

「どうして？」

「君《きみ》が、池《いけ》から剣《つるぎ》を取《と》り出《だ》したからだ。君《きみ》がやることになっているのだと思《おも》う」

ハリーは、親切心《しんせつしん》や気前《きまえ》のよさからそう言《い》ったわけではなかった。牝鹿《めじか》がまちがいなく危険《きけん》なものではないと思《おも》ったと同様《どうよう》、ロンがこの剣《つるぎ》を振《ふ》るうべきだという確信《かくしん》があった。ダンブルドアは少《すく》なくともハリーに、ある種《しゅ》の魔法《まほう》について教《おし》えてくれた。ある種《しゅ》の行為《こうい》が持《も》つ、計《はか》り知《し》れない力《ちから》という魔法《まほう》だ。

「僕《ぼく》がこれを開《ひら》く」

ハリーが言《い》った。

「そして君《きみ》が刺《さ》すんだ。一気《いっき》にだよ、いいね？　中《なか》にいるものが何《なん》であれ、歯向《はむ》かってくるから。日記《にっき》の中《なか》のリドルのかけらも、僕《ぼく》を殺《ころ》そうとしたんだ」

「どうやって開《ひら》くつもりだ？」おびえた顔《かお》のロンが聞《き》いた。

「開《ひら》けって頼《たの》むんだ。蛇語《へびご》で」

ハリーが言《い》った。答《こた》えはあまりにもすらすらと口《くち》をついて出《で》てきた。きっと心《こころ》のどこかで、自《じ》分《ぶん》にははじめからそのことがわかっていたのだ、と思《おも》った。たぶん、ナギニと数日前《すうじつまえ》に出会《であ》ったことで、それに気《き》づいたのだ。ハリーは、緑色《みどりいろ》に光《ひか》る石《いし》で象嵌《ぞうがん》された、蛇《へび》のようにくねったS《エス》の字《じ》を見《み》た。岩《いわ》の上《うえ》にとぐろを巻《ま》く小《ちい》さな蛇《へび》の姿《すがた》を想像《そうぞう》するのは容易《ようい》なことだった。

「だめだ！」ロンが言《い》った。「開《あ》けるな！　だめだ！　ほんとにだめ！」

「どうして？」ハリーが聞《き》いた。「こんなやつ、片《かた》づけてしまおう。もう何《なん》か月《げつ》も――」

「できないよ、ハリー、僕《ぼく》、ほんとに――君《きみ》がやってくれ――」

「でも、どうして？」

「どうしてかって、僕《ぼく》、そいつが苦手《にがて》なんだ！」

ロンは岩《いわ》に置《お》かれたロケットからあとずさりしながら言《い》った。

「僕《ぼく》には手《て》に負《お》えない！　ハリー、僕《ぼく》があんなふうな態度《たいど》を取《と》ったことに言《い》い訳《わけ》するつもりはないんだけど、でもそいつは、君《きみ》やハーマイオニーより、僕《ぼく》にもっと悪《わる》い影響《えいきょう》を与《あた》えるんだ。そいつは僕《ぼく》につまらないことを考《かんが》えさせた。どっちにせよ僕《ぼく》が考《かんが》えていたことではあるんだけど、でも、何《なに》もかもどんどん悪《わる》い方向《ほうこう》に持《も》っていったんだ。うまく説明《せつめい》できないよ。それで、そいつをはずすとまともに考《かんが》えることができるんだけど、またそのクソッタレをかけると――僕《ぼく》にはできないよ、ハリー！」

ロンは剣《つるぎ》を脇《わき》に引《ひ》きずり、首《くび》を振《ふ》りながらあとずさりした。

「君《きみ》にはできる」ハリーが言《い》った。「できるんだ！　君《きみ》はたった今剣《いまつるぎ》を手《て》に入《い》れた。それを使《つか》うのは君《きみ》なんだってことが、僕《ぼく》にはわかるんだ。頼《たの》むから、そいつをやっつけてくれ、ロン」

名前《なまえ》を呼《よ》ばれたことが、刺激剤《しげきざい》の役目《やくめ》をはたしたらしい。ロンはゴクリとつばを飲《の》み込《こ》み、高《たか》い鼻《はな》からはまだ激《はげ》しい息《いき》づかいが聞《き》こえたが、岩《いわ》のほうに近《ちか》づいていった。

「合図《あいず》してくれ」ロンがかすれ声《ごえ》で言《い》った。

「三つ数《かぞ》えたらだ」

ハリーはロケットを見下《みお》ろし、目《め》を細《ほそ》めてＳ《エス》の字《じ》に集中《しゅうちゅう》して蛇《へび》を思《おも》い浮《う》かべた。ロケットの中身《なかみ》は、捕《と》らわれたゴキブリのようにガタガタ動《うご》いている。ハリーの首《くび》の切《き》り傷《きず》がまだ焼《や》けるように痛《いた》んでいなかったら、哀《あわ》れみをかけてしまったかもしれない。

「一……二……三……開《ひら》け」

最後《さいご》の一言《ひとこと》は、シューッと息《いき》がもれるようなうなり声《ごえ》だった。そして、カチッと小《ちい》さな音《おと》とともに、ロケットの金色《きんいろ》のふたが二つ、パッと開《ひら》いた。

二つに分かれたガラスケースの裏側《うらがわ》で、生《い》きた目《め》が一つずつ瞬《しばた》いていた。細《ほそ》い瞳孔《どうこう》が縦《たて》に刻《きざ》まれた、真《ま》っ赤《か》な目《め》になる前《まえ》のトム・リドルの目《め》のように、ハンサムな黒《くろ》い両目《りょうめ》だ。

「刺《さ》せ」

ハリーはロケットが動《うご》かないように、岩《いわ》の上《うえ》で押《お》さえながら言《い》った。

ロンは震《ふる》える両手《りょうて》で剣《つるぎ》を持《も》ち上《あ》げ、切《き》っ先《さき》を、激《はげ》しく動《うご》き回《まわ》っている両目《りょうめ》に向《む》けた。ハリーはロケットをしっかりと押《お》さえつけ、からっぽになった二つの窓《まど》から流《なが》れ出《だ》す血《ち》を早《はや》くも想像《そうぞう》して、身《み》がまえた。

その時《とき》、分霊箱《ぶんれいばこ》から押《お》し殺《ころ》したような声《こえ》が聞《き》こえた。

「おまえの心《こころ》を見《み》たぞ。おまえの心《こころ》は俺様《おれさま》のものだ」

「聞《き》くな！」ハリーは厳《きび》しく言《い》った。「刺《さ》すんだ！」

「おまえの夢《ゆめ》を俺様《おれさま》は見《み》たぞ、ロナルド・ウィーズリー。そして俺様《おれさま》はおまえの恐《おそ》れも見《み》たのだ。おまえの夢見《ゆめみ》た望《のぞ》みは、すべて可能《かのう》だ。しかし、おまえの恐《おそ》れもまたすべて起《お》こりうるぞ……」

「刺《さ》せ！」ハリーが叫《さけ》んだ。

その声《こえ》は周《まわ》りの木々《きぎ》に響《ひび》き渡《わた》った。剣《つるぎ》の先《さき》が小刻《こきざ》みに震《ふる》え、ロンはリドルの両目《りょうめ》をじっと見《み》つめた。

「母親《ははおや》の愛情《あいじょう》がいつも一番少《いちばんすく》なかった。母親《ははおや》は娘《むすめ》が欲《ほ》しかったのだ……今《いま》も愛《あい》されていない。あの娘《むすめ》は、おまえの友人《ゆうじん》のほうを好《この》んだ……おまえはいつも二番目《ばんめ》だ。永遠《えいえん》に誰《だれ》かの陰《かげ》だ……」

「ロン、刺《さ》せ、今《いま》すぐ!」ハリーが叫《さけ》んだ。

押《お》さえつけているロケットがブルブル震《ふる》えているのがわかり、ハリーはこれから起《お》こるであろうことを恐《おそ》れた。ロンは剣《つるぎ》を一段《いちだん》と高《たか》く掲《かか》げた。その時《とき》、リドルの両目《りょうめ》が真《ま》っ赤《か》に光《ひか》った。

ロケットの二つの窓《まど》、二つの目《め》から、グロテスクな泡《あわ》のように、ハリーとハーマイオニーの奇《き》妙《みょう》にゆがんだ顔《かお》が噴《ふ》き出《だ》した。

驚《おどろ》いたロンは、ギャッと叫《さけ》んであとずさりした。見《み》る見《み》るうちにロケットから二つの姿《すがた》が現《あらわ》れた。最初《さいしょ》は胸《むね》が、そして腰《こし》が、両足《りょうあし》が、最後《さいご》には、ハリーとハーマイオニーの姿《すがた》が、一つの根《ね》から生《は》える二本《ほん》の木《き》のように並《なら》んで、ロケットから立《た》ち上《あ》がり、ロンと本物《ほんもの》のハリーの上《うえ》でゆらゆら揺《ゆ》れた。本物《ほんもの》のハリーは、突然焼《とつぜんや》けるように白熱《はくねつ》したロケットから、急《いそ》いで指《ゆび》を引《ひ》っ込《こ》めていた。

「ロン!」

ハリーは大声《おおごえ》で呼《よ》びかけたが、今《いま》やリドル－ハリーがヴォルデモートの声《こえ》で話《はな》しはじめ、ロンは催眠術《さいみんじゅつ》にかかったようにその顔《かお》をじっと見《み》つめていた。

「なぜ戻《もど》った？　僕《ぼく》たちは君《きみ》がいないほうがよかったのに、幸《しあわ》せだったのに、いなくなって喜《よろこ》んでいたのに……二人《ふたり》で笑《わら》ったさ、君《きみ》の愚《おろ》かさを、臆病《おくびょう》さを、思《おも》い上《あ》がりを――」

「思《おも》い上《あ》がりだわ！」リドル－ハーマイオニーの声《こえ》が響《ひび》いた。

本物《ほんもの》のハーマイオニーよりもっと美《うつく》しく、しかももっとすごみがあった。ロンの目《め》の前《まえ》で、そのハーマイオニーはゆらゆら揺《ゆ》れながら高笑《たかわら》いした。ロンは、剣《つるぎ》をだらんと脇《わき》にぶら下《さ》げ、おびえた顔《かお》で、しかし目《め》が離《はな》せずに金縛《かなしば》りになって立《た》ちすくんでいた。

「あなたなんかに誰《だれ》も目《め》もくれないわ。ハリー・ポッターと並《なら》んだら、誰《だれ》があなたに注目《ちゅうもく》するというの？『選《えら》ばれし者《もの》』に比《くら》べたら、あなたは何《なに》をしたというの？『生《い》き残《のこ》った男《おとこ》の子《こ》』に比《くら》べたら、あなたはいったい何《なん》なの？」

「ロン、刺《さ》せ、**刺《さ》すんだ！**」

ハリーは声《こえ》を張《は》り上《あ》げた。しかしロンは動《うご》かない。大《おお》きく見開《みひら》いた両目《りょうめ》に、リドル－ハリーとリドル－ハーマイオニーが映《うつ》っている。二人《ふたり》の髪《かみ》は炎《ほのお》のごとくメラメラと立《た》ち昇《のぼ》り、目《め》は赤《あか》く光《ひか》り、二人《ふたり》の声《こえ》は毒々《どくどく》しい二重唱《にじゅうしょう》を奏《かな》でていた。

「君《きみ》のママが打《う》ち明《あ》けたぞ」

リドル－ハリーがせせら笑《わら》い、リドル－ハーマイオニーは嘲《あざけ》り笑《わら》った。

「息子《むすこ》にするなら、僕《ぼく》のほうがよかったのにって。喜《よろこ》んで取《と》り替《か》えるのにって……」

「誰《だれ》だって彼《かれ》を選《えら》ぶわ。女《おんな》なら、誰《だれ》があなたなんかを選《えら》ぶ？　あなたはクズよ、クズ。彼《かれ》に比《くら》べればクズよ」

リドル－ハーマイオニーは口《くち》ずさむようにそう言《い》うと、蛇《へび》のように体《からだ》を伸《の》ばして、リドル－ハリーに巻《ま》きつき、強《つよ》く抱《だ》きしめた。二人《ふたり》の唇《くちびる》が重《かさ》なった。

宙《ちゅう》に揺《ゆ》れる二人《ふたり》の前《まえ》で、地上《ちじょう》のロンの顔《かお》は苦悶《くもん》にゆがんでいた。震《ふる》える両腕《りょううで》で、ロンは剣《つるぎ》を高《たか》く振《ふ》りかざした。

「やるんだ、ロン！」ハリーが叫《さけ》んだ。

ロンがハリーに顔《かお》を向《む》けた。ハリーは、その両目《りょうめ》に赤《あか》い色《いろ》が走《はし》るのを見《み》たように思《おも》った。

「ロン――？」

剣《つるぎ》が光《ひか》り、振《ふ》り下《お》ろされた。ハリーは飛《と》びのいて剣《つるぎ》をよけた。鋭《するど》い金属音《きんぞくおん》と長々《ながなが》しい叫《さけ》び声《ごえ》がした。ハリーは雪《ゆき》に足《あし》を取《と》られながらくるりと振《ふ》り向《む》き、杖《つえ》をかまえて身《み》を護《まも》ろうとした。しかし戦《たたか》う相手《あいて》はいなかった。

自分自身《じぶんじしん》とハーマイオニーの怪物版《かいぶつばん》は、消《き》えていた。剣《つるぎ》をだらりと提《さ》げたロンだけが、平《たい》らな岩《いわ》の上《うえ》に置《お》かれたロケットの残《ざん》がいを見下《みお》ろして立《た》っていた。

ゆっくりと、ハリーはロンのほうに歩《あゆ》み寄《よ》った。何《なに》を言《い》うべきか、何《なに》をすべきか、わからなかった。ロンは荒《あら》い息《いき》をしていた。両目《りょうめ》はもう赤《あか》くはない。いつものブルーの目《め》だったが、涙《なみだ》にぬれていた。

ハリーは見《み》なかったふりをしてかがみ込《こ》み、破壊《はかい》された分霊箱《ぶんれいばこ》を拾《ひろ》い上《あ》げた。ロンは二つの窓《まど》のガラスを貫《つらぬ》いていた。リドルの両目《りょうめ》は消《き》え、しみのついた絹《きぬ》の裏地《うらじ》がかすかに煙《けむり》を上《あ》げていた。分霊箱《ぶんれいばこ》の中《なか》に息《いき》づいていたものは、最後《さいご》にロンを責《せ》めさいなんで、消《き》え去《さ》った。

ロンの落《お》とした剣《つるぎ》が、ガチャンと音《おと》を立《た》てた。ロンはがっくりとひざを折《お》り、両腕《りょううで》で頭《あたま》を抱《かか》えた。震《ふる》えていたが、寒《さむ》さのせいではないことが、ハリーにはわかった。ハリーは壊《こわ》れたロケットをポケットに押《お》し込《こ》み、ロンの脇《わき》にひざをついて、片手《かたて》をそっとロンの肩《かた》に置《お》いた。ロンがその手《て》を振《ふ》り払《はら》わなかったのは、よいしるしだと思《おも》った。

「君《きみ》がいなくなってから――」

ハリーは、ロンの顔《かお》が隠《かく》れているのをありがたく思《おも》いながら、そっと話《はな》しかけた。

「ハーマイオニーは一週間泣《しゅうかんな》いていた。僕《ぼく》に見《み》られないようにしていただけで、もっと長《なが》かったかもしれない。互《たが》いに口《くち》もきかない夜《よる》がずいぶんあった。君《きみ》が、いなくなってしまったら……」

ハリーは最後《さいご》まで言《い》えなかった。ロンが戻《もど》ってきた今《いま》になって、ハリーは初《はじ》めて、ロンの不在《ふざい》がハーマイオニーとハリーの二人《ふたり》にとってどんなに大《おお》きな痛手《いたで》だったかが、はっきりわかった。

「ハーマイオニーは、妹《いもうと》みたいな人《ひと》なんだ」ハリーは続《つづ》けた。「妹《いもうと》のような気持《きも》ちで愛《あい》しているし、ハーマイオニーの僕《ぼく》に対《たい》する気持《きも》ちも同《おな》じだと思《おも》う。ずっとそうだった。君《きみ》には、それがわかっていると思《おも》っていた」

ロンは答《こた》えなかったが、ハリーから顔《かお》を背《そむ》け、大《おお》きな音《おと》を立《た》ててそでで鼻《はな》をかんだ。ハリーはまた立《た》ち上《あ》がり、数《すう》メートル先《さき》に置《お》かれていたロンの大《おお》きなリュックサックまで歩《ある》いていった。おぼれるハリーを救《すく》おうと、ロンが走《はし》りながら放《ほう》り投《な》げたのだろう。ハリーはそれを背負《せお》い、ロンのそばに戻《もど》った。ロンはよろめきながら立《た》ち上《あ》がって、ハリーが近《ちか》づくのを待《ま》っていた。泣《な》いた目《め》は真《ま》っ赤《か》だったが、落《お》ち着《つ》いていた。

「すまなかった」ロンは声《こえ》を詰《つ》まらせて言《い》った。「いなくなって、すまなかった。ほんとに僕《ぼく》は、僕《ぼく》は——ん——」

ロンは暗闇《くらやみ》を見回《みまわ》した。どこかから自分《じぶん》を罵倒《ばとう》する言葉《ことば》が襲《おそ》ってくれないか、その言葉《ことば》が自分《じぶん》の口《くち》をついて出《で》てきてくれないか、と願《ねが》っているようだった。

「君《きみ》は今晩《こんばん》、その埋《う》め合《あ》わせをしたよ」ハリーが言《い》った。「剣《つるぎ》を手《て》に入《い》れて。分霊箱《ぶんれいばこ》をやっつけて。僕《ぼく》の命《いのち》を救《すく》って」

「実際《じっさい》の僕《ぼく》よりも、ずっとかっこよく聞《き》こえるな」ロンが口《くち》ごもった。

「こういうことって、実際《じっさい》よりもかっこよく聞《き》こえるものさ」ハリーが言《い》った。「そういうものなんだって、もう何年《なんねん》も前《まえ》から君《きみ》に教《おし》えようとしてたんだけどな」

二人《ふたり》は、同時《どうじ》に歩《あゆ》み寄《よ》って抱《だ》き合《あ》った。ハリーは、まだぐしょぐしょのロンの上着《うわぎ》の背《せ》を、しっかり抱《だ》きしめた。

「さあ、それじゃ――」

互《たが》いに相手《あいて》を離《はな》しながら、ハリーが言《い》った。

「あとはテントを再発見《さいはっけん》するだけだな」

難《むずか》しいことではなかった。牝鹿《めじか》と暗《くら》い森《もり》を歩《ある》いたときは遠《とお》いように思《おも》ったが、ロンがそばにいると、帰《かえ》り道《みち》は驚《おどろ》くほど近《ちか》く感《かん》じられた。ハリーは、ハーマイオニーを起《お》こすのが待《ま》ちきれない思《おも》いだった。興奮《こうふん》で小躍《こおど》りしながら、ハリーはテントに入《はい》った。ロンはその後《うし》ろから遠慮《えんりょ》がちに入《はい》ってきた。

唯一《ゆいいつ》の明《あ》かりは、床《ゆか》に置《お》かれたボウルでかすかにゆらめいているリンドウ色《いろ》の炎《ほのお》だけだったが、池《いけ》と森《もり》のあとでは、ここはすばらしく暖《あたた》かかった。ハーマイオニーは毛布《もうふ》にくるまり、丸《まる》くなってぐっすり眠《ねむ》っていた。ハリーが何回《なんかい》か呼《よ》んでも、身動《みうご》きもしなかった。

「ハーマイオニー！」

もぞもぞっと動《うご》いたあと、ハーマイオニーはすばやく身《み》を起《お》こし、顔《かお》にかかる髪《かみ》の毛《け》を払《はら》いのけた。

「何《なに》かあったの？　ハリー？　あなた、大丈夫《だいじょうぶ》？」

「大丈夫《だいじょうぶ》だ。すべて大丈夫《だいじょうぶ》。大丈夫《だいじょうぶ》以上《いじょう》だよ。僕《ぼく》、最高《さいこう》だ。誰《だれ》かさんがいるよ」

「何《なに》を言《い》ってるの？　誰《だれ》かさんて――？」

ハーマイオニーはロンを見《み》た。剣《つるぎ》を持《も》って、すり切《き》れたじゅうたんに水《みず》を滴《したた》らせながら立《た》っている。ハリーは薄暗《うすぐら》い隅《すみ》のほうに引《ひ》っ込《こ》み、ロンのリュックサックを下《お》ろして、テント布地《ぬのじ》の背景《はいけい》に溶《と》け込《こ》もうとした。

ハーマイオニーは簡易《かんい》ベッドからすべり降《お》り、ロンの青《あお》ざめた顔《かお》をしっかり見《み》すえて、夢遊病者《むゆうびょうしゃ》のようにロンのほうに歩《ある》いていった。唇《くちびる》を少《すこ》し開《あ》け、目《め》を見開《みひら》いて、ロンのすぐ前《まえ》で止《と》まった。ロンは弱々《よわよわ》しく、期待《きたい》を込《こ》めてほほ笑《え》みかけ、両腕《りょううで》を半分《はんぶん》上《あ》げた。

ハーマイオニーはその腕《うで》に飛《と》び込《こ》んだ。そして、手《て》の届《とど》く所《ところ》をむやみやたらと打《う》った。

「イテッ――アッ――やめろ！　何《なに》するんだ――？　ハーマイオニ――**アーッ！**」

「この――底抜《そこぬ》けの――**大《おお》バカの**――ロナルド――ウィーズリー！」

言葉《ことば》と言葉《ことば》の間《あいだ》に、ハーマイオニーは打《う》った。ロンは頭《あたま》をかばいながら後退《こうたい》し、ハーマイオニーは前進《ぜんしん》した。

「あなたは——何週間《なんしゅうかん》も——何週間《なんしゅうかん》も——いなくなって——のこのこ——ここに——帰《かえ》って——来《く》るなんて——あ、**私《わたし》の杖《つえ》はどこ？**」

ハーマイオニーは、腕《うで》ずくでもハリーの手《て》から杖《つえ》を奪《うば》いそうな形相《ぎょうそう》だった。ハリーは本能的《ほんのうてき》に動《うご》いた。

「プロテゴ！　護《まも》れ！」

見《み》えない盾《たて》が、ロンとハーマイオニーの間《あいだ》に立《た》ちはだかった。その力《ちから》で、ハーマイオニーは後《うし》ろに吹《ふ》っ飛《と》び、床《ゆか》に倒《たお》れた。口《くち》に入《はい》った髪《かみ》の毛《け》をペッと吐《は》き出《だ》しながら、ハーマイオニーは跳《は》ね起《お》きた。

「ハーマイオニー！」ハリーが叫《さけ》んだ。「落《お》ち着《つ》い——」

「私《わたし》、落《お》ち着《つ》いたりしない！」

ハーマイオニーは金切《かなき》り声《ごえ》を上《あ》げた。こんなに取《と》り乱《みだ》したハーマイオニーは、見《み》たことがなかった。気《き》が変《へん》になってしまったような顔《かお》だった。

「私《わたし》の杖《つえ》を返《かえ》して！　**返《かえ》してよ！**」

「ハーマイオニー、お願《ねが》いだから――」

「指図《さしず》しないでちょうだい、ハリー・ポッター！」

ハーマイオニーがかん高《だか》く叫《さけ》んだ。

「指図《さしず》なんか！　さあ、すぐ返《かえ》して！　それに、君《きみ》！」

ハーマイオニーは世《よ》にも恐《おそ》ろしい非難《ひなん》の形相《ぎょうそう》で、ロンを指差《ゆびさ》した。まるで呪詛《じゅそ》しているようだった。ロンがたじたじと数歩下《すうほさ》がったのも無理《むり》はないと、ハリーは思《おも》った。

「私《わたし》はあとを追《お》った！　あなたを呼《よ》んだ！　戻《もど》ってと、あなたにすがった！」

「わかってるよ」ロンが言《い》った。「ハーマイオニー、ごめん。ほんとうに僕《ぼく》――」

「あら、ごめんが聞《き》いてあきれるわ！」

ハーマイオニーは、声《こえ》の制御《せいぎょ》もできなくなったようにかん高《だか》い声《こえ》で笑《わら》った。ロンは、ハリーに目《め》で助《たす》けを求《もと》めたが、ハリーは、どうしようもないと顔《かお》をしかめるばかりだった。

「あなたは戻《もど》ってきた。何週間《なんしゅうかん》もたってから――何週間《なんしゅうかん》もよ――それなのに、ごめんの一言《ひとこと》ですむと思《おも》ってるの？」

「でも、ほかに何《なん》て言《い》えばいいんだ？」

ロンが叫《さけ》んだ。ハリーはロンが反撃《はんげき》したのがうれしかった。

「あーら、知《し》らないわ！」ハーマイオニーが皮肉《ひにく》たっぷりに叫《さけ》び返《かえ》した。「あなたが脳《のう》みそをしぼって考《かんが》えれば、ロン、数秒《すうびょう》もかからないはずだわ――」

「ハーマイオニー」

ハリーが口《くち》を挟《はさ》んだ。今《いま》のは反則《はんそく》だと思《おも》った。

「ロンはさっき、僕《ぼく》を救《すく》って――」

「そんなこと、どうでもいいわ！」ハーマイオニーはキーキー声《ごえ》で言《い》った。「ロンが何《なに》をしようと、どうでもいいわ！　何週間《なんしゅうかん》も何週間《なんしゅうかん》も、私《わたし》たち二人《ふたり》とも、とっくに死《し》んでいたかもしれないのに――」

「死《し》んでないのは、わかってたさ！」

ロンのどなり声《ごえ》が、初《はじ》めてハーマイオニーの声《こえ》を上回《うわまわ》った。盾《たて》の呪文《じゅもん》が許《ゆる》すかぎりハーマイオニーに近《ちか》づき、ロンは大声《おおごえ》で言《い》った。

「ハリーの名前《なまえ》は『予言者《よげんしゃ》』にもラジオにもべたべただった。やつらはあらゆる所《ところ》を探《さが》してたし、うわさだとか、まともじゃない記事《きじ》だとかがいっぱいだ。君《きみ》たちが死《し》んだら、僕《ぼく》にはすぐに伝《つた》わってくるって、わかってたさ。君《きみ》には、どんな事情《じじょう》だったかがわかってないんだ――」

「あなたの事情《じじょう》が、どうだったって言《い》うの？」

ハーマイオニーの声《こえ》は、まもなくコウモリしか聞《き》こえなくなるだろうと思《おも》われるほどかん高《だか》くなっていた。しかし、怒《いか》りの極致《きょくち》に達《たっ》したらしく、ハーマイオニーは一時的《いちじてき》に言葉《ことば》が出《で》なくなった。その機会《きかい》をロンがとらえた。

「僕《ぼく》、『姿《すがた》くらまし』した瞬間《しゅんかん》から、戻《もど》りたかったんだ。でも、ハーマイオニー、すぐに『人《ひと》さらい』の一味《いちみ》に捕《つか》まっちゃって、どこにも行《い》けなかったんだ！」

「何《なん》の一味《いちみ》だって？」

ハリーが聞《き》いた。一方《いっぽう》ハーマイオニーは、ドサリと椅子《いす》に座《すわ》り込《こ》んで腕組《うでぐ》みし、足《あし》を組《く》んだが、その組《く》み方《かた》の固《かた》さときたら、あと数年間《すうねんかん》は解《と》くつもりがないのではないかと思《おも》われた。

「人《ひと》さらい」ロンが言《い》った。

「そいつら、どこにでもいるんだ。『マグル生《う》まれ』とか『血《ち》を裏切《うらぎ》る者《もの》』を捕《つか》まえて、賞金《しょうきん》かせぎをする一味《いちみ》さ。一人捕《ひとりつか》まえるごとに、魔法省《まほうしょう》から賞金《しょうきん》が出《で》るんだ。僕《ぼく》はひとりぼっちだったし、学生《がくせい》みたいに見《み》えるから、あいつらは僕《ぼく》が逃亡中《とうぼうちゅう》の『マグル生《う》まれ』だと思《おも》って、ほんとに興奮《こうふん》したんだ。僕《ぼく》は早《はや》く話《はなし》をつけて、魔法省《まほうしょう》に引《ひ》っ張《ぱ》っていかれないようにしなくちゃならなかった」

「どうやって話《はなし》をつけたんだ？」

「僕《ぼく》は、スタン・シャンパイクだって言《い》った。最初《さいしょ》に思《おも》い浮《う》かんだんだ」

「それで、そいつらは信《しん》じたのか？」

「最高《さいこう》にさえてるっていう連中《れんちゅう》じゃなかったしね。一人《ひとり》なんか、絶対《ぜったい》にトロールが混《ま》じってたな。臭《くさ》いの臭《くさ》くないのって……」

ロンはちらりとハーマイオニーを見《み》た。ちょっとしたユーモアで、ハーマイオニーがやわらいでくれることを期待《きたい》したのは明《あき》らかだった。しかし、固結《かたむす》びの手足《てあし》の上《うえ》で、ハーマイオニーの表情《ひょう》《じょう》は、相変《あいか》わらず石《いし》のように硬《かた》かった。

「とにかく、やつらは、僕《ぼく》がスタンかどうかで口論《こうろん》を始《はじ》めた。正直言《しょうじきい》って、お粗末《そまつ》な話《はなし》だったな。だけど相手《あいて》は五人《にん》、こっちは一人《ひとり》だ。それに僕《ぼく》は杖《つえ》を取《と》り上《あ》げられていたし。その時二人《ときふたり》が取《と》っ組《く》み合《あ》いのけんかを始《はじ》めて、ほかの連中《れんちゅう》がそっちに気《き》を取《と》られているすきに、僕《ぼく》を押《お》さえつけていたやつの腹《はら》にパンチをかまして、そいつの杖《つえ》を奪《うば》って、僕《ぼく》の杖《つえ》を持《も》ってるやつに『武装解除《ぶそうかいじょ》』をかけて、それから『姿《すがた》くらまし』したんだ。それがあんまりうまくいかなくて、また『ばらけ』てさ――」

ロンは右手《みぎて》を挙《あ》げて見《み》せた。右手《みぎて》の爪《つめ》が二枚《まい》なくなっていた。ハーマイオニーは冷《つめ》たく眉《まゆ》を吊《つ》り上《あ》げた。

「――それで僕《ぼく》、君《きみ》たちがいた場所《ばしょ》から数《すう》キロも離《はな》れた場所《ばしょ》に現《あらわ》れた。僕《ぼく》たちがキャンプしていたあの川岸《かわぎし》まで戻《もど》ってきたときには……君《きみ》たちはもういなかった」

「うわー、なんてわくわくするお話《はなし》かしら」

ハーマイオニーは、ぐさりとやりたいときに使《つか》う高飛車《たかびしゃ》な声《こえ》で言《い》った。

「あなたは、そりゃ怖《こわ》かったでしょうね。ところで私《わたし》たちはゴドリックの谷《たに》に行《い》ったわ。えーと、ハリー、あそこで何《なに》があったかしら？　ああ、そうだわ、『例《れい》のあの人《ひと》』の蛇《へび》が現《あらわ》れて、危《あや》うく二人《ふたり》とも殺《ころ》されるところだったわね。それから『例《れい》のあの人《ひと》』自身《じしん》が到着《とうちゃく》して、間一髪《かんいっぱつ》のところで私《わたし》たちを取《と》り逃《に》がしたわ」

「えーっ？」

ロンはポカンと口《くち》を開《あ》けて、ハーマイオニーからハリーへと視線《しせん》を移《うつ》したが、ハーマイオニーはロンを無視《むし》した。

「指《ゆび》の爪《つめ》がなくなるなんて、ハリー、考《かんが》えてもみて！　それに比《くら》べれば、私《わたし》たちの苦労《くろう》なんてたいしたことないわよね？」

「ハーマイオニー」ハリーが静《しず》かに言《い》った。「ロンはさっき、僕《ぼく》の命《いのち》を救《すく》ったんだ」

ハーマイオニーは聞《き》こえなかったようだった。

「でも、一つだけ知《し》りたいことがあるわ」

ハーマイオニーは、ロンの頭上《ずじょう》三十センチも上《うえ》のほうをじっと見《み》つめたままで言《い》った。

「今夜《こんや》、どうやって私《わたし》たちを見《み》つけたの？　これは大事《だいじ》なことよ。それがわかれば、これ以上《いじょう》会《あ》いたくもない人《ひと》の訪問《ほうもん》を受《う》けないようにできるわ」

ロンはハーマイオニーをにらみつけ、それからジーンズのポケットから、何《なに》か小《ちい》さな銀色《ぎんいろ》の物《もの》を引《ひ》っ張《ぱ》り出《だ》した。

「これさ」

ハーマイオニーは、ロンの差《さ》し出《だ》した物《もの》を見《み》るために、ロンに目《め》を向《む》けざるをえなかった。

「『灯消《ひけ》しライター』？」

驚《おどろ》きのあまり、ハーマイオニーは冷《つめ》たく厳《きび》しい表情《ひょうじょう》を見《み》せるのを忘《わす》れてしまった。

「これは、灯《ひ》をつけたり消《け》したりするだけのものじゃない」ロンが言《い》った。「どんな仕組《しく》みなのかわからないし、なぜそのときだけそうなって、ほかのときにはならなかったのかもわからないけど。だって、僕《ぼく》は、二人《ふたり》と離《はな》れてから、ずっと戻《もど》りたかったんだからね。でも、クリスマスの朝《あさ》、とっても朝早《あさはや》くラジオを聞《き》いていたんだ。そしたら、君《きみ》の声《こえ》が……君《きみ》の声《こえ》が聞《き》こえた……」

ロンは、ハーマイオニーを見《み》ていた。

「私《わたし》の声《こえ》がラジオから聞《き》こえたの?」

ハーマイオニーは信《しん》じられないという口調《くちょう》だった。

「ちがう。ポケットから君《きみ》の声《こえ》が聞《き》こえた。君《きみ》の声《こえ》は——」

ロンはもう一度《いちど》「灯消《ひけ》しライター」を見《み》せた。

「ここから聞《き》こえたんだ」

「それで、私《わたし》はいったい何《なん》と言《い》ったの?」

半《なか》ば疑《うたが》うような、半《なか》ば聞《き》きたくてたまらないような言《い》い方《かた》だった。

「僕《ぼく》の名前《なまえ》。『ロン』。それから君《きみ》は……杖《つえ》がどうとか……」

ハーマイオニーは、顔《かお》を真《ま》っ赤《か》にほてらせた。ハリーは思《おも》い出《だ》した。ロンがいなくなって以来《いらい》、二人《ふたり》の間《あいだ》でロンの名前《なまえ》が声《こえ》に出《で》たのは、その時《とき》が初《はじ》めてだった。ハーマイオニーが、ハリーの杖《つえ》を直《なお》す話《はなし》をしたときに、ロンの名前《なまえ》を言《い》ったのだ。

「それで僕《ぼく》は、これを取《と》り出《だ》した」

ロンは「灯消《ひけ》しライター」を見《み》ながら話《はなし》を進《すす》めた。

「だけど、変《か》わった所《ところ》とか、別《べつ》に何《なに》もなかった。でも、絶対《ぜったい》に君《きみ》の声《こえ》を聞《き》いたと思《おも》ったんだ。だからカチッとつけてみた。そしたら僕《ぼく》の部屋《へや》の灯《あか》りが消《き》えて、別《べつ》の灯《あか》りが窓《まど》のすぐ外《そと》に現《あらわ》れたんだ」

ロンは空《あ》いているほうの手《て》を上《あ》げて、前方《ぜんぽう》を指差《ゆびさ》し、ハリーにもハーマイオニーにも見《み》えない何《なに》かを見《み》つめる目《め》をした。

「丸《まる》い光《ひかり》の球《たま》だった。青《あお》っぽい光《ひかり》で、強《つよ》くなったり弱《よわ》くなったり脈《みゃく》を打《う》ってるみたいで、『移動《ポート》キー』の周《まわ》りの光《ひかり》みたいなもの。わかる？」

「うん」

ハリーとハーマイオニーが、思《おも》わず同時《どうじ》に答《こた》えた。

「これだって思《おも》ったんだ」ロンが言《い》った。「急《いそ》いでいろんなものをつかんで、詰《つ》めて、リュックサックを背負《せお》って、僕《ぼく》は庭《にわ》に出《で》た」

「小《ちい》さな丸《まる》い光《ひかり》は、そこに浮《う》かんで僕《ぼく》を待《ま》っていた。僕《ぼく》が出《で》ていくと、光《ひかり》はしばらくふわふわ一緒《いっしょ》に飛《と》んで、僕《ぼく》がそれについて納屋《なや》の裏《うら》まで行《い》って、そしたら……光《ひかり》が僕《ぼく》の中《なか》に入《はい》ってきた」

「今何《いまなん》て言《い》った？」ハリーは、聞《き》きちがいだと思《おも》った。

「光《ひかり》が、僕《ぼく》のほうにふわふわやってくるみたいで——」

ロンは空《あ》いている手《て》の人差《ひとさ》し指《ゆび》で、その動《うご》きを描《えが》いて見《み》せた。

「まっすぐ僕《ぼく》の胸《むね》のほうに。それから——まっすぐ胸《むね》に入《はい》ってきた。ここさ」

ロンは心臓《しんぞう》に近《ちか》い場所《ばしょ》に触《ふ》れた。

「僕《ぼく》、それを感《かん》じたよ。熱《あつ》かった。それで、僕《ぼく》の中《なか》に入《はい》ったとたん、僕《ぼく》は、何《なに》をすればいいかがわかったんだ。光《ひかり》が、僕《ぼく》の行《い》くべき所《ところ》に連《つ》れていってくれるんだって、わかったんだ。それで、僕《ぼく》は『姿《すがた》くらまし』して、山間《やまあい》の斜面《しゃめん》に現《あらわ》れた。あたり一面雪《いちめんゆき》だった……」

「僕《ぼく》たち、そこにいたよ」ハリーが言《い》った。「そこで二晩過《ふたばんす》ごしたんだ。二日目《ふつかめ》の夜《よる》、誰《だれ》かが暗《くら》闇《やみ》の中《なか》を動《うご》いていて、呼《よ》んでいる声《こえ》が聞《き》こえるような気《き》がしてしかたがなかった！」

「ああ、うん、僕《ぼく》だったかもしれない」ロンが言《い》った。「とにかく、君《きみ》たちのかけた保護呪文《ほごじゅもん》は、効《き》いてるよ。だって、僕《ぼく》には君《きみ》たちが見《み》えなかったし、声《こえ》も聞《き》こえなかった。でも、絶対近《ぜったいちか》くにいると思《おも》ったから、結局寝袋《けっきょくねぶくろ》に入《はい》って、君《きみ》たちのどちらかが出《で》てくるのを待《ま》ったんだ。テントを荷造《にづく》りしたときには、どうしても姿《すがた》を現《あらわ》さなきゃならないだろうと思《おも》ったから」

「それが、実《じつ》は」ハーマイオニーが言《い》った。「念《ねん》には念《ねん》を入《い》れて、『透明《とうめい》マント』をかぶったままで『姿《すがた》くらまし』したの。それに、とっても朝早《あさはや》く出発《しゅっぱつ》したわ。だって、ハリーが言《い》ったように、二人《ふたり》とも、誰《だれ》かがうろうろしているような物音《ものおと》を聞《き》いたんですもの」

「うん、僕《ぼく》は一日中《いちにちじゅう》あの丘《おか》にいた」ロンが言《い》った。「君《きみ》たちが姿《すがた》を見《み》せることを願《ねが》っていたんだ。だけど暗《くら》くなってきて、きっと君《きみ》たちに会《あ》いそこなったにちがいないってわかった。だから、もう一度《いちど》『灯消《ひけ》しライター』をカチッとやって、ブルーの光《ひかり》が出《で》てきて、僕《ぼく》の中《なか》に入《はい》った。そこで『姿《すがた》くらまし』したら、ここに、この森《もり》に着《つ》いたんだ。それでも君《きみ》たちの姿《すがた》は見《み》えなかった。だから、そのうちきっと姿《すがた》を見《み》せるだろうって、そう願《ねが》うしかなかったんだ――そしたら、ハリーが出《で》てきた。まあ、当然《とうぜん》、最初《さいしょ》は牝鹿《めじか》を見《み》たんだけど」

「何《なに》を見《み》たんですって？」ハーマイオニーが鋭《するど》く聞《き》いた。

二人《ふたり》は何《なに》があったかを話《はな》した。銀色《ぎんいろ》の牝鹿《めじか》と、池《いけ》の剣《つるぎ》の話《はなし》が展開《てんかい》するにつれて、ハーマイオニーは、二人《ふたり》を交互《こうご》ににらむようにして、聞《き》き入《い》った。集中《しゅうちゅう》するあまり、手足《てあし》をしっかり組《く》むのも忘《わす》れていた。

「でも、それは『守護霊《しゅごれい》』にちがいないわ！」ハーマイオニーが言《い》った。「誰《だれ》がそれを創《つく》り出《だ》していたか、見《み》なかったの？　誰《だれ》か見《み》えなかったの？　それが剣《つるぎ》の場所《ばしょ》まであなたを導《みちび》いたなんて！　信《しん》じられないわ！　それからどうしたの？」

ロンは、ハリーが池《いけ》に飛《と》び込《こ》むところを見《み》ていたこと、出《で》てくるのを待《ま》っていたこと、何《なに》かがおかしいと気《き》づいて、もぐってハリーを救《すく》い出《だ》したこと、それからまた剣《つるぎ》を取《と》りにもぐったことを話《はな》した。ロケットを開《ひら》くところまで話《はな》し、そこでロンが躊躇《ちゅうちょ》したので、ハリーが割《わ》り込《こ》んだ。

「――それで、ロンが剣《つるぎ》でロケットを刺《さ》したんだ」

「それで……それでおしまい？　そんなに簡単《かんたん》に？」ハーマイオニーが小声《こごえ》で言《い》った。

「まあね、ロケットは――悲鳴《ひめい》を上《あ》げた」

ハリーは、横目《よこめ》でロンを見《み》ながら言《い》った。

「ほら」

ハリーは、ハーマイオニーのひざにロケットを投《な》げた。ハーマイオニーは恐《おそ》る恐《おそ》るそれを拾《ひろ》い上《あ》げ、穴《あな》の開《あ》いた窓《まど》をよく見《み》た。

これでもう安全《あんぜん》だと判断《はんだん》して、ハリーはハーマイオニーの杖《つえ》を一振《ひとふ》りし、「盾《たて》の呪文《じゅもん》」を解《と》いてロンを見《み》た。

「『人《ひと》さらい』から、杖《つえ》を一本《ぽん》取《と》り上《あ》げたって？」

「えっ？」

ロケットを調《しら》べているハーマイオニーを見《み》つめていたロンは、不意《ふい》をつかれたようだった。

「あ――ああ、そうだ」

ロンは、リュックサックのとめ金《がね》を引《ひ》いて開《あ》け、リュックのポケットから短《みじか》い黒《くろ》っぽい杖《つえ》を取《と》り出《だ》した。

「ほら、予備《よび》が一本《ぽん》あると便利《べんり》だろうと思《おも》ってさ」

「そのとおりだよ」ハリーは手《て》を差《さ》し出《だ》した。「僕《ぼく》のは、折《お》れた」

「冗談《じょうだん》だろ？」

ロンがそう言《い》ったとき、ハーマイオニーが立《た》ち上《あ》がった。ロンはまた不安《ふあん》そうな顔《かお》をした。

ハーマイオニーは破壊《はかい》された分霊箱《ぶんれいばこ》をビーズバッグに入《い》れ、またベッドにはい上《あ》がって、それ以《い》上《じょう》一言《ひとこと》も言《い》わずにそこでじっとしていた。

ロンは、新《あたら》しい杖《つえ》をハリーに渡《わた》した。

「この程度《ていど》ですんでよかったじゃないか」ハリーがこっそり言《い》った。

「ああ」ロンが言《い》った。「もっとひどいこともありえたからな。あいつが僕《ぼく》にけしかけた小鳥《ことり》のこと、覚《おぼ》えてるか？」

「その可能性《かのうせい》も、まだなくなってはいないわ」

ハーマイオニーのくぐもった声《こえ》が、毛布《もうふ》の下《した》から聞《き》こえてきた。しかしハリーは、ロンが、リュックサックから栗色《くりいろ》のパジャマを引《ひ》っ張《ぱ》り出《だ》しながら、ニヤッと笑《わら》うのを見《み》た。

つづく

J.K. ローリング 作

不朽の人気を誇る「ハリー・ポッター」シリーズの著者。1990年、旅の途中の遅延した列車の中で「ハリー・ポッター」のアイデアを思いつくと、全7冊のシリーズを構想して執筆を開始。1997 年に第1巻『ハリー・ポッターと賢者の石』が出版、その後、完結までにはさらに10年を費やし、2007年に第7巻となる『ハリー・ポッターと死の秘宝』が出版された。シリーズは現在85の言語に翻訳され、発行部数は6億部を突破、オーディオブックの累計再生時間は10億時間以上、制作された8本の映画も大ヒットとなった。また、シリーズに付随して、チャリティのための短編『クィディッチ今昔』と『幻の動物とその生息地』(ともに慈善団体〈コミック・リリーフ〉と〈ルーモス〉を支援)、『吟遊詩人ビードルの物語』(〈ルーモス〉を支援)も執筆。『幻の動物とその生息地』は魔法動物学者ニュート・スキャマンダーを主人公とした映画「ファンタスティック・ビースト」シリーズが生まれるきっかけとなった。大人になったハリーの物語は舞台劇『ハリー・ポッターと呪いの子』へと続き、ジョン・ティファニー、ジャック・ソーンとともに執筆した脚本も書籍化された。その他の児童書に『イッカボッグ』(2020年)『クリスマス・ピッグ』(2021年)があるほか、ロバート・ガルブレイスのペンネームで発表し、ベストセラーとなった大人向け犯罪小説「コーモラン・ストライク」シリーズも含め、その執筆活動に対し多くの賞や勲章を授与されている。J.K. ローリングは、慈善信託〈ボラント〉を通じて多くの人道的活動を支援するほか、性的暴行を受けた女性の支援センター〈ベイラズ・プレイス〉、子供向け慈善団体〈ルーモス〉の創設者でもある。

J.K. ローリングに関するさらに詳しい情報はjkrowlingstories.comで。

松岡佑子《まつおかゆうこ》 訳

翻訳家。国際基督教大学卒、モントレー国際大学院大学国際政治学修士。日本ペンクラブ会員。スイス在住。訳書に「ハリー・ポッター」シリーズ全7巻のほか、「少年冒険家トム」シリーズ、映画オリジナル脚本版「ファンタスティック・ビースト」シリーズ、『ブーツをはいたキティのはなし』『とても良い人生のために』『イッカボッグ』『クリスマス・ピッグ』(以上静山社)がある。

静山社ペガサス文庫

ハリー・ポッター ⑱

ハリー・ポッターと死《し》の秘宝《ひほう》〈新装版《しんそうばん》〉7-2

2024年11月6日　第 1 刷発行

作者	J.K.ローリング
訳者	松岡佑子
発行者	松岡佑子
発行所	株式会社静山社 〒102-0073 東京都千代田区九段北1-15-15 電話・営業 03-5210-7221 https://www.sayzansha.com
装画	ダン・シュレシンジャー
装丁	城所 潤(ジュン・キドコロ・デザイン)
印刷・製本	中央精版印刷株式会社

 ISBN 978-4-86389-877-6　Printed in Japan
Published by Say-zan-sha Publications Ltd.

「静山社《せいざんしゃ》ペガサス文庫《ぶんこ》」創刊《そうかん》のことば

小《ちい》さくてもきらりと光《ひか》る、星《ほし》のような物語《ものがたり》を届《とど》けたい——一九七九年《ねん》の創業《そうぎょう》以来《いらい》、静山社《せいざんしゃ》が抱《いだ》き続《つづ》けてきた願《ねが》いをこめて、少年少女《しょうねんしょうじょ》のための文庫《ぶんこ》「静山社《せいざんしゃ》ペガサス文庫《ぶんこ》」を創刊《そうかん》します。

読書《どくしょ》は、みなさんの心《こころ》に眠《ねむ》っている想像《そうぞう》の羽《はね》を広《ひろ》げ、未知《みち》の世界《せかい》へいざないます。読書体験《どくしょたいけん》をとおしてつちかわれた想像力《そうぞうりょく》は、楽《たの》しいとき、苦《くる》しいとき、悲《かな》しいとき、どんなときにも、みなさんに勇気《ゆうき》を与《あた》えてくれるでしょう。

ギリシャ神話《しんわ》に登場《とうじょう》する天馬《てんま》・ペガサスのように、大《おお》きなつばさとたくましい足《あし》、しなやかな心《こころ》で、みなさんが物語《ものがたり》の世界《せかい》を、自由《じゆう》にかけまわってくださることを願《ねが》っています。

二〇一四年《ねん》

静《せい》山《ざん》社《しゃ》